HEYNE
BÜCHER

Das Buch

Nele Hübner ist Ehefrau, Hausfrau und Mutter aus Passion. Ihren Beruf als Journalistin hat sie bei der Gründung ihrer Familie vor fünfzehn Jahren freiwillig an den Nagel gehängt, und seither schmeißt sie zu Hause den ›Laden‹, der mittlerweile auf drei Sprößlinge und zwei mit im Haus lebende Omis angewachsen ist. Und da ist natürlich Philip, Neles Göttergatte, der mächtig stolz ist auf seine Frau, weil sie ihm nicht nur ein perfekt organisiertes Familienleben beschert, sondern seinem männlichen Ego obendrein guttut durch ihr attraktives Äußeres. Kurz: Nele ist die Klassefrau in Person! Und daß sie das ist, haben außer Philip natürlich schon andere Männer bemerkt. Aber Nele hat sich aus ihrem glücklichen Familienalltag nie herauslocken lassen. Doch als Philip eines Tages die Bitte an sie heranträgt, zum Familienunterhalt beizutragen und wieder für ihre Zeitschrift zu arbeiten, kommt ein Stein ins Rollen – denn Nele hat auch im Beruf das Zeug zur Klassefrau und verursacht Medienwirbel ohne Ende – und gebrochene Herzen …

Gisela Pauly zäumt in ihrem spritzigen Roman das Thema Emanzipation ganz einfach von hinten auf. Amüsanter läßt sich dieses Thema nicht angehen!

Die Autorin

Gisela Pauly, Jahrgang 1947, war zwanzig Jahre lang Lehrerin an einer kaufmännischen Berufsschule, bevor sie zu schreiben anfing. Ihr erstes Buch *Mir langt's! Eine Lehrerin steigt aus* (HeyneTB 19/399) ging durch die Medien. Mit *Die Klassefrau* legt Gisela Pauly ihren ersten Roman vor. Sie lebt mit ihrer Familie in Münster.

GISELA PAULY

DIE KLASSEFRAU

Roman

Originalausgabe

WILHELM HEYNE VERLAG
MÜNCHEN

HEYNE ALLGEMEINE REIHE
Nr. 01/10306

Umwelthinweis:
Das Buch wurde auf
chlor- und säurefreiem Papier gedruckt.

Redaktion: Petra Neumann

Printed in Germany 1997
Umschlagillustration: Bavaria Bildagentur/TCL, Gauting
Umschlaggestaltung: Atelier Ingrid Schütz, München
Satz: Pinkuin Satz- und Datentechnik, Berlin
Druck und Bindung: Presse-Druck, Augsburg

ISBN 3-453-12476-6

1.

Endlich! Ich lasse mich auf meinen Sitz fallen, schließe für einen Augenblick die Augen und registriere die gedämpfte Unruhe um mich herum – das Scharren der Handgepäckstücke, das Rascheln der Regenmäntel und schließlich das Schnappen der Gurtschlösser. Geschafft! Wir haben den Flughafen trotz sintflutartiger Regenfälle pünktlich erreicht, sitzen im richtigen Flugzeug, und wenn alles gutgeht, werden wir in einigen Stunden in New York landen.

New York! Am liebsten würde ich die ganze Welt umarmen. Jedenfalls die Passagiere dieser Maschine und erst recht ihre Crew, vornweg den Flugkapitän. Aber da das natürlich nicht möglich ist, beschränke ich den Ausdruck meines Freudentaumels dann doch auf den Mann, der neben mir sitzt. Ihm, mit dem ich heute genau sechzehn Jahre und zwei Tage verheiratet bin, werfe ich mich an den Hals, soweit die Enge des Flugzeugs es zuläßt.

Philip läßt meine außerplanmäßige Liebesbezeigung ungeduldig über sich ergehen. Er schätzt Vertraulichkeiten in der Öffentlichkeit nicht besonders und ist froh, als er seinen Kopf von meiner Brust nehmen und sich mit dem Anschnallvorgang beschäftigen kann. Außerdem ist Technik für ihn so spannend, daß er die Welt um sich herum vergißt, wenn er beobachten darf, wie auf dem Rollfeld unser Abflug vorbereitet wird und die Veränderung eines Maschinengeräuschs auf eine bestimmte Phase der Starteinleitung hinweist. Philip weiß natürlich auch ganz genau, wie das Flugzeug heißt, in dem wir sitzen, in welchem Jahr es konstruiert wurde und wie viele Abstürze dieser Typ schon hinnehmen mußte. Mich interessiert keines dieser Details. Ich denke nur an die nächste Zukunft – die Zukunft von einer Woche. Ich freue mich wahnsinnig auf New York, auf das Alleinsein mit Philip und auf das Hotelzimmer, das uns erwartet. Endlose Stunden mit meinem Mann – ohne Familienangehörige! Seit sich unser

Haus mit Kindern und Omas gefüllt hat, fühlen wir uns oft an die junge Zeit unserer Liebe erinnert. Damals war ihr körperlicher Ausdruck noch nicht erlaubt oder zumindest unerwünscht und mußte unauffällig vonstatten gehen. In dieser Lage befinden wir uns heute wieder. Wir müssen, wenn wir ganz sicher ungestört bleiben wollen, den Schlüssel zum Schlafzimmer zweimal umdrehen und sogar noch an eine solide Schallisolierung denken. Herrlich, daß wir die Nachbarn, die in New York die Hotelzimmer neben uns bewohnen werden, nicht kennen!

Der große Vogel rumpelt jetzt unbeholfen dahin auf seinen unproportionierten Rädern. Wie ein Flugtier, das auf der Erde nicht in seinem Element ist, biegt er vorsichtig in die Startbahn ein, streckt seine Nase in die vorgeschriebene Richtung und schüttelt ungeduldig sein stählernes Gefieder. Doch kaum hat er die schier endlose, pfeilgerade Linie vor sich, die direkt in den Himmel führt, da gibt es kein Halten mehr. Die Bremsen lösen sich, die Räder geben ein erschrokkenes Fiepen von sich, ehe sie sich unter schrillem Protestgeschrei daran machen, das Letzte aus sich herauszuholen, um sich endlich ihrer unangemessenen Aufgabe der Fortbewegung zu entledigen. Die wichtigsten Körperteile eines Vogels sind eben doch seine Flügel.

Ich greife nach Philips Hand, als die rasende Fahrt am Ende der Startbahn urplötzlich zu einem seichten Schwanken wird, das die Wolken zum Stehen bringt und 380 Passagiere über der Welt anhält, die zu weit entfernt ist, um sich von unserem Tempo verschlingen zu lassen. Die Geschwindigkeitsmessung der Augen und Ohren ist damit beendet. Ich beginne mich in der Luft einzurichten.

Der Alptraum, der mich in der letzten Nacht heimgesucht hat, ist auf der Erde zurückgeblieben. Neben meiner Vorfreude, die es mir verbietet, über einen möglichen Absturz nachzudenken, ist es auch die Vernunft, die meine Angst besiegt hat. Schließlich sagt die Statistik eindeutig, daß es viel wahrscheinlicher ist, auf der Autobahn als auf einer Flugroute umzukommen. Demnach waren – statistisch gesehen – unsere Wochenendfahrten an den Bodensee zu Philips Verwandten viel gefährlicher als dieser Trip über den großen Teich. Und niemals habe ich mir Gedanken über die mögliche Verwaisung meiner drei Kinder gemacht, wenn wir wieder einmal nach Lindau aufbrechen mußten, um einer weiteren Taufe des fruchtbaren Bodensee-Clans beizuwohnen. Warum also jetzt?

Was werden meine drei in diesem Augenblick tun? Carolin, die Vierzehnjährige, müßte noch in der Schule sein, wenn sie sich keines Unterrichtsausfalls erfreut und ihre Gewissenhaftigkeit nicht durch die Abwesenheit ihrer Eltern erschüttert wurde, Nico, mein Elfjähriger, der seit ein paar Monaten das Gymnasium besucht, dürfte sich in diesen Minuten auf sein Fahrrad schwingen und – vermutlich wieder freihändig und unter Mißachtung sämtlicher Sicherheitsvorschriften – heimwärts brausen. Dort wird Timo schon auf ihn warten, denn der Kindergarten hat längst seine Tore geschlossen. Mein Jüngster kann es zwar einerseits kaum erwarten, endlich zu denen zu gehören, die einen wichtigen Ranzen auf dem Rücken nach Hause tragen, ist aber andererseits auch ganz froh über jede Stunde, die er ohne die Konkurrenz seiner älteren Geschwister zu Hause verbringen darf. In diesem Augenblick wird er vermutlich wie ein kleiner Macho die ungeteilte Aufmerksamkeit seiner beiden Großmütter genießen. Sie werden darin wetteifern, dem zur Zeit mutterlosen Knirps die Sehnsucht nach seiner Mama durch besondere Zuwendung und Extraportionen an Popcorn und Gummibärchen auszutreiben. Timo wird spätestens eine Stunde nach unserer Abreise begriffen haben, worauf es ankommt, und den schwermütigen Blick eines von seiner Mutter verlassenen Kindes perfekt beherrschen. Und seine Oma mütterlicherseits wird nicken und etwas davon murmeln, daß eine Familie zusammengehört …

Meine Mutter wäre übrigens niemals ohne meinen Vater verreist. Obwohl ich ihr immer wieder begreiflich zu machen versuchte, daß Vater weder in der Lage sein würde, einem Lokführer in den Arm zu fallen, wenn der Zug zu entgleisen drohte, noch die Hand eines leichtsinnigen Piloten führen könnte, um dafür zu sorgen, daß das Flugzeug sicher zur Erde zurückfand – Mutter war und ist bis heute der Überzeugung geblieben, daß sie in Begleitung sicherer reiste, vornehmlich in männlicher.

Ich drücke mich tief in meinen Sitz. Und Philip gibt meine Hand frei mit dem Lächeln, das Mutters sämtliche Überzeugungen bestätigt hätte: Keine Sorge, ich bin ja bei dir!

Dabei weiß ich genau, daß ihm dieser Moment, in dem er seine gesamte virile Bedeutsamkeit in die Hände eines unbekannten Flugkapitäns, womöglich eines weiblichen Piloten, legen muß, genausowenig behagt wie mir. Er hat dafür jedoch ein anderes Wort parat als diese typisch weibliche Vokabel ›Angst‹. Mein Mann spricht in Augenblicken wie diesem gern von der großen Verantwortung eines Familienvaters, der sich Sorgen um den Verbleib der ihm anvertrauten Lieben macht, für den Fall, daß ihm etwas zustoßen sollte.

Aber auch Philip scheint sich nun in der Luft einzurichten und die sorgenvollen Gedanken an seine armen, unmündigen Sprößlinge aufgegeben zu haben. Sein Augenausdruck ist jedenfalls nicht mehr ängstlich – pardon, sorgenschwer! –, sondern so hellwach und lebensfroh, wie der Blick eines Mannes nur sein kann, wenn er eines weiblichen Wesens ansichtig wird, das jung, hübsch und überdies leichtgläubig genug ist, sich von einem Mann imponieren zu lassen, der – beinahe – sein Vater sein könnte.

Ob die Stewardeß wirklich so treuherzig ist zu glauben, mein Mann habe noch nie ein schöneres Geschöpf zu Gesicht bekommen als gerade in diesem Moment, wage ich zu bezweifeln. Jung und hübsch jedenfalls ist sie. Mit professionellem Lächeln verteilt die junge Dame, die es schafft, selbst in ihrem unkleidsamen Stewardessen-Kostüm, das anscheinend Kleidergröße 38 bis 42 abdecken soll, eine gute Figur zu machen, die Zeitungen des heutigen Tages. »Journal gefällig? Die Dame, der Herr?«

Ich bin derart hingerissen von ihrer antiquierten, servilen Redeweise, die so gar nicht zu ihrem topmodischen Makeup passen will, daß ich ihr nur bewundernd ins Gesicht starre, statt zu überdenken, ob es meiner Hochwohlgeboren gefallen könnte, die Zeit mit der Lektüre eines Journals zu vertreiben. Die Stewardeß übergeht mich dann auch mit diesem schnellen Lächeln, das alle Frauen kennen, die an der Seite eines attraktiven Mannes ihr Leben fristen. Sie hält Philip die Zeitungen hin, die sie wie einen Fächer vor der roten Schleife herträgt, die ihre Brust ziert.

»Das Kommerzblatt, bitte«, sagt Philip, ohne rot zu werden.

Meine Mutter hat mich gelehrt, mich niemals über den Mann lustig zu machen, der mich ernährt. Deswegen verziehe ich keine Miene, obwohl ich die zart keimende Beziehung zwischen dieser Stewardeß und meinem Mann mit einem Schlage vernichten könnte. Ich brauchte Philip nur laut und deutlich daran zu erinnern, daß er normalerweise seinen Wissensdurst durch das Überfliegen der Schlagzeilen in der Sensationspresse stillt. Aber nein, als loyale Ehefrau nicke ich bestätigend und lege mein Gesicht in genauso bedeutungsvolle Falten wie mein Mann. Jeder kann sehen, daß wir ein kultiviertes Ehepaar sind, das seinen Tag mit dem Kommerzblatt zu beginnen pflegt.

Philip gibt mir generös die Hälfte der Zeitung ab, ehe er sich gelangweilt der Beschleunigung der Kommerzialisierung des Fußballsports, der Frage nach den Marktführern im CD-Bereich und den günstigen Perspektiven der österreichischen Wirtschaft widmet. Bei der Frage, inwieweit sich der seelische Reichtum eines Menschen analog der materiellen Rahmenbedingungen entwickelt, stöhnt er bereits verdrießlich.

Aber glücklicherweise gibt es bald etwas, das ihn berechtigt, die hochinformative Lektüre zur Seite zu legen. Die Stewardeß geht mit einer Frage von Sitzreihe zu Sitzreihe: »Wünschen Sie etwas zu trinken?«

Ja, wir wünschen. Ich betrachte interessiert das Sortiment, das sie in einem Servierwagen durch den schmalen Gang rollt. Der erste Flug ins Land der unbegrenzten Möglichkeiten, mitten in den Big Apple New York! Sollte das nicht Grund genug sein, um ein Gläschen Champagner zu bitten? Außerdem würde es so recht zum Kommerzblatt passen …

»Zwei Bier«, entscheidet Philip, der anscheinend keine Ahnung hat, was ein niveauvoller Mensch zu trinken pflegt, der täglich das Kommerzblatt liest. War er es nicht selbst, der dieses Trugbild heraufbeschworen hat? Und jetzt feige zur Schmalzstulle greifen, nachdem er soeben nach dem Kaviar gerufen hat – das habe ich gern!

»Es war dir doch recht?« erkundigt er sich, während die Stewardeß die Kronkorken von den Bierflaschen schnappen läßt.

Ich habe nicht den Mut, jetzt noch nach dem Champagner zu fragen, und nicke. »Notfalls wirst du auch zwei schaffen.«

Er schafft zwei. Und ich beginne mich zu ärgern, daß ich mir etwas vorsetzen ließ, das ich nicht wollte.

»Warum bestellst du Bier, wenn du keins magst?« fragt Philip.

Das ist der Gipfel! »Nicht ich habe bestellt! Du hast Bier geordert!«

»Aber ich habe dich gefragt, ob es dir recht ist!«

»Aber erst, nachdem du bestellt hattest.«

Die Dame vor uns, die bis jetzt nichts als eine dauergewellte Haube auf der Rückenlehne gewesen ist, reckt den Oberkörper und wendet sich um. Eine hochgezogene Stirn mit neugierigen Augen sitzt jetzt auf der blau-rot-gemusterten Polsterkante. Ich starre so lange auf die Pigmentflecken ihrer Stirn, bis sie sich mit einem dezenten Kopfschütteln wieder in Flugrichtung dreht. Tuschelnd wendet sich die Dauerwellenhaube an den Haarkranz auf dem Nebensitz.

Ich fahre flüsternd fort: »Die geöffnete Flasche stand bereits vor mir, als du mich fragtest.«

Philip fühlt sich im Recht und senkt die Stimme deswegen nur unerheblich. »Du bist ein erwachsener Mensch. Also wirst du dir nichts vorsetzen lassen, was du nicht willst, oder?«

»Du könntest mich fragen, bevor du bestellst!«

Philip verdreht die Augen. »Die Frau von heute! Will emanzipiert sein und schafft es nicht einmal, sich ein Mineralwasser zu bestellen!«

»Ich wollte Champagner.«

Philip lacht herzhaft. »Champagner!« Er drückt mir einen Kuß aufs Ohr. »Den sollst du kriegen, wenn du dir nichts sehnlicher wünschst.« Immer noch lachend winkt er der Stewardeß. »Meine Frau möchte Champagner.«

Am liebsten würde ich meinem Mann vor versammelter Fluggästeschar eine runterhauen – aber ich weiß natürlich, daß ich nur deshalb wütend bin, weil Philip meine Beanstandung nicht ernst nimmt und sich mir plötzlich das Gefühl aufdrängt, daß er damit recht haben könnte.

Trotzig stürze ich den Champagner herunter und ärgere mich über meine eigene Schroffheit, als die Stewardeß mich fragt: »Soll ich Ihnen noch ein Fläschchen bringen?«

»Nein, danke.«

»Aber mir bitte noch ein Bier.« Mit einer eleganten Kopfneigung, die einer höflichen Verbeugung gleichkommt, wendet sich Philip mir zu. »Möchtest du jetzt vielleicht auch ein Bier?«

»Nein, danke.«

Wenn ich mich um steife Höflichkeit bemühe, gehen bei Philip die Alarmglocken. Kein Wunder! Ihm ist diese Art, mit Konflikten umzugehen, schmerzhaft vertraut, erlebt er doch mit seiner Schwiegermutter in regelmäßigen Abständen Ähnliches. Und wenn ich auch nichts weniger will, als zum Ebenbild meiner Mutter zu werden, so erleide ich dennoch konstante Rückfälle in diese genmanipulierten Verhaltensmuster, denen so schwer ein für allemal zu entkommen ist. Glücklicherweise gibt es da auch noch das Erbteil meines Vaters, der von jeder Einsilbigkeit schnell zermürbt wurde und sich dann um vertrauliche Geschwätzigkeit bemühte. Und gottlob ist auch Philip schnell wieder auf Frieden eingestellt.

»Sieh mal, nichts als Wolken. Als führe man durch eine Schneelandschaft.«

Philip nickt. »Oder durch Schlagsahne«, lacht er erleichtert.

»Joghurt!« versuche ich ihn zu übertreffen.

Und schon ist meine Heiterkeit wie weggeblasen. Joghurt! Ich habe vergessen, vor unserer Abreise den hauseigenen

Joghurt herzustellen. »Die Kinder werden ihn schrecklich vermissen.«

Da Philip der Joghurtgegner in der Familie ist, zeigt er nicht das geringste Verständnis für meine Nöte. »Da werden sie sich eben einmal Joghurt im Supermarkt kaufen müssen.«

»Supermarkt!« Mit dem gleichen Vorschlag sollte ich Philip einmal kommen, wenn es um seinen enzymhaltigen, kaltgeschleuderten, von organischen Säuren, Spurenelementen, Mineralstoffen und Vitaminen strotzenden Honig geht, den er nur akzeptiert, wenn er ohne Umwege vom einzigen Imker bezogen wird, dem Philip vertraut. »Wer Naturjoghurt kennt, wird sich nicht mehr an den Fruchtjoghurt gewöhnen können, der im Supermarkt angeboten wird. Willst du unseren Kindern und deiner und meiner Mutter Aroma- und Konservierungsstoffe, Gelatine, modifizierte Stärke, Stabilisatoren und Verdickungsmittel zumuten? Von der Färbung und den Unmengen Zucker ganz zu schweigen!«

Philip seufzt. »Es wird sie nicht umbringen. Ich kenne Leute, die werden mit Supermarkt-Joghurt steinalt, und andere, die nach dem Verzehr von Naturjoghurt mit dem Flugzeug abstürzen. Was hat ihnen dann der Verzicht auf alle Konservierungsstoffe gebracht?«

Er sieht in mein düsteres Gesicht und beeilt sich zu ergänzen: »Wir sind doch nur eine Woche unterwegs. Sobald du zurück bist, wirst du ihnen wieder Joghurt zubereiten.«

2.

Eigentlich sind wir erst ein einziges Mal allein verreist, Philip und ich. Das war nach unserer Hochzeit. Honeymoon in der Eifel! Dort war es billig, und uns kam es weder auf eine bezaubernde Landschaft noch auf eine komfortable Unterbringung und erst recht nicht auf kulturelle Ereignisse an. Alles, was uns interessierte, war ungestörtes Alleinsein. Und dafür war die Eifel ebensogut wie Sylt, Mallorca oder Acapulco.

Ich erinnere mich gern an diese zwei Wochen, wenn sie auch nicht ganz so ungestört verliefen wie erhofft. Denn die kleine Familienpension, in der wir untergekommen waren, hatte dünne Wände und eine neugierige Wirtin mit wachsamen Ohren. Außerdem quietschten die Sprungfedern des Doppelbettes, das wohl schon mehreren Generationen zum Honeymoon verholfen hatte, erbärmlich. Und nicht immer gelang es uns, am Abend ungesehen an der Küchentür der Wirtin vorbeizuschleichen. Wenn wir gesichtet wurden, gab es kein Entrinnen. Statt in unserem quietschenden Doppelbett landeten wir neben der Wirtin und ihrem Ehemann am Küchentisch.

Später holte Egon dann die Schnapsflasche heraus, so daß in der folgenden Nacht und in noch zwei weiteren die Sprungfedern nur quietschten, wenn Philip aufsprang, um zur Toilette zu rennen.

Die zweite Reise, die Philip und ich allein antraten, zählt eigentlich nicht. Denn kaum hatten wir unser Hotelzimmer bezogen, mußten wir auch schon wieder unsere Koffer pakken …

Timo war noch ein Baby. Die Schwangerschaft war kompliziert verlaufen, die Geburt ebenso, und alles, was noch folgte, hatte weniger mit Mutterglück als vielmehr mit Mühe und Anstrengung zu tun.

Brustentzündung bei mir, Dreimonatskoliken bei dem Baby, dann eine Phase schwerster Eifersucht auf das Neugeborene bei Nico und drei Fünfen bei Carolin, die das Durcheinander genutzt hatte, ihr Engagement in der Schule auf Null zu reduzieren, was zunächst niemand gemerkt hatte.

Als schließlich alles wieder im Lot war und seinen geregelten Lauf ging, war ich mit meiner Kraft am Ende. Meine Mutter und meine Schwiegermutter, die tagelang über ihren Kaffeetassen gebrütet und heimlich beraten hatten, verkündeten daraufhin den Entschluß, sich eine ganze Woche lang allein um Kinder, Haus und Küche zu kümmern und uns in einen Erholungsurlaub zu entlassen. Ich wußte, wie schwer es für die beiden war, sich diese Verantwortung aufzubürden, und wie groß ihre Angst war, irgend etwas zu versäumen oder falsch zu machen. Deswegen konnte ich es ihnen gar nicht hoch genug anrechnen, daß sie dennoch den Mut aufgebracht hatten.

Nachdem ich tagelang damit beschäftigt gewesen war, unzählige Merkzettel auszufüllen und zu hinterlegen, die den beiden im Umgang mit den Kindern, dem Haushalt, der Wäsche und dem Kochen helfen sollten, fuhren wir dankbar und erleichtert los. Diesmal nicht in die Eifel, sondern an die Nordsee. Und nicht in eine einfache Familienpension, sondern in ein schnuckliges 4-Sterne-Hotel, in dem keine einzige Bettfeder quietschte.

In der ersten Nacht kuschelten wir uns – müde von der Reise – aneinander und schliefen ein in dem köstlichen Bewußtsein, noch sechs lange Nächte in ungestörter Zweisamkeit vor uns zu haben. Sie erlaubten es uns, mit dieser ersten Nacht verschwenderisch umzugehen und in ihr nichts anderes zu tun als zu schlafen. Wie konnten wir auch ahnen, daß es schon zur zweiten Nacht nicht mehr kommen würde? Gerade waren wir von einem Strandspaziergang zurückgekehrt, den wir sorgfältig bemessen hatten, um nur ja nicht ein weiteres Mal ermattet auf die Matratze zu sinken – da ging unser Zimmertelefon. Wenn wir dem entsetzten Gestammel meiner Mutter glauben durften, hatte Nico sich soeben ein Bein gebrochen, war das Baby an Lungenentzündung erkrankt und Carolin nur mit Mühe aus den Händen eines Sexualverbrechers befreit worden. Außerdem hatte der Paketbote mit seinem Lieferwagen unseren Gartenzaun niedergemacht und ein zänkischer Nachbar versucht, unsere Katze zu erschießen, weil Minka in dessen Speisekammer geschlüpft und die Sahne von der Geburtstagstorte geleckt hatte. Zwar relativierte sich der Bericht bei genauerer Nachfrage ein wenig, aber dennoch war eindeutig Gefahr im Verzuge. Schon eine Stunde später saßen Philip und ich im Auto und jagten unserem Zuhause entgegen. An das Bett, das Philip noch kurz zuvor zärtlich ›Lotterbett‹ genannt hatte, verschwendeten wir keinen Gedanken mehr.

Mit den schauerlichsten Befürchtungen näherten wir uns unserem Zuhause. Meine Fantasie war während der Fahrt komplett mit mir durchgegangen und hatte mir grausige Bilder suggeriert. So war ich schon einigermaßen erleichtert, als der Dachstuhl nicht in hellen Flammen stand, alle Fensterscheiben heil waren und überhaupt rund um unser Anwesen und über der gesamten Nachbarschaft sonntägliche Ruhe lag. Als dann noch Carolin nicht nur unversehrt, sondern sogar ausgesprochen fröhlich aus dem Haus gelaufen kam, kannte meine Erleichterung keine Grenzen.

Es stellte sich heraus, daß der Sexualverbrecher nur in der Einbildung der Omas existiert hatte. Carolin war lediglich nach Schulschluß noch auf den Spielplatz gegangen, statt sofort nach Hause zurückzukehren. Und das hatte die Omas zu den schrecklichsten Befürchtungen veranlaßt.

Ich warf einen Blick auf den Gartenzaun, dem drei Latten gekrümmt worden waren, und sah aus den Augenwinkeln, daß besagter Nachbar ohne sichtbare Erregung an unserer Katze vorbei in seine Garage ging und einen Gruß herübernickte.

In diesem Augenblick wurde die Haustür aufgerissen, und Nico humpelte uns entgegen. Selbst der besorgtesten Mutter konnte nicht entgehen, daß der schmale Verband, der sein Knie zierte, unmöglich die Maßnahme zur Versorgung eines Beinbruchs sein konnte. Und das Lahmen war vermutlich nichts weiter als Wichtigtuerei.

Timo lag schlafend in seinem Babykörbchen. Der Duft, der mir in die Nase stieg, legte klar, daß er mit Anisbutter gegen eine verstopfte Nase behandelt worden war. Zwar betonte meine Mutter immer wieder, bei einem so zarten Kind könne eine unbehandelte Erkältung leicht zu einer Lungenentzündung werden – aber Tatsache war, daß Timo von dieser Gefahr weit entfernt war.

Die beiden Omas ließen sich Seite an Seite ins Sofa sinken, beide augenscheinlich am Ende ihrer Nerven, und starrten mich so lange herausfordernd an, bis ich begriff, daß ich nicht mehr ungehalten, sondern dankbar dreinzublicken hatte.

Ja, natürlich war ich dankbar. Jede Mutter, die eine Tragödie befürchtet, ist heilfroh, wenn sich herausstellt, daß sie sich geirrt hat. Trotzdem wäre ich natürlich noch ein bißchen froher gewesen, wenn Philip und ich völlig unbehelligt geblieben wären und die Omas das Schlimmste ganz ohne jedes Aufsehen verhindert hätten. Am Ende der Urlaubswoche wäre ich sicherlich viel eher bereit gewesen, alles zu loben und zu preisen, was sie zur Prävention unternommen hätten.

Immer noch diese gekränkte Schweigsamkeit! Allmählich beginne ich zu glauben, daß unsere Ehe unter akuter Höhenangst leidet oder mit Klaustrophobie auf die Nähe des Himmels reagiert. Ist das nicht für eine bis dahin gut funktionierende Partnerschaft ein alarmierendes Warnzeichen? Oder liegt es an der höchst ungewöhnlichen Tatsache, daß wir beide mehrere Stunden beisammen sind, ohne von anderen Familienmitgliedern gestört zu werden? Vielleicht weiß man nach sechzehn Jahren Ehe gar nicht mehr, wie bekömmlich oder schwer verdaulich traute Zweisamkeit ist.

Ich betrachte Philip aus den Augenwinkeln, während er sich in den Anblick der leicht schwankenden Tragflächen versenkt. Er sieht immer noch prima aus, mein Mann, und er gefällt mir auch nach sechzehn Jahren Ehe noch genausogut wie am Anfang unserer Beziehung. Seine samtweichen braunen Augen zum Beispiel, das sanfte Lächeln und sein Blick, der eben noch einem kleinen Jungen gehört und Sekunden später schon einem siegessicheren Ladykiller! Philips Haare sind lichter geworden und von vielen grauen Fäden durchzogen. Warum eigentlich ist diese sichtbare Alterung bei meinem Mann interessant, während ich versuche, diesen Prozeß durch eine Henna-Tönung zu vertuschen? Ebenso der behäbige kleine Bauch, der sich über Philips Gürtel drückt, kann seiner Attraktivität nichts anhaben, während ich seit kurzem verzweifelt darum bemüht bin, mit täglichem Hanteltraining die gleiche Erscheinung im Keim zu ersticken. Mein Mann würde nicht im Traum daran denken, durch sportliche Anstrengungen seinen Körper zu vervollkommnen. Trotzdem ist Philip attraktiv. Warum rennen wir Frauen eigentlich ständig hinter unseren Idealmaßen her, ohne jemals so zufrieden zu sein wie ein Mann mit seinen grauen Haaren und dem Bauchansatz? Ich glaube, ich werde mir schwer überlegen müssen, meinem Bindegewebe zukünftig jede Schwäche zuzugestehen und meiner Bauchdekke die für drei Schwangerschaften eigentlich ganz normale Überdehnung zu gestatten. Und ob ich nicht mit grauen Haaren noch genauso attraktiv wäre wie Philip? Nein, Hand aufs Herz! Ein paar Sachen sind in der Emanzipation und der Befreiung der Frau anscheinend doch gründlich schiefgelaufen.

Philip scheint immer noch in das Funktionieren des Flugzeugs vertieft zu sein. Mich beschleicht leise Furcht. Werden wir einander genug sein, eine ganze Woche lang? In einem Hotelzimmer, in dem man des Nachts weder von einem schlecht träumenden Kleinkind noch von einem schlafwandelnden Batman und erst recht nicht von den Erlebnissen eines Teenies gestört wird, deren Verbalisierung angeblich keinen Aufschub duldet?

Der Gedanke an dieses Alleinsein gefällt mir außerordentlich. Wenn ich bedenke, wie oft wir in den letzten Jahren entsetzt auseinandergefahren sind, um unmanierliche Fragen mit geistesgegenwärtigen Antworten zu parieren!

»Was macht ihr da?«

»Nichts.«

»Warum schläft Papa nicht in seinem eigenen Bett?«

»Er wollte mir nur einen Gutenachtkuß geben.«

»Warum hast du keinen Schlafanzug an?«

»Hab' ich wohl vergessen.«

»Und warum macht ihr das Licht nicht aus?«

Viel zu oft haben wir inzwischen bei abgedunkelter Lampe, unter der Bettdecke, in der Schlafanzugjacke, mit einem Ohr am Schloß der Schlafzimmertür das getan, was sich auf diese Weise wie die berüchtigte eheliche Pflichterfüllung ausnahm. Eine Woche New York! Und wir könnten die ganze Nacht, nach Betätigung sämtlicher Decken-, Steh- und Nachttischlampen, unter Verzicht auf Nachtkleidung jeglicher Art und ohne uns um die Bewohner des Nachbarzimmers zu kümmern, das tun, was reinste Lust sein kann. Kein schlechter Gedanke! Ob Philip auch diese besondere Variante unserer Sieben-Tage-Flucht erwogen hat? Männer denken doch angeblich immer nur an das Eine.

Ich sehe ihn von der Seite an. Sollten sich seine Gedanken wirklich um dieses zentrale menschliche Thema ranken, dann spiele ich darin jedenfalls keine Hauptrolle. Vielleicht die Stewardeß, die es schafft, ihren schlaff auf den Hüften hängenden Uniformrock prall genug auszufüllen, daß Philip der wiegenden Kehrseite, die unter dem soliden Tuch von nicht mehr als höchstens einem dünnen Seidenslip gebändigt wird, begehrlich nachstarrt. Vielleicht sollte ich einmal schwerere Geschütze auffahren!

»Ich bin scharf auf dich«, sage ich leise. Aber anscheinend nicht leise genug. Die Dauerwelle auf dem Vordersitz und ihr benachbarter Haarkranz zucken zusammen und vibrieren unter dem schwer zu zügelnden Verlangen, sich umzuwenden, um den Erreger dieses intimen Ärgernisses mit einem vernichtenden Blick zu strafen.

»Roberto der Große ist auch schon ziemlich lüstern«, antwortet Philip grinsend und bemüht sich kein bißchen, seine Stimme zu dämpfen. Woraufhin die Dauerwelle sich synchron zum Haarkranz mißbilligend schüttelt.

»Er würde dich am liebsten auf der Bordtoilette vernaschen«, raunt mein Mann mir zu, nun doch um Diskretion bemüht. Aber auch diese skandalträchtige Äußerung scheint den Frisuren vor uns nicht entgangen zu sein. Die beiden Haaransätze wenden sich einander konsterniert zu.

»Roberto der Große?« Ein kurzer prüfender Griff zu Philip hinüber, und ich weiß, daß er nicht angegeben hat. Tatsächlich, Roberto hat in sechzehn Jahren nichts von seiner schnellen Reaktionsfähigkeit eingebüßt. Er salutiert wie ein strammer Soldat.

»Penisgrapschen in aller Öffentlichkeit?« tadelt Philip und zwinkert mir zu, als sei ich eine blutjunge Stewardeß mit jeder Menge Sex-Appeal.

Während auf den Vordersitzen die Haare zu Berge stehen, entschließe ich mich kurzerhand, ein weiteres Fläschchen Champagner zu ordern. Ist es nicht wunderbar, daß Philip dieselben ungebührlichen Gedanken hat wie ich? Und das nach sechzehn Jahren Ehe? Als ich mich erhebe, um die Bordtoilette aufzusuchen, lache ich den verkniffenen Mienen auf den Vordersitzen frech in die steilen Falten ihrer Nasenwurzeln. Sollen sie doch froh sein, daß Roberto der Große mich nicht begleitet hat!

Das Plastik-Einweggeschirr mit den bedenklichen Mengen Polystyrols und Melamins entlockt uns nichts als ein heiteres Lächeln, in fröhlicher Ignoranz spießen wir sogar unsere Gabeln in pestizid-verfüttertes Schweinefleisch und nitratverschleppte Möhren und lutschen geschmacksverstärktes Obst in uns hinein. Kurzum – wir lassen uns in der Erwartung unseres Hotelparadieses von keiner Vergiftungsgefahr die Stimmung trüben und uns nicht einmal von der Stewardeß den Kaffee versüßen. Entschieden weisen wir den dargebotenen Süßstoff zurück.

»Nein, danke«, sagte Philip, während er vor den Augen der Stewardeß den Arm um mich legt. »Wir trinken lieber noch ein Glas Champagner.«

Sechzehn Jahre Ehe, und dann so was! Ich grinse dem Make-up in seine maskarabemalten Augen. Gewonnen! Was sind schon bronzeüberstäubte Wangenknochen und ein runder Hintern gegen sechzehn Jahre Ehe mit drei Kindern, einem hypothekenbelasteten Eigenheim samt Gemüsegarten und zwei häufig nörgelnden, aber gelegentlich auch reizenden Omas? Nichts!

Von nun an lassen wir uns weder von der düster vorgetragenen außerplanmäßigen Bitte, die Gurte anzulegen, weil eine Schlechtwetterfront zu durchfliegen sei, aus der Ruhe bringen, noch von dem plötzlich einsetzenden Sinkflug über New York, der meiner ängstlichen Seele wie ein Sturzflug vorkommt. Rumpelnd und ratternd sackt der Flieger durch die watteweichen Wolkenschichten und gebärdet sich dabei wie ein Preßlufthammer, der eine Asphaltdecke zu durchstoßen hat. Kurz vor dem Aufsetzen ein schmerzhafter Adrenalinstoß, als ich für Sekundenbruchteile sicher bin, einen Zusammenstoß über der Rollbahn zu erleben – dann schreien uns die Bremsen zu, daß wir wieder einmal überlebt haben. Kopfschüttelnd sehe ich mir das Gras des Rollfeldes an und frage mich, wie es möglich war, die vielen, vielen Meter darüber ohne Angst gewesen zu sein.

Wenn alle Passagiere sich gleichzeitig erheben, ist das Flugzeug von bedrängender Enge erfüllt. Ich würde am liebsten sitzen bleiben, bis sich all die Aktentaschen, Kosmetikkoffer und Rucksäcke an mir vorbeigeschoben haben, aber Philip drückt mir seinen Ellbogen in die Seite.

»Nur zu, New York wartet auf uns.«

Der Chefsteward, der neben dem Cockpit steht und jeden einzelnen Fluggast mit einem freundlichen »Good bye!« verabschiedet, fängt meinen Blick ein, lange bevor die drei alten Damen vor mir ihren angestaubten Charme aus den Runzeln hervorgezaubert haben. Jedem der drei gönnt der junge Mann eine kleine Verbeugung, die keine von ihnen zu würdigen vergißt. Und während die erste seinen Service lobt, die zweite das komfortable Flugzeug und die dritte gar die gesamte Fluglinie, als sei dem jungen Mann all das persönlich zu verdanken, findet er doch zwischen den höflichen Erwiderungen genug Zeit, seine Augen immer wieder direkt in meine zu schicken.

Der Mann ist glatt zehn Jahre jünger als ich! Das war die Stewardeß auch, ohne daß Philip einen Gedanken der Verwunderung an diesen Umstand verschwendet hätte. Männern scheint es wohl nicht in den Sinn zu kommen, in einem solchen Altersabstand eine Trennung zwischen dynamischer Attraktivität und grauer Gleichmacherei zu sehen. Ich schenke dem jungen Mann mein schönstes Lächeln, hauche ihm ein gekonntes »Good-bye!« entgegen und bin sicher, daß es ein köstliches Versprechen enthält. Während ich seine Blicke in meinem Rücken fühle, freue ich mich an meiner Entscheidung, die nagelneuen, perfekt sitzenden Jeans zu tragen, und an der Tatsache, daß mein Hintern zwar nicht mit dem der Stewardeß konkurrieren kann, aber für gut vierzig Lenze noch recht ansehnlich ist. Ich muß mich ganz schön beherrschen, ihn nicht zu schwenken, wie es die leichten Mädchen in den alten Hollywood-Filmen tun.

Philip ist nur einen Schritt hinter mir. Ich werfe einen strahlenden Blick über meine Schulter zurück. Ob er gemerkt hat, wie der junge Chefsteward mich angesehen hat? Nein, wenn ich mir Philips Gesicht ansehe, das sich neugierig über meinen Kopf hinwegreckt, wird mir klar, daß er mal wieder nichts bemerkt hat. Schade eigentlich.

Der Kennedy Airport ist ein flaches, häßliches Gebäude, das aussieht, als stecke es mitten in Renovierungsarbeiten und habe seine wichtigsten Bereiche nur provisorisch mit dem Nötigsten ausgestattet. Dicke Kordelschnüre, in regelmäßigen Abständen von chromblitzenden Stützen in Hüfthöhe gehalten, führen uns in Schneckenhausformation durch die gesamte Ankunftshalle zu den streng blickenden Uniformierten, die ihre Stempel schon in den Fäusten schwingen. Völlig unmöglich, hier aus der Reihe zu tanzen! Und gut beraten jeder, der mit einem zuvorkommenden Lächeln an die Balustrade tritt, die, je nach Körpergröße, in Brust- oder ungünstigstenfalls in Kehlkopfhöhe endet. Wieder versuche ich, ehe Philip mit seinem umständlichen Englisch erklärt hat, daß wir in die USA einzureisen gedenken, mein schönstes Lächeln, von dem ich annehme, daß der Chefsteward es in seine kühnsten Träume mitnehmen wird – und siehe da, der Stempel knallt frohgemut und vor allem unverzüglich auf die Papiere, die wir im Flugzeug unter der persönlichen Anleitung des Flugkapitäns ausgefüllt haben.

»Heidelbörg?« fragt der Ältere der beiden.

Ich nicke, ehe Philip »No, no!« ausrufen kann. Warum soll ich diesem netten Menschen die kleine Freude verderben, indem ich preisgebe, daß wir zu den temperamentlosen Norddeutschen gehören? Der zweite Stempel wirbelt euphorisch durch die stickige Flughallenluft. »Wonderful!«

Ich bestätige ihn mit vielen Worten, ehe Philip den Irrtum doch noch aufklären kann, und konstatiere, ohne rot zu werden, daß New York vermutlich ebenso romantisch sei wie Heidelbörg. Das glaubt der erste New Yorker, den wir kennenlernen, zwar nicht, aber er hält meine Mutmaßung für einen so gelungenen Scherz, daß er uns lachend weiterwinkt.

»Was redest du für einen Unsinn!« zischt Philip mir zu, als wir außer Hörweite sind.

Ich zucke die Achseln. »Was spielt es für eine Rolle, ob wir aus Heidelberg, Westfalen oder Hamburg kommen? Du hast doch gesehen, daß er sich freute! Warum sollte ich ihm diesen Spaß verderben?«

Philip sieht mich an wie ein Staatsanwalt, der mich bei einem Meineid ertappt hat. Aber ich weiß natürlich, daß er sich nur darüber ärgert, die englische Sprache nicht in derselben Geschwindigkeit zu beherrschen wie ich, und ihm deswegen die Gelegenheit verwehrt blieb, den Unsinn, den seine kleine Frau mal wieder daherredete, richtigzustellen.

Aber das kann meinen soeben erworbenen Übermut nicht mäßigen. Jede verheiratete oder dauerhaft liierte Frau kennt das Gebaren ihres Mannes, wenn er mal wieder unversehens mit einer ihrer Stärken konfrontiert wird. Herausragende Fähigkeiten innerhalb der weibliche Domäne finden auch vor Philips Augen schnelle Anerkennung, aber Überlegenheit in einem der traditionell männlich beherrschten Bereiche kann er nur mit Mühe ertragen. So fällt es ihm zum Beispiel außerordentlich schwer, wortlos neben mir zu stehen und mich reden zu lassen, ohne einzugreifen. Er möchte eigentlich jede Angelegenheit auf seine männliche Weise regeln, und es fällt ihm schwer, mit dem Ergebnis der von mir geführten Verhandlung zufrieden zu sein.

Unbeeindruckt von Philips verdrossenem Gesicht, stelle ich mich an dem großen Fließbandkreis auf, über den bereits einzelne Koffer und Taschen schwanken, die mit ihren Namensschildern und den aufgeklebten Etiketten nach ihren Besitzern winken. Einige Passagiere greifen schon nach ihrem Eigentum, viele Koffer jedoch schließen den Kreis und werden dort, wo das Ende zum Anfang wird, vom Band genommen, weil die Besitzer noch um ihre Stempel kämpfen. Triumphierend blicke ich Philip an. Jetzt wird er doch insgeheim meine Cleverneß loben, mit der ich uns ruckzuck die Einreise in die Vereinigten Staaten verschafft habe!

Philip läßt nichts dergleichen erkennen, und eine halbe Stunde später sehe ich ebenfalls keinen Sinn mehr in unserer besonders zügigen Abfertigung. Nachdem auch die letzten Passagiere im Besitz ihrer Stempel sind und erleichtert nach ihrem Gepäck greifen, stehen wir immer noch da und warten auf meinen nagelneuen bordeauxroten Koffer. Philip hat seine verkratzte, tausend-Kilometer-erprobte Hartschale längst neben sich stehen, aber mein gutes Stück wurde noch nicht gesichtet.

Doch da – wieder öffnet sich der Vorhang für den Auftritt eines Nachzüglers – die festen Gummistreifen, die uns von der geheimnisvollen Kulisse der Flughafenorganisation trennen, teilen sich, stülpen sich vor, gedrängt durch das in Erscheinung tretende Gepäckstück … Applaus? Nein, ein häßlicher, imitierter Pilotenkoffer aus Kunstleder betritt die Bühne. Ich höre neben mir einen Mann, an dem auch die Haare, das Gebiß und das Boss-T-Shirt nicht echt zu sein scheinen, erleichtert aufatmen – dann hält das unermüdlich kreiselnde Fließband mit einem häßlichen Knirschen an. Und mit diesem letzten Stoß torkelt auch mein bordeauxroter Koffer auf die Bühne und bleibt, als sei er erschöpft vom Rotieren, bewegungslos auf einer Seite liegen.

3.

Unser sehnsüchtig erwartetes Schlaraffenland besitzt ein trauliches französisches Bett, dem die lästige Besucherritze fehlt, was mir sehr gefällt. Es vervollständigt jedoch seine vereinigende Wirkung mit einer einzigen, gemeinsam zu nutzenden Bettdecke, was ich für stark übertrieben halte. Ein schlichtes Wollplumeau, dem ein Laken untergelegt wurde, das in Halshöhe nach außen geschlagen wird, um das Kinn vor der kratzigen Wolle und den Bakterien der Vorschläfer zu schützen. Ich kenne mein nächtliches Bedürfnis, meine Bettdecke um meinen Körper zu spannen, ohne auch nur das winzigste Luftpolster zuzulassen, und Philips Gewohnheit, das, was ihn zudeckt, unter seinem Kinn zusammenzuraffen, während seine Füße sich an der kühlen Nachtluft erfreuen. Ich sehe Schwierigkeiten auf mich zukommen.

Unser Schlaraffenland hat noch eine weitere Macke! Sie

wird uns weniger beeinträchtigen, denn unser ungläubiges Erstaunen ist vermutlich nichts weiter als die Verwunderung des Provinzlers, der es gewöhnt ist, hinter seinen Gardinen mindestens den freien Raum zu erblicken, den die Bauordnung zwingend vorschreibt. Vor diesen Fenstern jedoch wächst in einem Abstand von höchstens fünf Metern eine Mauer in die Höhe, deren oberes Ende nicht auszumachen ist, selbst wenn man sich fahrlässig weit über die Brüstung lehnt. Der Himmel, die Sonne, das Wetter – nichts wird uns hier erreichen, es sei denn, es regnet in Strömen. Wir werden eine Woche in einem Zimmer zubringen, dem es an Tageslicht fehlt und an der Möglichkeit, etwas anderes zu erspähen als dunkles Mauerwerk – das glücklicherweise fensterlos ist. Andernfalls hätten wir den Bewohnern des Nachbarhauses nach dem Erwachen per Handschlag einen guten Morgen wünschen können.

Wir beschließen, dieses Zimmer auf jeden Fall nur während der Nachtstunden zu benutzen, dann nämlich, wenn wir zuverlässig wissen, daß auch außerhalb dieser Häuserschlucht Finsternis herrscht, und machen uns gegenseitig darauf aufmerksam, daß der geborene New Yorker vermutlich nichts dabei findet, mit einem derart eingeschränkten Gesichtsfeld zu leben. Wie glücklich sind wir doch daheim mit einem Apfelbaum vor unserem Schlafzimmerfenster und der beruhigenden Gewißheit, daß sich hinter ihm eine Rasenfläche ausdehnt, die ganz allein uns gehört!

Ein Gefühl, das – wäre ich sentimental – Heimweh heißen könnte, macht sich an mich heran.

»Ich werde kurz zu Hause anrufen, um zu berichten, daß wir gut angekommen sind.«

Wenn ich an meiner Schwiegermutter eins bewundere, so ist es ihre Haltung. Keines ihrer mannigfachen Gebrechen konnte je ihrer Noblesse etwas anhaben. Und selbst ihre beharrlichen Versuche, der Grande dame in ihr hin und wieder einen Blaustrumpf überzuziehen oder ihre arglose Umgebung mit einer skandalösen Behauptung zu erschrecken, konnten nie etwas an dieser Wirkung ändern. Warum sie mir dennoch häufig wie ein blutjunges Kammerfräulein vorkommt, das sich mit der eleganten Garderobe seiner Dienstherrin verkleidet hat, ist mir ein Rätsel. Immer, wenn ich glaube, es gelüftet zu haben, entgleitet sie mir, indem sie jenem nach dem Mund redet, der augenscheinlich der Stärkere ist, oder sich auf einen benachbarten Schauplatz begibt, wo die Parolen der angepaßten Weibchen gedrillt werden …

Zum Mißfallen meiner Mutter, die ein behördlich registrierter Bewohner unseres Hauses ist, hat auch meine Schwiegermutter einen Schlüssel zur Verfügung. Mit dem kann sie jederzeit unser Heim betreten, wenn sie sich in ihrer kleinen Wohnung, die sie in einem Haus in der Nachbarschaft bewohnt, einsam fühlt.

»Als wäre sie hier zu Hause«, seufzt meine Mutter dann, um sie kurz darauf mit der Freundlichkeit zu begrüßen, die einem seltenen Gast vorbehalten ist. »Nele hat Joghurt zubereitet. Möchtest du auch …?«

»Natürlich!« Meine Schwiegermutter plaziert umständlich den Stockschirm, der sie bei jeder Wetterlage begleitet, im Schirmständer und kommt steifbeinig, aber kerzengerade in die Wohnküche. »Schließlich macht Nele ihn ja meinetwegen. Ich möchte nicht wissen, was aus meiner Allergie geworden wäre …«

»Seit ich mit meiner Verdauung Probleme habe«, entgegnet meine Mutter spitz, »bereitet Nele den Joghurt selber zu.« Man sieht ihr an, daß sie drauf und dran ist, ausführlich auf ihre Beschwerden einzugehen. Ein warnender Blick von mir genügt jedoch, die Unterhaltung oberhalb der Gürtellinie enden zu lassen. »Mein Magen ist eben schrecklich empfindlich.«

Ehe ein Disput darüber ausbrechen kann, für welche der beiden alten Damen ich den Joghurtpilz bereithalte, weise ich auf Nicos dermatologische Anfälligkeiten hin – aber wie so häufig, wenn ich eine Unstimmigkeit zwischen den beiden mit meiner eigenen Flinte zu einem Waffenstillstand geführt habe, werde ich das Gefühl nicht los, daß keine von ihnen diesen Frieden gewollt hat.

Zwei mütterliche Augenpaare ruhen in derart eindringlicher Verbundenheit auf mir, daß ich mich ihnen schnurstracks entziehe, um mich dem eigentlichen Objekt meiner Bemühungen zuzuwenden – meinem Sohn Nico, der fern von jeder dankbaren Ergriffenheit ist.

Er schlägt im Gegenteil die Augen zur Decke.

»Laßt mich doch endlich mal knallsüßen Fruchtjoghurt essen.«

»Nico!« rufen die beiden Großmütter in einmütigem Entsetzen.

»Wie kannst du nur ...?« versucht Oma eins, ehe ihr die Empörung im Halse steckenbleibt.

»Deine Haut sähe schon nach dem ersten Löffel aus wie ein verschrumpeltes Radieschen«, bekräftigt Oma zwei.

»Laß ihn doch.«

Mitfühlend sehe ich meinem Sohn hinterher, der gegen die Ungerechtigkeit der Natur, die ihn mit einer allergisch reagierenden Haut ausgestattet hat, rebelliert, indem er seine Mitwelt ausgiebig an den Folgen mitleiden läßt.

»Er muß seinen Frust eben irgendwo abladen.«

»Aber doch nicht auf seiner Mutter!«

»Lieber Himmel, ich weiß doch, daß er es nicht so meint.«

Kopfschüttelnd vereinigen sich die beiden Omas über den Kaffeetassen, die ich vor sie hinstelle. ›Franzis, meine Liebe, die du mir teuer bist ...‹ läßt sogar ein weiteres Mal die modische Abwandlung ihres Vornamens über sich ergehen, ohne zu protestieren. Und das deutet auf eine akute Phase lammfrommer Gelassenheit hin. Franziska hat, was ihren Namen angeht, merklich an Selbstbewußtsein gewonnen.

»Wie altmodisch!« hatte meine Schwiegermutter ausgerufen, als man nach unserer Verlobung beschloß, sich fortan mit dem vertraulichen Du anzusprechen.

Leicht pikiert hatte meine Mutter zunächst auf die alte Tradition des Namens verwiesen und sich anschließend energisch verbeten, Franzis genannt zu werden. Erstens, weil diese modische Verknappung weder ihrem Alter noch ihrer Einstellung entspräche, und zweitens, weil nicht einzusehen sei, daß Frauen ihres Alters sich eine Jugendlichkeit aneigneten, die sie kein bißchen jünger mache, sondern höchstens lächerlich. Und damit hatte sie ausdrücklich nicht nur auf sich, sondern auch auf meine Schwiegermutter gezeigt.

Aber dennoch! Margareth und Franziska sind im Grunde ein Herz und eine Seele, und die gelegentlichen Eifersüchteleien scheinen nichts anderes zu sein als eine regelmäßige gymnastische Übung zur Erhaltung der geistigen und rhetorischen Geschmeidigkeit.

Philip versucht ein weiteres Mal, von der Fensterbank aus ein Stück Himmel zu erwischen.

»Philip, paß auf! Wir wohnen im siebten Stockwerk!«

Während ich die heimische Telefonnummer wähle, fühle ich die lebendige Ruhe, die unser Haus kennzeichnet, ganz deutlich. Nicht, daß es dort immer still wäre! Beileibe nicht. Aber der Lärm, der die Treppe herauf- und herunterfegt, prallt an dem Frieden der vier Wände ab und ist so nichts anderes als eine Unterbrechung dieses Friedens, keine Störung. Trotz der Lebhaftigkeit in seinem Innern ist unser Haus ein stilles Haus. Es steht in einer ruhigen Vorortsiedlung am Ende einer wenig befahrenen Straße. Ein weißer Zaun rahmt es ein, ein zweigeteilter Vorgarten weist zur Tür, und dahinter erstreckt sich ein Garten, der groß genug ist für Blumen- und Gemüsebeete, für Obstbäume und eine Laube, die sich in ausladendes Buschwerk drückt. Ein wenig spießbürgerlich ist es vielleicht, unser Haus, aber ich mag gerade das. Dadurch, daß es keinen Anspruch erhebt, einer bestimmten Stilrichtung anzugehören, und niemals die Chance hätte, in *Schöner Wohnen* abgebildet zu werden, ist es genau das, was ich mir immer gewünscht habe: ein gemütliches Heim. Kein Designerprojekt, aber dennoch schön. Zumindest für alle, die darin leben.

Zu Hause muß es jetzt später Nachmittag sein. Also läutet das Telefon auch nur zweimal, ehe der Hörer abgenommen wird, der sich um diese Zeit stets in Reichweite meiner Tochter befindet.

»Hi!« klingt es verführerisch an mein Ohr.

Ehe ich mich erkundigen kann, ob ich statt in einem Dorf in Good Old Germany in einem Etablissement von China Town gelandet bin, fällt mir ein, daß Carolin zu dieser Stunde immer den Anruf ihres Freundes erwartet, der zum größten Kummer meiner Tochter eine Ganztagsschule besucht und ihr deswegen den geschlagenen Nachmittag nicht zur Verfügung stehen kann – was ich übrigens sehr begrüße. Aber warum um Himmels willen muß dieser Jüngling angesprochen werden wie ein Freier auf dem Babystrich?

»Wo ist ein Hai?« frage ich gereizt zurück.

Carolins Sprachlosigkeit ist nur von kurzer Dauer. »Ach, du«, sagt sie ohne jede Begeisterung. Dann aber besinnt sie sich. »Du? Von wo rufst du an?«

»Aus New York natürlich. Sag den Omas und deinen Brüdern, daß wir gut gelandet sind.«

»Okay.«

»Ist alles klar bei euch?«

»Logo. Oma zwei ist ins Gästezimmer gezogen, damit sie Oma eins bei der Erziehungsarbeit unterstützen kann. Hier wird erzogen, sage ich dir, von morgens bis abends. Ganz schön anstrengend.«

»Für die Omas?«

»Quatsch! Für uns natürlich. Und Oma zwei hat versehentlich den Joghurtpilz auf den Komposthaufen geworfen.«

»Denk an die Telefonkosten«, mahnt Philip.

»Schöne Grüße von Papa. Also Carolin ...«

»Timo will dich noch sprechen.«

Nachdem mein Fünfjähriger einige vorsichtige »Ähs« in den Hörer gedruckst hat, kann er glauben, daß die Stimme am anderen Ende der Leitung tatsächlich seiner Mutter gehört. »Romanus und Amadeus wollen nur mit Nico spielen. Bloß, weil der schon elf ist.«

»Denk an die Telefonkosten!«

»Timo, mein Schatz, sag den Omas ...«

»Und Tante Marlene hat Kevin die Handschuhe angezogen, und bei mir hat sie gesagt, ich müßte das schon alleine können.«

»Kannst du doch auch.«

»Aber ich wollte trotzdem, daß Tante Marlene es tut.«

»Stell dir vor, die Kindergärtnerin müßte das bei jedem Kind tun! Schlimm genug, daß Kevin es noch nicht allein schafft.«

»Das ist ein Überseegespräch!«

»Küßchen von Papa! Nun sag den beiden Omas, daß es uns gutgeht.«

»Kommst du bald wieder?«

»Natürlich, mein Schatz, in einer Woche.«

»So lange?«

»Ich bringe dir auch was Schönes mit.«

»Was denn?«

»Die Gebühreneinheit ist im Hotel doppelt so hoch wie in einer Telefonzelle!« Philip zeigt entrüstet auf die entsprechende Stelle in den Hotelinformationen.

»Mal sehen, Timo. Ich werde dir schon was Hübsches aussuchen.«

»Romanus und Amadeus wollen den ganzen Nachmittag bei uns spielen.«

»Na, prima. Grüß sie von mir.«

»Inger hat nämlich eine Konferenz.«

»Sag also Nico, er soll dich mitspielen lassen. Und Romanus und Amadeus sollen sich unterstehen, dich auszuschließen. Sag ihnen, wenn sie dich nicht mitspielen lassen, können sie demnächst allein zu Hause bleiben, wenn Inger eine Konferenz hat.«

»Au ja!«

Philip sieht mich kopfschüttelnd an. »Wie kannst du nur solche Drohungen ausstoßen?«

»Ist doch wahr.« Ich gehe ins Badezimmer, um mir die kleine, weiche Jungenstimme und die rauhe Sehnsucht in ihr abzuwaschen. »Wenn Inger ihre Jungen zu mir schickt …«

Philip beendet meinen mütterlichen Klagegesang mit einem Handstreich. »Laß es gut sein, Nele. Der Ozean liegt zwischen dir und deinen Kindern.«

Ja, der Ozean. Was habe ich mir nur dabei gedacht, den Ozean zwischen meine Kinder und mich zu lassen?

»Komm, laß uns essen gehen«, sagt Philip.

Und der Ozean trocknet ein zu einer Telefonleitung mit zwölf Zahlen. Eine Woche mit Philip allein in New York! Wie lange habe ich mich darauf gefreut! Trotzdem – Ingers Söhne werden sich anpassen müssen in Zukunft …!

4.

Inger ist Lehrerin. Mit Begeisterung, wie sie sagt. In letzter Zeit sagt sie es immer öfter und immer nachdrücklicher. So, als müßte sie Beweise erbringen für ihr Engagement. Aber sie sagt auch, daß das Unterrichten von Jahr zu Jahr anstrengender wird, weil die Schulkinder immer weniger der unerläßlichen Voraussetzungen mitbringen. »Die Eltern kümmern sich nicht genug um ihre Kinder.«

»Wie sollten sie auch, wenn beide berufstätig sind?«

Und schon sind wir mitten in unserem Lieblingsthema. Ob wir wollen oder nicht, wir landen immer wieder unverzüglich bis zu den Knien in dieser glitschigen Debatte und bespritzen uns mit unseren Argumenten, bis wir schließlich in einem Schlammringkampf enden und nur noch versuchen, die andere möglichst dreckig zu machen. Inger will mich nicht verletzen und ich sie auch nicht, nein, auf keinen Fall. Aber schön besudeln, ja. Inger greift zum Beispiel gern zu einem großen Kübel, mit dem sie eine Riesenportion Mitleid über mich ausschüttet. Da stehe ich dann von oben bis unten mit ihrem Mitgefühl beschmiert, weil ich ja eine ausgebeutete Abhängige bin und unmöglich so glücklich sein kann, wie ich vorgebe. Wenn ich selbst dann zum Feudel greife und Inger mit Vorwürfen bespritze, weil sie sich von ihrer sogenannten Unabhängigkeit genauso ausbeuten läßt wie ich von dem, was mich angeblich abhängig macht, dann besteht die Möglichkeit, daß eine lange und hitzige Debatte daraus wird. Oder werden könnte … Denn spätestens nach einer Viertelstunde sieht Inger unruhig auf die Uhr. Ihr Terminkalender, der Ähnlichkeit mit dem Netzplan eines mittleren Industrieunternehmens hat, sieht nämlich nicht mehr als einen zehnminütigen Zeitpuffer vor, der dafür sorgen soll, daß sich zwei Termine nicht aneinander reiben. Ein Gespräch mit mir, eine außerplanmäßige Unterredung mit Romanus' Gitarrenlehrer oder gar ein Tag der Offenen Tür in Amadeus' Judoschule verursachen in ihrem elektronischen Terminplaner bereits den Absturz mehrerer Kilobytes und chaotische Überschneidungen zwischen den restlichen.

Inger ist nicht nur Lehrerin, sondern auch Vorsitzende des Fördervereins für Legastheniker und Mitglied sowohl des Lehrerrates als auch der Schulkonferenz und eines überregionalen Ausschusses, der sich mit der familiären Rollenfixierung in den Schulbüchern befaßt. Sie hilft einmal wöchentlich Kindern türkischer Gastarbeiter bei den Hausaufgaben und organisiert mit unermüdlichem Einsatz Schulfeste, Workshops und Projektwochen. Und um das Privatleben nicht zu kurz kommen zu lassen, engagiert sie sich als Vorsitzende des hiesigen Kunstvereins für mittellose und unverstandene Künstler und zwingt die anderen Mitglieder des Vereins, die armen Hungerleider zu unterstützen, indem sie ihnen Bilder abkaufen oder zumindest in ihren Geschäfts- und Büroräumen ausstellen. Kurz und gut – Inger ist eine vielseitig interessierte und engagierte Frau, die Beruf und Privatleben auf das vorbildlichste miteinander vereint und dank ihres ausgeprägten Organisationstalentes alle Aufgaben reibungslos miteinander verbindet.

So jedenfalls berichtet sie, wenn sie gefragt wird, meistens jedoch ungefragt. »Alles nur eine Sache der Organisation«, erklärt sie zum Beispiel. »Eine Frau, die ihren Alltag vernünftig plant, wird keine Probleme haben, allen Anforderungen gerecht zu werden. Niemand kann mir vorwerfen, meinen Beruf, meine Kinder oder meinen Mann zu vernachlässigen.« Inger wirft dann oft einen Blick auf ihre makellos manikürten Fingernägel. »Oder gar mich selbst …«

Nein, Inger leistet sich wirklich keine Nachlässigkeiten. Wenn ich es mir recht überlege, habe ich sie nie anders als proper und gepflegt erlebt. Ihre langen, blonden Haare glänzen, ihre große, schlanke Figur ist fitneßgestählt und hundertprozentig in Form, das Make-up erstklassig, und ihre Kleidung entspricht dem letzten Modeschrei. Inger sieht immer so aus, als habe sie sich gerade für ein besonderes Ereignis umgezogen und zurechtgemacht.

»Der Tag hat vierundzwanzig Stunden«, lächelt sie. »Vierundzwanzig lange Stunden! Selbst wenn man die Nachtruhe abzieht, bleiben immer noch etwa achtzehn übrig. Zeit genug, um die Welt zu verändern! Und ich empfinde es nicht als Belastung, daß ich manchmal erst am späten Abend, im Bett, dazu komme, mir die Nägel zu maniküren oder eine Gesichtsmaske aufzulegen. Ein guter Tag kann für mich nur ein ausgefüllter Tag sein.«

Vielleicht bin ich die einzige, die hin und wieder diese flüchtige Handbewegung zur Kenntnis nimmt, mit der Inger sich über die Stirn streicht. So, als wollte sie einen Schmerz wegwischen. Jedenfalls bin nur ich es, die von ihren Kopfschmerzattacken etwas weiß. Inger redet nicht gerne darüber, daß ihr so herrlich ausgefüllter Tag manchmal nur halb so lang ist, weil sie hinter geschlossenen Vorhängen auf die Wirkung ihrer Kopfschmerztablette warten muß und sich fragt, was unterdessen in den Kinderzimmern passiert. »Aber«, so pflegt sie zu ergänzen, »es ist wunderbar, den selbst formulierten Ansprüchen gerecht zu werden. Diese markante geistige Anstrengung ist es schließlich, die eine Frau jung und gesund erhält. Nichts macht schneller häßlich als geistige Trägheit und Unterforderung.«

Ich betrachte dann oft skeptisch das sorgfältig ummalte Oval ihrer Augen, das trotz der leuchtendblauen Wimpernfarbe nicht über die dunklen Schatten darunter hinwegtäuschen kann. Und genauso zweifelnd fixiert Inger meine legeren Jeans und die Turnschuhe und versucht, meiner heiteren Gelassenheit die Überzeugungskraft einer überdrehten Lebenslust entgegenzusetzen.

Manchmal würde ich sie dann gerne fragen, ob sie wirklich nicht weiß, daß sie sich etwas vormacht. Ob sie nicht spürt, daß sie sich überfordert und den Tag in Wirklichkeit ausschließlich mit Pflichten und ihrem Leistungssoll ausfüllt, dem viel zu selten der Genuß einer vergeudeten Stunde entgegengesetzt wird. Aber das sind die Augenblicke, in denen ich meine Gedanken schleunigst zurückhole, die mal wieder drauf und dran waren, vorzupreschen und alles zu vergessen, was sie selber verdrängen. Natürlich mache auch ich mir etwas vor. Und wenn Inger wüßte, womit ich regelmäßig die Haushaltskasse aufbessere ... Es wäre schrecklich, wenn ich mir irgendwann vorhalten lassen müßte, vorsätzlich und arglistig nicht nur meine beste Freundin, sondern auch meine Familie und damit sogar ein bißchen mich selbst betrogen zu haben.

Inger und ich waren bei einer gemeinsamen Nachbarin zum Kaffeekränzchen eingeladen. Ein Vergnügen, dem ich mich ausgesprochen gern widme, das Inger aber meist zurückweist. Diesmal jedoch hatte sie zugesagt. Keine berufliche Verpflichtung, kein ehrenamtliches Engagement, kein pädagogischer Auftrag standen dieser amüsanten Zeitverschwendung entgegen.

Als ich Inger abholte, wartete sie bereits in der Diele – mit dem ratlosen Blick eines Menschen, dem eine wichtige Erledigung auf den Nägeln brennt, ohne daß ihm einfallen will, welche es ist. Inger schaute ein letztes Mal suchend um sich, schüttelte ungläubig den Kopf, als sich ihr nicht das kleinste Problem aufdrängte, das es unverzüglich zu beseitigen galt, und folgte mir dann zögernd, während sie mir detailliert berichtete, mit welchem organisatorischen Aufwand es ihr gelungen war, das Buch zu bestellen und rechtzeitig abzuholen, das sie unserer Gastgeberin schenken wollte. *»Die Chancen der Doppelbelastung!«* Triumphierend streckte Inger das Buch in die Höhe. »Das wird Edith interessieren, glaubst du nicht auch?«

Ich hakte sie freundschaftlich ein. »Wetten, daß sie meine selbstgekochte Marmelade mehr zu schätzen weiß?«

Ich schien mich zu täuschen. Zwar freute sich Edith wirklich über meine konservierungsstofffreie Vierfruchtkonfitüre, aber das Buch, das Inger mit wichtiger Miene überreichte, schlug in die arglose Kaffeeklatschrunde ein wie eine Eisbombe in einen leeren Magen.

»Chance?« fragte Edith ungläubig. »Ich habe in der Doppelbelastung bisher nichts anderes sehen können als eine Menge Arbeit.« Sie strich sich über die Haare, was ihre Frisur ohne weiteres zuließ, die vor ein paar Tagen mit einer frischen Dauerwelle in Form gebracht worden war. So würde sie bleiben, bis ihre angeborene Fasson wieder den zeitraubenden Einsatz von Föhn und Rundbürste notwendig machte. Ein Augenblick übrigens, in dem Edith immer beginnt, den Zeitaufwand für den nächsten Dauerwellentermin zu planen. Im Gegensatz zu Inger legt Edith, die Krankenschwester, großen Wert darauf, das Maß ihrer Doppelbelastung nicht noch durch kosmetische Finessen in die Höhe zu treiben. Edith ist zufrieden, wenn sie adrett und akkurat aussieht. Und das bedeutet, daß die Haare da sitzen bleiben, wo sie nicht bei der Arbeit stören, daß auch ihr übriges Erscheinungsbild sauber und korrekt ist und den Patienten, die sie betreut, Vertrauen einflößt. So ist Ediths Kleidung auch in erster Linie praktisch, denn schließlich trägt sie während der Arbeitszeit ohnehin ihre Schwesterntracht, und zu Hause reichen Hosen und Pullis, die in der Waschmaschine gewaschen werden können. Edith fühlt sich nicht verpflichtet, schick zu sein. Für einen dieser seltenen Fälle hat sie ein graues Kostüm im Schrank hängen, und das reicht. Für Ingers aufwendige Schönheitspflege hat sie nur ein verständnisloses Lächeln übrig.

Inger nahm am Kaffeetisch Platz, als brauchte sie drei Stühle, um links und rechts neben sich noch das komplette Ausmaß ihres Gedankenreichtums unterzubringen. Wenn sie diese breite Bedeutung einnimmt, bin ich stets auf der Hut. Auch diesmal nicht ohne Grund, wie sich bald herausstellen sollte.

Ehe ich die reiche Verzierung der Mokkatorte und die exakte Anordnung der Baiserschnitten loben konnte, war Inger schon mitten in der ideologischen Ausrichtung dieser Kaffeerunde. Die Doppelbelastung sei eine einmalige Chance für die Frau zu beweisen, daß sie jede berufliche Position ausfüllen kann, ohne die weiblichen Anteile ihrer Persönlichkeit zu vernachlässigen oder gar zu leugnen.

»Verdammte Theorie!« entfuhr es mir, und die wütend eingeschnaubte Atemluft saugte meine Mokkabohne in die Luftröhre. Nur unter großen Mühen konnte ich meine Empörung herauskrächzen. »Die Doppelbelastung ist keine Chance, sondern eine Heimsuchung!« Ich wußte, wie wenig imponierend meine Erklärung unter dieser Atemnot war. Aber in der Sorge, daß Inger die Enge in meiner Luftröhre nutzen könnte zu weiteren spekulativen Ungeheuerlichkeiten, schluckte ich den Kitzel in meinem Hals herunter, anstatt ihn herauszuhusten. »Mach dir doch nichts vor, Inger«, preßte ich an der Mokkabohne vorbei, die sich nun schmerzhaft hinter meinem Brustbein abwärts bewegte. »Du gehst Tag für Tag bis an die Grenze deiner Leistungsfähigkeit, dein Mann erlebt dich nie anders als erschöpft und ausgelaugt. Und deine Kinder? Die wachsen als Zeiger an deiner Armbanduhr auf!« Ich wandte mich an Edith, mit der ich mich verbünden wollte. »Edith, du verbringst für das Eigenheim mit Garten die Nächte im Krankenhaus und die Tage in völliger Übermüdung. Glaubst du wirklich, daß die Chance, die du in deiner Doppelbelastung entdeckt hast, auch für deine Kinder eine Chance ist?«

»Sie werden früh selbständig«, sagte Edith.

»In erster Linie werden sie ohne die nötige Zuwendung groß.« Ich trank meine Kaffeetasse leer und sah Inger provokativ an.

Auf ihrem Gesicht zeichnete sich der Kampf ab, den sie immer wieder herausfordert, obwohl sie sich unter ihm quält. »Jeder weiß doch«, sagte sie, »wie schnell der stundenlange Aufenthalt in Küche und Kammer eine graue Maus aus einem weiblichen Wesen macht.« Sie lächelte mich freundschaftlich an. »Noch bist du hübsch und attraktiv, Nele. Aber glaubst du nicht, daß du ein großes Risiko eingehst?«

Nein, ich glaubte es nicht. Was hatte meine Anziehungskraft mit der Doppelbelastung zu tun?

»Schließlich war Nele mal Journalistin«, verkündete Inger.

Obwohl mannigfache Erfahrung mich gelehrt hatte, daß

es wesentlich einfacher war, Ingers Werbefeldzug für die Frauengleichstellung an mir vorbeimarschieren zu lassen und scheinheilig ein Fähnchen zu schwenken, ließ ich mich wieder einmal verleiten, nach einer faulen Tomate zu greifen.

»Du kommst dir so aufgeschlossen und fortschrittlich vor, Inger!« stieß ich erregt hervor. »Siehst du denn nicht, daß du der Frauenbewegung hinterherrennst, ohne zu merken, daß die schon längst in eine andere Richtung marschiert? Lieber Himmel, nach dreißig Jahren sogenannter Emanzipation müssen wir doch allmählich begriffen haben, was sie uns wirklich eingebracht hat ...«

Inger sah unruhig auf die Uhr. »Ich muß gehen. Laßt uns später weiterdiskutieren. Ich muß noch ein Gutachten schreiben ...«

Wir sahen ihr durchs Fenster hinterher, wie sie fliegenden Fußes auf ihr Haus zulief und schon vor der Haustür ihren Kindern ein paar organisatorische Anweisungen zurief. Worauf Romanus die Schaukel verließ und seine Gitarre schulterte und Amadeus sich am Straßenrand aufbaute, um auf das Taxi zu warten, das ihn zur Zeckenimpfung befördern sollte.

Auch Ediths Kinder folgten bald einem unauffälligen Wink. Zwar ging der späte Nachmittag soeben erst in einen frühen Abend über, aber die beiden verstanden sofort, warum sie schon jetzt zuerst in die Badewanne und dann in ihre Schlafanzüge steigen sollten.

»Ich habe Nachtdienst«, erklärte Edith, »und wenn ich das Haus verlasse, muß alles bereit sein für das Zubettgehen. Gute Organisation, oder? Zwar können die Kinder jetzt nicht mehr draußen spielen, aber wenn Schlafenszeit ist, brauchen sie nur noch die Bademäntel abzuwerfen, und Herbert hat keinen Streß mehr mit ihnen.« Edith zauberte das gönnerhafte Lächeln hervor, das alle Frauen beherrschen, die insgeheim stolz darauf sind, ihren Männern haushoch überlegen zu sein.

Ich beschloß, Edith vor ihrem Nachtdienst noch eine kleine Atempause zu gönnen, und verabschiedete mich ebenfalls. Als wir uns vor ihrer Tür die Hand schüttelten, sagte Edith: »Meine Arbeitszeiten sind doch viel günstiger als Ingers. Meist ist Herbert dann schon da, wenn ich los muß ...« Sie zuckte hilflos die Achseln. Wir wußten beide, daß Herberts Anwesenheit zu Hause bestenfalls dazu diente, die Kinder vor schweren Schäden zu schützen. Die Hausarbeit jedenfalls, die bis dahin nicht getan war, würde auch in den nächsten Stunden nicht erledigt werden. »Trotzdem!« ergänzte Edith. »Das Leben meiner Kinder wird von meiner Abwesenheit eigentlich kaum tangiert. Es ist wirklich gut, daß ich so günstige und regelmäßige Arbeitszeiten habe.«

Ich verkniff mir die heitere Entgegnung, wie froh ich sei, nicht nur keine unregelmäßige, sondern eine völlig frei verfügbare Arbeitszeit zu haben. Daß ich diesen Einwand herunterschluckte, lag vor allem daran, daß Inger an diesem Tag das erste Mal von meinem erlernten Beruf gesprochen hatte. Es war mir nicht recht.

Edith lehnte sich gegen das geöffnete Türblatt. Sie schien sich noch nicht aus unserem Gespräch lösen zu können. »Wenn du vor deiner Ehe Journalistin warst«, begann sie nachdenklich, »dann dürfte es schwierig werden, wieder in den Beruf zurückzukehren, wenn die Kinder groß sind. Du wirst den Anschluß verloren haben.«

»Mal sehen«, antwortete ich vage. »Timo ist ja noch viel zu klein, um an diese Möglichkeit überhaupt zu denken. Und weißt du ... mit dem Schreiben ist es so wie mit dem Schwimmen. Wenn man es einmal kann, verlernt man es nicht so schnell wieder.« Ich hatte das Bedürfnis, ein bißchen ehrlicher zu sein, als unbedingt sein mußte. »Außerdem ist Journalismus ein viel weiteres Feld, als man gemeinhin annimmt«, erklärte ich Edith. »Die meisten Leute denken immer nur an wichtige politische Kommentare oder brandheiße Reportagen. Aber auch die vielen Love-Storys, Krimis und Fortsetzungsromane werden von Journalisten geschrieben. Da würde ich bestimmt wieder einsteigen können.«

Ach, wie gut, daß niemand weiß, daß ich Tanja Berger heiß!

Trotz dieser beruhigenden Gewißheit verabschiedete ich

mich nun Hals über Kopf von Edith. Es wäre mir wirklich lieber gewesen, Inger hätte nie von meinem Beruf gesprochen. Ich fühle mich sicherer, wenn keiner meine berufliche Vergangenheit kennt. Und vor allem ist mir wohler, wenn ich Inger nichts vormachen muß.

Wir haben einander doch immer alles anvertraut, damals, während unserer gemeinsamen Studentenzeit. Es gab nichts, was eine der anderen nicht gestehen konnte. Und jedes Ziel hatten wir gemeinsam verfolgt. Seite an Seite waren wir durch die Straßen marschiert und hatten »Mein Bauch gehört mir!« gebrüllt oder »Schwanz ab!«

Aber dann lernte ich Philip kennen, und Inger ihren Louis. Die Bäuche wurden zu unserem eigenen Unterleib und die Schwänze zu den Genitalien unserer Männer. In meinem Fall sogar mit dem Beinamen ›Roberto der Große‹. Damit änderte sich vieles. Jedenfalls bei mir.

Ich mußte schon froh sein, daß Inger mir nie den Verrat an unseren frühen Überzeugungen vorwarf. Keine einzige Vorhaltung war über ihre Lippen gekommen, als ich das Kind, das ich erwartete, auch bekommen wollte und mich zu diesem Zweck sogar freiwillig unter das Joch der Ehe begab. Vielleicht ahnte Inger damals schon, daß sie es mir irgendwann gleichtun würde? Emanzipation hin oder her! Ich glaube, das war der Grund, warum sie mich damals keine Spießerin nannte und mich nicht des Versuchs bezichtigte, mich klammheimlich ins Establishment zu schleichen. Sie war ja entschlossen, mir über kurz oder lang zu folgen. Nur – daß ich aus freien Stücken meinen Beruf aufgab und mich in den Dienst der Familie stellte, das konnte sie nicht verstehen und nur mit äußerster Mühe verzeihen. Wäre unsere Freundschaft nicht bereits so beständig gewesen ... ich bin sicher, Inger hätte niemals eine langweilige Hausfrau ihre Freundin genannt.

Aber nun noch einmal meine Überzeugungen verraten? Erklären, warum sie immer noch richtig sind und wichtig? Auch, wenn mir bei der Wahrung meiner Grundsätze etwas dazwischengekommen ist? Nein, das würde ich niemals fertigbringen. Schon deswegen nicht, weil es etwas so Simples wie ein knallrotes Kleid war, das ich mir eigentlich nicht leisten konnte und dennoch gekauft habe. Für dieses knallrote Kleid, das längst in einer Kleidersammlung gelandet ist, habe ich vor Jahren zu schwindeln begonnen und kann nun nicht mehr damit aufhören.

Ich sah es in einem Schaufenster und wußte gleich: Das muß ich haben. Ein schlichtes, schmal geschnittenes Kleid mit einem trapezförmigen Ausschnitt, der sogar der Schaufensterpuppe ein atemberaubendes Dekolleté verlieh. Und der breite Gürtel mit der raffinierten Schnalle machte aus jeder schlanken eine hinreißend zerbrechliche Taille und aus einem runden Po eine prachtvolle Verlockung. Ich besaß damals beides – eine schlanke Taille und einen runden Po –, das Kleid war also wie für mich geschaffen. Der Preis allerdings, der unübersehbar an der Schulter befestigt war, verbot eigentlich von vornherein, irgendwelche diesbezüglichen Überlegungen anzustellen.

Schnell überschlug ich meine Situation. Mein Geburtstag war vorbei und Weihnachten noch lange nicht in Sicht. Mir dieses Kleid zu einem der Feste zu wünschen kam also nicht in Frage. Außerdem hatte ich zum letzten Geburtstag eine Getreidemühle bekommen, die den Geschenke-Etat bereits überzogen hatte. Und Carolin, deren Geburtstag gerade erst zwei Wochen zurück lag, hatte sich ein Fahrrad gewünscht. Natürlich mußte es ein stabiles Markenrad sein mit allem, was ein Kind zu seinem Glück braucht. Mit ihm war der Geschenke-Etat in die roten Zahlen geraten. Wie also konnte ich an dieses Kleid kommen, ohne vorher eine Bank zu überfallen? Ob ich es einmal unverbindlich anprobierte? Vielleicht stand es mir gar nicht, oder es paßte nicht. Dann würde ich es mir mit Freude aus dem Herzen reißen können.

Aber es paßte wie angegossen und stand mir ausgezeichnet. Ich ließ es zurückhängen, bat die Verkäuferin um Bedenkzeit und überlegte, ob ich der Versuchung nachgeben durfte, die sich soeben wie ein böses kleines Teufelchen an mich herangemacht hatte. Die Verlockung war groß. Denn mir wurde klar, wie ich die stolze Summe würde aufbringen können, ohne daß irgend jemand etwas davon bemerkte. Ich wußte, was die Zeitung brauchte, für die ich einmal gearbeitet hatte, und ich wußte auch, wie ich ihr verkaufen konnte, was sie brauchte, ohne daß jemand meinen Namen erfuhr ...

Ach, wie gut, daß niemand weiß, daß ich Tanja Berger heiß!

5.

Ein erschreckend altersschwacher Lift hat uns von der siebten Etage ins Foyer befördert. Nachdem ihm sowohl im fünften als auch im dritten Stockwerk die Puste auszugehen drohte, sah ich mich nach der glücklichen Landung im Erdgeschoß unauffällig nach einem Treppenaufgang um. Ein täglicher Jogginglauf in die siebte Etage wäre doch ohne Zweifel gut für Kreislauf und Kondition! Aber den New Yorkern scheinen Gesundheit und Leistungsfähigkeit nicht besonders am Herzen zu liegen. Jedenfalls erblicke ich nirgendwo den Hinweis auf die Stufen, die die Inanspruchnahme des Lifts überflüssig machen könnten. Nicht einmal mit dem Hinweis: ›Nur im Notfall zu benutzen!‹

Aber dann sehe ich, daß alle anderen dem ratternden Ungetüm unverkrampft entgegenhorchen und es unbekümmert besteigen, und entschließe mich ebenfalls zur Sorglosigkeit. Habe ich nicht zu Hause noch großmäulig abgewinkt, als man mich auf die mannigfachen Gefahren aufmerksam machte, die angeblich in New York auf den unbedarften Touristen warten? Natürlich hatte ich an die Gangster in den finsteren Seitenstraßen gedacht. Die Idee, daß ich gefährdet sein könnte durch ungenügende technische Standards und nachlässige Wartung der Maschinerien, war mir nicht gekommen.

Von einem Eindruck überwältigt zu sein, sagt noch nichts darüber aus, ob er Begeisterung, Anerkennung, Herzklopfen oder auch nur Befremden auslöst. Auch meine Erschütterung hat wenig mit diesen wertenden Gefühlen zu tun. In mir ist nichts als Staunen. Staunen zum Beispiel darüber, ins

Freie zu treten und trotzdem das Gefühl zu haben, von einem kleinen in einen großen Raum zu gehen. Die Häuserwände wachsen so hoch empor, daß es mich nicht wundern würde, wenn die Mauerkronen sich oben zu einem schützenden Dach verbänden. Um in den Himmel zu schauen, muß ich den Kopf weit in den Nacken legen, und wenn es dunkel ist, werden ein paar blinkende Sterne nötig sein, um zu glauben, daß die Wolkenkratzer wirklich ein oberes Ende haben.

Andererseits macht diese enorme Höhe die vierspurigen Straßen aber auch viel schmaler und harmloser als daheim die Autobahnen, die breit und trennend ein Stück Landschaft zerschneiden. Die Warnungen vor den vielen Gefahren des Molochs New York kommen mir jetzt ziemlich unverhältnismäßig vor. Möglicherweise liegt das aber daran, daß mich, nachdem ich unversehrt die Fahrt im Hotellift überstanden habe, nichts mehr erschüttern kann. Ich habe das Gefühl, in einen wirren Ameisenhaufen zu treten, in dem es wimmelt und krabbelt – dennoch ist die Systematik unverkennbar.

Die 7th Avenue empfängt uns wie ein breiter Strom. Gleichmäßig rauschend von der Quelle im Central Park hin zum Time Square. Ein unermüdlicher Fluß, der keine Nachtruhe kennt. Vom Gleichmaß unterbrochen nur durch die Stauseen vor den roten Ampeln und dem hellen Flackern der Hupen auf den Wellen des Verkehrs. Nichts von dem, was New York angeblich so bedrohlich macht, ist zu erkennen. Keine bettelnden Fixer, keine Kriminellen mit der Hand am Revolver, keine Psychopathen mit irrem Blick! Um mich herum nur geschäftige Menschen, die eilig einem Ziel entgegensteuern und nichts als dieses ganz private Ziel vor Augen zu haben scheinen. Meiner Handtasche und Philips Kamera schenkt niemand einen begehrlichen Blick.

›Verhalten Sie sich so wie alle New Yorker!‹ stand in meinem Reiseführer. ›Bummeln Sie nicht durch die Stadt, daran erkennt ein Gangster sofort den Touristen. New Yorker haben es immer eilig.‹

Wie soll ich hastig, ohne nach rechts und links zu blicken,

durch diese Straße laufen? Vorbei an dem schillernden Nebeneinander von indischen Zeitungsverkäufern, koreanischen Gemüsehändlern, haitianischen Taxifahrern, irischen Polizisten und Yuppies von der Wall Street, die unter ihrem Jackett nur ein Unterhemd von Henri Bendel tragen? Völlig unmöglich! Ich starre einen nach dem anderen an, als sei ich soeben zur Quelle der multikulturellen Gesellschaft vorgedrungen. Und da passiert es. Aus all der Eile hetzt plötzlich etwas noch Schnelleres heraus, schießt direkt aus der Menschendichte auf mich zu, groß, überlegen, bedrohlich ... ein Überfall! Auf offener Straße!

Es ist nur ein Jogger, der nicht mit einer gaffenden Touristin gerechnet hat. Wahrscheinlich hat er irgendwann die Eile der New Yorker zu seinem Lauftempo multipliziert und sich so auf seine Weise eingefügt in das schnelle Fließen des Fußgängerverkehrs, das nur um ein Drittel langsamer ist, sich aber ansonsten genauso verhält wie er. Und nun ein unvermuteter Stau in Form eines staunenden Fremdlings! Kein Wunder, daß er mich wütend anblafft und mir etwas ins Gesicht schreit, was ich Gott sei Dank nicht verstehe. Mein Puls beruhigt sich, und mein Herz schlägt schon bald wieder seinen normalen Rhythmus. Nach der kurzen Hitzewelle, die die Angst in mir erzeugt hat, beginne ich zu frieren. Der April in New York ist kälter als daheim. Noch keine Spur vom Frühlingserwachen! Ich ziehe den Mantel enger um meinen Körper. Es sieht aus, als würde es gleich zu regnen beginnen.

Wir stehen immer noch vor unserem Hotel. Wo könnten wir die amerikanische Küche probieren und gleichzeitig die Stunden zubringen, die uns ohne lähmende Müdigkeit oder einen Elan, der nicht zur Tageszeit paßt, in die Zeitverschiebung hineinführen?

Philip weist auf die andere Straßenseite. »›Chez Nicole‹. Komm, wir versuchen es dort.«

›Chez Nicole‹ ist ein winziges Lokal, das sich an den Fuß eines Wolkenkratzers duckt, als wäre es nur eine halbe Etage hoch. Rote Lampen in den Fenstern, dahinter weiß eingedeckte Tische. Es wirkt anheimelnd und gemütlich. Nur –

wie kommen wir auf die andere Straßenseite? Über diesen breiten, unaufhörlich fließenden Strom?

Ich greife nach Philips Hand, und wir passieren zunächst zwei Querstraßen unter korrekter Befolgung der Anweisungen ›Stop!‹ und ›Go!‹, bis wir an einer Ampel anlangen, die uns auf die andere Straßenseite führen kann. Nach kurzem Warten teilt sie den Fluß für uns, damit wir trockenen Fußes hinübergelangen können. Als wir die Hälfte überquert haben, sehe ich zweifelnd nach rechts, weil ich kaum glauben kann, daß die Autos, die auf vier Fahrspuren in einer Sechser-Reihe auf den Start lauern, uns wirklich unbehelligt hinüberlassen.

Ungeduldig zerre ich an Philips Hand. Das Gigantische macht mir nun doch langsam Angst.

Und dann erst der Blick nach links! Weg von den Autos, die sich jeden Augenblick über uns hermachen können! Hin zu einigen Metern autofreier Asphaltdecke, die sich fortsetzt in eine unendliche Gerade! Die Straße führt leicht abwärts, ich habe das Gefühl, sie zu überblicken bis an das Ende der Stadt. Ein Gefühl der Weite, das man vom Verlauf der Schienengeleise kennt, die sich dem Blick ebenso schnurgerade entfernen und der Landschaft, durch die sie führen, ein Maß von Grenzenlosigkeit aufdrücken. Auch hier, mitten in dieser monströsen Stadt, gibt es diese Endlosigkeit – trotz aller Einengung.

›Chez Nicole‹, so flimmert es in roten und gelben Intervallen über der schmalen Eingangstür. Wir zwängen uns hindurch und finden uns, dicht aneinandergedrängt, in einem winzigen Windfang wieder. Ich versetze Philip einen ungeduldigen Puff. »Geh weiter!«

Ich weiß, wie wenig mein Mann diese Auftritte liebt. Wenn Knigge es nicht zwingend vorschriebe, wäre es ihm viel lieber, sich hinter meinem Rücken in etwas zu wagen, was ihm neu und fremd ist. Entsprechend vorsichtig zerteilt er den schweren Vorhang, bleibt wiederum stehen und läßt mich nicht teilhaben an dem, was er zu sehen bekommt. Da er jedoch auch nicht zurückweicht, gehe ich davon aus, daß dieses Lokal ein Etablissement ist, das ein ordentlicher Mensch ohne weiteres betreten kann. »Geh weiter!«

Endlich ist auch mir der Anblick des rotverspielten Ambientes vergönnt. Ziemlich viel Rot für meinen Geschmack! Dennoch ist ›Chez Nicole‹ in seinem Inneren genauso anheimelnd wie seine Fassade.

Das Rot setzt sich fort bis zu den Haaren des Kellners. Wie aus dem Boden gewachsen steht er da. »My name is Joseph!«

Er scheint ganz außer sich vor Freude zu sein, gerade uns, Philip und Nele Hübner aus Good Old Germany, vor sich zu sehen. Daß wir keine Amerikaner sind, hat er sofort erkannt. Und daß wir deutschsprachig sind, versetzt ihn in Verzükkung. Er sei nämlich, erklärt er in einem drolligen Wienerisch, das sich schon vor einigen Jahren amerikanisch gefärbt hat, Österreicher und freue sich immer ungeheuer, mal wieder in seiner Muttersprache zu reden. Mit ausgebreiteten Armen, als sei er im Begriff, uns an seine Brust zu ziehen, führt er uns an einen Tisch, den er uns präsentiert wie den weitaus besten des Lokals. Mit leuchtenden Augen sieht er zu, wie wir Platz nehmen und uns wohlgefällig umsehen. Und inbrünstig bittet er uns, ihm jeden Wunsch anzutragen, der uns am Herzen liegt. »Ja, mei, diese Freud!«

Philip erkundigt sich manierlich danach, was ich zu trinken wünsche, und macht in einem Atemzug den Vorschlag, den ersten Abend in New York mit Champagner zu begießen.

Joseph macht Anstalten, ihn mit einem eingesprungenen Rittberger zu servieren – derart angetan ist er von unserer Anwesenheit. Unter allen Umständen möchte er unsere Lebensgeschichte, insbesondere unsere Ehegeschichte, erfahren und kann sich nicht genug darüber wundern, daß wir es schon sechzehn Jahre an einem Stück miteinander aushalten und überdies noch glücklich mit diesem Zustand zu sein scheinen. Ein amerikanischer Traum, der in Old Germany verwirklicht wurde! Wenn wir Joseph so zuhören und -sehen, können wir auch nicht umhin, uns an dieser Meisterleistung zu erfreuen. Und wenn wir ihm Glauben schenken dürfen, gibt es in ganz New York keinen einzigen Menschen mehr, der zu einem solchen Ausmaß an Ausdauer fähig oder auch nur willens ist. »Meine Eltern in Wien, ja, für die war freilich Treue noch selbstverständlich. Aber hier und heut … Meine Freundin, für die ich Wien verlassen habe, um ihr nach New York zu folgen, weigert sich seit zehn Jahren, mich zu heiraten. Sie ist Amerikanerin und liebt das Unverbindliche. Ach, wissen S', manchmal bin ich drauf und dran, nach Österreich zurückzugehen.«

Im Verlaufe eines köstlichen Shrimps-Cocktails vergesse ich sowohl meine Reisemüdigkeit als auch meine Freude auf die ungestörte Zweisamkeit mit meinem Mann, was daran liegen mag, daß Joseph weder traute Schweigsamkeit noch innige Gespräche zuläßt. In kurzen Intervallen tanzt er vorbei und erzählt uns von den drei unglücklichen Ehegeschichten des Küchenchefs und der tragisch verlaufenden Beziehung der Beiköchin, der immerhin drei Kinder entsprossen sind. Und schließlich führt er uns die beiden vor, die sich neben unserem Tisch aufbauen und pflichtgemäß das Wunder einer sechzehnjährigen Ehe bestaunen. Bis sie sich wieder an ihren Arbeitsplatz in der Küche begeben, haben wir den Digestif getrunken, den Joseph bei jeder der drei Hochzeiten des Küchenchefs serviert hat, und uns zu dem Dessert hinreißen lassen, das angeblich immer aufs neue dafür sorgt, daß der Beiköchin der Vater ihrer Kinder erhalten bleibt. Langsam beginne ich zu verstehen, warum die New Yorker es nicht lange miteinander aushalten. Wenn ich Joseph in seiner bodenlangen Schürze vorbeikreiseln sehe, bekomme ich zwangsläufig Sehnsucht nach meinen Kopfschmerztabletten.

Wir haben schon erheblich mehr getrunken und gegessen, als wir beabsichtigt hatten, aber ein Blick auf die New Yorker Uhr zeigt, daß man sich unmöglich schon schlafen legen kann, obwohl unser Inneres unüberhörbar nach Bettruhe schreit. Es ist erst kurz nach sieben.

Was bleibt uns übrig, als ein weiteres Getränk herbeizurufen?

Joseph empfängt unsere Bestellung jubelnd und führt sie derart schwungvoll aus, daß es mich wundert, das Glas vor mir stehen zu sehen, statt es aus der Hydrokultur hinter mir fischen zu müssen.

Philip sieht ihm kopfschüttelnd nach. »Sein Eifer ist ja

wirklich rührend, trotzdem geht mir seine Nettigkeit auf den Geist. Er übertreibt es einfach.«

»Du vergißt, daß die Kellner in New York nicht mit Festgehalt arbeiten«, gebe ich zu bedenken. »Sie müssen sich jeden Pfennig durch guten Service verdienen. Das Trinkgeld ist hier keine Liebenswürdigkeit des Gastes, sondern Pflicht. Vergiß das bitte nicht, Philip! Joseph braucht ein ordentliches Trinkgeld, mindestens fünfzehn bis zwanzig Prozent. Er ist darauf angewiesen.«

Philip nickt und prostet mir zu. »Wir sollten auf die Zukunft trinken«, sagt er und setzt die Miene auf, die er in sein Repertoire aufgenommen hat, seit er den Beschluß faßte, sich selbständig zu machen. »Wer weiß ...« Nun gewinnt sein Blick an Tiefe, er sieht durch mich hindurch, einer ungewissen Ferne entgegen.

»Prost!« versuche ich die Schwermut dessen, was kommen muß, zu lindern.

»Wer weiß«, fährt Philip unbeirrt fort, »ob wir uns jemals wieder eine solche Reise leisten können. Wenn Krämer abspringt ...«

»Dann wirst du dich eben um andere Bauvorhaben bemühen müssen.« Ich habe genausoviel Angst wie Philip, daß Krämer abspringt. Denn Krämer ist der Vorstandsvorsitzende einer Hotelkette, die sich der Bedürfnisse chronisch Nierenkranker verschrieben hat. Krämer ist selbst Vater einer Tochter, die zweimal wöchentlich an die Dialyse zur Blutwäsche muß, und kennt deshalb die Probleme dieser Patienten genau. Nach und nach will er daher seinen Hotels Dialyse-Stationen angliedern, um chronisch Nierenkranken Urlaubsreisen mit optimaler medizinischer Versorgung zu ermöglichen. Dialyse auf Mallorca! So wird dann einer seiner Werbesprüche lauten, durch die er einen caritativen Zweck mit einem guten Geschäft verbindet. Eine richtige Marktlücke! Und für den Architekten der Hotelkette würde dieses zukunftsweisende Konzept Jahr für Jahr eine Baumaßnahme bedeuten, vielleicht sogar zwei oder drei. Eine Serie von Aufträgen, die so schnell nicht abreißen wird. Eine sichere Sache also.

»Wohnungsbau ist schwierig und mühsam«, murmelt

Philip und führt vorsichtig die Espresso-Tasse zum Mund. Viel länger als nötig hält er sich mit der Grimasse auf, die die Furcht vor dem heißen Getränk und der Möglichkeit, sich die Zunge zu verbrennen, verursacht.

Er führt etwas im Schilde! Ich kenne ihn doch. Wenn Philip nicht gleich mit der Sprache herausrückt, hat er mir entweder eine unangenehme Mitteilung zu machen, oder er möchte eine Bitte vortragen, die ihm zu unbescheiden vorkommt, als sie unumwunden zu äußern.

Allmählich entfaltet Philip seine Gesichtszüge wieder, nachdem er sicher ist, den Koffeinstoß ohne Schaden überstanden zu haben. »Die Verantwortung drückt mich«, sagt er kläglich. »Die Belastung für das Haus, die Kinder, die Gehälter …«

Ich erinnere ihn vorsichtig daran, daß diese Gehälter sich vorerst auf die Bezahlung einer freundlichen Bekannten erstrecken, die sich bereiterklärt hat, gelegentlich die Schreibarbeiten zu übernehmen. Außerdem haben wir alles hundert-, tausendmal besprochen. Wir wissen, daß es ein Risiko war, die Position als angestellter Architekt aufzugeben. Trotzdem sind wir das Wagnis eingegangen. Die Würfel sind längst gefallen. Zu spät also, um jetzt noch das Für und Wider zu diskutieren! Warum tut Philip es dennoch?

Mein Mann ist anscheinend entschlossen, alle unheilbringenden Kräfte auf einmal heraufzubeschwören. Ohne Josephs Pirouette direkt neben seinem Stuhl zu beachten, fährt er fort: »Ich brauche mir nur vorzustellen, meine Mutter würde ein Pflegefall … Oder deine Mutter brauchte einen Platz im Altersheim … Oder eins der Kinder würde krank … Oder ich hätte einen Unfall …«

Es ärgert mich, daß ich in seinen düsteren Prophezeiungen keinen Platz finde. Philips Fantasie wehrt sich anscheinend gegen die Möglichkeit, daß auch meiner ständigen Verfügbarkeit einmal etwas entgegenstehen könnte. Ich weiß nicht genau, was mich reizbarer macht – diese blindgläubige Zuversicht, mit der meine Dauerpräsenz angenommen wird, oder Philips Bereitschaft, seine Ängste zuzulassen, jetzt, da die Entscheidung längst gefallen ist.

»Zu spät, mein Junge!« Wenn ich Gefahr laufe, von Angst infiziert zu werden, mobilisiere ich meine Abwehrkräfte gern durch etwas Fremdes, eine fremde Redeweise, einen fremden Sprachschatz, um auch aus der Angst etwas Fremdes zu machen. »Jetzt ist nicht mehr die Zeit, einen auf Höhlenmensch zu machen, jetzt wird rangeklotzt, klar?«

Eigentlich gehöre ich zu den Menschen, die sich darum bemühen, in ihrer Ausdrucksweise auf die sprachlichen Schwankungen des Zeitgeistes zu verzichten. Ich mag sie nicht, die neudeutschen linguistischen Angebereien, und ich will mich weder trendhörig noch neuerungssüchtig geben. Mein Angstwortschatz jedoch flüchtet regelmäßig mit mir in diesen Sprachverfall. »Fürs Trottelmuseum sind wir noch nicht alt genug«, knurre ich, ohne Philip jedoch sonderlich zu beeindrucken oder gar zu erschrecken. »Halt dich geschmeidig, und mach die Psychokiste nieder! Es ist zu spät, jetzt noch rumzusülzen!«

»Ja, ja.« Philip winkt ab. Und dann setzt er mir umständlich auseinander, daß er als alleinverdienender Familienvater allen Grund zur Sorge hat. Daß die Last ihn drückt, Monat für Monat genug Geld nach Hause zu bringen, daß die Familie keine Not leidet. Drei Kinder und eine Frau sind ganz und gar von ihm abhängig! Wie schön wäre es doch, wenn auch ich zum Familienunterhalt beitragen könnte.

»Spinnst du?« Was Philip sagt, ist ungerecht. Trage ich etwa durch das, was ich tu', nicht zum Familienunterhalt bei? Ich habe drei Kinder und einen Mann zu versorgen, mich um meine Mutter und meine Schwiegermutter zu kümmern, das Haus in Ordnung zu halten und den Garten zu bestellen. Ich versorge, da wir die herkömmlichen Anbaumethoden ablehnen, die Familie mit Obst und Gemüse aus eigener Ernte und sorge durch eigenhändiges Schroten und Backen für die Grundnahrung der gesamten Familie. Ich kümmere mich um alternative Medizin und umweltfreundliche Putzmittel, indem ich beides selbst herstelle. Außerdem um Mischkultur in unserem Garten, die jeden chemischen Einsatz überflüssig macht. Ich verzichte auf Spülmaschine und Wäschetrockner, weil ich der Umwelt nicht die Belastung durch diese technischen Neuerungen zumuten will. Ich kümmere mich um magnesiumreiche Nahrung für meine Kinder, um den Zinkgehalt in Kürbiskernen zur Vorbeugung einer Prostataerkrankung meines Mannes. Um Lebensenergie durch Rohkost und Sprossen zur Steigerung des familiären Immunsystems. Ich fechte täglich bereitwillig den Kampf gegen den Zucker, damit meine Kinder so gesund bleiben, wie sie bis jetzt Gott sei Dank sind. Und gleichzeitig sorge ich für den Vogelschutz in unserem Garten, für alternative Beeteinfassungen und das Kompostieren unserer Garten- und Küchenabfälle ... Ich bin keine von den mikrowellenbegeisterten, konserven- und tiefkühlkosthuldigenden, arbeitszeit-rationierenden, sich auf das Nötigste beschränkenden Einweghausfrauen! Es ist seit langem beschlossene Sache, daß ich diesen angeblich modernen, in meinen Augen reaktionären Weg nicht beschreiten will.

Philip und ich, wir haben uns für die traditionelle Rollenverteilung entschieden – und zwar frohen Herzens –, weil wir sie für die wesentlich aktuellere, zukunftsorientiertere Lebensform halten als die, die sich zwischen Emanzipationsbemühung, Doppelbelastung, Standortsuche und Neuorientierung der Funktionszuweisungen aufreibt. Und nun soll ich diejenige sein, die angeblich nicht zum Familienunterhalt beiträgt? Ja, gibt es denn keine andere Art des Bezahlens als die in klingender Münze? Und verliert jede Wertauffassung gleich da ihren Belang, wo sie nicht mehr profitabel genug ist? Außerdem scheint Philip sich keine Gedanken darüber zu machen, wie es kommt, daß ich mir – auch in Zeiten finanzieller Anspannung – eine Armani-Jeans leiste oder Carolin die 501 gleich in drei Farben kaufe. Wenn er meine Ausgaben einmal meinem Budget gegenüberstellte, müßte meinem Mann einiges komisch vorkommen. Aber gottlob hat er sich zu einer solchen Kontrolle noch nie hinreißen lassen. Ach, wie gut, daß auch mein lieber, ahnungsloser Mann nicht weiß, daß ich Tanja Berger heiß!

Vielleicht kennt er den Namen sogar. Schließlich liegt die Zeitung, in der er wöchentlich prangt, bei uns zu Hause herum. Daß wir die *Glamour* abonniert haben, hat mehrere Gründe. Erstens lese ich sie aus alter Anhänglichkeit gerne. Schließlich habe ich einige Jahre für dieses Blatt gearbeitet. Außerdem blättern die Omas gerne in der *Glamour* herum. Und Franziska wartet Woche für Woche mit Spannung auf den Fortsetzungsroman in der *Glamour*, den eine gewisse Tanja Berger schreibt. *Und immer siegt die Liebe!* Eine Seifenoper, die vor Jahren begann und wohl so schnell noch kein Ende finden wird.

Philip legt eine Hand auf meine und merkt nicht, wie Joseph, der Küchenchef und die Beiköchin uns durch die Durchreiche beobachten und nahe daran sind, sich Tränen der Rührung aus den Augenwinkeln zu wischen. »Hast du nicht selbst schon oft gesagt, daß du trotz allem deinen Beruf vermißt? Du könntest versuchen, als freie Mitarbeiterin zur *Glamour* zurückzukehren. Dein Chefredakteur hat es dir doch immer wieder angeboten.«

6.

Alexander Amelunx! Er hat lange nicht mehr angerufen. Kein Wunder, schließlich habe ich ihm mehr als einmal unmißverständlich klargemacht, daß ich meine berufliche Zukunft für die nächsten Jahre nur in meiner Familie suchen und finden werde. Leider hat er die Betonung auf den beruflichen Teil meiner Aussage nicht ganz verstanden – dieser Chefredakteur, der sonst zwischen den Buchstaben Meldungen herausliest, die noch gar nicht über den Ticker gegangen sind. Das kann natürlich auch daran liegen, daß er, wenn er von wünschenswerten Kontakten zwischen uns sprach, weder an meine packenden Reportagen noch an meine ausgefeilten Theaterkritiken gedacht hat. Schon bald kam mir der Verdacht, daß wir aneinander vorbeigeredet haben und Alexander die Flinte ins Korn geworfen hat, ohne sich über das Ziel des Schußwechsels mit mir zu verständigen. Wenigstens hätte er mir die Chance geben können, ›nein‹ zu sagen.

Ach, wie gut, daß auch Alexander Amelunx nicht weiß, daß ich Tanja Berger heiß.

»Soll ich etwa Reportagen und Kritiken am Küchentisch schreiben?« frage ich Philip nervös, der keine Ahnung hat, unter welchen Umständen Tanja Berger ihrer heimlichen Arbeit nachgeht. »Oder wie stellst du dir das vor?«

»Natürlich werden wir dir helfen«, versichert Philip eilig. »Die beiden Omas sollten sowieso öfter mal mit anpacken.«

Alexander Amelunx! Vielleicht hat er längst eine andere Favoritin? Oder kann sich gar nicht mehr an mich und meinen Namen erinnern! Die Uhren in einer Zeitungsredaktion laufen schnell, viel schneller als in einem ökologisch orientierten Haushalt. Trotzdem ... eigentlich bin ich doch ziemlich sicher, daß mein ehemaliger Chefredakteur sich noch an mich erinnern kann und entzückt sein wird, wenn ich meine gelegentliche Mitarbeit in Aussicht stelle. Daß ich bereits seit Jahren heimlich für *Glamour* arbeite ... nein, das muß er nicht wissen. Das geht nur Lilo Pfeifer und mich etwas an. Ich muß meine Presseagentin unbedingt anrufen, sobald ich aus New York zurück bin. Allmählich wird es Zeit festzulegen, ob aus der Heldin meines Fortsetzungsromans eine glorreiche Karrierefrau wird oder ein irregeleitetes Weibchen, das auf den Weg der Tugend zurückfindet. Seit mehreren Jahren – seit *Glamour* den Fortsetzungsroman *Und immer siegt die Liebe* bringt – irrt Sybille von Hochgrebe zwischen ihren intellektuellen Fähigkeiten und dem ihr anerzogenen weiblichen Gehorsam hin und her. Mehrere Liebhaber und Ehemänner hat sie auf diese Weise verschlissen, weil ich schließlich nicht ahnen konnte, daß die Leserschaft von *Glamour* hartnäckig auf einer Fortführung der Seifenoper bestehen würde. So wurde jedes geplante Happy-End nur zu einer Zwischenstation, von der ich wieder abkehren mußte, um die Romanhandlung voranzutreiben. Sobald wie möglich werde ich Lilo Pfeifer anrufen und ihr einen Imagewechsel vorschlagen. Eine zielbewußte Karrierefrau werde ich aus Sybille machen, ohne ihre schlichte Weiblichkeit dabei zu vernachlässigen.

»Außerdem könntest du mühelos wieder voll in die Arbeit einsteigen, wenn die Kinder aus dem Gröbsten raus sind.«

Sollte ich Philip vielleicht darüber aufklären, warum meinem Chefredakteur so sehr an meiner Mitarbeit gelegen war? Philip hat ja nie an etwas anderes gedacht als an die außerordentliche Qualität meiner journalistischen Arbeit. Ob er weiterhin an meinem Beitrag zum Familienunterhalt interessiert wäre, wenn er wüßte, welch unanständige Anträge mir Alexander Amelunx damals gemacht hat? Nein, das braucht Philip wirklich nicht zu wissen. Erstens sollte man Geheimnisse erst dann lüften, wenn ihre Wahrung objektiv überflüssig geworden ist, zweitens ist der Gedanke, hin und wieder eine Redaktion von innen zu sehen, ausgesprochen attraktiv, und drittens kann man nie wissen …

»Eigentlich geil, diese Idee!« platzt es aus mir heraus.

Doch wie naiv Philip manchmal sein kann, erkennt jedermann unschwer daran, daß ihn die Verwendung meiner Angst-Sprache kein bißchen ins Grübeln bringt.

Im Gegenteil. Sein Eifer nimmt erheblich zu. Vermutlich hat er nicht mit einem derart kooperativen Verhalten gerechnet. »Als freie Mitarbeiterin kannst du Aufträge annehmen oder ablehnen«, wobei die Betonung deutlich auf der ersten Möglichkeit dieser beiden Alternativen liegt. »Du kannst dich vielleicht sogar auf Beiträge beschränken, die dich nicht aus deinem häuslichen Arbeitsbereich herausführen.«

Ich nicke und denke doch weniger an meinen häuslichen Arbeitsbereich als vielmehr an Alexander Amelunx, dem ich seit sechzehn Ehejahren widerstehe und dem ich nun plötzlich in die Arme getrieben werden soll. Von meinem eigenen Mann.

Ich sehe den ahnungslosen Philip strafend an, aber der begegnet meinem Blick – kein Wunder! – reinsten Gewissens. Darüber hinaus bemüht er sich um einen leutseligen Augenaufschlag, da sich seine innere Stimme vermutlich an der Vereinbarung reibt, die wir getroffen haben, nachdem unser erstes Kind geboren war.

»Du könntest mal wieder Reiseberichte schreiben«, setzt er der ganzen Sache noch einen weiteren Höhepunkt auf.

»Schreib einen Bericht über diese New-York-Reise, und du hast zwei Fliegen mit einer Klappe geschlagen.«

Ich bin perplex. Die Idee ist wirklich nicht schlecht. Reiseberichte haben lange Vorlaufzeiten und erzeugen nur selten unangenehmen Termindruck. Wie es bei *Und immer siegt die Liebe* leider viel zu häufig vorkommt. Schließlich muß jede Woche eine neue Folge ins Blatt. Und Lilo Pfeifer hat ja keine Ahnung, daß ich mich manchmal im Badezimmer einschließe und die folgenden Seiten auf Toilettenpapier verfasse.

Wenn ich in den nächsten Tagen genügend Material über New York sammle, werde ich schreiben können, ohne mich dabei zu verbergen. Ein schöner Gedanke. Wenn Carolin und Nico in der Schule sind und Timo den Kindergarten unsicher macht, kann ich Stift und Block hervorholen und mich an den Computer setzen, auch wenn das Haus voller Familienangehöriger ist. Ganz ohne die Heimlichkeiten, die Tanja Berger manchmal das Leben sauer machen.

Alexander Amelunx versinkt hinter einem verlockenden Stapel unbeschriebener Blätter.

Nachdenklich lausche ich den Donauwellen nach, die Joseph durch die Küche trällert. »Also gut ... wenn es dich beruhigt und dir einen Teil deiner Sorgen nimmt ...«

Der Stapel unbeschriebener Blätter winkt bedächtig mit seinen aufgeblätterten Eselsohren.

»Natürlich muß sich erst einmal herausstellen, ob mein Chefredakteur überhaupt noch Interesse an meiner Mitarbeit hat.«

Aber da taucht er schon wieder hinter dem Blätterstapel auf und winkt mir augenzwinkernd zu. Erstens unbeschriebenes Papier und zweitens Alexander Amelunx! Ob Philip wirklich weiß, was er da anzettelt?

Zumindest scheint er eine sehr persönliche Ansicht zu haben. Und daß die durch mich bestätigt worden ist, hat ihn offensichtlich froh gemacht. Unser einträchtiges Lächeln lockt Joseph herbei, der mit seiner Serviette den Tisch krümelfrei wedelt und die Bestellung eines weiteren Espressos entgegennimmt, den eigentlich keiner von uns will.

Das Leben von Alexander Amelunx wurde von zwei Frauen geprägt.

Erstens von seiner Mutter, die ihn mit ganzen Katalogen moralischer Verhaltensregeln versorgte, und zweitens von Sinisa, die jede einzelne Katalogseite herausgerissen und vernichtet hat. Während Alexander sich dem Einfluß der rechtschaffenen Frau Amelunx durch zügiges Erwachsenwerden schleunigst entzog, blieben die gleichen Bemühungen bei Sinisa in der Versuchsphase stecken. Alexander wehrte sich tapfer gegen die unvernünftige Liebe, dennoch gelang es ihm nie, sie sich aus dem Herzen zu reißen – und das, obwohl er nun seit etwa zwanzig Jahren darum bemüht war.

Alexander hatte Sinisa kennengelernt, als sie als Rock'n'-Roll-Tänzerin einem staunenden Publikum Kopfschmerzen bereitete, das ihren atemberaubenden Drehungen, den wirbelnden Beinen und den karottenroten nickenden Haarfransen nur mit Mühe folgen konnte. Da ihre Maxime, alles so schnell wie möglich, so laut wie möglich und so bunt und so verrückt wie möglich zu tun, hier nicht zum gewünschten Erfolg führte, entschloß sie sich zu einer Karriere als Sängerin. Nun durfte sie laut und schnell sein, bunt und verrückt sowieso. Doch Sinisa, die bis dahin Silke Niehaus geheißen hatte, steigerte ihr exzessives Lebensgefühl noch weiter. Daß sie es bis in schwindelerregende Techno- und Rap-Höhen katapultierte, wurde selbst Alexander irgendwann einmal zuviel.

Seine Freunde und Verwandten hatten sowieso schon nach kurzer Bekanntschaft jeden Kontakt mit dem Mädchen, das Alexander liebte, kategorisch abgelehnt. Manche bezweifelten sogar, daß eine solche Liebe überhaupt existierte.

Diese Meinung setzte sich übrigens nicht durch. Alle, die Alexander kannten, waren mittlerweile so häufig und ausgiebig Zeugen seiner ins Entsetzen changierenden Verliebtheit geworden, daß Sinisa als anerkanntes Krankheitsbild galt und Alexander als chronischer Schmerzpatient. Und so ganz allmählich – nachdem Alexander schon monatelang Chefredakteur unseres Blattes war – setzte sich die Meinung durch, daß ein chronisch unglücklicher Mann des Trostes bedurfte. Und was lag näher, als ihn, der an einer Frau erkrankt war, mit den Giftstoffen zur Heilung zu verhelfen, die ihn verseucht hatten? Ein alter homöopathischer Grundsatz!

Von da an setzte in der Redaktion ein heftiges Streben ein, Alexander gesund zu pflegen. So manche Volontärin, Layouterin, Redaktionssekretärin oder Bildredakteurin, sogar die freie Mitarbeiterin für Lebensfragen zeigte sich aufopferungsbereit im Verabreichen der Medizin, die Alexander wieder zu einem verfügbaren Mitglied der unverheirateten oder sonstwie emotional vakanten Gesellschaft machen sollte. Alexander schluckte auch bereitwillig jede ihm angebotene Pille, kam aber seiner Heilung keinen Schritt näher. Mehr als eine gequälte Grimasse und ein widerstrebendes Schütteln hatte keine der Samariterinnen bewirkt. Das einzige, was hoffen ließ, war, daß er das Interesse an einer möglichen Heilung nie ganz aufgab. So ging ihm glücklicherweise auch das Bemühen um seine Genesung nie ganz verloren. Und es dauerte lange, bis das erste Mal die Frage auftauchte, ob er eigentlich gesund werden wollte oder ob die regelmäßige Einnahme der Medizin auch auf ein gewisses Suchtverhalten hinweisen könne.

Ich wußte natürlich nichts von alledem, als ich Teil dieser Redaktion wurde. So verstand ich auch das Verhalten meiner Kollegen nicht, als eines Tages Chefredakteur Amelunx hereinkam und mit einem neongelben Billett in den Raum winkte. »Ich habe hier noch eine Eintrittskarte. Hat jemand Interesse …?«

Ungestüm griff die Sekretärin nach dem Telefonhörer, wobei sie der Praktikantin nur knapp zuvorkam, die von dem gleichen spontanen Wunsch besessen schien, auf der Stelle ein Telefongespräch zu führen. Der Werkstudent ließ den Deckel des Fotokopierers fallen und stürzte hinaus, während die leitende Redakteurin des Service-Teils anscheinend von einem akuten Hörsturz überrascht worden war und die Verantwortliche für ›Rezepte und Handarbeiten‹, die gerade den Raum betreten wollte, blitzartig die Tür wieder ins Schloß zog, als habe sie sich an der Klinke verbrannt. Ich war die einzige, die höfliches Interesse bekundete.

»Ein Rockkonzert«, klärte mich mein Chefredakteur freundlich auf, während alle anderen meine Aufmerksamkeit genutzt hatten, dem Raum zu entfliehen. »Sinisa! Sie kennen sie vielleicht?«

Ich hatte den Namen noch nie gelesen, wurde aber das Gefühl nicht los, daß mir Ehrlichkeit hier keine Pluspunkte einbringen würde. Deswegen nickte ich vage und mutmaßte, schon einmal etwas von dieser Gruppe gehört zu haben. Wie konnte ich auch ahnen, daß Sinisa eine Sängerin war, die sich wechselnder Musikgruppen zu ihrer Begleitung bediente, weil keine es länger als eine Tournee lang mit ihr aushielt?

Mein Chefredakteur verzieh mir meine Unkenntnis. Vermutlich deshalb, weil er sich Empfindlichkeiten in Sachen Sinisa nicht mehr leisten konnte. Aber das wußte ich ja noch nicht. Voller Stolz darüber, daß mich Alexander Amelunx dazu auserkoren hatte, an einer seiner Liebhabereien teilzuhaben, entging mir das schadenfrohe Grinsen meiner neuen Kollegen.

Mit einem Kleid, das verdammt nah am kleinen Schwarzen war, stand ich vor einem Nebeneingang der Stadthalle und wartete auf Alexander Amelunx. Mit mir einige hundert Jugendliche mit bunt bemalten Gesichtern, orange-, pink- und grün-gebüschelten Frisuren, rabenschwarzen Kajalstrichen in kalkweißen Gesichtern … Kurzum – ich hatte mit der noch jungen Punk-Szene Fühlung genommen, die ich bis dahin nur vom Hörensagen kannte.

Meinem Chefredakteur war sie offensichtlich schon länger vertraut. Während ich noch inständig hoffte, mich am falschen Tor aufgestellt zu haben, fuhr sein Wagen vor. Er gehörte zu den wenigen, die per Auto zu dieser Veranstaltung gekommen waren – abgesehen von den paar Eltern, die ihre Kinder mit spitzen Fingern hier abgesetzt und eilig wieder davongebraust waren. Alle anderen hatten sich per Anhalter oder zu Fuß aufgemacht.

Alexander sah aus wie einer dieser repressionsfreien Väter, die die Anerkennung ihrer musikalisch verwirrten Söhne suchen. Er trug Jeans, denen man ansah, daß sie mit viel Mühe, aber in unangemessen kurzer Zeit den Weg von ›neu‹ nach ›alt‹ zurückgelegt hatten. Alexander hatte den gewünschten Effekt, der ihn zum coolen Avantgardisten machen sollte, offensichtlich mit Schere und Sandpapier erreicht. Er sah einfach grotesk aus. Und das Bewußtsein, daß ich mich neben ihm ausmachen würde wie das Mitglied einer Beerdigungsgesellschaft, machte alles nur noch schlimmer.

Alexander Amelunx begrüßte mich so sachlich wie zu Beginn einer Redaktionssitzung und schob mich durch die Wartenden, die wie Wegelagerer den Vorplatz und die Gänge besetzt hielten. Ich nahm nicht die verwunderten Blicke und die spöttischen Bemerkungen wahr – ich hatte genug damit zu tun, mir nicht anmerken zu lassen, daß ich meinen Chefredakteur für kulturell unzurechnungsfähig hielt. Wie sonst war zu erklären, daß er, der sich sonst um den pädagogischen Aspekt in seinen Theater-Kritiken und um den literarischen Anspruch unseres Feuilletons kümmerte, sich eine derartige Vorliebe leistete?

Die Fans, die sich schließlich grölend und klatschend versammelten, füllten nicht einmal die Hälfte des Saals. Der Lärm, den sie veranstalteten, mußte jedoch den Künstlern hinter der Bühne den Eindruck vermitteln, Halle 13 platze aus allen Nähten. Entsprechend huldvoll begaben sich die Musiker dann auch an ihre Instrumente, obwohl ihnen das Desinteresse des Publikums nicht entgangen sein konnte. Sie waren ja nichts als eine Zugabe zum Eigentlichen, das nun über uns hereinbrach wie ein Unwetter. Sinisa!

Während das Publikum schreiend in die Höhe sprang, sah ich, wie Alexander sich an eine Säule lehnte und sich eine Zigarette anzündete. Mir war schleierhaft, wie er dazu in der Lage war, hatte ich selbst doch alle Hände voll zu tun, mich inmitten der tosenden Begeisterung auf den Beinen zu halten. Ich war nur zwei Schritte von ihm entfernt, aber es gelang mir erst, mich zu ihm vorzuarbeiten, nachdem Sinisa den ersten rauhen Schrei ins Mikrofon geröhrt hatte. Schützend legte mein Chefredakteur den Arm um mich und ließ mich ansonsten mit meiner Bestürzung und meiner akustischen Not allein.

Gebannt starrte er auf die junge Frau, die dem Beleuchter eine Menge Probleme machte, weil kein Scheinwerfer schnell genug war, ihr zu folgen. Alexander rauchte eine Zigarette nach der anderen, ohne den Blick von dem schrillen, zappelnden Kobold auf der Bühne zu nehmen, während ich mir die Ohren zuhielt und das Ende dieser Veranstaltung herbeisehnte.

Schon nach einer Stunde war es Gott sei Dank soweit. Sowohl Sinisa als auch das Publikum hatten sich derart verausgabt, daß niemandem an einer Fortsetzung des Spektakels gelegen war. Mit einem letzten markerschütternden Schrei verabschiedete sich Sinisa von ihren Fans, die noch eine Weile zustimmend johlten und sich dann gegenseitig aus der Halle schoben.

Ich war mit den Nerven am Ende und sehnte mich nach einer stillen, beschaulichen Ecke, in der ich mein Gehör und meine zitternden Augäpfel wieder an ihre normalen Funktionen gewöhnen konnte. Aber als ich meinen Wunsch vorbringen wollte, bewegten sich zwar meine Lippen, doch meine mühsam hervorgestoßenen Worte erreichten meine eigenen Ohren nicht.

Alexander schienen diese Symptome vertraut zu sein. Freundlich brüllte er mir ins Ohr, wir würden jetzt in eine gemütliche kleine Kneipe direkt neben Halle 13 gehen.

Ich nickte zufrieden und nahm dankbar zur Kenntnis, daß ich draußen schon wieder den Autolärm hinter einer dicken Watteschicht, die sich über meine Gehörgänge gelegt hatte, wahrnehmen konnte.

Zweifelnd betrachtete ich das Etablissement, zu dessen Eingang mich Alexander Amelunx führte. Bevor ich ihm jedoch ein kleines italienisches Restaurant ganz in der Nähe vorschlagen konnte, öffnete er schon die Tür. »Hier werden wir die Künstler treffen«, sagte er zu meiner Überraschung und erklärte mir, daß ihm die Sängerin bekannt sei und er die Gelegenheit ihres Gastspiels nutzen wolle, sie wiederzusehen.

Mein Chefredakteur verdutzte mich an diesem Tag ein ums andere Mal! Erst diese merkwürdige Vorliebe für Punk, und nun auch noch die persönliche Bekanntschaft mit dieser Rockröhre!

Zögernd ließ ich mich neben ihm nieder. Sosehr mich einerseits diese junge Dame interessierte, sowenig hatte ich doch andererseits das Bedürfnis, ein weiteres Mal mit ihrer Stimme und ihrer Hypertonie konfrontiert zu werden.

»Eine Verwandte von Ihnen?« fragte ich vorsichtig.

Meine Welt wäre wieder geradegerückt worden, wenn Alexander sich jetzt als unbeirrt liebender Patenonkel erwiesen hätte, der dem verwaisten Töchterchen seiner älteren Schwester entgegen aller Ächtung des übrigen Clans die familiäre Treue hielt.

Aber mein Chefredakteur schüttelte den Kopf. »Nein.«

Eine weitere Erklärung schien er nicht abgeben zu wollen. So hielt ich mich mit der Beurteilung der musikalischen Darbietung zurück, bis sich herausgestellt hatte, in welchem Verhältnis Alexander Amelunx zu der Sängerin Sinisa stand.

Ich fand es ziemlich schnell heraus. Meine weibliche Intuition bewertete im Nu Alexanders Liderflackern richtig, als Sinisa hinter der Theke auftauchte, und die gespielte Überraschung der jungen Frau lieferte den endgültigen Beweis.

Sie betrachtete Alexander von Kopf bis Fuß, ehe sie sich neben ihn fallen ließ und ihre Hand vertraulich auf seinen Schenkel fallen ließ. »Lieber Himmel, siehst du wieder spießig aus!«

Dann faßte sie mich in ihren schwarz gerahmten Blick. Am liebsten hätte ich nach einer Serviette gegriffen, um mit ihr mein kleines Schwarzes zu bedecken. Aber Sinisa grinste mich entgegenkommend an. »Deine neue Flamme? Heißer Fummel! Mal was anderes.«

Sie blickte Alexander finster an. »Wann bringt *Glamour* endlich einen Bericht über mich? Verdammt, du müßtest das doch hinkriegen. Als Chefredakteur! Bin ich immer noch nicht berühmt genug? Nee, Quatsch, ich weiß, was man draufhaben muß, um für *Glamour* interessant zu sein. Irgendeine große Liebe in meinem Leben. Und Sehnsucht nach dem fernen Mutterglück.« Während dieser paar Sätze hatte Sinisa drei Eierliköre verkonsumiert. »Oder irgendein anderes Märchen. Ich kann dir leider nur etwas darüber erzählen, ob mein Drummer im Bett besser ist als mein Gitarrist. Und wie ich meine Muttergefühle per Schwangerschaftsverhütung im Keim respektive in der Spirale ersticke. Aber das interessiert wahrscheinlich weder dich noch eine Leserin von *Glamour*. Ganz schön miese Tour übrigens, die Frauen immer noch mit diesen lebendigen Groschenromanen zu veräppeln!« Sie sah sich ungeduldig sowohl nach einem vierten Eierlikör als auch nach ihren Musikern um. »Lahme Typen sind das. Bis die ihren Puder abgewischt haben, bin ich schon geschminkt für den nächsten Auftritt.«

Sie schwieg nicht länger als den Augenblick, den der vierte Eierlikör den Weg die Kehle hinab benötigte. Weder Alexander noch mir gelang es, diesen Moment für einen Einwurf zu nutzen. Anscheinend hatte Alexander jedoch sowieso nicht die Absicht, sich mit Sinisa anders zu verständigen als mit diesem psychopathischen Glotzen.

Ich begriff nun, was jedes altgediente Redaktionsmitglied unserer Zeitschrift längst wußte – unser Chefredakteur war einerseits wie ein unreifer Jüngling zum Opfer einer törichten Leidenschaft geworden, andererseits erwachsen genug, sich diese Liebe, oder zumindest den alltäglichen Umgang mit ihr, aus dem Kopf zu schlagen. Und in diesem Konflikt zwischen Emotion und Vernunft verlor er eben regelmäßig seine Sprache – und höchstwahrscheinlich sogar sein komplettes Denkvermögen.

Beides schien bei Sinisa anstandslos zu funktionieren. Sie redete ununterbrochen in mein wattiertes Gehör und auf Alexander ein, der zwischen mißbilligendem Kopfschütteln und globaler Zustimmung schwankte, bis sie ihre stumm dasitzenden Musiker mit einem kurzen »Auf die Beine, Jungs!« in die Höhe trieb, Alexander mit einem angriffslustigen Kuß auf die Nase und mich mit einem lässigen »See you later!« verabschiedete.

Alexander starrte immer noch auf seine Nasenspitze, als

die Tür hinter Sinisa und ihrer Truppe mit einem ohrenbetäubenden Knall ins Schloß gefallen war, der sogar meinem überlasteten Gehör einen jähen Schreck versetzte. Sein einfältiges Schielen brachte ihm einen derartigen Autoritätsverlust ein, daß ich das dringende Bedürfnis verspürte, aus diesem verliebten Gockel wieder einen fähigen Chefredakteur zu machen. Sachlich setzte ich mein kleines Schwarzes in Szene und forderte ihn mit der Miene eines professionellen Zuhörers auf, sich seinen Kummer von der Seele zu reden.

Das ließ Alexander sich nicht zweimal sagen. Ein kurzer, erstaunter Blick zeigte mir, daß sich schon lange keine Menschenseele mehr bereitgefunden hatte, sich den Klagegesang anzuhören, der mit Sinisa begann und mit Sinisa endete. Und als hätte er Sorge, niemals wieder die Gelegenheit zu bekommen, brach es aus ihm heraus.

Sinisa und ihre Unfähigkeit zu stetem Tun …

Sinisa und ihr vernichtendes Tempo, das er fälschlicherweise einmal für mitreißend gehalten hatte …

Sinisa und ihr unkonventionelles Handeln, das er viel zu spät als egoistisch und rücksichtslos entlarvt hatte …

Sinisa und ihr schöner Körper, den sie zu seinem Entsetzen mit Tätowierungen und Ringen verunstaltete, die sich durch alle Hautfalten bohrten, die dafür geeignet erschienen …

Sinisa und ihr Intellekt, der sich partiell als genial, in ganz bestimmten Bereichen jedoch als erschreckend infantil erwiesen hatte …

Und schließlich seine eigene Unfähigkeit, sich sowohl mit der einen als auch mit der anderen Seite ihres Charakters abzufinden.

Nach mehreren Stunden hatte sich mein Hörvermögen dauerhaft stabilisiert und Alexanders Mitteilsamkeit fürs erste erschöpft. Müde vom Reden, Zuhören und vom vielen Alkohol beschlossen wir, ein Taxi zu rufen.

Alexanders Frage: »Gehen wir zu dir oder zu mir?« überraschte mich.

Was ihn jedoch noch weitaus mehr verblüffte, war meine Erklärung, daß ich vor einigen Wochen meinen Traummann kennengelernt hätte.

»Was hat das eine mit dem anderen zu tun?« fragte Alexander erstaunt.

»Eine ganze Menge«, antwortete ich ebenso perplex.

Worauf Alexander feststellte, daß eine so befremdliche Aussage auch von Sinisa hätte stammen können, und mich, kaum daß wir im Taxi saßen, zu küssen begann.

Es brauchte eine Weile, bis ich mich auf meine soeben geäußerte Grundsatzerklärung zurückbesann, und noch einmal so lange, bis Alexander eingesehen hatte, daß er mich nicht zu denen zählen durfte, die sich in der Vergangenheit mit der Heilung aller Sinisa-Verletzungen befaßt hatten. Dennoch, oder gerade deshalb, wurde an diesem Abend der Grundstein für unsere Freundschaft gelegt, die platonisch genug war, sich nicht der ständigen Unfallgefahr durch übermotorisierte Gefühle auszusetzen, und noch genügend Erotik besaß, um unser Miteinander nicht zu einer kollegialen Kumpanei verkommen zu lassen.

So also wurde ich Alexanders Favoritin – zum Ärger einzelner, zur Freude einiger und zum Erstaunen der vielen, die davon überzeugt waren, daß meine Heirat einige Zeit später unserer innigen Beziehung den Garaus machen würde.

Aber sie hatten sich getäuscht. Ein Ehemann war für Alexander Amelunx kein Hindernis. Den ersten handfesten Krach mit ihm bekam ich erst, als ich schwanger wurde und ihm meinen Entschluß vortrug, mich in Zukunft in den Dienst der Familie zu stellen. Während ich es an der Zeit fand, eine Familie zu gründen, wenn man die Mitte der Zwanziger überschritten hatte, hielt Alexander es für puren Irrsinn, in diesem Alter eine Karriere aufzugeben, die noch gar nicht richtig begonnen hatte. »Du wirst nie wieder den Anschluß finden«, prophezeite er mir düster.

Und ich stimmte ihm frohen Herzens zu. Ich nahm es gerne hin, den Anschluß zu verpassen. Insbesondere auch deshalb, weil ich der festen Überzeugung war, daß jeder Fahrplan noch Anschlußzüge zu bieten hat – selbst wenn man dann nur mit Verzögerung und vielen Wartezeiten ans Ziel kommt. Ich wollte mich, wenn es wirklich soweit kommen würde, geduldig am Gleis aufstellen. Von dem knallroten Kleid und Tanja Berger ahnte ich ja damals noch nichts.

Alexander sprach eine geschlagene Woche kein einziges Wort mit mir, als ich ihm meine Zukunftspläne dargelegt hatte. Dann schickte er sich an, mich in hitzigen Debatten, die bis zur Geburt meines zweiten Kindes anhielten, von dem Irrwitz meines Entschlusses zu überzeugen. Und erst als er mich wiederum mit einer von seiner Sekretärin ausgewählten Strampelhose im Krankenhaus besuchte, schien er sich damit abfinden zu können, daß in jeder Frau eine Mutter steckt. Eine herbe Enttäuschung für Alexander Amelunx, der doch in jeder Frau nach Sinisa suchte ...

7.

Wir begeben uns zu einer Zeit zu Bett, in der die New Yorker Mütter ihren Jüngsten vom Sandmann erzählen. Es ist noch nicht einmal neun. Trotzdem sinken wir auf das paradiesische Doppelbett wie zwei Salonlöwen nach einer durchzechten Partynacht. Nicht einmal die Dosis der beachtlichen Koffeinzufuhr, die Joseph uns zugeteilt und unseren Hirnen für eine Weile den Zustand leidlicher Wachsamkeit vorgegaukelt hat, zeigt noch einen Rest von Wirkung. Unsere Körper pochen unmißverständlich auf ihr Recht und auf die Tatsache, daß unsere inneren Uhren auf tiefe Nacht eingestellt sind. Da hilft es gar nichts, uns gegenseitig zu erklären, daß die Theater soeben erst mit dem Kartenverkauf begonnen und einige Kinos noch nicht einmal geöffnet haben. Philip und ich sind einfach schrecklich müde.

Folgerichtig fühlen wir uns dann inmitten finsterster Nacht rundum ausgeschlafen. Ich lausche auf den Verkehrsstrom, der unvermindert weiterflutet, lediglich monotoner, sanfter, versöhnlicher fließt, ohne durch die Strudel der Fußgängertrauben und die Gischt der Zeitnot aus dem verträglichen Gleichmaß zu geraten.

Zu Hause liegen die Straßen um diese Zeit verlassen da –

höchstens ein Schichtarbeiter, der sich schon aufmacht, oder der Polizeibeamte am Ende der Straße, der seinen Dienst beginnt …

»Man könnte sich einbilden, es sei schon Tag«, flüstere ich Philip zu, der seit geraumer Zeit genau wie ich versucht, den inneren Wecker am Läuten zu hindern. »Schließlich wissen wir ja«, versuche ich es weiter, »daß dieses Zimmer finster ist – bei Tag und bei Nacht. In drei Stunden wird sich hier weder optisch noch akustisch irgend etwas verändert haben. Komm, laß uns aufstehen.«

Philip gähnt den letzten Schlaf hinaus. »Und dann? Es wird noch kein Coffee-Shop geöffnet haben. Nein, ich weiß etwas Besseres …«

Da hätte ich doch beinahe gefragt, was es denn Besseres geben könne in einem Hotelbett in New York am allzu frühen Morgen! Welch ein Glück, daß Philips Hand meine Frage beantwortet, ehe ich sie stellen kann. Auch ein langjähriger Ehemann hat schließlich ein Recht darauf, den Verführer herauszukehren, ohne gleichzeitig auf erstaunte Nachfrage reagieren zu müssen. Also räkle ich mich ihm erwartungsvoll entgegen und bemühe mich, nicht die langjährige Ehefrau, sondern das Betthäschen zu sein, das den kundigen Fingern eines erfahrenen Lebemanns entgegenfiebert.

Doch vor den Sex haben die New Yorker Hoteliers ein riesiges Wollplumeau samt untergelegtem Bettuch gesetzt. Und beides hat sich im Verlaufe der letzten Stunden in einen Wust von Knoten, Schlingen und Geknäuel verwandelt. Erst jetzt fällt mir auf, daß Philips Hand gar nicht auf meiner Haut, sondern auf dem Bettuch über meiner Haut liegt.

Aufgeregt fühle ich seinen Fingern nach, die nervös nach einem Einschlupf suchen. Doch wohin sie auch tasten, immer finden sie nur den Weg in ein nächstes Lakenlabyrinth. Ungeduldig versuche ich, den Weg freizuräumen, schiebe meinen Schenkel durch das Bettdeckengewirr, lande aber statt in der Hotelzimmerluft zwischen zwei Stoffbahnen, die sich am Ende höchst niederträchtig wie ein Sack verschließen.

Das Bett gerät ins Schwanken bei unserem Versuch, uns freizustrampeln. Endlich spüre ich Philips Fingerkuppen, die erleichtert zugreifen und sich durch puren Zufall gleich da einfinden, wohin sie sich normalerweise über einen langen, erregenden Weg begeben. Aber das leichte Erschrecken verwandelt sich sofort in Entzücken. Philip hat wohl das Gefühl, jetzt keinen Schritt mehr zurückweichen zu dürfen. Während er nach meiner empfindlichsten Stelle sucht, sie im Nu findet und etwas zerstreut umspielt, versuchen wir beide, uns gänzlich aus dem Bettzeug zu befreien.

Endlich zieht Philip am richtigen Ende. Das Bettuch löst sich von meinem Körper, folgt der Schwerkraft, und in meiner Hand landet Roberto der Große, der seinem Namen alle Ehre macht.

Erleichtert will ich mich an Philip kuscheln, meinen Bauch gegen seinen drücken, meine Brust gegen seine. »Brrr, die Wolldecke!«

Kratziger, stachliger als ein unrasiertes Kinn. Und ein solches schiebt sich nun verzweifelt darüber. »Verdammt, untenrum habe ich es geschafft ...«

In der Tat! Da muß doch der Rest auch noch loszuwerden sein!

Emsig bemühe ich mich, Roberto seine Größe und Standhaftigkeit zu erhalten, während Philip mit beiden Armen rudert und dafür sorgt, daß das Wollungetüm dem Bettuch auf die Erde folgt.

Geschafft! Ich schiebe mich wieder in Philips Arme. Roberto der Große, durch das Gewusel leicht verschreckt, braucht ein paar unterstützende Maßnahmen, um zu seiner alten Form zurückzufinden. Wie gut, daß ich nicht das Betthäschen, sondern die langjährige Ehefrau bin, die die Bedürfnisse ihres Mannes und seines besten Freundes genau kennt.

Roberto hat soeben mehrmals bestätigend genickt, und ich kann ihn seinem Besitzer überlassen, ohne befürchten zu müssen, daß er seine Meinung kurzfristig wieder ändert. Genußvoll strecke ich mich aus, spüre, wie Philip an meiner

Seite hinabgleitet zum Fußende des Bettes ... da meine ich, ein zartes Klopfen zu vernehmen.

Philips Kopf taucht zwischen meinen Schenkeln auf. »War da was?«

Ich hätte mir gern eingeredet, daß es nur ein europäischer Holzwurm ist, der die gleichen Schwierigkeiten mit der Zeitverschiebung hat wie wir. Aber wenn Philip es auch gehört hat, ist es sinnlos, sich etwas vorzumachen. »Ich glaube, es hat jemand an der Tür geklopft.«

Beide lauschen wir angestrengt. Philip stützt sein Kinn auf mein Schambein. Beinahe hätte ich gelacht, denn das lokkige Bärtchen, mit dem er sich auf diese Weise schmückt, sieht einfach drollig aus.

Aber da klopft es schon wieder, diesmal etwas lauter. Und eine Stimme ruft: »Your baggage!«

Philip verzichtet auf sein Bärtchen und steht schon neben dem Bett. »Das muß ein Irrtum sein.« Er bückt sich nach dem Bettuch und rafft es wie ein römischer Feldherr um seinen Körper. Mir bleibt nur das kratzige Wollplumeau, um meine Blöße zu bedecken.

Draußen steht ein Page, der erst lächelnd meinen Mann von Kopf bis Fuß und dann sehr interessiert den Teil von mir betrachtet, der nicht so schnell hinter dem Plumeau verschwinden konnte. »Your baggage!«

»Das ist nicht unser Koffer.«

Der Page lächelt milde. Anscheinend versteht er kein Deutsch, und überdies scheint er seine eigenen Erfahrungen mit Hotelgästen zu haben, die zu nachtschlafener Zeit wie Cäsar persönlich an der Tür erscheinen. Jedenfalls erklärt er unbeeindruckt, daß unser Koffer in Washington gelandet sei, die Air France ihn aber nachgeschickt habe. Und wir hätten doch ausdrücklich gewünscht, daß er sofort in unser Zimmer gebracht würde. Sein Lächeln vertieft sich. Dann hätten wir auch unsere Pyjamas wieder, ergänzt er anzüglich.

»Ich habe meinen Pyjama«, faucht Philip und vergißt vor lauter Zorn seine englischen Sprachkenntnisse.

Der Page zeigt weiter sein ausdrucksloses Lächeln und wartet. Philip sieht aus, als würde er ihm am liebsten an die

Gurgel gehen. Es ist nur gut, daß er beide Hände braucht, um sein römisches Feldherrengewand nicht zu verlieren.

»Vielleicht hat er sich in der Zimmernummer geirrt?« wage ich einen zaghaften Einwand.

Das war der rettende Gedanke! Der Page stellt erschrokken fest, daß er vor dem Zimmer 721 steht und nicht vor der Nummer 712. Aber Philip hört sich seine Entschuldigungen nicht mehr an. Wütend schlägt er die Tür ins Schloß und läßt das Bettuch dort fallen, wo er gerade steht. Roberto dem Großen ist die Aufregung nicht bekommen. Beide, Philip und Roberto, haben jetzt nicht mehr geringste Ähnlichkeit mit Cäsar.

»Also gut, versuchen wir einfach, noch ein bißchen zu schlafen.«

Zwei Stunden später sitzen wir im Coffee-Shop und planen den ersten Urlaubstag.

»Mit unserem Hotel fange ich an!«

Das Fragezeichen auf Philips Stirn bringt mich zum Lachen. »Der Reisebericht! Natürlich brauche ich genaue Informationen über Hotels, die empfehlenswert sind, über Restaurants sämtlicher Kategorien, über die besten Einkaufsmöglichkeiten. Außerdem sind kulturelle Empfehlungen wichtig und sämtliche Attraktionen, die keinem New-York-Besucher entgehen dürfen.«

Ich zücke meinen Block und einen Filzstift. »Ich gehe jetzt zum Hotelmanager, lasse mir die besten Zimmer zeigen und mich mit Material versorgen.«

»Und ich?« fragt Philip weinerlich.

»Du wartest auf mich. Es wird nicht lange dauern.«

Ich tätschle ihm die Wange wie einem Kind, das geraume Zeit ohne seine Mutter im Wartezimmer eines Arztes zubringen soll. »Vergiß nicht, daß es deine Idee war.«

Der Hotelmanager ist ein hageres kleines Männchen, das in einem viel zu großen Anzug steckt. Ob er hofft, daß jemand unter der weiten Hülle kräftige Muskeln statt eines spindeldürren Körpers vermutet? Wenn er dieser Meinung ist, so hat er sich jedenfalls getäuscht.

Mr. Hall begrüßt mich zu meinem Erstaunen mit einem

deutsch-amerikanischen Kauderwelsch, das erst allmählich zu kurzen, halbwegs klaren deutschen Sätzen wird. »Ich war in Hamburg«, strahlt er. »Für drei Jahre. Eine schöne Stadt.«

Begeistert läßt er sich von meinen Plänen erzählen. Anscheinend ist vor mir noch nie jemand auf die Idee gekommen, sein Etablissement in einem Reisebericht zu erwähnen. Wenn ich ehrlich bin ... es wäre auch mir nie in den Sinn gekommen, wenn mich nicht der Zufall in dieses Haus geführt hätte und seine zentrale Lage eingedenk der günstigen Preiskategorie halbwegs empfehlenswert erscheint.

Mr. Hall führt mich in sein Büro, in dem es aussieht, als habe soeben ein Taifun darin gewütet. Mir kommen erste Zweifel. Wenn sämtliche Kulissen des Hauses ein solches Chaos verbergen, könnte später am Wahrheitsgehalt meiner Behauptungen gezweifelt werden. Alexander ist häufig in New York, und ich weiß aus Erfahrung, daß er den Empfehlungen der Reiseberichte, die in seinem Blatt veröffentlicht wurden, gern folgt. Ich kann mich gut an eine Standpauke erinnern, die unsere damalige freie Mitarbeiterin für Reisen und Kultur bekam, als Alexander zufällig feststellte, daß das Hotel, in dem sie angeblich in Madrid übernachtet hatte, ein halbes Jahr nach ihrer Reise wegen Seuchengefahr geschlossen werden mußte. Und außerdem sollte man immer auf Leserbriefe gefaßt sein, die zwar selten objektive Sachverhalte wiedergeben, aber ab und an doch ernst genommen werden.

Mr. Hall scheint meine Unsicherheit nicht entgangen zu sein. »Nicht so schlimm », lächelt er. »Alles okay. Sehr ordentlich. Sehen Sie.« Er weist auf die unzähligen Schuhkartons, die zu Füßen der Rezeptionisten stehen und in die gelegentlich Notizzettel oder Rechnungsbelege flattern. »Alles okay!«

Mr. Hall entschließt sich, mich in die Bereiche seines Hauses zu führen, die über jeden Zweifel erhaben sind. Zum Beispiel in die Suite, auf die er besonders stolz zu sein scheint und die wohl selten jemand zu Gesicht bekommt, weil sie dem normalen New-York-Besucher natürlich zu teuer ist. »Isn't it wonderful?«

Ja, er hat recht, diese Suite muß ich in meinem Reisebericht erwähnen. Auch wenn der Preis, den mir Mr. Hall ins Ohr raunt, horrend ist. Aber diese schneeweiße, goldbeschlagene Tür, deren Flügel von Mr. Hall aufgestoßen werden wie der Eingang zum Paradies! Und das Himmelbett, das unter einer Chiffonwolke prunkt – die Sünde selbst! Von der Bar ganz zu schweigen, die in einer verspiegelten Ecke des Wohnraums die Wirkung der überdimensionalen cognacfarbenen Sitzgruppe zu übertreffen versucht.

Stolz öffnet Mr. Hall sämtliche Barfächer und weist auf das Inventar, das den Besitzer unserer deutschen Stadtteilkneipe vor Neid erblassen ließe. »Gute Preise!« versichert er. »Dieselben Preise wie in der Hotelbar.«

»Very interesting!« Ich notiere eifrig diesen ökonomisch nicht unerheblichen Punkt. Er könnte ja so manchen Gast, dem mehr an dem Hotelzimmer als an der Skyline gelegen ist, dazu verleiten, die Flitterwochen in diesem Bett neben dieser Bar zu verbringen.

Vorsichtig erkundigt sich Mr. Hall, ob ich denn in seinem Hause zumindest ein Zimmer mit Minibar bewohne.

Ich verneine bedauernd und schildere ihm – nicht ohne Hintergedanken – unser finsteres Zimmer über der sieben Etagen tiefen Schlucht und seine zwar zweckmäßige, aber keinesfalls ästhetisch ansprechende Einrichtung. Von der doppelbettbreiten Wolldecke ganz zu schweigen!

Mr. Hall schlägt die Hände über dem Kopf zusammen. »Jesus! Völlig unmöglich! So wird es kein guter Reisebericht.«

Er greift zum Telefon und ordnet, ehe ich scheinheilig widersprechen kann, mit ein paar kurzen Sätzen an, daß das Gepäck aus Zimmer 721 unverzüglich in die Suite zu bringen sei.

»Sind keine Gäste darin im Moment«, entgegnet er auf meinen leicht durchschaubaren Protest. »Soll alles okay sein für Sie.«

Das ist ein klarer Fall von Bestechung, den ich jetzt entrüstet zurückweisen müßte. Statt dessen klebt mein Blick an den beiden Federplumeaus des Himmelbetts und dem weißen Flauschteppich, der zu Hause keinen einzigen Tag ohne

Nutella-Flecke oder schuhsohlenförmige Schmutzringe überstehen würde. Ich fühle, wie sich mein Kopf auf und nieder bewegt.

So sehen also die Vorteile einer berufstätigen Frau aus!? Noch nie hat der Bauer mit den freilaufenden Hühnern, dessen treue Kundin ich bin, mir auch nur ein einziges Ei zugesteckt, damit ich ihm und seinen Hennen zu einer größeren Popularität verhelfe. Und nun hier als Vertreterin einer Zeitschrift ...

Ich reiße mich mühsam vom luxuriösen Ambiente meines zukünftigen Domizils los und beteure, daß das nun wirklich nicht nötig gewesen sei. Und natürlich versichere ich ebenfalls, daß mein Mann und ich sehr wohl selbst in der Lage seien, unser Gepäck herüberzuschaffen – aber Mr. Hall hat anscheinend schon alles Nötige veranlaßt. Nach seinen Angaben sind bereits zwei Zimmermädchen dabei, in Raum 721 unsere Habseligkeiten zusammenzusuchen.

Ich überlege fieberhaft, welche verfänglichen Gegenstände sich in unseren Nachtschränkchen befinden könnten. Aber glücklicherweise fällt mir nichts ein, was meinen neuerworbenen Ruf als ›very important person‹ gefährden könnte. Vorsichtshalber lasse ich durchblicken, daß mir dieses Hotel und sein Service außerordentlich gut gefallen. Daß Mr. Hall sich in naher Zukunft vor Gästen nicht retten kann, die ausgerechnet in seinem Hause Station machen wollen, steht – zumindest für ihn – außer Frage.

Als ich wieder auf die Straße trete, bin ich mit unzähligen Prospekten und vielen guten Wünschen reichlich versehen. – Außerdem bin ich eine geschlagene Stunde älter. Und der arme Philip hat diese schrecklich lange Zeit wartend vor dem Hoteleingang zubringen müssen! Wenn ich ehrlich bin, ist mein Mann über die Verlockungen der Hotelsuite glatt ein wenig in Vergessenheit geraten. Aber natürlich wird er mir verzeihen, wenn er zu hören bekommt, welche Vorteile ich uns während dieser Stunde verschafft habe. Und überhaupt war das Ganze ja seine Idee ...

Etwas unschlüssig stehe ich der Übermacht der 7th Avenue gegenüber. Von Philip keine Spur! Und prompt geschieht das, was ich Inger nie eingestehen dürfte, wenn ich nicht auf der Stelle Opfer ihrer resozialisierenden feministischen Bemühungen werden wollte inklusive ihrer Hilfe bei der Loslösung von der Vaterfigur, zu der ein Ehemann zwangsläufig wird, wenn er mit einer kleinmütigen Frau wie mir verheiratet ist.

Ich habe Angst. Nur ein bißchen, nur ein Anflug von Verunsicherung – aber immerhin. Keinen einzigen Dollar habe ich in der Tasche, keinen Stadtplan bei mir und keine Chance, Philip in unserem Hotelzimmer wiederzufinden oder darin auf ihn zu warten. Schließlich ziehen wir soeben in eine Suite um.

Vielleicht hat Inger doch recht? Vielleicht hängt das Frausein wirklich von diesem Maß an Bereitschaft ab, den unbequemen Teil einer Verantwortung auf den abzuschieben, der sie angeblich mit Vorliebe an sich reißt?

Die 7th Avenue rauscht bedrohlich auf mich zu. Ein zerlumpter Mann kommt in der geduckten Haltung des Bettlers, aber auch in deutlicher Aggressionsbereitschaft auf mich zu. Wird er mir glauben, daß ich kein Geld bei mir habe? Er kommt mir erschreckend nahe. Baut sich direkt vor mir auf, schiebt sein Gesicht dicht an meines heran und folgt meinem Ausweichen beharrlich. Zentimeter für Zentimeter. Schritt für Schritt. Und die New Yorker um mich herum eilen weiter. Kein Hilfsangebot, kein Mitgefühl, nicht einmal ein leises Interesse an dem, was mir geschieht. Der Mann brüllt auf mich ein, fuchtelt mit beiden Armen vor meinem Gesicht herum, und ich befürchte schon, daß er mich gleich anspeien wird, so zornig scheint er auf mich zu sein. Immer wieder höre ich das Wort ›Vietnam‹ heraus, und wenn ich ihn richtig verstehe, bin ich schuldig oder zumindest mitschuldig an seinem Schicksal. Und das wenigste, was ich tun kann, ist, ihn mit meinem Geld zu entschädigen. Aber ich habe keinen einzigen Dollar bei mir!

Da pocht jemand von innen an die Scheibe des Coffee-Shops. Philip! Ich mache auf dem Absatz kehrt, darauf gefaßt, daß der Mann mir folgen wird, und stürze hinein in die brodelnde Wärme des Coffee-Shops, mit der Wut des

Bettlers in meinem Nacken. Warum habe ich auch kein eigenes Geld in meiner Tasche? Manchmal hat Inger eben doch recht.

Ich bin derart erleichtert, daß ich meiner Vaterfigur um den Hals falle, als hätte ich sie wochenlang nicht gesehen. Was übrigens den Vorteil hat, daß es Philip nicht gelingt, seine Vorhaltungen an den Mann zu bringen. Mehr als ein vorwurfsvolles: »Ich hatte schon ganz kalte Füße vom Warten!« bringt er nicht heraus. Und der Hinweis auf den Regenguß bleibt ihm im Halse stecken. Denn nun kann er sich nicht genug darüber wundern, daß wir am Ende des Tages eine Suite bewohnen werden.

»Was sagst du nun? Da hast du kaum die Idee von der gelegentlichen beruflichen Neuorientierung deiner Frau ausgesprochen, und schon gibt es die ersten Erfolge.«

»An solche Erfolge hatte ich nicht gedacht.«

»Natürlich nicht. Aber gefallen werden sie dir trotzdem.« Und ehe mein Mann ausführlicher auf seine kalten Füße eingehen kann, ergänze ich: »Es war schließlich deine Idee, oder?«

Die Coffee-Shops haben den ersten Frühstückssturm überstanden und lassen uns vor leeren Tellern und halbgefüllten Tassen sitzen, ohne uns durch Nachschenken des Kaffees an weiteres Konsumieren zu erinnern oder mit der gnadenlosen Zuweisung unerwünschter Tischgenossen zum Aufbruch zu drängen. Philip und ich, wir stecken die Köpfe zusammen und planen unseren Aufenthalt. Es geht nicht mehr um die persönliche New-York-Erfahrung von Philip und Nele Hübner, es geht jetzt nur noch darum, unsere Kurzreise zu einem Ausflug zu machen, wie er auch der Leserschaft von *Glamour* gefallen könnte.

Ich stürze meinen Kaffee herunter. »Sollte ich mich nicht erst in der Redaktion erkundigen, ob eine New-York-Reportage überhaupt vakant ist? Wenn drei Ausgaben zuvor jemand die gleiche Idee hatte wie ich, machen wir uns die ganze Arbeit umsonst.«

Ich beschließe, Alexander ein Fax zu schicken. Die Dame an der Rezeption nimmt es lächelnd in Empfang, wirft einen langen Blick darauf und scheint sich zu ärgern, daß sie der deutschen Sprache nicht mächtig ist.

»Grüße aus New York. Ich komme mit einem Reisebericht zurück. Was hältst Du davon?«

Mr. Hall erscheint neben dem Fax-Gerät. »Erster Trip durch New York?« Noch ehe ich bestätigend nicken kann, zählt er mir auf, was auch jeder Reiseführer dem Touristen als minimales Besichtigungsprogramm anrät. »Wenn Sie zurück sind, Ihre Suite wird fertig sein.«

Diese letzte Anmerkung ist mit Abstand die interessanteste. Ich werde Philip vorschlagen, unsere Besichtigungstour nicht länger als notwendig auszudehnen. Eine Suite mit einer goldbeschlagenen Eingangstür, einer Bar und einem Himmelbett mit zwei bauschigen Federplumeaus sollte man nicht warten lassen. Und nach der Schlacht, die Cäsar heute morgen verloren hat, möchte ich ihm endlich einen Sieg gönnen. Ihm, Philip und dem treuen Vasallen Roberto, dem sein verpaßter Einsatz hoffentlich keine Minderwertigkeitsgefühle eingebracht hat.

Wir entschließen uns zu einer Stadtrundfahrt, die uns und unseren Schuhsohlen die langen Wege durch diese Riesenstadt abnimmt. Träge hängen wir in den Sitzen des Busses und lassen die näselnde Stimme des Stadtführers über uns ergehen, der die Einwanderergeschichte vor uns ausbreitet, die sozialen Probleme der Stadt erörtert und die Kriminalitätsrate jeder Straßenecke so nüchtern wie die Obst- und Gemüsepreise ins Mikrofon nuschelt. Er hat übrigens reichlich Gelegenheit, uns Überfälle auf Touristen bis ins kleinste Detail zu schildern, denn der Bus, der sich von Ampel zu Ampel tastet, erspart uns zwar Wege, aber keineswegs Zeit. Als wir am Times Square ankommen, sehe ich einen Fußgänger, der mit uns zusammen aus dem Hotellift gestiegen und denselben Weg in der gleichen Zeit auf seinen Beinen zurückgelegt hat.

Aber wenigstens haben wir unsere Kräfte nicht unnötig strapaziert. Diesen Aspekt scheint Philip genauso bedeutsam zu finden wie ich. Wir werden unsere Energiereserven für etwas anderes, Schöneres verwenden. Daß Philip auch so denkt, wird mir klar, als wir aussteigen, um gemeinsam mit der ganzen Sightseeing-Gruppe in einem schmuddeligen indischen Restaurant eine Reistafel zu essen, die im Sightseeing-Preis inbegriffen ist. Mit einer schnellen Bewegung greift er mir an den Hintern und flüstert mir zu: »Ich freue mich auf unsere Suite.«

Ich mich auch! Und das ist der einzige Grund, warum ich mich nicht über die Reistafel ärgere, die mich an den Milchreis meiner Großtante erinnert, den ich als Kind auch mit einer doppelten Portion Zimt und Zucker nicht herunterbekam. Man sollte eben niemals etwas essen, das in irgendeinem Preis inbegriffen ist. Eine Erfahrung, die ich den Lesern meines Reiseberichts mit auf den Weg geben werde!

»Sicherlich liegt schon eine Antwort von Alexander vor, wenn wir ins Hotel zurückkommen,« mutmaße ich und komme mit Philip überein, uns nicht über den Düsseldorfer auf der anderen Tischseite aufzuregen, der gerade den Vorschlag macht, diese langweilige Tischrunde durch ein bißchen rheinischen Frohsinn aufzuheitern. Schon bei seinem zweiten Witz beschließen Philip und ich, auf den Nachtisch zu verzichten und im Raucherzimmer des Lokals einen Kaffee zu trinken, der nicht im Preis inbegriffen ist.

Mein erster Weg, nachdem uns der Sightseeing-Bus vor dem Hotel abgesetzt hat, führt mich zur Rezeption. »Ist ein Fax für mich angekommen?«

Mr. Hall zuckt bedauernd die Schultern. »No, no.« Er sieht mich mißtrauisch an und fragt, ob meine Zeitung etwa doch keinen Reisebericht veröffentlichen wolle.

Damit verrät er mir, daß er über den Inhalt meines Faxbriefes an Alexander im Bilde ist und vermutlich auch dessen Beantwortung im vollen Wortlaut zur Kenntnis nehmen wird. Mir dämmert es plötzlich, wie peinlich es sein wird, wenn Alexander mein Angebot ablehnt und Mr. Hall entdeckt, daß er Philip und mir völlig vergeblich sein Prunkzimmer überlassen hat. Ob er uns dann wieder hinauswerfen wird aus unserem Paradies?

Während ich vorsichtshalber noch ein paar freundliche Worte mit Mr. Hall wechsle, ist Philip plötzlich verschwunden. Ich muß eine ganze Weile warten, bis er dort, wo die Haustelefone des Hotels stehen, wieder zum Vorschein kommt. »Wo warst du?«

»Nirgendwo. Ich wollte nur mal gucken ...«

So antwortet ein kleiner Junge, wenn er von seiner Mama dabei erwischt wird, erwachsenen Mädchen unter den Rock zu gucken oder ein Kondom mit Wasser zu füllen und zum Platzen zu bringen.

Beides weist Philip weit von sich. »Laß nur, du wirst schon sehen ...«

Mit diesen mysteriösen Worten zieht er mich zum Aufzug und küßt mich in dem ratternden Käfig so lange, bis ich die Angst vor einem Absturz ins Erdgeschoß verloren habe und sogar mit einer gewissen Enttäuschung feststelle, daß wir vor der goldbeschlagenen Tür unserer Suite angekommen sind.

Natürlich hält diese Enttäuschung nicht lange an. Während mein Mann noch sprachlos die Herrlichkeiten unseres neuen Domizils bewundert, fällt bereits der Übermut über mich her und mir selbst nichts anderes ein, als mich mitten in die daunenweiche Pracht unseres Himmelbetts zu werfen. Das schmale weiße Instrument auf dem Kopfkissen bemerke ich erst im letzten Augenblick.

Mein Überschwang stürzt in einer scharfen Vollbremsung kopfüber auf den Bettvorleger. »Was ist das?«

Meine Frage ist rein rhetorischer Art. Obwohl ich keineswegs zu den revolutionären Vorreiterinnen meines Geschlechts gehöre, denen das komplette Angebot der Sex-Läden und Erotik-Shops vertraut ist, weiß ich sofort, was ich da vor mir habe. »Wie kommt ein Vibrator in mein Bett?«

Philip steht da, wie mit roter Farbe übergossen. »Der lag in meinem Nachttisch«, stottert er. »Er sollte eine Überraschung sein. Ich dachte, wir könnten mal ... nur probeweise ... du meintest doch neulich, man sollte mal etwas Neues versuchen ...«

Ich sinke auf die Bettkante, während ich mir Mr. Halls Gesicht vorstelle, der nun möglicherweise an der Ernsthaftigkeit meines journalistischen Einsatzes zweifeln wird. Und das Zimmermädchen! Wie schrecklich für ein junges, unerfahrenes Ding, ein solches Requisit von einem Hotelzimmer der einfachen Kategorie in eine komfortable Suite transportieren zu müssen!

»Eine Frechheit«, sagt Philip da plötzlich, »das Ding auf dem Kopfkissen zu deponieren.«

Ich schrecke auf. Philip hat zweifellos recht. Die Geschmacklosigkeit unseres Nachttischladeninhalts wiegt nicht schwerer als der despektierliche Umgang mit ihm.

»Und was gehen mich Mr. Hall und seine Zimmermädchen an?«

Ich schließe mich Philips Meinung unumwunden an. Gar nichts gehen sie uns an, diese New Yorker Zimmermädchen! Und Mr. Hall auch nicht! Obwohl ... es wäre mir wirklich verdammt unangenehm, wenn er Grund hätte, an meiner journalistischen Kompetenz zu zweifeln. Schließlich verdanken wir gerade der unsere Suite.

Und damit fällt mir wieder *Glamour* samt ihrem Chefredakteur ein. Zum Kuckuck, warum antwortet Alexander nicht? Natürlich kann es sein, daß er nicht in der Redaktion ist. Dann hat seine Sekretärin ihm mein Fax auf den Schreibtisch gelegt, wo es auf ihn warten wird wie irgendeine andere unbedeutende Randnotiz.

Philip hat mich mittlerweile auf die Matratze unseres Himmelbettes gedrückt und nestelt am Verschluß meiner Bluse herum. Ich kann mir ein Lachen nicht verkneifen. Philip hat augenscheinlich schon lange nicht mehr eine Frau aus ihrer Kleidung geschält. Seit Jahren ist er eben an nichts anderes gewöhnt, als mir mein Nachthemd über den Kopf zu ziehen – wenn ich das in meiner frohen Erwartung nicht schon längst selbst erledigt habe. Nun plötzlich steht er einer Übermacht an Knöpfen, engen Armausschnitten und komplizierten Hosenverschlüssen gegenüber. Nachdem er begriffen hat, daß er mich für das komplette Abstreifen meiner liebesfeindlichen engen Jeans aufrecht vors Bett stellen muß, will er sich erst mal damit begnügen, mir das bordeauxrote Spitzengebilde von der Brust und über den Kopf zu ziehen. Ungeduldig versucht er, mir meine für diese Reise erstandene Neuerwerbung aus dem Hosenbund zu zerren.

Mir wird klar, daß mein Mann eine Nachhilfestunde in Sachen Dessous nötig hat. »Philip, das ist ein Body.«

»Klar ist das ein Body!« Philip fährt mir bestätigend über Brust und Bauch. »Ich bin noch genauso scharf auf deinen Body wie vor sechzehn Jahren.«

»Oh, Philip!« Ich weiß, wie verunsichernd es für einen Mann ist, wenn die Geliebte ein paar Handgriffe vor dem entscheidenden Akt in Gelächter ausbricht. Aber ein Ehemann müßte in den langen Jahren des Zusammenlebens eigentlich genug Sicherheit erworben haben, um diesen Affront ohne Schaden an Seele und Potenz zu überstehen. »Ein Body ist ein Einteiler!«

Verblüfft gibt Philip es auf, mir das aus der Hose zu ziehen, was zwischen meinen Beinen fest verankert ist. Immer noch lachend erhebe ich mich, ziehe mir die Jeans herunter und die Strümpfe gleich mit und bin froh, daß ich das in diesem Tempo erledigen kann. Das Ziehen und Zerren unkundiger Männerhände ist ja nur halb so genußvoll, wie die meisten Herren glauben, die während dieser Beschäftigung, die angeblich zu ihren liebsten gehört, auch noch verlangen, daß die Frau genuß- und hingebungsvoll die Augen schließt und in lustvolle Starre verfällt.

Kopfschüttelnd schaut Philip sich an, was die Modeschöpfer der Neuzeit den Frauen und vor allem ihren Bettgenossen antun. »Und wie bekommt man dich da heraus?« fragte er verständnislos.

»Du bist doch Techniker! Wo würdest du den Verschluß anbringen, wenn du für das Funktionieren eines Bodys zuständig wärst? In allen Lebenslagen, wohlgemerkt!«

Philip dreht mich um und sucht nach einem Reißverschluß im Rücken. Dann jedoch scheint ihm aufzugehen, daß der weibliche Körper nicht nur für die Liebe gemacht ist, sondern im Verlaufe eines langen Tages noch ein paar weiteren Bedingungen unterliegt, denen ein Kleidungsstück gerecht werden muß. Zielsicher greift er mir zwischen die Beine. »Aha!« grinst er wie Kolumbus, der soeben Amerika am Horizont entdeckt hat.

Ich erinnere mich an die Ballettstunden meiner frühen

Kindheit und versuche ein anmutiges Plié, dessen Zweck Philip Gott sei Dank durchschaut, ehe meine untrainierte Oberschenkelmuskulatur zu zittern beginnt.

Druckknöpfe sind keine Erfindung der Neuzeit und zudem viel leichter zu öffnen als zu schließen. Den letzten der entscheidenden Handgriffe erledigt Philip also mit überzeugender Sicherheit. Daß er sich ziemlich lange damit aufhält, liegt keinesfalls an seiner Ungeschicklichkeit, sondern daran, daß die beiden Finger, die die Druckknöpfe trennen, von weiteren eskortiert werden, die wie eine flinke Vorhut das Terrain durchkämmen, in das sie eindringen wollen. Und während ich den Body über den Kopf ziehe, ist es schon geschehen. Die Vorhut meldet günstige Verkehrsverhältnisse.

Ich lege mich aufs Bett, während Philip sich seiner Kleidung entledigt, und schiele nach dem Vibrator, der einsatzbereit auf dem Kopfkissen liegt. Nichts gegen Roberto den Großen! Aber ein Vibrator soll ja etwas können, was Roberto noch nie fertiggebracht hat – er kann vibrieren.

Eine ziemlich aufregende Vorstellung!

Roberto scheint keine Ahnung zu haben, daß er Konkurrenz bekommen soll. In erwartungsvoller Haltung steht er da und sieht zu, wie Philip seinem Gegenspieler ein zartes Brummen entlockt.

Das sanfte Tock-tock-tock macht mich stutzig. Wenn ein Vibrator außer der Vibration noch weitere technische Raffinessen zu bieten hat, so würde ich gern vorher davon Kenntnis haben. Tock-tock-tock. Auch Roberto scheint Angst zu bekommen, denn er geht vor den Wundern der Technik in die Knie und schwankt unschlüssig hin und her. Philip jedoch begreift schnell, daß das Tock-tock-tock nichts mit unserem Vibrator zu tun hat, und springt auf.

»Hat man denn in diesem Hotel niemals seine Ruhe? Wenn mir wieder ein Koffer gebracht werden soll, der nicht mir gehört, werde ich Mr. Hall aber die Meinung sagen!«

»Philip, zieh dir was über!«

Aber Philip scheint es zu gehen wie dem Kaiser mit seinen neuen Kleidern. Die Empörung hüllt ihn völlig ein. Nur gut, daß wenigstens Roberto den Blick zu Boden schlägt.

Philip reißt die Tür auf, als wollte er sie aus den Angeln heben, und ich habe keine Zeit mehr zu dem Stoßgebet, der Page davor möge ein kriegsblinder Vietnamveteran sein. Nein, es handelt sich um ein junges Mädchen, das flinken Blickes den kompletten Philip samt Roberto den Verschreckten ins Auge faßt. Da rettet Philip auch der Sprung hinter das geöffnete Türblatt nicht mehr.

Die junge Dame traut sich verständlicherweise nicht ohne weiteres in die Höhle eines nackten Löwen und seines ebenso nackten Weibchens. Verlegen streckt sie uns das Tablett entgegen, das sie in Händen hält.

»Lieber Himmel!« murmelt Philip. »Daß ich Champagner bestellt habe, ist mir ja völlig entfallen.«

Er macht den Versuch, das Tablett entgegenzunehmen, erkennt aber schnell, daß er dafür seine Deckung aufgeben müßte. »Bitte, stellen Sie ihn auf den Tisch.«

Das Mädchen schlüpft ängstlich herein, während Philip sich bemüht, die Tür noch weiter zu öffnen, um den Sichtschutz den gegebenen Verhältnissen anzupassen.

Das Zimmermädchen stellt das Tablett auf dem Tisch ab, wirft zu meinem Entsetzen einen langen Blick auf den Vibrator, den ich vor lauter Schreck auf der Bettdecke liegen ließ, und verläßt unsere Suite, als sei sie froh, mit heiler Haut davongekommen zu sein.

Philip ist am Ende seiner Nerven. Von Roberto ganz zu schweigen. Mir wird unverzüglich klar, daß heute keiner der beiden mehr aufzurichten ist. Aber immerhin haben wir Champagner. Und ich kenne keine Enttäuschung, die mit Champagner nicht wenigstens ein bißchen erträglicher wird.

8.

Nach einer halben Stunde ist die Flasche leer, wir sind beschwipst und haben das Gefühl, Geld zum Fenster hinausgeworfen zu haben.

»Vielleicht ist wenigstens Alexanders Fax angekommen«, versuche ich mich zu trösten.

Um das in Erfahrung zu bringen, müssen wir uns anziehen und ins Foyer hinunterfahren. Auf keinen Fall möchte ich noch einmal irgendein Mitglied des Hotelpersonals vor der Tür unserer Suite stehen haben.

Aber die nächste Ernüchterung wartet schon auf uns. »No Fax«, erklärt Mister Hall und hat einen Teil seiner Freundlichkeit abgelegt.

Meine Sorge wird immer größer, daß wir über kurz oder lang, als Gaunerpärchen entlarvt, des Hotels verwiesen und auf die Bezahlung der Suite verklagt werden.

»Laß uns bei ›Chez Nicole‹ noch einen Schlummertrunk nehmen«, schlägt Philip vor. »Eigentlich bin ich zwar schon betrunken, aber Joseph ist in nüchternem Zustand sowieso nicht zu ertragen.«

Philip hat unrecht. Nach einer halben Flasche Champagner bin ich nämlich überhaupt nicht mehr in der Lage, Josephs Tempo zu folgen, und werde schon nach wenigen Versuchen, seinen Pirouetten hinterherzusehen, schwindelig. Mit offenem Mund beobachte ich, wie Joseph ein Paar zum Ausgang geleitet, das sich erfolglos dagegen wehrt, von ihm in die Mäntel bugsiert zu werden. Mir kommt der Verdacht, daß diese beiden ohne Mäntel das Lokal betreten haben. Werden hier etwa zwei gesetzestreue Bürger von einem allzu beflissenen Kellner zur Veruntreuung genötigt? Wenn das stimmt, hat Joseph bei uns jedenfalls bald das gleiche Ziel erreicht. Schon nach einer knappen Stunde ist der Grad unserer Betrunkenheit nur noch damit zu erklären, daß wir zur Aufnahme des Alkohols genötigt worden sind. Diese schrecklich vielen Cocktails können wir unmöglich alle freiwillig bestellt haben!

Schwankend verlassen wir – von Joseph liebevoll gestützt – das Lokal und stellen ernüchtert fest, daß die aufmerksame Bedienung des Kellners an der Tür ihr Ende hat. Ich hatte eigentlich erwartet, daß Joseph uns aus purer Fürsorge das Angebot machen würde, uns über die 7th Avenue zu geleiten. Aber leider scheint er sich für das, was sich außerhalb von ›Chez Nicole‹ abspielt, nicht zuständig zu fühlen. Fest an Philips Arm geklammert, wanke ich auf die andere Straßenseite und verbiete mir, auch nur einen einzigen Blick auf die Autos zu werfen, die mit glühenden Scheinwerferaugen und bösartigem Knurren der Motoren nur darauf warten, uns zu überrollen.

Ein Blick in Mister Halls Gesicht klärt uns darüber auf, daß Alexanders Fax immer noch nicht angekommen ist. Ich stelle mich darauf ein, daß diese Nacht die letzte in unserer Suite sein wird. Gleich morgen früh werden wir von Mister Hall zur Rede gestellt werden. Auf den Kopf zu wird er mir sagen, daß ich den Reisebericht erfunden habe, um das beste Zimmer des Hotels zu ergaunern. Und ich werde ihm nicht das Gegenteil beweisen können. Wenn Alexander doch endlich antwortete!

Als wir am nächsten Morgen mit bleichen, verkaterten Gesichtern aus dem Aufzug steigen, winkt uns Mister Hall aufgeregt zu. Ich trete mit gemischten Gefühlen an die Rezeption. Und da wächst zu meiner grenzenlosen Erleichterung ein Blatt aus dem Faxgerät, das mit Alexander Amelunx' walnußgroßer Schrift bedeckt ist.

Mr. Hall strahlt. »Für Sie. Von Ihrer Zeitung.«

Das scheint meine Bedeutung in diesem Hotel für alle Zeit zu untermauern. Feierlich überreicht er mir das Fax, das es auf mindestens zwei Meter fünfzig gebracht hat, und wünscht mir kreatives Schaffen.

Alexanders Mitteilungen sind lang und bündig. Unumwunden bestärkt er mich in meiner Absicht, einen Reisebericht zu schreiben, genauso rundheraus legt er mir klare Anweisungen vor, worauf es ihm dabei ankommt. »Denk dran – unsere Leserschaft ist, nach der letzten Erhebung, zwischen dreißig und vierzig, zu 60 Prozent weiblich und gehört überwiegend der gut verdienenden gehobenen Mittelschicht an. Der männliche Anteil ist engagiert berufstätig, der weibliche vornehmlich teilzeitbeschäftigt. Konzentrier dich also auf diese Frauen, die nur arbeiten, um nicht Hausfrau sein zu müssen. Das Geld, das sie verdienen, wird zum Beispiel für eine interessante Reise ausgegeben. Also keine billigen

Hotels und Restaurants! Und bitte gediegene Attraktionen! Die gehobene Mittelschicht zahlt bereitwillig jedes Eintrittsgeld, wenn sie dafür etwas erleben darf.«

Und am Ende der Papierfahne hat er in dicken Druckbuchstaben angefügt: »Wurde auch Zeit, daß Du wieder zur Vernunft kommst! Beste Glückwünsche zur Wiederauferstehung vom tödlichen Dasein der Dienerin, und willkommen im Kreis der Lebenden!«

»Idiot!«

Philip zieht mich auf die Straße. »Amelunx hat keine Ahnung. Ein Junggeselle! Was weiß der schon!«

Zwar lasse ich mich schnell besänftigen, aber der Stachel bohrt dennoch unsichtbar und um so schmerzhafter unter meiner Haut. Dem werde ich was erzählen, wenn ich zurück bin! Was bildet der sich eigentlich ein, die Häuslichkeit mit einer letzten Ruhestätte zu vergleichen! Ich werde ihm den Kopf gehörig zurechtrücken, sobald ich wieder zurück bin. Alexander soll nicht glauben, daß ich reumütig aus meinem friedlichen Leben heimgefunden habe in die Hektik der Redaktion. Nein! Ich werde ihm genau darlegen, welchen Grund es hat, daß ich bereit bin, hin und wieder als freie Mitarbeiterin für ihn tätig zu werden. Und er soll bloß nicht glauben …

»Ich brauche Geld, Philip. Gib mir ein paar Dollars, bitte.«

Philip sieht mich überrascht an. »Ich bin doch bei dir.«

»Wir könnten uns aus den Augen verlieren.« Ich denke an die Minuten allein auf der 7th Avenue, in denen ich mich wie ein ausgesetztes Kind gefühlt habe. »Und einen eigenen Stadtplan will ich auch.«

Philip verdreht die Augen. »Meinetwegen. Aber ich verstehe nicht, warum dir das so wichtig ist.«

Ich auch nicht. Eigentlich bin ich ganz zufrieden, wenn Philip den Weg aussucht, auf dem ich ihm nur zu folgen brauche. Schön bequem ist das! Und daß ich kein Geld bei mir trage, das ich vor dem Zugriff dreister Taschendiebe bewahren muß, ist mir bisher auch immer sehr angenehm gewesen. Im übrigen lasse ich Philip in einer fremden Stadt sowieso nicht aus den Augen und achte darauf, daß er sich nicht mehr als zehn Meter von mir entfernt. Also komme ich auch an einem unbekannten Ort ohne Geld und Stadtplan aus. Dennoch habe ich nun, da ich in einer eigenen Mission in dieser Stadt unterwegs sein werde, den Wunsch nach einer entsprechenden Selbständigkeit.

Philip grinst. »Ein Befreiungsversuch? Das würde ja bedeuten, daß du in der Vergangenheit bevormundet worden bist. Hat es je ein solches Gefühl gegeben?«

»Unsinn!« Ich hake mich bei ihm ein und versuche, in den gewohnten Gleichschritt zu fallen. »Dasselbe könnte ich ja dich fragen, wenn ich dir eine Verantwortung aufbürde.«

Ich denke eine Weile nach, während ich Philips Hand nehme und im Rhythmus unserer Schritte mitschwingen lasse. »Vielleicht sollte man darauf achten, daß eine an sich sinnvolle Rollenverteilung nicht im Bereich der unbesetzten Rolle zur völligen Unmündigkeit führt.«

Von da an stellen Philip und Nele Hübner die aufgelösten Konturen des gehobenen Mittelstandes dar, die Leserschaft von *Glamour*. Philip ist der beruflich engagierte, gut verdienende Gatte, ich dagegen die teilzeitbeschäftigte Ehefrau, die sich ein bescheidenes sachverständiges Interesse erlaubt und damit ihre gehobenen Ansprüche rechtfertigt.

Energisch bemühen wir uns um die Attraktionen New Yorks, und selbstredend ist uns kein Eintrittsgeld zu hoch, wenn uns dafür eine gediegene Attraktion versprochen wird. All das, was wir natürlich sowieso unternommen hätten, tun wir nun im Bewußtsein einer ganz anderen Bedeutung. Pflichtschuldigst – und nicht etwa wie zwei stillvergnügte Touristen – fahren wir sowohl aufs Empire State Building als auch aufs World Trade Center, um uns von dort daran zu ergötzen, daß die kolossale Skyline genauso aussieht wie die Klötzchentürme in Timos Kinderzimmer, die so lange ein weiteres erhalten, wie es ihre Statik eben zuläßt. Wie würde sich der Hudson stauen und die Fluten des East River bis hoch zu den Seilen der Brooklyn-Bridge spritzen, wenn diese Kultbauten des Geldes auch einmal zusammenstürzten wie bunte Bausteine! Ich zücke meinen Stenoblock.

Kein Leser sollte sich die Gelegenheit entgehen lassen, einmal die Position von Gottvater einzunehmen.

Wir kleben am Abend völlig übermüdet auf den haarsträubend steilen Rängen der Carnegie Hall und halten uns gegenseitig fest, um uns vor dem Absturz ins Parkett zu bewahren, während die Pianistin dort unten in der Tiefe der Bühne ihr Bestes tut, uns wachzuhalten. *Die Sicherheitsvorschriften in den USA sind nun einmal anders. Der Leser, der dazu neigt, während eines Konzertes einzunicken, sollte einen Partner bei sich haben, der seinen Schlaf bewacht.*

Philip ist es, der mich schützend in seinen Armen hält und mich zärtlich küßt, wenn der Applaus mich geweckt hat. »Schlaf ruhig weiter«, sagt er jedesmal, wenn die Pianistin die Arme hebt, um erneut in die Klaviatur zu greifen. Und tatsächlich schlummere ich sofort wieder ein und nehme in meine Träume liebevollste Gedanken an den Mann mit, der mir keine Vorwürfe macht, daß ich ein Konzert verschlafe, obwohl die Eintrittskarten teuer waren. Und der außerdem treusorgend über mich wacht, damit ich nicht unversehens über die Balustrade purzle.

Fröstelnd hüllen wir uns in der Met bei *La Bohème* in unsere Mäntel, während ich *ungewöhnlich gut bis stürmisch funktionierende Klimaanlage* auf meinem Stenoblock notiere. Nicht einmal Mimis Freude über den Muff, den man ihr aufs Sterbelager legt, kann uns erwärmen. Im Gegenteil – ich hätte ihn der Todkranken am liebsten abgeluchst, um mich gegen die kalten Böen der Klimaanlage zu schützen.

Auf Ellis Island genießen wir dann den wohligen Schauer des Abenteuers, als wir uns vorstellen, welche Schicksale sich mit den Menschen hier eingefunden haben, ehe sie sich im gelobten Lande niederlassen konnten oder auch kurz vor dem Ziel zurückgeschickt wurden. *Stellen Sie sich vor, der kleine Dampfer, der Sie zur Insel bringt, sei der, der Sie von einem fernen Kontinent herbeitrug, und sehen Sie sich dann das Museum von Ellis Island an. Unweigerlich wird das Herz eines Einwanderers in Ihrer Brust klopfen – zitternd vor Angst und Schwäche, kräftig in der Hoffnung auf ein neues Leben!*

Die Fahrt von Manhattan zur Insel, auf der die Freiheitsstatue steht, ist grandios. Eng an Philip gekuschelt, genieße ich abwechselnd den Blick zurück auf die kolossale Wolkenkratzerkulisse und nach vorne auf die Freiheitsstatue. Wie viele Paare mögen ihr so, dicht beieinander, entgegengesehen haben? Während ich Philip küsse, läßt er die Augen geöffnet, um sich nicht von dem Blick auf Ellis Island lösen zu müssen. Ich dränge mich an ihn und nutze die Enge zwischen unseren Körpern, um auch Roberto ein verstohlenes »Ich liebe dich« zukommen zu lassen. Roberto wird viel Zuwendung und Wertschätzung brauchen, um seine fehlenden Erfolgserlebnisse auszugleichen.

»So bald wie möglich feiern wir Alexanders Zusage, okay?«

»Okay.« Philip sieht mich zärtlich an. »Den Champagner holen wir uns höchstpersönlich aus der Bar, und dann hänge ich ein Schild an die Tür: ›Bitte nicht stören!‹«

Höchst widerwillig – nur *Glamour* und Alexander Amelunx zuliebe – entschließen wir uns sogar zu einem Helikopter-Flug über Manhattan und um die Freiheitsstatue herum, obwohl keinem von uns diese Sache geheuer ist. Aber eingedenk der Attraktionen, die Alexander von mir erwartet, erscheint sie mir unumgänglich. Und ebenso unabwendbar ist es für meinen Mann, mich in dieser Stunde der Gefahr nicht allein zu lassen. Grüngesichtig starren wir hinaus und kämpfen gegen die Übelkeit an, wenn der Hubschrauber sich in eine Straßenschlucht sinken läßt, während unsere Mitreisenden vor Wonne kreischen. *Ein Vergnügen nur für die ganz mutigen Leser ohne Höhenangst und Reizmagen.*

Diese wieselflinken Helikopter schwirren wie wild gewordene Hornissen über die Wolkenkratzer hinweg, um ihre Spitzen herum, legen sich schräg, lassen sich fallen, entschließen sich völlig unvermutet und höchst widersinnig zu rasanten Kehren und Kurven. Mein Unbehagen ist so groß, daß auch ein Looping, über den ich mich kein bißchen wundern würde, meine Übelkeit nur noch geringfügig steigern könnte. Und wenn ich mir Philip so ansehe, scheint ihm diese Helikopter-Achterbahn auch nicht geheuer zu sein.

Weit mehr Schwierigkeiten im Magen-Darm-Trakt verursacht uns allerdings das Erproben der Restaurants, die für die gehobene Mittelschicht in Frage kommen mögen. Um an ein Exemplar der Speisekarte und andere Informationen zu gelangen, die dem arglosen Restaurantbesucher normalerweise verwehrt bleiben, muß ich meine beruflichen Absichten offenlegen, was die meisten Wirte und Oberkellner in derartiges Entzücken versetzt, daß sie uns alles vorsetzen, was Küche und Keller zu bieten haben. Unmöglich, etwas davon auf dem Teller zurückzulassen! Die schmerzliche Sorge des Kochs, in meinem Reisebericht unfreundlich erwähnt zu werden, drückt mein Gewissen, und so schieben wir uns in den Mund, was nur eben hineinzubringen ist. Und alles, was wir gegessen haben, wird als besonders empfehlenswert auf meinem Stenoblock vermerkt.

Besonders im Restaurant ›Chez Nicole‹. Joseph greift sich überwältigt ans Herz, als ich ihm mein Vorhaben schildere. Sekunden später steht ein Aperitif vor uns, von dem Joseph uns lediglich den Namen verrät, während seine Zusammensetzung ein Geheimnis bleiben soll. Nachdem wir ihn probiert und ausreichend gelobt haben, werden wir in die Küche genötigt, um höchstpersönlich die Herstellung unseres Menüs zu überwachen, denn ›Chez Nicole‹ – das soll in meinem Reisebericht nach Josephs Meinung nicht unerwähnt bleiben – ist nicht nur wegen seiner guten, sondern auch wegen seiner blitzsauberen Küche und der hygienisch einwandfreien Produktion der Mahlzeiten empfehlenswert.

Nachdem die Beiköchin vor meinen Augen mehrmals die Hände gewaschen und die Fingernägel geschrubbt hat und der Küchenchef unverständliche, aber in Tonfall und Lautstärke beeindruckende Anweisungen in den Keller gebrüllt hat, sind wir von der Qualität der Küche restlos überzeugt und wenden uns wieder unserem Aperitif zu. Und nachdem Joseph sich dreimal nach unserem Wohlbefinden erkundigt hat, versichern wir ihm zum viertenmal, daß der Service bei ›Chez Nicole‹ über jeden Zweifel erhaben sei.

Das beteuern wir auch noch, als der untröstliche Küchenchef mit schmerzverzerrtem Gesicht neben uns steht und unsere Mühsal beäugt, mit der wir uns durch das zähe Steak kämpfen. Völlig unbegreiflich, wie das geschehen konnte! Und daß die Beiköchin noch vor dem Dessert ihre Strickjacke überwirft und Joseph einen eiligen Abschiedsgruß zuruft, gibt uns ebenfalls zu denken. Vollkommen zu Recht übrigens. Die Creme hat einen klumpigen Kern unter ihrer giftgrünen Glasur, der bis an den Tellerrand fließt, als der Waldmeisterguß ihn nicht mehr zusammenhält.

»Noch nie zuvor ist etwas Ähnliches passiert«, jammert Joseph. »Vielleicht hätten Sie nichts von dem Reisebericht sagen sollen. Der Erfolgsdruck macht aus einem jeden Fünf-Sterne-Koch einen blutigen Anfänger.« Und ich würde doch nichts darüber schreiben? Seine Verwandten in Österreich blätterten häufig in deutschen Zeitschriften …

Ich betone, daß der gute Service jeden anderen Makel ausgleiche und ich ›Chez Nicole‹ eben nicht bei den Restaurants mit der exklusiven Küche, sondern vorsichtshalber bei denen mit der außergewöhnlich aufmerksamen Bedienung erwähnen würde.

Das versetzt Joseph augenblicklich in Ekstase, so daß wir Mühe haben, seine Bedienung in erträglichen Grenzen zu halten. Es ist schwer, ihm begreiflich zu machen, daß wir Wert darauf legen, nicht von ihm in den Waschraum begleitet zu werden, und auch keineswegs für jeden Gang unseres Menüs eine neue Tischdekoration benötigen.

Nach dem letzten Espresso, zu dem Joseph uns gezwungen hat, sind wir zu Tode erschöpft.

»Kann man das Lokal wirklich ruhigen Gewissens empfehlen?« fragt Philip vorsichtig, als wir uns in unserer Suite einen scharfen Schnaps genehmigen, der für Ordnung in unserem überfüllten Magen sorgen soll. »Dieser Service ist von einer stundenlangen Vergewaltigung kaum zu unterscheiden.«

»Nein.« Ich habe Joseph in mein Herz geschlossen. Sein rührender Eifer mag häufig in Übereifer ausarten – trotzdem ist er der netteste Kellner, der mir in meinem ganzen Leben untergekommen ist.

Die Besuche der verschiedenen Hotels führen uns zu ähnlichen Ergebnissen. Überall werden wir freudig aufgenommen und bereitwillig mit allen Annehmlichkeiten des Hauses bekannt gemacht. Abgesehen davon, daß wir aus dem Royalton herausfliegen, weil man uns für Betrüger hält, die sich eine kostenlose Nacht in diesem Luxus ergaunern wollen, sind unsere Erlebnisse von positivster Art.

»Jetzt möchte ich mir noch ein Frauenhotel ansehen«, beschließe ich, als der erste Stenoblock schon fast voll ist.

»Und ich?« nörgelt Philip.

»In die Hotelbar werden sie dich schon hineinlassen.«

Sie lassen ihn nicht hinein. Der weibliche Portier macht Philip unmißverständlich klar, daß kein männliches Wesen jemals seinen Fuß über diese Schwelle gesetzt habe und dank der vielen weiblichen Argusaugen auch nie setzen wird.

Eine Milchbar auf der anderen Straßenseite ist das einzige, was ihm Zuflucht bieten kann vor der kompromißlosen Weiblichkeit. In dieser Bar, in der die Milch außer mit Bananenmark und Birnensaft auch mit Whisky, Rum und allen anderen scharfen Spirituosen gemischt wird, die in jeder anderen Bar die Männerherzen erfreuen, halten sich ausnahmslos Herren auf, sämtliche Blicke aufs Frauenhotel gerichtet.

»Ein angenehme, sichere Gegend«, sagt die Hotelmanagerin. »Belästigungen von Männern gibt es hier nicht.«

Ich denke an das maskuline Interieur der Milchbar und zucke argwöhnisch die Schultern. Im übrigen kommen mir sofort Zweifel, ob dieses Hotel für die weibliche Leserschaft von *Glamour* geeignet ist, die ohnehin zum großen Teil verheiratet ist oder in festen Beziehungen lebt. Der deutlichste Unterschied zu jeder anderen Hotelform scheint mir nämlich der niedrige Standard zu sein. Winzige Zimmer mit karger Einrichtung, Gemeinschaftsbad auf dem Flur.

»Nein danke, das ist wohl nicht das Richtige.«

Während ich die Prospekte zurückweise und auch das Angebot, eine Nacht hier probezuwohnen, kategorisch ablehne, begleitet mich die Chefin über die abgetretenen Läufer ins Foyer. »Ein Frauenhotel der Luxusklasse würde über kurz oder lang bankrott gehen. Frauen sind nun einmal die schlechter Verdienenden, sie können sich keinen Luxus leisten, oder sie tun es ganz bewußt nicht, weil sie im Gegensatz zu den Männern viel eher auf diese Statussymbole verzichten können. Frauen orientieren sich an den wahren Werten des Lebens. Wozu brauchen wir den Luxus, den uns die Männerwelt als solchen verkauft, wenn wir doch unseren Komfort schon in dem bescheidenen Wunsch finden, sexuell unbelästigt zu bleiben?«

Ich frage mich, warum ich nicht auch in einer komfortablen Umgebung sexuell unbelästigt bleiben kann, und verabschiede mich hastig. Muß ich nun auch fern der Heimat und der gewohnten Attacken vor den blaubestrumpften Argumenten Reißaus nehmen? Inger & Co. scheint eine internationale Gruppe zu sein!

Philip hat ganz nutzlos in der Milchbar gewartet. Das Frauenhotel war ein Mißerfolg. Und völlig zwecklos hat er sich auch dazu verleiten lassen, einen Copacabana-Flip zu sich zu nehmen, der ihm die Wartezeit zwar aufs angenehmste verkürzt, seiner Kondition jedoch schweren Schaden zugefügt hat. Ich werde Inger von dem Frauenhotel erzählen. Wie ich sie kenne, wird sie auf der Stelle eine Initiative gründen mit dem Ziel, den Bürgermeister der nächsten Großstadt zu veranlassen, ein ebensolches Hotel zu gründen und zu bezuschussen. Wirklich gespannt bin ich auf die Beantwortung der Frage, wie viele Frauen tatsächlich sexuell unbelästigt bleiben wollen. Die wenigen, die ich im New Yorker Frauenhotel zu Gesicht bekommen habe, erweckten eigentlich den Anschein, als lebten sie ohnehin fern jedes männlichen Interesses. Aber Inger wird mir schon beweisen, daß der Zusammenhang zwischen weiblicher Attraktivität und der Befreiung von der männlichen Herrschsucht von den Sexisten hergestellt, in die Irre geführt und von dort aus weitergetragen wurde.

Weder Philip noch ich sind in den folgenden Tagen in der Lage, New York mit anderen Augen als mit denen des gehobenen Mittelstandes zu sehen. Wird die teilzeitbeschäftigte Ehefrau das New Yorker U-Bahn-Netz überblicken oder der gutverdienende Ehemann die Kosten einer häufigen Taxinutzung tragen können oder gar Stammkunde eines Autovermieters werden? Wird der engagiert berufstätige männliche Leser Interesse daran haben, die Levis 501 in New York zum halben Preis zu erstehen, um sie seinen Teenager-Kindern als Souvenir mitzubringen? Und wird er dann bereit sein, sich durch den allerbilligsten Laden in der Spring Street zu wühlen oder doch lieber fünf Dollar mehr an der Canal Street ausgeben? Und wird die Leserin, die es ablehnt, Nur-Hausfrau zu sein, in einer Bar ihren Cocktail schlürfen, die seit einem halben Jahrhundert nicht mehr renoviert wurde, aber dadurch ihren Charakter trotz aller schnellebigen Trends bewahren konnte? Oder möchte sie ihre gehobenen Ansprüche in einer Hippie-Bar verwirklicht wissen, in der sie neben Gleichaltrigen an der Theke steht, die ähnlich verschwommene Erinnerungen an die Blumenkinderzeit haben? Und welches Ziel mag sie während eines Einkaufsbummels verfolgen? Mode aus Naturprodukten in der Prince Street oder Edelklamotten bei Harriet Love? Jeans für drei Dollar sicherlich nicht. Für solche verdächtigen Schnäppchen ist der gehobene Mittelstand schließlich nicht teilzeitbeschäftigt. Aber vielleicht ein paar Schmuckstücke von Robert Lee Morris?

Wir haben unsere liebe Mühe, das Besichtigungsprogramm durchzustehen, ohne schlappzumachen. Aber es geht jetzt nicht mehr nur um unseren Urlaub, sondern auch um meine allererste Auftragsarbeit – wenn man mal von Tanja Bergers Tätigkeit absieht. Wären wir nichts als Touristen, hätten wir sicherlich auf die eine oder andere Attraktion zugunsten unseres Himmelbetts verzichtet – aber so treibt uns die Pflicht schon nach kurzer Ruhepause wieder auf die Beine und auf ihnen zurück auf die Straße.

Als wir uns entschließen, Alexanders Zusage mit Champagner und Sex zu feiern, überfällt mich Lampenfieber. Sind wir nicht viel zu müde für große Leistungen? Eine Frage, die sich sonst nie stellt, da wir uns sechzehn Jahre lang unbekümmert zur Müdigkeit bekennen und auch einmal mit weniger großen Leistungen zufrieden sein konnten. Jetzt allerdings ist das anders. Wir haben zwei völlig mißglückte

Versuche hinter uns und leiden beide unter Erfolgszwang. Ist das eine gute Grundlage für eine Liebesnacht? Wenn ich nicht so neugierig auf den Vibrator wäre, hätte ich mich vielleicht mit Unwohlsein oder ähnlichem Unsinn entschuldigt.

Philip scheint jedoch glücklicherweise keinen Leistungsdruck zu empfinden. Nachdem er sämtliche Vorkehrungen getroffen hat, die nach menschlichem Ermessen eine erneute Störung unmöglich machen, schreitet er zur Tat. Der Champagner steht an der Bar, zwei Gläser daneben, das Schild ›Bitte nicht stören!‹ hängt an der Tür, der Hörer liegt neben dem Telefon. Wenn jetzt keiner von uns kurz vor dem Orgasmus aus dem Bett fällt oder das Himmelbett unter uns zusammenbricht, kann eigentlich nichts schiefgehen.

Und diesmal klappt wirklich alles – wenn man einmal davon absieht, daß die Batterie des Vibrators schon nach dem ersten Einsatz ausgewechselt werden muß. Aber da Philip in weiser Voraussicht Ersatzbatterien in seinen Koffer gepackt hat, führt diese Panne lediglich zu einer kleinen Verzögerung. Aufhalten kann sie nichts mehr.

Der Vibrator hat seine große Stunde. Philip und ich, wir haben noch nie ein ähnliches Gerät zur Luststeigerung eingesetzt und kommen uns ganz herrlich unanständig vor. Ein Gefühl, das wir beide sehr genießen. Wann haben wir das letztemal etwas getan, was von anderen – vornehmlich von unseren Erziehungsberechtigten – unanständig genannt wurde? Das erste Petting liegt weit zurück. Aber als ich damals nach Hause kam, hatte ich auch das Gefühl, etwas getan zu haben, was sich der Rest der Welt vermutlich niemals trauen würde. So ähnlich empfinde ich auch jetzt. Zwar ist das, was mit dem Vibrator geschieht, dem Wirken von Roberto dem Großen sehr ähnlich – dennoch bin ich sicher, daß es ziemlich verrucht ist, was in unserer Suite passiert.

Der Beweis ist, daß ich zum erstenmal das erlebe, was man wohl einen multiplen Orgasmus nennt. Philip ist ganz aus dem Häuschen vor Stolz. Auch er hat anscheinend schon in der einschlägigen Presse über diese primär weibliche Fähigkeit gelesen, bisher aber wohl nicht an sie geglaubt. Und nun sieht er aus, als würde er am liebsten der ganzen Welt erzählen, was für ein großartiger Liebhaber er ist.

Ich nehme ihm das Gerät, das ich Roberto II genannt habe, aus der Hand. Ich führe es an den Innenseiten seiner Schenkel entlang, lasse zu, daß er sich mit Roberto dem Großen mißt und stelle fest, daß einer dem anderen sehr gut bekommt. Das sanfte Vibrieren erzeugt bei Philip die gleiche Erregung wie bei mir. Frauen und Männer sind sich anscheinend ähnlicher, als man gemeinhin annimmt. Oder auch nicht … Als Philip den Vibrator aus dem Bett wirft und sich nicht um dessen nutzloses Brummen und die überflüssige Beanspruchung der Batterie kümmert, ist er doch wieder nur ein Mann, der erobern will. Und ich eine Frau, die sich gern erobern läßt. Roberto der Große bekommt ausreichend Gelegenheit, dem Vibrator zu beweisen, daß er zwar nicht vibrieren kann, aber sonst auch eine Menge drauf hat …

Wie viele Frauen habe ich nach den ersten zehn Ehejahren von sexueller Eintönigkeit reden hören! Wer spricht endlich einmal von der wunderbaren Vertrautheit, die zwischen zwei Menschen besteht, die einander bedingungslos vertrauen? Ist das sichere Wissen um die Bedürfnisse des anderen nicht genauso faszinierend wie das Prickeln der Neuartigkeit? Und die Anerkennung, die der andere Tag für Tag aufs neue garantiert – ist sie nicht viel mehr wert als die Beschwerlichkeiten auf dem Weg zu einer Eroberung?

Und wiewohl der Einsatz eines Vibrators auch Teil einer ungebundenen, kompromißlosen Sexualität sein mag – als Variante einer beständigen Liebe ist er zwar nicht so spektakulär, aber genauso herrlich frivol. Und eine hinreißende Lasterhaftigkeit, die nichts beweisen oder verbergen muß, kann um ein Vielfaches köstlicher sein als die aufreibende Verpflichtung der Pioniere, neue Wege zu beschreiten, nur weil sie neu sind.

Am Tag vor unserer Abreise erreicht mich ein weiteres Fax von Alexander. »Komm übermorgen unter allen Umständen in der Redaktion vorbei. Am besten so früh wie möglich!«

Zufrieden staple ich das Material, das ich gesammelt

habe, und drei dicht beschriebene Stenoblocks übereinander. Alexanders Nachricht, deren wenige Sätze dem Faxgerät immerhin 30 bis 40 cm Papier entlockt haben, lege ich quer darüber.

Philip entkorkt in der Bar unserer Suite eine Flasche, als wolle er einen Vertrag besiegeln. »Laß uns auf unsere Heimkehr trinken. Unser Leben wird sich ändern, wenn wir zurück sind. Mein eigenes Büro ... Deine Arbeit bei der Zeitschrift ...«

Ein weiteres Mal beschleicht mich das Gefühl, etwas anderes zu meinen als Philip, etwas anderes zu wollen als er und eine gänzlich andere Tragweite zu empfinden. Philips Zufriedenheit, unser Leben noch ein bißchen perfekter organisiert zu haben, deckt sich nicht mit den streitenden Gefühlen in mir, die aufeinander zurollen wie die Brandung zweier Meere und sich in einer Gischt vermengen, die aggressiv aufspritzt und sich sogleich wieder in gegensätzliche Strömungen trennt. Verlockung und Widerstand! Ich bin glücklich bei dem Gedanken daran, mich über eine Tastatur zu beugen und einen Text zu schreiben, aber doch voller Angst davor, daß dieses Glück zum unwiderstehlichen Reiz entarten könnte, der, wie ein allzu lang andauerndes Stimulans, irgendwann zur Qual wird. Tanja Berger ist gezwungen, die Folgen ihres Fortsetzungsromans heimlich zu schreiben, und damit begrenzt sich ihr zeitlicher Einsatz ganz von selbst. Aber wenn ich im Einvernehmen mit meiner Familie schreibe, ganz offen vor aller Augen? Werde ich dann jemals wieder aufhören können?

Wir trinken viel an diesem letzten Abend. Wir verzichten auf das Abschiedsessen bei Joseph und holen uns statt dessen die kleinen Knabbereien aus der Bar ins Bett. Das Himmelbett scheint plötzlich nicht genug Beachtung erfahren zu haben. Jedenfalls sind wir der Meinung, es noch einmal ausgiebig würdigen zu müssen, ehe wir in unseren Alltag zurückkehren, der ganz neue Anforderungen an uns stellen wird.

9.

Die Kinder fliegen mir überschwallgeschwind entgegen. Schon über der Ostküste beginne ich mich unbändig zu freuen auf Timos Jubelschrei, auf Nicos kumpelhafte Freude und Carolins schlecht verhohlene Erleichterung, die beiden ›Alten‹, die endlich einmal für eine sturmfreie Bude gesorgt hatten, wieder zu Hause zu haben.

Die Omas, die sicherlich ihr Bestes getan haben, die beiden Jungen vor aufgeschrammten Knien und unsere Tochter vor Verfehlungen jedweder Art zu bewahren, gelten in ihrer unaufgeklärten Altersweisheit, mit der sie stets das Falsche vermuten, für Carolin nicht als ernstzunehmende Bewachung. Meine Mutter hat zum Schutz ihrer eigenen Seele Gefährdungen wie Drogenkonsum oder kindlichen Alkoholismus kurzerhand nicht mehr in das Repertoire ihrer mütterlichen Ängste aufgenommen. Und das, was Mädchen und Frauen aller Zeiten gefährdet hat, scheint sie aus ihrem Sprachschatz verbannt zu haben oder möglicherweise sogar aus ihrem Langzeitgedächtnis, auf das sie sich ansonsten immer gern mit Stolz beruft.

Nur Oma zwei scheint ein paar nebulöse Erinnerungen an die moralischen Gefährdungen zu haben, denen ein junges Mädchen erliegen könnte, und warnt Carolin immer wieder eindringlich vor dem, was zu ihrer Zeit die Eignung als Ehefrau in Frage stellte.

Meine vierzehnjährige Tochter war also streng bewacht, ohne vor den tatsächlichen Gefahren des Lebens geschützt zu sein. Da Carolins Hang zu Drogen oder Alkohol jedoch bisher nicht erkennbar ist, war eine diesbezügliche Beaufsichtigung wohl auch nicht unbedingt notwendig. Sollte sie jedoch versucht haben, ihren Freund ins Haus zu schmuggeln, dürfte ihr das keineswegs gelungen sein. Von wegen sturmfreie Bude!

Ich bin sicher, auch Carolin freut sich auf unsere Rückkehr und auf die gewohnten Ermahnungen und Verbote, die zwar von ihr genauso überflüssig empfunden werden, aber doch wenigstens in etwa gegenwartsnah sind und sich konform zu den Vorschriften der meisten anderen Eltern verhalten.

Nein, nein, eine Woche lang konnte ich sowohl meine Teenager-Tochter als auch meine Söhne und erst recht zwei rüstige alte Damen – jeden einzelnen in Gemeinschaft dieser harmonisierenden Fünf – allein lassen, ohne um ihr Wohlergehen zu bangen. Dennoch, sobald ich Gedanken der konkreteren Art zulasse, wird aus dem verschwommenen Gefühl der Sorge, das mich immer bedrängt, wenn ich mir über den genauen Aufenthaltsort meiner Lieben nicht im klaren bin, eine Angst mit scharfen Konturen. Kurzum – ich bin froh, mich wieder meinem Zuhause zu nähern. So schön diese Woche auch war – jetzt kann ich es kaum erwarten, meine Familie wieder in die Arme zu schließen. Vermutlich werden die Omas schon eine Stunde vor unserem Eintreffen am Fenster stehen oder die Jungen in der Nähe des Gartentors herumbolzen, und Carolin wird mit einer Freundin auf dem Zaun sitzen und die Straße herunterblicken. Oma eins hat bereits den Kaffee gekocht und Oma zwei dazu veranlaßt, eine frische Decke aus dem Schrank zu nehmen …

Philip sieht lächelnd zwischen meiner entrückten Miene und dem Stenoblock auf meinem Schoß hin und her. »Denk dran, du wolltest die Flugzeit nutzen, den Reisebericht vorzubereiten.«

Ich kuschle mich an ihn und konzentriere mich einen Augenblick lang auf nichts anderes als auf das Dröhnen der Flugzeugmotoren. »Es fällt mir jetzt schon schwer, meinen Kopf zu teilen. Eine Hälfte für die Kinder, die andere für die Zeitschrift.«

Philip winkt ab. »Alles Gewohnheit!« behauptet er ohne besseres Wissen und wendet sich derselben Frage zu, die uns auf dem Hinweg über Gebühr beschäftigt hat: Was wollen wir trinken?

Champagnerumnebelt stelle ich Minuten später fest, daß auch einem Reisebericht eine Portion humorvoller Übertreibung sehr gut bekommt. Philip sieht staunend meinem Filzstift zu, der, ohne abzusetzen, über das Papier flitzt, und selbst die Stewardeß verzögert neben meinem Sitz immer wieder den Schritt. Aber da mein Mann schon beim Einsteigen ohne jedes Interesse über sie hinwegsah, verspüre ich nicht die geringste Lust, ihre Neugier mit einer kurzen Erklärung zu befriedigen. Als wir hoch über den Wolken das europäische Festland erreichen, habe ich eine Menge geschafft und freue mich nun nicht nur auf die Kinder, sondern auch auf den Computer und sein Textverarbeitungsprogramm. Alexander wird staunen, wenn ich ihm morgen schon einen umfassenden Entwurf präsentieren kann!

Der Kaffee ist noch nicht gekocht, auch die frische Tischdecke liegt nicht bereit, weder die beiden Jungen noch Carolin sehen uns am Gartentor sehnsüchtig entgegen – sie stehen nämlich alle fünf in der Ankunftshalle des Flughafens und rufen uns aufgeregt entgegen.

»Huhu!« ertönt das weltweit gebräuchliche Alte-Frauen-Signal gleich doppelt.

»Mama!« Auch dieser Jubelschrei erschallt unisono.

Und schließlich Carolins, in jeder Lebenssituation unverändert coole Stimme: »Da staunt ihr, was?«

»Wie kommt ihr hierher?« Meine Neugier siegt zunächst über meine Wiedersehensfreude.

»Mit der U-Bahn!« strahlt meine Schwiegermutter. »Franzis wollte ja erst nicht, aber ich habe gesagt, Franzis, habe ich gesagt ...«

Im Parkhaus neben unserem Auto wiederholt Margareth immer wieder: »Spontaneität ist die Würze des Lebens, habe ich gesagt.« Von Mal zu Mal nervöser, weil ihr erst jetzt aufgegangen ist, daß sie uns vor Probleme gestellt hat.

»Wer fährt nun mit der U-Bahn zurück?« fragt Philip und sieht die beiden alten Damen streng an, als erwarte er, daß sie, die für die unzulässige Überbelegung unseres Wagen gesorgt haben, nun auch für die Konsequenzen in Betracht kämen.

»Ich!« beschließe ich und sehe meine Kinder an in der Hoffnung, daß sie sich mir anschließen werden. Alle drei Köpfe nicken gleichzeitig, und so ziehen wir los, nachdem Wetten darüber abgeschlossen wurden, wer zuerst in der Küche vor dem frischen Apfelkuchen sitzen wird.

Timo wirft sich auf meinen Schoß und breitet seine fünf Jahre derart großspurig darauf aus, daß ich Mühe habe, an ihm vorbeizusehen. Fest umschlinge ich seinen Körper, während ich meine beiden Großen betrachte, und genieße das wunderbare Gefühl, etwas wiedergefunden zu haben, das nie verloren war.

Timo ist im übrigen der einzige, der seiner Freude unverhohlen Ausdruck verleiht. Zufrieden blickt er seine Geschwister an, weil keiner von denen Anspruch auf meine körperliche Nähe erhebt. Timo weiß eben noch nichts von einem Abnabelungsprozeß. Und er ahnt nichts davon, daß sein zehnjähriger Bruder bereits den Kampf aufgenommen hat gegen das sichtbare Bedürfnis nach mütterlicher Zärtlichkeit, einen Kampf, den seine pubertierende Schwester längst gewonnen hat. Wie immer triumphiert sie über jede Gefühlsaufwallung, die sie auf dem Weg zum Erwachsensein weit zurückwerfen würde, mit der ihr eigenen Borstigkeit.

»War ja ganz prima, daß ihr mal 'ne Weile aus dem Haus wart … aber Oma eins mit ihren Schlafzeiten! Als wäre ich noch ein Baby! Und Oma zwei mit ihrem Getue, wenn sich im Fernsehen mal einer auszieht! Gestern ist sogar in einer Vorabendserie gebumst worden …«

»Carolin! Deine Ausdrucksweise …!«

»Ja, das hat Oma zwei auch gesagt. Als wäre es meine Schuld, daß so was schon zur Abendbrotzeit läuft.« Sie verdreht die Augen. »Und ich sollte sofort weggucken. Wo leben wir eigentlich?«

Timo wird das Thema zu langweilig. »Machst du uns morgen wieder Joghurt?«

»Und Bohneneintopf zum Mittagessen? Mit ganz viel Mettwurst?«

»Und meine roten Jeans, Mama!« Carolin sieht mich beschwörend an. »Kannst du die morgen früh ein paarmal in die Waschmaschine stecken? Die Säume habe ich schon aufgetrennt, damit sie ausfransen. Morgen ist nämlich Klassenfete. Zusammen mit der 8 b. Da gibt es so ein paar brave Kriecher. Also, so wie die will ich auf keinen Fall aussehen.«

»Hört mal zu.« Ich warte, bis sich an der nächsten Station die Türen wieder geschlossen und die neuen Fahrgäste sich auf die freien Bänke verteilt haben. »Der Joghurt muß warten. Der Bohneneintopf auch. Und um deine roten Jeans mußt du dich selber kümmern, Carolin. Ich habe nämlich keine Zeit.«

Die Kinder starren mich an, als hätte ich mit der Kündigung meiner Lebensstellung gedroht. »Keine Zeit?« fragt Carolin verwundert zurück. »Wieso nicht?«

»Also, Kinder, ich muß euch jetzt mal etwas erklären ...« Um so wesentliche Lebensbestandteile wie Joghurt, Bohneneintopf und frühzeitig gealterte Jeans einer anderen Verpflichtung unterzuordnen, bedarf es natürlich einer ausführlichen Erläuterung. Noch während wir aussteigen und die U-Bahn-Station verlassen, erkläre ich den dreien, warum sich in Zukunft gelegentlich die Prioritäten verschieben müssen. »Nur ganz selten, das verspreche ich euch.«

Eine Weile bleibt es nachdenklich still. Dann fragt Carolin, während wir in unsere Straße einbiegen: »Kann ich jetzt sagen, daß du Journalistin bist? War mir immer ganz schön peinlich, daß meine Mutter nur Hausfrau ist. Wie das klingt! Stocklangweilig! Davids Mutter ist Sekretärin, und Vickys Rechtsanwältin. Die ist den ganzen Tag in ihrer Kanzlei und telefoniert nur manchmal mit ihren Kindern. Vicky sagt, es ist prima, wenn man seine Erzeuger nicht den ganzen Tag um die Ohren hat.«

Hupend überholt uns das Auto mit zwei winkenden Omas im Fond. Timo und Nico stürmen los, um im allerletzten Augenblick doch noch Gewinner der Wette zu werden.

Carolin sieht ihnen gönnerhaft nach. »Also, ehrlich, Mama – 'ne ganze Woche mußt du nicht unbedingt noch einmal wegbleiben, aber hin und wieder in die Redaktion, das geht schon in Ordnung.«

Ich versuche, sie nicht spüren zu lassen, wie froh mich erstens ihre Wiedersehensfreude und zweitens ihre Anerkennung macht. Carolin verpackt jede freundliche Absicht sorgfältig, damit sie nicht eines Tages gegen sie verwendet werden und ihr jemand unzeitgemäße Gefühle für ihre Eltern vorwerfen kann. Aber schließlich kenne ich sie gut genug, um sie zu verstehen. Und gut genug, um mir das nicht anmerken zu lassen.

Mein erster Weg führt mich in den Garten, in dem ich jeden Frühlingsblüher einzeln begrüße, der während meiner Abwesenheit das Licht meiner Blumenbeete erblickt hat. Einfach erstaunlich, was sich im April in und über der Erde in nur einer einzigen Woche alles tut!

Mein zweiter Weg führt zu den Koffern, um die Mitbringsel auszupacken. Und während jeder der fünf die Herrlichkeiten bestaunt, die es nur in den USA zu kaufen gibt, packe ich den Knaller aus. Ein Kleid, das ich mir am letzten Tag in New York gekauft habe, weil Philip der Ansicht war, daß eine berufstätige Frau so etwas unbedingt braucht.

»Das mußt du mir mal leihen«, sagt Carolin. Und damit stellt sie auf ihre Art fest, daß dieses schwarze Schlauchkleid eine Sensation ist.

Carolins sonstige Beurteilung »Für dein Alter ganz in Ordnung!« ist eher dazu angetan, Verunsicherung in mir zu erzeugen. Diesmal ist ihre Anerkennung unumwunden.

Und mein sicherer Griff bei der Wahl dieses Kleides wird bestätigt, als Franziska entrüstet sagt: »So was kannst du doch nicht mehr anziehen! In deinem Alter! Als Mutter von drei Kindern!«

»Quatsch!« ruft Carolin. »Mama hat doch noch eine astreine Figur!«

Nun würde ich meine Tochter am liebsten ans Herz drücken und knutschen – wenn ich nicht wüßte, daß ich mir damit ihre Sympathien auf der Stelle wieder verscherzen würde.

»Nele sieht hinreißend darin aus«, sagt Philip und lächelt mich so zärtlich an, daß Franziska umgehend ihre Meinung korrigiert. Der Ansicht eines Mannes pflegt sie sich im allgemeinen zügig anzupassen. Und der eines Ehemannes erst recht. Wenn Philip dieses hautenge, skandalös kurze Kleid gefällt, na bitte! Dann wird ihre Tochter es wohl tragen müssen, damit ihr Mann nicht anderen Frauen in hautengen, kurzen Kleidern nachsieht.

Aber es gibt für meine Mutter noch einen anderen Grund, diese ungeziemende Ausstaffierung zu akzeptieren. »Sybille von Hochgrebe hat sich auch so etwas Ähnliches angeschafft«, murmelt sie.

Mir fällt es wie Schuppen von den Augen! Jetzt weiß ich, warum dieses Kleid zu mir gesprochen hat. Warum ich das Gefühl hatte, es zu kennen, es längst zu besitzen und eigentlich gar nicht mehr anprobieren zu müssen, um zu wissen, daß es richtig für mich ist. Tanja Berger hatte es für ihre Hauptfigur längst erfunden, ehe Nele Hübner es in der New Yorker Boutique im Schaufenster sah.

Ich bemühe mich um ein belangloses Lächeln. Franziska liest *Und immer siegt die Liebe*, seit *Glamour* das erste Kapitel brachte. Und sie hat keine Ahnung, daß sie mir oftmals die besten Ideen für die Fortsetzung des Romans geliefert hat.

»Ich glaube«, sagt Franziska nachdenklich, »Sybille wird nun doch an ihrer Ehe festhalten und ihrem Mann die Kinder schenken, die er sich schon so lange von ihr wünscht.«

»Meinst du?« frage ich scheinheilig zurück. »Sie könnte ja auch in ihren Beruf zurückkehren und Karriere machen. Ihre Kinder aus erster Ehe und der uneheliche Sohn ihres Mannes sind doch jetzt alt genug.«

»Das glaube ich nicht!« protestiert Franziska. »Sybille von Hochgrebe ist schließlich von Adel. Da wird man als Frau doch nicht so einfach berufstätig. Sie hat es nicht nötig, Geld zu verdienen.«

Meine Mutter wird sich wundern! Wenn Lilo Pfeifer und auch der Chefredakteur von *Glamour* einverstanden sind, werde ich aus Sybille von Hochgrebe eine Karrierefrau machen. Schließlich muß der Fortsetzungsroman einmal einen neuen Aspekt bekommen, wenn er noch endlos weiterlaufen soll. Und das hoffe ich natürlich. Schließlich bin ich an die regelmäßigen Zuschüsse zum Haushaltsgeld gewöhnt …

»Zieh das neue Kleid mal an, Mama!« verlangt Carolin.

Ein Wunsch, dem ich nur zu gerne nachkomme. Als ich in der ersten Etage die Schlafzimmertür öffne, lausche ich noch eine Weile ins Haus hinein. In der Küche ist eine angeregte Unterhaltung im Gange. Ganz unwahrscheinlich, daß jemand in der nächsten Viertelstunde neben mir auftaucht. Selbst Timo findet momentan sein Mitbringsel viel interessanter als seine glücklich heimgekehrte Mutter.

Ich hocke mich auf meine Bettkante und greife nach dem Telefon, das auf dem Nachttisch steht. Lilo Pfeifers Nummer weiß ich längst auswendig. »Hier ist Nele Hübner.« Und in das zögernde Schweigen hinein ergänze ich: »Tanja Berger.«

»Frau Berger!« Meiner Agentin ist mein Pseudonym viel vertrauter als mein Name. »Ich bin froh, daß Sie wieder zurück sind. Wann können Sie mir die nächsten Folgen liefern?«

»Ich fange gleich morgen wieder an zu schreiben«, hasple ich ins Telefon. »Ich muß mich jetzt kurz fassen. Sie wissen ja, meine Familie ...«

»Ihre Familie sollte stolz auf Sie sein. Wir hatten noch nie einen so erfolgreichen Fortsetzungsroman im Blatt. Der Chefredakteur von *Glamour*, Herr Alexander Amelunx, sagte mir neulich noch, daß er diesem Roman einen großen Teil seiner Leserschaft verdankt. Er würde Sie ja so gerne einmal persönlich kennenlernen. Die Redaktion ist in Ihrer Stadt, Frau Berger, und Herr Amelunx ist ein sehr interessanter Mann.«

»Ich weiß«, antworte ich ungeduldig. »Ich meine ... ich glaube Ihnen, Frau Pfeifer. Aber Sie wissen doch, ich möchte nicht, daß mein Pseudonym gelüftet wird. Ich habe es Ihnen doch schon so oft erklärt.«

Lilo Pfeifer gibt sich zerknirscht. »Ich wollte ja auch nur sagen ...«

»Ich habe mir einen Imagewechsel für Sybille von Hochgrebe überlegt, Frau Pfeifer.« So zügig wie möglich schildere ich ihr, welchen Wandel meine Romanheldin in den nächsten zehn bis zwanzig Folgen vollziehen soll. »Ich glaube, den Leserinnen wird es gefallen, wenn Sybille von Hochgrebe demnächst auch – wie so viele Frauen – mit den Problemen der Doppelbelastung zu kämpfen hat. Glauben Sie nicht auch, daß der Roman dadurch an Glaubhaftigkeit gewinnen wird? Außerdem könnten die Leserinnen an Sybilles Vorbild lernen, daß die Doppelbelastung eine Chance für sie ist. Und daß eine Frau mit einem ausgefüllten Tag glücklicher wird. Von der wirtschaftlichen Unabhängigkeit ganz zu schweigen.«

»Eine tolle Idee!« jubelt Lilo Pfeifer. »Ich werde sie gleich mit Alexander Amelunx besprechen. Aber ich bin sicher, daß er einverstanden sein wird. Er ist ja ein moderner Mann ...«

Da ertönen Schritte auf der Treppe. »Ich muß aufhören, Frau Pfeifer. Ich melde mich wieder, wenn die Gelegenheit günstig ist.«

Schon im nächsten Augenblick steht Carolin in der Tür. »Was ist nun mit deinem neuen Kleid, Mama?«

»Meinetwegen kannst du es noch vor mir anprobieren.«

Erwartungsgemäß stellt sich heraus, daß Carolin an meinen Brust- und Hüftumfang noch nicht ganz heranreicht. So werde ich also nicht vor jeder Klassenfete mein bestes Stück in der Besenkammer einsperren müssen. Vorsichtshalber ziehe ich meinen Bauch so weit wie möglich ein und richte mich kerzengerade auf, bevor ich mich in die Küche unter die kritischen Augen meiner Mutter begebe.

Prompt setzt sie ihre Brille auf und mustert mich wie ein Teppichhändler eine Ware, die er billiger bekommen will. »Eine Frau über vierzig, noch dazu eine Mutter von drei Kindern, hat nicht mehr die Figur eines jungen Mädchens.«

»Was willst du damit sagen?« frage ich, obwohl mir leider klar ist, was Franziska damit sagen will.

»Hör nicht auf sie«, fährt Margareth dazwischen. »Du siehst wunderbar aus. Außerdem finden die meisten Männer den weiblichen Bauch sehr erotisch. Habe ich neulich noch irgendwo gelesen.«

Sofort entbrennt ein heftiger Disput über diesen Artikel, dessen Existenz Franziska rundheraus leugnet. Die beiden werden eine Weile damit zu tun haben. Zeit genug, nach oben zu gehen und das Corpus delicti erst über meinen weiblichen Bauch und dann über meinen Kopf zu ziehen. Ich betrachte mich eine Weile im Spiegel. Ja, mein Bauch wölbt sich nach außen, Franziska hat recht, und Margareth hat ganz bestimmt nirgendwo gelesen, daß dieses typisch Weibliche besonders erotisch sei. Und meine Hüften sind auch ein wenig stärker geworden. Meine Oberschenkel ebenfalls. Und dann diese kleinen Beulen, die sie – je nach Lichteinfall – aufweisen! Kann ich es mir eigentlich noch leisten, auf einen Büstenhalter zu verzichten? Inger hat mir einmal von einem Test erzählt, der schonungslos darüber Auskunft gibt, ob eine Brust durch BH-Körbchen gestützt werden muß oder nicht. In meiner Nachttischschublade findet sich ein Bleistift. Ihn schiebe ich unter meine rechte, dann unter meine linke Brust. Er fällt nicht zu Boden. Erschüttert sinke ich auf den Badewannenrand. Noch vor einem Jahr fiel er, ich bin ganz sicher. Aber nun wird er von der Schwere meiner eigentlich kleinen Brust festgehalten. Kein Zweifel! Sie ist auf dem besten Weg zum Hängebusen. Wie schrecklich! Sollte Franziska etwa doch recht haben? Ist das schwarze Schlauchkleid für mein Alter und den Zustand meines Körpers zu gewagt?

Ich ziehe es noch einmal über, strecke die Brust heraus, ziehe den Bauch ein und stelle das rechte Bein so weit vor, daß meine Hüften schmaler erscheinen. Na bitte, es geht doch. Und wenn ich über das Kleid einen Blazer ziehe, ist sowieso alles in seriöser Ordnung. Ich fahre mir durch die Haare. Mein Kurzhaarschnitt muß wieder in Form gebracht werden. Und eine neue mahagonirote Hennatönung ist auch fällig. Gleich heute abend werde ich versuchen, meinen Teint mit Selbstbräuner zum Strahlen zu bringen, damit Alexander mir die Zeitverschiebung nicht auf den ersten Blick ansieht. Und wenn ich jetzt noch den Lidstrich nachziehe, ein bißchen Rouge und einen Hauch Lip gloss auflege, werde ich mich gleich besser fühlen.

Ein letzter Blick in den Spiegel zeigt mir, daß ich okay bin. Nicht mehr wie zwanzig – da hat Franziska natürlich recht –, aber für mein Alter sehe ich gut aus. Ob in einem Schlauchkleid oder in Jeans und Turnschuhen, wie ich normalerweise herumlaufe. Zwar bin ich nicht die allzeit Perfekte wie Inger, aber auch kein Dauerwellentyp wie Edith. Unkompliziert und ganz hübsch würde ich meinen Typ nennen. Und mit dieser befriedigenden Feststellung gehe ich zurück in die Küche, wo Franziska soeben den Apfelkuchen verteilt und Margareth den Kaffee eingießt.

Der Computertastatur widerstehe ich nur so lange, wie der Kuchen frisch und der Kaffee heiß ist. Während die Omas und die Kinder aufmerksam Philips Reiseerzählungen lauschen, verdrücke ich mich ins Souterrain in Philips neu eingerichtetes Büro.

Es dauert nicht lange, und ich höre Schritte auf der Treppe. »Nele?«

Entgeistert starrt Franziska auf meine fliegenden Finger. »Was, um alles in der Welt, tust du da?«

Bis ich ihr erklärt habe, warum ich mich aus dem Familienkreis entfernt habe, statt mir Gedanken über dessen spätere Beköstigung zu machen, steht auch Margareth samt Gehstock am Fuß der Treppe.

Ich beginne nervös zu werden. »Laßt mich den Entwurf zu Ende schreiben, bitte. Ich erkläre euch dann später alles ganz genau.«

Dieses Später ist sowohl für Franziska als auch für Margareth eine unerträgliche Frist. Noch während ich auf die Tastatur einhämmere, erläutere ich den beiden, warum sie nicht nur die nächste Stunde, sondern darüber hinaus auch den folgenden Vormittag ohne meine Anwesenheit auskommen müssen.

Franziska läßt sich fassungslos auf einen der nagelneuen Besucherstühle sinken. »Aber du hast doch immer gesagt ...«

»Natürlich!« Niemand wird gerne darauf aufmerksam gemacht, daß er soeben ein lang verteidigtes Prinzip verrät. Vielleicht reagiere ich deshalb so gereizt. »Es geht jetzt darum, für ein bißchen mehr Sicherheit zu sorgen, Mutter. Wer weiß, wann Philip seine ersten Honorarrechnungen schreiben kann! Und wenn Krämer abspringt ...« Ich wende mich zu ihr um. »Wir werden doch nicht auf Prinzipien beharren, wenn es um die Erhaltung der Familie geht, oder?«

Nun habe ich sie mit ihren eigenen uralten Waffen bedroht. Pikiert erhebt sie sich und ringt sich ein zustimmendes Nicken ab. »Wie du meinst ... Aber muß das ausgerechnet zur Abendbrotzeit sein?«

Ich merke, daß sie wieder einmal dem Zwang folgen will,

sich in eine konfliktfreie Zone zurückzuziehen. Aber Margareths Worte halten sie zurück. »Zeig deinem Mann ruhig, wozu eine moderne Frau heutzutage fähig ist«, sagt Philips Mutter, die sehr um das Wohlergehen ihres Sohnes besorgt ist. »Es wird Zeit, daß Philip merkt, wie erfolgreich Frauen sein können!«

Da ist es wieder, das blutjunge Kammerfräulein, das sich von seiner Herrschaft ein paar Allüren abgeguckt hat.

Und in der Sorge, daß hier im Souterrain eine Verbündung hinter ihrem Rücken stattfindet, beschließt Franziska, in der gespannten Atmosphäre um meinen Computer auszuharren und sich möglicherweise sogar einer Diskussion zu stellen.

»Laß dich nur nicht einengen«, ergänzt Margareth mit einem hintergründigen Blick auf Franziska. »Du hast lange genug an andere gedacht. Warum sollten jetzt nicht einmal deine Interessen Vorrang haben?«

Noch einmal erkläre ich geduldig, daß es nicht um mein berufliches Engagement, sondern um wirtschaftliche Notwendigkeit geht, aber meine Schwiegermutter wischt dieses Argument beiseite. »Blödsinn! Verhungern werdet ihr nicht. Schließlich habt ihr ja auch noch uns. Nicht wahr, Franzis?«

Meine Mutter starrt Margareth verständnislos an.

»Haben wir nicht beide eine gute Rente?« bohrt Margareth weiter, ohne sich weder um meine noch um die Miene meiner Mutter zu scheren. »Notfalls würden wir euch vorzeitig euer Erbe überlassen.«

Energisch pocht ihr Stock auf die fabrikneue Auslegeware. »Das wäre doch gelacht! Nein, denk nicht daran, wieviel Geld du mit deiner Arbeit verdienen kannst, denk nur daran, ob sie dir Spaß macht oder nicht.«

Ich bin heilfroh, daß Philip hereinkommt und verwundert das lebende Inventar seines Büros betrachtet. »Meine neue Belegschaft?« versucht er zu spaßen. »Nun, mit diesem Fachpersonal kann ich ja ohne Sorge in die Zukunft sehen.«

Brummend gibt seine Mutter ihm zu verstehen, daß sein Scherz nicht besonders gelungen war, während ihn seine Schwiegermutter mit dem Blick der Marke ›Mach meine

Tochter nicht unglücklich‹ bedenkt. Verwirrt blickt Philip den beiden nach, wie sie einmütig die Treppe ins Erdgeschoß erklimmen. »Ist was?«

Kopfschüttelnd schreibe ich die letzten Sätze in den PC und gebe dann aufatmend den Druckbefehl ein. »Deine Mutter ist immer für eine Überraschung gut.«

Ehe Philip weiterfragen kann, verschließe ich ihm den Mund. »Heute abend«, flüstere ich ihm etwas später ins Ohr, »wenn die Omas und die Kinder schlafen, weihen wir dein Büro ein, einverstanden?«

Philip sieht sich lächelnd um. »Auf dem Teppich?«

»Ja.« Eine Heiterkeit überkommt mich, die dem ausgelassenen Hochgefühl in unserer Hotelsuite sehr ähnlich ist. »Ja, auf dem Teppich!«

Leider ist er am nächsten Tag nicht mehr reinen Gewissens nagelneu zu nennen. Es hat sich nämlich herausgestellt, daß Philip und ich längst nicht mehr so ausgekocht sind, wie wir das noch zu einer Zeit waren, als unsere sexuelle Befriedigung vom Aufspüren einer passenden Gelegenheit abhing. Damals führte Philip in seinem uralten Käfer immer eine schäbige Wolldecke mit, deren Anwesenheit er seiner Mutter damit erklärte, daß ein möglicher Reifenwechsel seine Hose ruinieren könnte. Und während des Sommers, wenn er behaupten konnte, daß ihn hin und wieder die Lust nach einem spontanen Bad im Baggersee überkäme, hatte er auch ein Badelaken hinter dem Vordersitz liegen. Und meine Taschen waren, seit ich in Philip verliebt war, immer groß genug, um Platz zu haben für Kleenex, Waschlappen und ähnliche Requisiten, die aus mir im Handumdrehen wieder das unbescholtene junge Mädchen machten, das die Nachbarn kannten.

Nun aber, unzählige Jahre später, hat sich unsere Fantasie anscheinend zurückgebildet auf das Format unseres ehelichen Schlafgemachs, wo alles in greifbarer Nähe ist, was sowohl zum Glück als auch zur Routine gehört. Jedenfalls stehen wir in Philips dämmrigem Büro und sehen uns fragend an. Gerade noch haben wir uns darüber gefreut, daß es uns gelungen ist, ungesehen und -gehört die Treppe heruntergekommen zu sein – da fällt uns ein, daß wir an nichts anderes als an dieses Versteckspiel gedacht haben.

Philip holt erst einmal eine Flasche Sekt aus dem benachbarten Kellerraum, schafft es, den Korken so leise herausrutschen zu lassen, daß wir sichergehen können, nicht von unerwünschtem Besuch überrascht zu werden, und setzt mir die Flasche an den Mund. Meine Unfähigkeit, aus der Flasche zu trinken, gibt uns schon eine Antwort auf unsere Frage: Wie? Irgendwie wird es schon gehen! Irgendwie gelingt es mir nämlich auch, ein paar Schlucke Sekt aus der Flasche zu trinken, wenn mir auch die Tropfen am Kinn entlanglaufen und ein ganzer Schluck sogar in meinem Pyjama landet. Aber so gelingt eben auch alles andere: kichernd, ungeschickt und leider nicht, ohne zu kleckern. Aber köstlich!

Ein Quicky auf der Schreibtischkante! Das erscheint mir noch verwegener als der Vibrator in unserer Hotelsuite! Und für eine langjährige Ehe, die angeblich Gefahr läuft, an Routine und Langeweile zu erkranken, ist das sicherlich bemerkenswert.

Ich brauche eine Weile, bis ich mich von diesem schnellen Akt erholt habe. Aber dann gehe ich vor lauter Freude über unsere gesunde, kraftstrotzende Liebe in die Knie, um meinem Freudenspender eine Belohnung zukommen zu lassen. »Küßchen, Roberto! Du bist ein Schatz!«

Philip beginnt zu lachen, aber bevor ich einstimmen kann, merke ich, wie etwas aus mir heraustropft. »Verflixt, Roberto! Muß es denn immer soviel sein?« Deprimiert betrachte ich den hellen Fleck auf der nagelneuen Auslegeware. »Kriegt man Spermaflecken wieder raus?«

Wir reiben eine Weile daran herum, setzen zur Säuberung sogar einen Schluck aus der Flasche ein, stellen aber fest, daß die Mischung aus Sekt und Sperma nicht sonderlich effektiv genannt werden kann – zumindest zur Fleckentfernung!

Nachdem wir die Hydrokultur um zwanzig Zentimeter verschoben haben und darauf hoffen, daß die Putzfrau sie in Zukunft dort stehenlassen wird, sitzen wir vor den Regalen auf meinem Pyjama.

»Was soll in diesem Büro noch schieflaufen?« frage ich leise.

Und Philip läßt sich sofort von meinem Optimismus anstecken, ohne die Frage zu erörtern, was das eine mit dem anderen zu tun hat. Im Gegenteil – er scheint den Zusammenhang derart faszinierend zu finden, daß er flugs ein weiteres Mal dafür sorgt, daß in seinem Büro aller Voraussicht nach der Konjunkturrückgang ein für allemal stagnieren wird.

10.

Am nächsten Morgen bin ich fast ein wenig nervös. Philip dreht sich noch einmal um, nachdem der Wecker ihn aus dem Schlaf gerissen hat, dessen Läuten ich mit geöffneten Augen erwartet habe. Philip hat es nicht nötig, so früh dem faden Alltag ins graue Gesicht zu sehen. Er erwartet erst gegen zehn Krämers Anruf, der ihn zum vielbeschäftigten Architekten mit einem großen Mitarbeiterstab machen wird oder zu einem, der sich mit der Jagd nach Aufträgen aufreibt.

»Ich fahre später noch zu der Siedlung, die den Garagenhof plant«, murmelt er mit geschlossenen Augen. »Weiß nicht, ob ich pünktlich zum Mittagessen zurück bin.«

Eine halbe Stunde später steige ich feierlich in meine Neuerwerbung, ziehe sie soweit wie möglich nach unten und beschließe, auf ein ausgiebiges Frühstück zu verzichten. Immer noch glaube ich nicht, daß der typische weibliche Bauch auf Männer erotisch wirkt. Und auf Alexander Amelunx bestimmt nicht. Da bin ich ganz sicher. Jetzt noch mein knallroter Blazer – und ich sehe aus wie die Damen in der Fernsehwerbung. Die mit der Mode aus dem 24-Stunden-Service, einer tönungsschaumverwöhnten Frisur und der Feuchtigkeitspflege, die sie ihrer Tochter zum Verwechseln ähnlich macht. Die, die jedes Problem im Handumdrehen lösen – vorausgesetzt ihre Fingernägel sind mit dem richtigen Unterlack versehen …

Ich erscheine in der Küche wie Cindy Crawford persönlich und bedenke meine Mutter mit einem Blick, wie das Topmodel ihn wohl auch seinem Ex zugeworfen haben mochte, bevor es sich daranmachte, die nächste Million zu verdienen. Ob Richard Gere seine Cindy allerdings ebenso mißbilligend angesehen hat wie meine Mutter mich – das möchte ich dann doch dahingestellt sein lassen. Aber immerhin verkneift Franziska sich jede ehrenrührige Äußerung.

»Nachher werde ich das Frühstücksgeschirr spülen«, verkündet sie statt dessen huldvoll. »Ich warte auf Margareth, die kann abtrocknen.«

Ich bestärke sie in dieser sinnvollen Arbeitsteilung und lasse einfließen, daß ich es sehr begrüßen würde, wenn sich jemand während meiner Abwesenheit darum kümmerte, die Betten zu machen. »Margareth unsere und du die der Kinder?«

Meine Mutter sieht mich an, als überlege sie, ob die ungerechte Verteilung von drei zu zwei Betten zu billigen und wenn nicht, anders zu organisieren sei, dann nickt sie gnädig. »Und das Mittagessen?«

»Mach dir keine Gedanken um das Mittagessen. Ich bin ja bald zurück.«

Die Tür des gegenüberliegenden Hauses wird genauso hastig aufgerissen wie meine. Ich höre ein paar scharfe Kommandos: »Amadeus, denk an dein Milchgeld, und Romanus, du hast nach der sechsten Stunde noch Englisch-AG, vergiß das nicht wieder!«

Inger hat eine kurze, aber heftige Auseinandersetzung mit ihrem weiten Mantel, der Gefahr läuft, Opfer der zuschnappenden Tür zu werden. Sie verpaßt ihr einen ärgerlichen Fußtritt. »Und sagt eurem Vater, er soll wenigstens den Käse in den Kühlschrank stellen, ehe er das Haus verläßt.«

Ein gehetzter Blick über die Straße verrät ihr, daß ihr furioser Abgang nicht ohne Zeugen geblieben ist. Und erst jetzt erschreckt sie sich über ihre eigene Lautstärke. Immer dann nämlich, wenn ihre Stimme an dem bestürzten Gesicht einer außerfamiliären Person abprallt.

Prompt versucht sie, mit einer Erklärung, die nichts als

reine Vernunft beweist, von dem eigentlichen Spektakel abzulenken. Sie wirft mir ihren ›Wenn-man-nicht-alles-selbermacht-Blick‹ zu. »Habe ich nicht recht? Ich kann es nicht leiden, wenn er mittags weich und fettglänzend auf dem Tisch steht.«

Dann stolpert sie beinahe über die letzte Treppenstufe ihres Hauseingangs. Wieder einmal sind ihre Füße schneller gewesen als ihre Reaktionsfähigkeit. »Seit wann seid ihr aus New York zurück? Und was machst du überhaupt schon so früh …?«

Ich winke ab, während ich mein Auto aufschließe. »Erzähle ich dir später. Ich habe jetzt keine Zeit.«

»Keine Zeit?« Inger ist so verblüfft, daß sie mir eine Antwort schuldig bleibt. Und das ist noch niemals zuvor geschehen.

Im Rückspiegel sehe ich, wie Romanus und Amadeus in der Tür stehen und dem Wagen ihrer Mutter hinterhersehen, und weiß, daß ihr Vater sich jetzt von der durchdringenden Organisation des Tagesanbruchs erholt. Da sitzt er nun ruhig und zufrieden vor dem Frühstück, das Inger ihm vorgesetzt hat, und ahnt nicht, daß er soeben die Chance der Doppelbelastung verpaßt.

In der Redaktion treffe ich auf einen Schwall junger Leute. Lieber Himmel, habe ich es hier mit einer Herde von Volontären zu tun? Zu meiner Zeit waren die Kollegen alle ein Stück reifer und seriöser. Oder bin ich nur so viele Jahre älter geworden, wie mir diese hin- und herflitzenden Drei-Tage-Bart-Träger heute zu jung erscheinen?

Und dann diese jungen Mädchen in ihren superkurzen Minis, den superlangen Juteröcken oder den superengen Lederhosen – ersteres kombiniert mit schrillen Pullis, das zweite mit handgestrickter Schafwolle und Öko-Sandalen und das dritte mit konsequent rabenschwarzen Accessoires, an denen Lederbänder flattern und Nieten glitzern.

Eins jedoch scheinen sie alle gemein zu haben: Schwung, Daseinsfreude und Aufgeschlossenheit. »Suchen Sie jemanden? Kann ich Ihnen helfen?«

»Nein, danke, ich kenne mich aus.« Ich wende mich zu einem jungen, hübschen Mini-Girl um, das sich gerade bäuchlings über einen Schreibtisch fallen läßt und Anstalten macht, in den Monitor zu kriechen, in den ihr Kollege in aufrechter Haltung starrt. »Es sei denn, der Chefredakteur sitzt nicht mehr da, wo er noch vor zehn Jahren saß ...«

Das Mädchen blickt lachend über die Schulter. »Vor zehn Jahren? Keine Ahnung! Aber seit ich hier bin, sitzt er am Ende des Ganges im letzten Zimmer.«

»Na, und das sind immerhin schon sieben Monate!« grinst ihr Kollege.

»Acht!« protestiert die Kleine – und hat mich im selben Augenblick schon vergessen. »Pit, bist du wahnsinnig?« schreit sie los. »Wieso hast du das Foto von der Hochzeitsgesellschaft im Querformat geliefert? Ich habe Hochformat einkalkuliert!«

Pit, der sich gerade eine Kamera umhängt und die Jacke überzieht, läßt sich nicht aus der Ruhe bringen. »Kannst du mir mal verraten, wie ich eine Hochzeitsgesellschaft, die sich auf einer Treppe aufgestellt hat, im Hochformat fotografieren soll? Dann hätte ich die Brauteltern in die Dachrinne setzen müssen.«

Eine der Rabenschwarzen öffnet ihren rostrot geschminkten Mund und lacht mich an. »Gehen Sie nur durch. Der Vorzimmer-Cherub trennt Sie noch von der Tür zum Paradies. Sie entscheidet, ob Sie eingelassen werden. Sie können also nichts verkehrt machen.«

Ich nicke ihr dankbar zu, mache kehrt und werde gerade noch Zeuge einer Karambolage zwischen einem Aktenwagen und einem Stapel Disketten. Der eine an der Hand eines Redaktionsboten, der andere auf dem Arm eines jungen Mannes, der sich jetzt schnaufend auf dem Boden niederläßt, um die kleinen Quadrate wieder einzusammeln.

»Tut mir leid«, sagte der Bote und sitzt schon neben ihm.

»Macht ja nichts«, ist die Entgegnung.

Um ein Haar hätte ich mich hilfsbereit daneben gehockt, aber schon der Versuch, in die Knie zu gehen, macht mir die Grenzen meines Schlauchkleides klar.

»Lassen Sie nur«, lächelt der junge Mann, dem mein guter Wille nicht entgangen ist. »Sind ja nur ein paar. Acht Stück ...« Er zählt stirnrunzelnd nach. »Verdammt, da fehlt eine.« Nun kann ich doch nicht umhin, mich an der Suche zu beteiligen.

Dezent beuge ich meine Knie gerade so weit, daß ich unter einen hochbeinigen Aktenschrank gucken kann.

»Da ist sie!« Der junge Mann streckt die achte Diskette, die sich über einen Treppenabsatz mogeln wollte, in die Höhe. »Ausgerechnet die von der Agentur Pfeifer. Wer von euch hebt die neue Folge des F-Romans ins Blatt?«

»Ich!« kommt es aus der hintersten Ecke von einer Dame, die vermutlich die redaktionsälteste ist. Sie war bisher unsichtbar, weil sie – vermutlich schon seit Arbeitsbeginn – den Versuch unternimmt, ihren Kopf in den Bildschirm zu stekken, um dort nach irgendwelchen verlorenen Kilo-Bytes zu suchen. »Gib her, Benny! Bin gespannt, welchen Unsinn sich Tanja Berger diesmal aus den Fingern gesogen hat!«

Mir fehlen noch drei Schritte bis zur Tür von Alexanders Vorzimmer. Unsinn!? Ich tat wirklich gut daran, Sybille von Hochgrebe und ihre gesamte Verwandtschaft zu meinem Geheimnis zu machen.

»Wird Zeit«, knurrt die Miniberockte, »daß aus der Heldin mal was anderes wird als die niedliche Hausfrau, die den Tag damit verbringt, ihre Kinder zu verwöhnen, ihren Mann anzuhimmeln und Blumen in die Vase zu stellen. Solche Frauen gibt es ja nicht einmal mehr in der High-Society.«

Ich nicke heimlich. Die Damen werden zufrieden sein, wenn ich ihnen Sybille von Hochgrebe mit ganz neuen beruflichen Avancen präsentiere.

»Das könnte man doch Frau Splettstößer nicht antun!« ruft Pit, der Fotograf, ehe er aus dem Redaktionsbüro stürmt. »Sie liebt doch die vornehme Sybille von Hochgrebe, gerade weil sie sich niemals die Finger schmutzig macht und soviel von den guten alten Traditionen hält!«

Ich bin froh, in Alexanders Vorzimmer auf ein Gesicht zu stoßen, das mir nicht nur bekannt, sondern auch um einige Krähenfüße voraus ist. Wir nannten sie damals den Vorzimmerdrachen. Daß sie mittlerweile zum Cherub befördert worden ist, freut mich für sie.

Frau Splettstößer setzt nach der ersten Wiedersehensfreude das strenge Gesicht auf, mit dem sie ihren Chef seit Jahr und Tag vor der bösen Welt beschützt. »Herr Amelunx telefoniert.«

Ich versichere ihr, daß ich erwartet werde und es unumgänglich ist, mir einen der Besucherstühle in ihrem Büro zur Verfügung zu stellen, bis der Herr Chefredakteur mich zu empfangen geruht.

Frau Splettstößer tut es sichtlich ungern, aber ich erinnere mich glücklicherweise an das Zauberwort, mit dem der Eisberg ihrer ausgeprägten Pflichttreue aufgetaut werden kann. »Wie geht es eigentlich Ihrer Gesundheit? Ist das Rheuma schlimmer geworden?«

Oder war es die Gicht?

Über Frau Splettstößers Gesicht geht ein Leuchten. Mit dem Rheuma habe ich anscheinend genau richtig gelegen. »Wenn es nur das Rheuma wäre, Frau Hübner! Dann würde ich mich nicht beklagen. An die Schmerzen Tag für Tag habe ich mich ja beinahe gewöhnt. Aber nun noch diese chronische Blasenentzündung! Hat der Chef Ihnen davon erzählt?«

Ich schüttle den Kopf. Nein, Herr Amelunx hat mit keiner Silbe die Harnwege seiner Sekretärin erwähnt. Ich sehe ihrem Gesicht an, daß sie darüber nachdenkt, ob dies ein Grund sein könnte, gekränkt zu sein, und fahre das nächste Geschütz auf, von dem ich weiß, daß es voll ins Schwarze ihrer dienenden Seele treffen wird. »Sollten Sie nicht zu Hause bleiben und die Entzündung richtig auskurieren?«

»Wo denken Sie hin?« Frau Splettstößer setzt das kleine, tapfere Lächeln auf, das mir noch in eindrucksvoller Erinnerung ist. »Ich kann doch Herrn Amelunx nicht allein lassen! Was sollte er denn tun ohne mich?«

»Aber wenn es doch um Ihre Gesundheit geht!«

»Liebe Frau Hübner, meine Gesundheit!« Sie schickt einen klagenden Blick zur Holzvertäfelung. »Unter uns ... meine Blasenentzündung hätte gar nicht chronisch zu werden brauchen. Meine Ärztin ist davon überzeugt, daß das zu vermeiden gewesen wäre.«

Sie sieht mich an, als verharrte sie vor einer gelungenen Pointe, während ich versuche, gleichermaßen bestürzt wie ahnungslos zu wirken.

»Damals kam jedoch gerade eine neue Serie ins Blatt«, verkündet Frau Splettstößer und betont jede einzelne Silbe. »Es ging drunter und drüber, sage ich Ihnen. Da konnte ich doch Herrn Amelunx nicht hängen lassen! Ja, so reibt man seine Gesundheit auf! Ob einem das wohl jemals gedankt wird?«

Diese Frage kann gottlob ohne Antwort bleiben, denn gerade in diesem Augenblick erlischt das Lämpchen auf Frau Splettstößers Telefonanlage, und kurz darauf öffnet sich Alexanders Tür.

»Hallo, Nele!« Er begrüßt mich so kühl und sachlich, als hätten wir uns noch vor einer halben Stunde über die Länge eines Eyecatchers auf der Titelseite unterhalten. Trotzdem treibt das vertrauliche Du Frau Splettstößer einige Unmutsfalten auf die Stirn.

»Machen Sie uns einen Kaffee, Frau Stößer?«

Mit einer erschrockenen Handbewegung versuche ich einen Hinweis auf die erste Silbe zu geben, die anscheinend der Fahrlässigkeit eines arbeits- und redezeitrationierenden Entscheidungsträgers zum Opfer gefallen ist. Aber weder Alexander noch seine empfindsame Vorzimmerdame reagieren darauf. Alexander schiebt mich durch die gepolsterte Tür seines Allerheiligsten, während Frau Splettstößer unbeeindruckt von der Entehrung ihrer Vorsilbe das Kaffeepulver in den Filter zählt.

»Hast du den kompletten Namen deiner Sekretärin vergessen?«

Alexander antwortet mit einer Gegenfrage: »Hast du schon einmal versucht, diesen Namen einen ganzen Arbeitstag lang ungekürzt auszusprechen, ohne dir dabei die Zunge zu verbiegen? Am Spätnachmittag kann ich Bettstößer nicht mehr von Lettschößer unterscheiden. Also habe ich diesen Kompromiß gefunden. An einem Tag Splett, am nächsten Stößer. Immer hübsch abwechselnd. Das funktioniert.«

»Und damit ist Frau Lettschö … Frau Splettstößer einverstanden?«

Alexander setzt das Grinsen auf, das jeder Frau, die dem Teenageralter sowohl zeitlich als auch geistig entwachsen ist, den Schaum vor den Mund treibt. »Sie ist mit allem einverstanden, was ich tu'.«

»Chauvi!«

Alexander lacht herzhaft, drückt mich in einen Sessel und haucht mir einen Kuß aufs Hinterhaupthaar. Ich hoffe, es ist ihm entgangen, daß meine rote Hennatönung einer Auffrischung bedarf, und vor allem – warum! Die grauen Fäden nämlich, die ich zunächst bekämpft habe, indem ich sie einfach ausriß, sind mittlerweile so zahlreich vertreten, daß ich seit kurzem nur noch die Wahl habe zwischen Henna und Glatze.

»Vergiß nicht, daß Frauen wie Frau Splett, Frau Stößer und du in ihrer Bereitschaft zu dienen der männlichen Herrschaft Tür und Tor öffnen«, grinst Alexander.

Ich vergesse meine grauen Haare, hole tief Luft und überlege, ob es ratsam sein kann, noch vor der Unterbreitung meines urschriftlichen Reiseberichts und der Besiegelung des zukünftigen Arbeitsverhältnisses mit einer Vergeltungsmaßnahme zu brillieren.

Alexander nimmt mir die Entscheidung ab. Aufgeregt fingert er eine schmuddelige Zeitungsnotiz hervor, die aussieht, als sei sie schon viele Male aus seiner Brieftasche hervorgeholt und hastig wieder zurückgesteckt worden. »Hast du schon von Sinisas Imagewechsel gelesen?«

Es handelt sich um eine Mitteilung eines Kreisblattes in der Größe der Blauen Mauritius, die von einem Auftritt Sinisas in der benachbarten Großstadt berichtet. Wenn man dem Reporter dieses Blattes glauben darf, hat Sinisa dort mit ihrem reifen Charme und in der Mode der 60er Jahre sämtliche Herren der Kaufmannschaft verzaubert, die sie zu einer Gala anläßlich der Einweihung einer neuen Ladenstraße eingeladen hatten.

»Stehst du noch in Kontakt mit ihr?« frage ich vorsichtig.

Alexander nickt zögernd. »Ich weiß ja nie, wo sie sich gerade aufhält. Aber hin und wieder ruft sie mich an.« Er lächelt versonnen. »Sie ist ruhiger geworden. Und fraulicher.«

Neben der Frage, was Alexander darunter verstehen mag, regt sich in mir auch Unruhe. Er ist doch nicht etwa schon wieder der unseligen Hoffnung verfallen, aus Sinisa ›die Frau an seiner Seite‹ machen zu können?

Ich halte es für richtig, das Thema zu wechseln. Entschlossen lege ich meine Arbeitsmappe auf den Tisch. »Sieh dir bitte den Reisebericht an.«

»Ach ja.« Alexander sucht nach seiner Brille. Als er das dunkle Horngestell, das nur aus einer unteren Hälfte zur Regulierung der Altersweitsichtigkeit besteht, endlich auf der Nase hat, gestatte ich mir ein anzügliches Grinsen.

»Wie gut, daß auch Männer älter werden.«

Alexander schießt einen finsteren Blick über den Rand seiner Lesebrille zurück. »Unter Orangenhaut leide ich jedenfalls noch nicht. Und warte es nur ab – irgendwann wirst du auch ein solch formschönes Modell auf dein entzückendes Näschen setzen.«

Ich erkläre mich mit der Wahl der Waffen einverstanden. »Was weißt du über den Zustand meiner Oberschenkel und das Stadium ihrer Orangenhaut?«

»Leider nichts.« Alexander nimmt die Brille wieder ab, obwohl das für den scharfen Blick direkt in meine Augen nicht nötig gewesen wäre, die sich schließlich in einer für seine Weitsichtigkeit angenehmen Entfernung befinden. »Du hattest ja immer eine so altmodische Vorstellung von der Liebe.« Er setzt das Lächeln auf, das in der gesamten Redaktion für unwiderstehlich gehalten wird. »Bis jetzt jedenfalls.«

Ich gebe mich so unbeeindruckt wie möglich. »Was den Begriff ›altmodisch‹ angeht, Alexander, bist du nicht mehr auf dem laufenden. Auch du solltest inzwischen gemerkt haben, daß die alten Werte einen neuen Sinn bekommen haben und der sogenannte Fortschritt in vielen Lebensbereichen nichts anderes als eine Verirrung war.«

Und nun das Lächeln, das Silke Niehaus vielleicht noch betört, Sinisa dagegen schon gelangweilt hat! »Damit meinst du vermutlich nicht nur die sexuelle Freiheit, für die uns

Gott auf Anraten des Papstes mit AIDS gestraft hat, sondern vor allem die alte Rolle der Frau, die du unbedingt neu belebt haben möchtest.«

Während seiner letzten Worte ist er aufgestanden und an meinen Stuhl herangetreten, als wollte er es riskieren, sich auf einen Nahkampf einzulassen. In der Tat fehlen mir vor Empörung die Argumente, und ich hätte nicht übel Lust, diesem Chauvi, der sich da so scheinheilig für eine Sache der Frauen einsetzt, von der er nichts, aber auch gar nichts versteht, die Augen auszukratzen.

Seine Nase schnuppert an meinem Ohr vorbei. »Immer noch derselbe Duft? Ist Lagerfeld für eine einfache Hausfrau nicht ein bißchen verschwenderisch?«

Trotz meiner Aufgebrachtheit muß Frau Splettstößer einen völlig falschen Eindruck von der Situation bekommen, in der sie uns vorfindet. Sie sieht eben nur ihren verehrten Chef, wie er eine Hand auf die Armlehne meines Stuhles stützt und sich sein Gesicht dem meinen nähert …

Ihr empörtes Räuspern treibt uns auseinander. »Ihr Kaffee!«

Ganz bewußt lasse ich meine Entrüstung weder von Frau Splettstößer noch von ihrem Kaffee schlichten. Wenn ich so richtig wütend bin, wird die gute Seele doch von meinen lauteren beruflichen Absichten überzeugt sein!

»Wie du das Wort ›Hausfrau‹ schon aussprichst! Genau wie … wie ›Dienstbote‹! Eine Frechheit ist das! Vor allem, wenn man bedenkt, daß die Frauen, die du unbedingt berufstätig sehen willst, immer noch auch Hausfrauen bleiben! Ihr Männer habt euch aus dem Kuchen der Frauenbewegung nur die Rosinen herausgepickt. Ein willkommenes zweites Gehalt – und eine Frau, die den ganzen Rest um Kinder, Küche und Haushalt auch noch erledigt. Die wahren Nutznießer der Emanzipation sind die Männer!«

Die Tatsache, daß ich drauf und dran bin, ihren Chef tätlich anzugreifen, scheint Frau Splettstößer nicht gänzlich zu beschwichtigen. Zwar ist sie jetzt wohl davon überzeugt, daß in diesem Raum nichts geschieht, was Sitte und Anstand gefährden könnte, dennoch verläßt sie ihn ungern, weil sie den einzigen Mann in ihrem Leben niemals einer Gefahr überlassen würde, die sie persönlich abwenden könnte.

»Danke, Frau Stößer!«

Und damit gibt es keine Daseinsberechtigung mehr für sie in unserer Mitte. Sorgenvollen Blickes nimmt sie noch zur Kenntnis, wie Alexander meine Schultern umfaßt und sein Profil kurz und heftig an meines schmiegt, dann zieht sie schweren Herzens die Tür hinter sich ins Schloß.

»Laß es gut sein«, lächelt Alexander. »Ich werde mich doch nicht mit dir streiten, nachdem ich dich so lange nicht gesehen habe.«

Ich lehne mich zufrieden zurück. Schon damals habe ich mich immer gern mit Alexander gestritten. Wer uns nicht genau kannte – aber das waren nur wenige –, hätte uns für Hund und Katz halten können. Dabei genossen wir unser Gezänk, aus dem niemals einer von uns gekränkt oder gar verletzt an seinen Arbeitsplatz zurückgekehrt war. Wie für kleine Jungen das Indianerspiel mit Pfeil und Bogen und dramatisch umkippenden tödlich Verwundeten, die schon Minuten später fröhlich weiterspielten, so war auch für uns das Wortgemetzel ein Spiel, in dem die Punkte gezählt wurden und an dessen Ende ein Sieger festzustehen hatte. Neidlos erkannte dann der Unterlegene den Triumph des anderen an, während der Gewinner keinerlei Forderungen an seinen Sieg knüpfte. Ich bin glücklich darüber, daß sich anscheinend nichts zwischen uns geändert hat.

Alexander hat die Gabe, sich von einer Sekunde auf die andere in voller Konzentration seiner Arbeit zu widmen. Er beugt sich über mein Manuskript, ohne sich von meinen beobachtenden Augen aufhalten zu lassen. Während ich zunächst stets auf seinen Blick gefaßt bin und meine Augäpfel parat stehen, um unverzüglich reagieren und in eine andere Richtung schauen zu können, entspanne ich mich schon, als Alexander erst auf Seite zwei angekommen ist. Er scheint mich vergessen zu haben. Nicht einmal Frau Splettstößers Nasenspitze, die sich durch den Türspalt schiebt, nimmt er zur Kenntnis. Ich setze seine Sekretärin, die verwundert die Stille zwischen uns beäugt, flüsternd davon in Kenntnis, daß der Chefredakteur jetzt nicht durch den Besuch eines Anzeigenvertreters gestört werden darf. Erst als Frau Splettstößer die Tür ins Schloß fallen läßt, sieht Alexander auf. »War was?«

Ich winke ab. »Schon erledigt.«

Ohne zu fragen, was ich erledigt habe und ob es in seinem Sinne geschah, liest er die letzte Seite und läßt dann beide Hände auf mein Manuskript fallen.

»Der Text ist noch nicht ausgefeilt«, erkläre ich vorsichtig.

Alexander schüttelt den Kopf. »Es reicht, um zu erkennen, daß deine Schreibe sich nicht geändert hat. Du weißt, ich hasse diese Reiseberichte, die mit dem erhobenen Zeigefinger geschrieben werden und voll der bedeutenden Erkenntnisse eines Kosmopoliten sind.« Er verleiht seiner Stimme den Nachdruck eines Straßenhändlers. »Reisen bildet, geneigter Leser! Und sehen Sie her, wie gebildet ich bin!« Nun grinst er das jungenhafte Lächeln, das ihm mehr weibliche Anerkennung eingebracht hat, als er selber ahnt. »Dein Stil ist flott, stellenweise heiter, manchmal sogar witzig. Und deine Gabe, dich selbst auf den Arm zu nehmen, wirkt sympathisch auf den Leser. Komm, laß uns essen gehen.«

Verwirrt sehe ich zu, wie er sich schon das Jackett überwirft. »Essen? Jetzt? Um halb elf?«

»Macht doch nichts.« Alexander zieht mich in die Höhe. »Das Bistro gegenüber hat immer die Küche warm. Und ich habe immer Hunger. Du kannst es ja meinetwegen bei einem Kräutertee oder einem Sprossensalat bewenden lassen. Jedenfalls denke ich nicht daran, dich schon wieder gehen zu lassen, nachdem ich so lange keine Gelegenheit hatte, mit dir auszugehen.«

Alexander hat mich schon bis zur Tür gezerrt, ehe ich mich widersetzen kann. »Moment mal, Alexander, das geht nicht. Ich werde zu Hause erwartet. Und vorher muß ich noch einkaufen, und dann das Mittagessen ...«

»Blödsinn!« Alexander hat bereits die Klinke in der Hand. »Das Haus stürzt nicht ein ohne dich, und wenn doch, ist es viel besser, du bist nicht daheim. Einkaufen mußt du nicht, weil du doch das meiste selbst produzierst. Warum sonst kümmerst du dich um deinen blöden Gemüsegarten, in dem ich dich einmal mit Gummistiefeln und Gießkanne erwischt habe? Und das Essen kann mal jemand anders kochen. Wozu gibt es übrigens Tiefkühlkost, den Pizza-Service und eine gewisse internationale Fast-food-Kette?«

Frau Splettstößer scheint sich zwar über jede zärtliche Regung ihres Chefs zu wundern – die Tatsache, daß er mich jetzt gewaltsam durch ihr Vorzimmer treibt, entlockt ihr nicht einmal ein Wimpernzucken. »Um eins müssen Sie aber wieder hier sein. Dann kommt der Anlagenberater von …«

Ich kann ihr gerade noch durch den Türspalt einen Gruß zuwerfen. Meine guten Wünsche für die Kräftigung ihrer Blase erreichen sie nicht mehr. Und gottlob wird sie auch nicht mehr Zeuge der skandalösen Begebenheit, die die unerfüllte Liebe ihres Lebens vermutlich mitten ins Herz getroffen, ihr zumindest aber einen gefährlichen Streifschuß verpaßt hätte. Alexander umschlingt nämlich meine Hüften und sagt: »Dieses Kleid ist ja ein gnadenloser Fetzen!«

Er betrachtet mich wohlgefällig, während ich mich über den Zwiebelkuchen hermache. »Bist du endlich von deinem Körnertrip zu einer normalen Ernährung zurückgekehrt?«

»Normal?« Es ist wirklich erstaunlich, daß sich zwei Menschen sympathisch sind, die in wichtigsten Bereichen keinerlei Verständnis füreinander haben. »Kannst du mir bitte erklären, was du eine normale Ernährung nennst?«

»Na, das hier.« Er zeigt auf seine Hühnersuppe, auf meinen Zwiebelkuchen, auf die Teller, von denen andere Bistrobesucher das herunteressen, was Alexander für normal hält und im Angebot eines Bistros als normal gilt. »Ein schnelles, einfaches Gericht! Und nicht deine komplizierten, in eigener Mühle gemahlenen, im Hausgarten gezüchteten, biologisch gedüngten, handverlesenen Kostbarkeiten der Vollwertküche. Es ist doch idiotisch, sich freiwillig wieder auf das mühselige Arbeitsleben einer Landfrau einzulassen und den Fortschritt zu ignorieren.«

Soviel Arroganz muß einfach bestraft werden. »Erzähl mir nichts von Fortschritt, Alexander! Es wird Zeit, daß die

Bedeutung dieses Begriffes neu definiert wird. Willst du es wirklich Fortschritt nennen, eine Hühnersuppe zu essen, die ihren Geschmack durch Huhnaroma erhalten hat?«

»Bitte?« Alexander starrt mich an wie der Hahn eines Hühnerhofes, der erst jetzt entdeckt, daß seine Hennen allesamt Attrappen sind.

Ich kraule ihm beruhigend das Gefieder. »Du bist sicher mit mir der Ansicht, daß diese Hühnersuppe höchstwahrscheinlich ein Instantprodukt ist, oder?«

Alexander nickt. »Na, klar. Was sonst?«

»Und für eine Instant-Hühnerbrühe«, fahre ich fort, »wird eine künstliche Brühe aus Proteinhydrolysat hergestellt, die zum Beispiel durch Auflösen von Fischmehl gewonnen wird. Den Huhngeschmack bringt, wie gesagt, das Huhnaroma, das aus einem Extrakt aus Schweineborsten und Menschenhaar gewonnen wird. Das wird mit Glycinhydrochlorid, Traubenzucker und Arabinose in Natronlauge gekocht. Geschmacksverstärker, Maisstärke, Zucker und Fett runden dann den Geschmack ab. Noch ein paar Krümel getrocknetes Gemüse, ein bißchen Antioxidantien gegen den ranzigen Geschmack und Beta-Carotin für das richtige Aussehen. Ach ja, und das Huhn … drei Gramm gefriergetrocknetes Hühnerfleisch reichen voll und ganz für vier Teller Suppe.«

Ich grinse schadenfroh in Alexanders Mundwinkel, die angewidert in den Wrasen seiner Suppe sinken. »Und das nennst du normal?«

»Ja, aber …« Er schiebt die Suppentasse so weit von sich weg wie eben möglich. »Ich esse nun mal gern Hühnersuppe.«

»Dafür gibt es Suppenhühner«, kläre ich ihn auf. »Von meinem Biobauern, der einen ganzen Stall voll glücklicher Hühner hat, die frei herumlaufen dürfen und voller Vergnügen ein Ei nach dem anderen legen.«

»Bis sie dann in der Suppe landen«, ergänzt Alexander trocken und will damit wohl meine Theorie von den glücklichen Hühnern widerlegen. »Jetzt hast du mir gründlich den Appetit verdorben.« Er beugt sich neugierig vor. »Wenn nun also dein Biobauer sich so ein unglückliches Huhn geschnappt und ihm den Hals umgedreht hat … dann nimmst du es an den Füßen und trägst es mit dem Kopf nach unten heim?« Angewidert schüttelt er sich.

»Das Rupfen und Ausnehmen besorgt der Bauer«, wende ich ein.

Aber das scheint Alexander nicht zu besänftigen. »Dann trägst du dieses nackte, erbarmungswürdige Geschöpf kopf-, krallen- und flügellos nach Hause, und … ja, was dann?«

»Dann koche ich es.« Obwohl ich mir nicht vorstellen kann, daß Alexander an meinem Hühnersuppen-Rezept interessiert ist, erläutere ich ihm dennoch in aller Ausführlichkeit, wie viele Hausfrauen-Generationen vor mir – wahrscheinlich auch seine Mutter, mit Sicherheit jedoch seine Großmutter – aus einem Suppenhuhn eine leckere Hühnersuppe gemacht haben.

Alexander windet sich vor Ekel, ohne einsehen zu wollen, wie widersinnig seine Reaktion ist. Am überzeugendsten ist für ihn jedoch ein ganz anderes Argument, das ganz entschieden gegen Suppenhühner spricht. »Das dauert ja Stunden! Wenn du auf diese langwierige, unzeitgemäße Art deine Familie beköstigst, ist es wirklich kein Wunder, daß du keine Zeit zu arbeiten hast.«

Ich nicke zustimmend. »Ja, das ist ein Grund, daß ich als Hausfrau arbeite und darüber hinaus nicht erwerbstätig bin.«

Alexander ist noch so gefangen von meiner Suppenhuhn-Geschichte, daß ihm meine heimliche Korrektur seiner gedankenlosen Feststellung entgangen ist. »Völlig absurd!« murmelt er vor sich hin. »Wie kann man sich nur mit Suppenhühnern abgeben, wenn man es so einfach haben kann?« Er weist auf seine Suppentasse, deren Inhalt ihn trübe aus erstarrten Fettaugen anblickt. »Und dein Zwiebelkuchen?«

»Er schmeckt ganz gut.« Zur Bestätigung spieße ich das letzte Stück auf meine Gabel. »Natürlich wurde der Teig mit Auszugsmehl hergestellt, und sicherlich enthält er kein naturbelassenes Fett. Und die Eier … wenn sie von Hühnern aus Massentierhaltung kommen, enthalten sie Fremdstoffe, weil nämlich das Fischmehl im Geflügelfutter, das an solche Tiere verfüttert wird, für überhöhte Arsenkonzentration sorgt.«

Und ich ergänze, während sich Alexanders Nase grünlich färbt: »Mürbeteig aus Dinkel, mit Vollmeersalz gewürzt, schmeckt wunderbar und ist natürlich viel gesunder. Aber ...«, und damit lege ich zufrieden meine Gabel auf den leergegessenen Teller zurück, »der gelegentliche Verzehr dieser Leichtfertigkost wird wohl nicht schaden.«

»Es hat doch keinen Sinn«, ruft Alexander aus, »sich gegen den Fortschritt zu wehren!«

Mir platzt der Kragen. »Fort-Schritt! Mußt du wirklich erst bis zum Hals im Dreck stecken, ehe du erkennst, wohin dich dein Fortschritt gebracht hat? Mensch, Alexander, es ist ein alter Hut, von einem Hirngespinst verführt zu werden und darauf reinzufallen. Aber allmählich muß man doch merken, daß der Begriff Fortschritt nicht zwangsläufig eine positive Aussage enthält. Er bedeutet nur, daß wir in eine bestimmte Richtung weitergehen. Warum soll dieser Kurs der richtige sein?«

»Weil er der einfachere ist«, kommt es prompt zurück. »Und weil der Fortschritt Teil unseres Lebens ist. Es ist unmöglich, sich ihm zu widersetzen.«

»Es ist schwierig«, räume ich ein, »aber nicht ganz und gar unmöglich. Und manchmal reicht es schon aus, die Abteilung ›Fortschritt‹ neu zu ordnen. Was manchem jetzt noch unzeitgemäß erscheint, ist vielleicht schon der Fortschritt in seiner bahnbrechendsten Form. Er braucht nur noch ein bißchen Zeit, um sich durchzusetzen.«

»Meinst du damit etwa auch deine reaktionären Hausfrauen-Ambitionen?«

»Falsch, Alexander! Meine total progressiven Ideen von einer der wirklich aktuellen Formen des Frauenlebens. Die Parolen der Frauenbewegung sind ganz, ganz alte Hüte – abgesehen von ein paar zeitlosen Modellen. Nur Ignoranten haben noch nicht bemerkt, daß die Frauenbewegung müde über den Holzweg rumpelt und sich immer öfter festfährt. Die ganz revolutionären Blaustrümpfe tragen ihre lila Latzhosen mittlerweile in der Küche und im Kinderzimmer. Leider noch klammheimlich. Aber haben sich die bedeutendsten Revolutionen nicht immer im verborgenen zugetragen? Das Gemetzel der öffentlichen Meinungen bekommt vielen Konzepten nicht besonders gut.«

Alexander schüttelt ratlos den Kopf. »Jede Frau muß doch froh sein, der Hierarchie der Geschlechter entkommen zu sein. Und glücklich, sich in unserer modernen Zeit endlich unabhängig nennen zu können.«

Ich warte, bis die Hühnersuppe, die so wenig vom Suppenhuhn weiß wie die befreite Frau von der Gleichberechtigung, abgeräumt worden ist. »Es stimmt ja gar nicht, daß die Hierarchie aufgelöst worden ist. Sie existiert nach wie vor; das leichte Bröckeln ihrer Fassade gefährdet noch lange nicht ihre stabile Architektur. Sie hat lediglich ihre klaren Konturen verloren. Früher hat diese Hierarchie außer der Macht wenigstens auch Stärke besessen und die Bereitschaft, diese Kraft einzusetzen für die, die auf einer anderen Stufe der Hierarchie standen. Heute stellt sie scheinheilig eine Sprosse neben sich zur Verfügung, die aus morschen Brettern zusammengezimmert wurde, und kann dafür mit bestem Gewissen ihre gesamte Energie für sich selbst verwenden.«

Ich sehe nervös auf die Uhr, weil mir klar wird, daß die Zeit, die ich für den Besuch bei Alexander vorgesehen habe, längst überschritten ist. »Und Unabhängigkeit kann nicht allein bedeuten, daß die Frau nun einen Weg beschreitet, der ihr früher versperrt gewesen ist. Wirklich unabhängig ist nur die Frau, die sich aus freien Stücken auch gegen diesen Weg entscheiden kann, ohne Gefahr zu laufen, genauso attackiert zu werden wie die Frauen anderer Generationen, die die skandalöse Idee hatten, eine Universität zu besuchen.«

Ich angle meine Jacke von der Rückenlehne. »Aber jetzt muß ich gehen, Alexander. In einer Stunde kommen die Kinder aus der Schule zurück, und ich weiß noch nicht, was ich ihnen zu essen anbieten werde.«

»Wie wäre es mit einem Hamburger?« grinst Alexander. »Als Basisernährung vermutlich ungeeignet, aber … was hast du gesagt? Der gelegentliche Verzehr dieser Leichtfertigkost wird schon nicht schaden.«

Ich drücke ihm einen freundschaftlichen Kuß aufs Ohr, ehe er sich erheben kann. »Es wird wirklich Zeit für mich.«

»Wir haben noch gar nicht ausführlich über den Reisebericht gesprochen«, protestiert Alexander.

»Laß uns telefonieren, wenn du weißt, wie viele Spalten du zur Verfügung hast, und nenn mir deine Änderungsvorschläge.«

»Und wie sieht unsere künftige Zusammenarbeit aus?« Alexander drückt der Bedienung einen Schein in die Hand, ohne sich Zeit zu lassen, auf sein Rückgeld zu warten. Die junge Kellnerin starrt noch entgeistert auf das Geld in ihrer Hand, als Alexander schon hinter mir durch die Tür hastet. Spätestens jetzt wird sie begriffen haben, daß ihr Trinkgeld höher ist als die gesamte Rechnung.

Alexander greift nach meinem Arm. »Selbst der Vorstandsvorsitzende unseres Verlages, mit dem ich kürzlich hier meinen Kaffee getrunken habe, hat es nicht so eilig gehabt wie … wie eine Hausfrau. Dabei ging es bei seinem nächsten Termin um die Steigerung der Leserzahlen.«

»Und das ist natürlich viel wichtiger als die Beköstigung dreier hungriger Kinder. Vielleicht beruhigt dich die Überlegung, daß diese Kinder, sofern sie vorher nicht verhungern oder an Mangelernährung erkranken, zu einer gesunden Leserschaft heranwachsen.«

Vor meinem Auto strecke ich ihm die Hand hin. »Wirklich, Alexander, ich muß heim. Die beiden Omas werden in spätestens einer Stunde die Polizei alarmieren. Und bevor das geschieht, muß ich noch etwas für das Mittagessen eingekauft haben.«

»Ich wollte noch so vieles mit dir besprechen«, jammert Alexander mir hinterher. »Ich habe ein Buch auf meinem Schreibtisch liegen, das muß rezensiert werden. Traust du dir eine Buchbesprechung zu?«

Ich blicke aus der Tiefe meiner Wagenpolster und mit der Hand am Autoschlüssel zu meinem Chefredakteur auf. »Ich sollte vielleicht nicht zuviel auf einmal versuchen.«

»Ja, ja.« Alexander richtet sich auf, so daß ich halsaufwärts auf seinen Anblick verzichten muß. »Ich weiß ... deine Kinder leiden Hunger, deine Mutter gibt eine Vermißtenanzeige auf, deine Schwiegermutter bekommt eine Allergie aufgrund deiner bloßen Abwesenheit, und dein Mann ...« Er schiebt noch einmal sein Gesicht unter der Dachreling hervor. »Wie geht es dem eigentlich? Ist der Sprung in die Selbständigkeit gelungen?«

Ehe ich eine Antwort finden kann, die sowohl wahrheitsgemäß als auch optimistisch ist, ergänzt Alexander schon: »Ach, was interessiert mich eigentlich dein Mann? So weit ist es nun schon mit mir gekommen, daß ich mit einer Frau, die ich seit Jahrzehnten verehre, über ihren Mann rede!«

Er betrachtet mich kopfschüttelnd, soweit das seine gebeugte Haltung zuläßt. »Von den Frauen, die attraktiv, intelligent und unterhalb der Ruhestandsgrenze sind, bist du die einzige Hausfrau. Jedenfalls kenne ich keine andere. Aber ich sage dir, mein Bedarf an Hausfrauen ist damit gründlich gedeckt. Nicht einmal der Manager eines Unternehmens, das von der Rezession bedroht wird, ist derart unabkömmlich wie du. Nein, nach weiteren Hausfrauenbekanntschaften steht mir wirklich nicht der Sinn.«

Würde ich Alexander nicht so gut kennen, wäre ich jetzt vielleicht beleidigt. So aber sorge ich dafür, daß er die Nase aus meinem Auto nimmt, ehe ich die Tür zuschlage, und fahre lachend davon.

11.

Die Zeit drängt. Es ist immer mein erklärtes Ziel gewesen, so zuverlässig wie möglich zu arbeiten. Ist es nicht ein sehr männlicher Ehrgeiz, beruflich so gut wie eben möglich zu sein? Warum soll bei meiner Arbeit nicht das gleiche gelten? Ich empfinde es nicht als Belastung, mich um Pünktlichkeit zu bemühen. Die Kinder sind hungrig, wenn sie aus der Schule kommen, die beiden Alten haben sich in ihrem langen Leben an bestimmte Essenszeiten gewöhnt, und auch Philip liebt es heimzukommen und an der Tür zu erschnuppern, was es zu essen geben wird. Kein Arbeitnehmer der freien Wirtschaft würde sich über den Termin hinwegsetzen, an dem die Post versandfertig sein soll, oder es gar als grobes Ansinnen betrachten, sich genau daran zu halten. Warum eigentlich wird beim Hausfrauenberuf so schnell und so bedenkenlos Unterdrückung auf der einen Seite und überflüssige Aufopferung auf der anderen unterstellt? Schließlich habe ich genug Zeit zur Verfügung, um sie mir frei einteilen zu können und die Pünktlichkeit nicht zu einer Last zu machen. Die Verächtlichkeit, mit der Alexander mit Frauen wie mir umgeht, ist ganz schön anmaßend. Mit den gleichen Schlagworten sollte ich einmal kommen, wenn sein Verleger etwas von ihm erwartet!

Schon von weitem leuchtet mir das Schild entgegen, das unter anderem für den alarmierenden Vitamin-B-Mangel in den USA verantwortlich ist. Gelegentlicher Verzehr von Leichtfertigkost ... die Kinder lieben sie und würden keinen Klassenausflug ohne einen Besuch in dieser Schwemme als gelungen bezeichnen ... Ich habe nicht länger als eine halbe Stunde, um ein Mittagessen auf den Tisch zu stellen ... Und schließlich war ich heute morgen beinahe so etwas wie eine berufstätige Frau, also doppelbelastet. Und ich muß mir wahrlich oft genug anhören, wie wichtig dann eine straffe Organisation ist und wie unerläßlich die Reduzierung der Nahrungsaufnahme auf das Notwendigste. Sprich, schnelle Sättigung. Warum nicht auch einmal ich? Ausnahmsweise?

Die Kinder können es nicht fassen. Sprachlos sitzen sie vor ihren Tellern und fragen sich, warum das, was sie auf ihnen sehen, so frappierende Ähnlichkeit hat mit dem, was sie bisher nur von Papptellern gegessen haben. Nach der Überwindung der ersten Schrecksekunde jedoch ist klar: Was auf ihrem Teller liegt und deswegen wie solide Hausmannskost im postmodernen Gewand erscheint, ist wirklich das, was styroporverpackt an der Straßenecke Fast food genannt wird und Fast food ist.

»Sonst sagst du immer«, staunt Nico, nachdem er seine

Sprache wiedergefunden hat, »daß das ganz schlechte Qualität ist und für meine Neurodermitis reinstes Gift.«

Ich nicke schuldbewußt. »Nur ausnahmsweise.«

Sogar Timo hat sich schon eine ökotrophologische Meinung gebildet. »Zuviel Fett und zuviel Salz«, verkündet er vergnügt. »Und viel zuwenig Ballaststoffe! – Aber lecker!«

»Mama ist jetzt berufstätig«, nickt Carolin. »Als Journalistin kann sie nicht den ganzen Vormittag in der Küche stehen. Ist ja logo.«

Meine Mutter beeilt sich, einen verständnisvollen Blick aufzusetzen, und beißt tapfer in ihren Hamburger.

»Völlig in Ordnung«, stimmt Margareth zu und schiebt den Teller von sich. Dummerweise habe sie jedoch gerade heute keinen Appetit. Man möge ihr verzeihen.

»Kein Problem!« sichern ihr alle drei Kinder zu und teilen den Hamburger von Oma zwei gerecht unter sich auf.

Anschließend nutzt Carolin diese günstige Gelegenheit, sich für den Abwasch anzubieten. Kein Topf, keine Pfanne, nur ein paar Teller! »Kümmer dich um deinen Beruf, Mama!«

Philip hat den Hamburger vertilgt, ohne zu identifizieren, was er in seinen Mund schiebt. Noch bevor der Kaffee Gelegenheit bekommt, im Verbund mit selbstgebackenen Buchweizenrollen ein Versöhnungsangebot zu unterbreiten, erhebt Philip sich vom Tisch.

Ich folge ihm schon nach wenigen Minuten und finde ihn, ohne lange zu suchen, im Souterrain. Dort steht er in seinem neuen Büro und betrachtet die hochmoderne, mit Hilfe eines Existenzgründungsdarlehens angeschaffte Einrichtung.

Die Sorge steigt in mir hoch. »Hast du mit Krämer telefoniert?« frage ich mit meiner forschen, durch nichts zu erschütternden Angststimme.

Philip nickt. »Ja, ja.«

»Und?«

»Er kann sich noch nicht recht entschließen.«

»Hat der Kerl ein Rad ab?« Meine Angstsprache hilft mir, den ersten Schreck zu überwinden. »Wie lange glaubt dieser Idiot, uns hinhalten zu können? Bis wir die Raten für das

Darlehen nicht mehr auftreiben können? Der Typ weiß doch, daß ohne seine Aufträge bei uns nichts läuft!«

Philip dreht sich zu mir um. »Ganz so schlimm ist es nicht. Den ersten Auftrag habe ich sicher. Aber ob sich die Reihe fortsetzen wird, will Krämer erst entscheiden, wenn er den Erfolg des ersten Hotels getestet hat.«

»Und der Garagenhof?«

»Der Vertrag ist dicht.«

»Na, also. Nun erzähl mir mal, warum du hier Trouble machst? Mit einem Auftrag von Krämer und dem Garagenhof ist doch erst mal alles paletti.« Mein Angstrepertoire zischt aus einem angestochenen Ballon, der um ein Haar geplatzt wäre.

Ich ziehe Philip in meine Arme. »Wir werden uns daran gewöhnen müssen, immer nur ein paar Monate zu überblikken. Aber solange du die zuverlässig einschätzen kannst, dürfen wir uns nicht beklagen.«

Philip nickt. Ich spüre, wie sich seine Zuversicht aus der angespannten Sorge löst. Er drückt mich einmal an sich, ehe er sich entschließt, sich nur auf seine nächste Aufgabe, den Verzehr von Kaffee und Buchweizenrollen, zu konzentrieren.

»Bist du mit Amelunx klargekommen?« fragt er, während wir Hand in Hand die Treppe hinaufsteigen.

Ich nicke. »Er war mit dem Reisebericht zufrieden.«

»Wirst du mehr machen können? Reportagen? Interviews?«

»Ja, ja.« Ich sehe zu, wie Oma zwei zwischen Schrank und Tisch hin- und herhumpelt und eine Tasse nach der anderen auf die Unterteller setzt, die Oma eins als die größere der beiden aus der Tiefe des hohen Schrankfachs hervorgeholt hat. »Er hat mir ein paar Rezensionen angeboten. Außerdem könnte ich Frauenromane für *Glamour* schreiben und ab und zu mal einen Krimi. Aber ich weiß nicht …«

»Versuch es.« Philip nimmt seiner Mutter das Milchkännchen und seiner Schwiegermutter die Zuckerdose ab und plaziert beides bedeutungsvoll in die Mitte des Tisches. »Mich würde es wirklich sehr beruhigen, wenn du wieder

Fuß fassen könntest in der Redaktion.« Er sieht mich vorsichtig von der Seite an. »Natürlich nur, soweit du es schaffen kannst – neben deinen häuslichen Pflichten. Aber ...« Er läuft eilfertig in die Küche und kehrt mit einer Gebäckzange zurück, die er neben die Buchweizenrollen legt. »Du wirst sehen, die Familie wird auch hin und wieder ohne dich zurechtkommen.«

Franziska scheint davon nicht so ganz überzeugt zu sein. »Wenn du einen Roman schreibst, mußt du mit Tanja Berger konkurrieren, die schließlich im selben Blatt veröffentlicht. Glaubst du, daß du auch so gut schreiben kannst wie sie? Du hast doch gar keine Erfahrung.«

Ich versichere ihr, daß ich mich der Konkurrenz zu Tanja Berger vollauf gewachsen fühle, was mich flugs so heiter stimmt, daß ich nun genau wie Philip glaube, daß ein gelegentlicher Liebesroman in *Glamour* weder an meinen Lebensprinzipien noch an den auf Eis liegenden beruflichen Grundsätzen rütteln kann.

Frau Splettstößers Stimme preßt sich in mein Ohr, als hätte sie zuvor eine dicke Watteschicht zu durchdringen.

»Wie geht's Ihrer Blase, Frau Lettschö ... Frau Splettstößer?«

»Ach, Frau Hübner, wenn es das nur wäre ... Aber diese Zahnschmerzen! Hören Sie das denn nicht?«

»Oh, ich dachte, es läge an der schlechten Verbindung!«

Ob sie jetzt schon bereit sein wird, mich zu Alexander durchzustellen?

»Sie haben vielleicht heute morgen schon gesehen, wie ich mich zusammenreißen mußte, damit niemand bemerkte, wie mir die Schmerzen zusetzten!«

»Oh, ja, natürlich, aber ich hatte geglaubt, Ihre Blase ...«

»Ich fürchte, es ist wieder eine Wurzelentzündung«, haucht Frau Splettstößer in den Hörer, als versage ihr nun endgültig die Stimme.

»Sie müssen sofort zum Arzt«, versuche ich erneut das Zauberwort und befürchte insgeheim, daß Frau Splettstößer in Kürze meine Zweckbarmherzigkeit durchschauen wird.

Aber da kenne ich sie schlecht! Im Rausch schmerzvoller Ekstase greift sie nach meiner ersehnten Anregung. »Ich hatte auf die Mittagspause gehofft, Frau Hübner! Dann hätte mir der Arzt wenigstens eine Spritze geben können. Ohne diese entsetzlichen Schmerzen wäre mir die Arbeit am Nachmittag erheblich leichter gefallen ...«

Leider gelingt es mir nicht, die wirkungsvolle Pause, die Alexanders Sekretärin einlegt, mit einer Entgegnung der Anteilnahme zu füllen. Es fällt mir einfach nichts ein.

Um einiges sachlicher fährt daraufhin Frau Splettstößer fort, daß die Mittagspause jedoch bei weitem nicht ausgereicht hätte, diesen komplizierten Fall zu lösen oder auch nur zu mildern. »Und ich kann unmöglich Herrn Amelunx am Nachmittag allein lassen. Was sollte er ohne mich machen?«

Ich beteuere mehrfach, daß diese Frage für alle Zeit ohne Antwort bleiben wird, und erlaube mir endlich die bescheidene Bitte, den Herrn Chefredakteur bei seiner bedeutungsvollen Arbeit zu stören.

»Weißt du eigentlich, wie schlecht es deiner Sekretärin geht?« frage ich Alexander vorwurfsvoll. »Sie schleppt sich nur so dahin. Verzichtet auf ärztliche Hilfe, und das alles nur, um dir ununterbrochen zur Verfügung zu stehen.«

Alexander stößt einen tiefen Seufzer aus, der mir die Vermutung aufdrängt, daß ihm die Leiden von Frau Splettstößer nur allzu vertraut sind. »Ihre Krankheiten sind ausschließlich rhetorischer Natur«, behauptet er ungerührt. »Und nichts wäre schlimmer für Frau Stößer, als von ihnen geheilt zu werden. Man würde sie eines Lebensinhalts berauben.«

Die Roheit, mit der Alexander sich über die Wurzelentzündung in seinem Vorzimmer hinwegsetzt, empört mich. »Bist du sicher, daß du die Treue deiner Sekretärin nicht ausbeutest?«

»Ganz sicher«, entgegnet Alexander mit Nachdruck. »Sie ist eine Frau, die den Beruf zu ihrem Lebensinhalt gemacht hat. Machen mußte, weil sich trotz jahrelanger Suche nichts anderes fand, was ihr Leben sonst noch hätte füllen können. Und da auch Frau Stößer etwas braucht, was ihre Abende und die Wochenenden belebt, hat sie sich fürs Leiden entschieden. Frauen brauchen anscheinend neben ihrem Beruf noch etwas, um das sie sich kümmern können. Frauen sind Kümmerer. Du bist schließlich das beste Beispiel dafür.«

In diesem Augenblick öffnet sich unglückseligerweise die Tür, und mein Sohn Nico durchquert den Raum, obwohl ich eben noch Oma zwei habe sagen hören, daß man mich nicht stören dürfe, weil das Telefonat, das ich zu führen gedenke, von beruflicher Wichtigkeit sei. Nico schleicht also auf Zehenspitzen vorbei, eine Hand unter seinem Sweat-Shirt. Ich sehe, wie sich seine Fingerknöchel auf- und abwärts bewegen. »Nico, was ist los?«

»Wie bitte?« fragt Alexander irritiert zurück.

»Nico kratzt sich.«

»Es wird ihn jucken«, kommt es erstaunt aus dem Hörer zurück.

Ich sehe Alexander vor mir, wie er die Augen zur Decke dreht und ein Stoßgebet losschickt, man möge ihn vor Müttern, Hausfrauen und sonstigen Kümmerern verschonen, die nur selten in der Lage sind, einen wesentlichen Sachverhalt von einem unbedeutenden zu unterscheiden.

»Nico hat Neurodermitis«, erinnere ich ihn. »Wenn es ihn juckt, reagiert seine Haut auf irgend etwas allergisch.«

»Und das bei deiner ausgewogenen, auf die Vermeidung von Lebensmittelzusatz- und Schadstoffen bedachten Ernährung?« kommt es spöttisch zurück. »Sag mal, Nele, hast du mich eigentlich angerufen, um mit mir über die Zahnwurzeln meiner Sekretärin und die dermatologische Sensibilität deines Sohnes zu reden?«

»Natürlich nicht.« Sorgenvoll sehe ich Nico hinterher, der die kratzende Hand wechselt und, bevor er die Treppe hochsteigt, seinen Rücken an der Standuhr scheuert. »Ich wollte dir sagen, daß ich das Buch rezensieren werde, sobald der New-York-Bericht fertig ist.«

»Prima!« Alexander scheint erleichtert zu sein, jemanden gefunden zu haben, der sich durch ein Buch quält, das ihn nicht interessiert.

»Worum geht es dabei eigentlich?« frage ich vorsichtig.

»Es ist das Werk eines hiesigen Autors«, klärt Alexander

mich auf. »Sein dritter Krimi. Und mit dem will er sich endgültig in die Garde der freien Schriftsteller schreiben. Ich glaube, er hat seine Kündigung schon skizziert. Bis jetzt ist er nämlich noch Finanzbeamter.«

»Du lieber Himmel! Das Werk trägt hoffentlich keine autobiographischen Züge. Besonders spannend kann ich mir das Leben im Finanzamt nun wirklich nicht vorstellen.«

Alexander lacht. »Ich habe keine Ahnung. Aber seine ersten beiden Titel waren ganz erfolgreich. Deswegen müssen wir ihn rezensieren. Das heißt aber nicht«, beeilt er sich anzufügen, »daß wir gezwungen sind, eine positive Beurteilung zu schreiben. Wenn du das Buch verreißen willst, verreiß es. Es geht nur darum, den Kriminalroman überhaupt zur Kenntnis zu nehmen.«

Die Tür wird aufgerissen. Carolin scheint entschlossen zu sein, nicht nur mein Telefongespräch, sondern sogar dessen Bedeutung zu ignorieren. »Timo kotzt!«

»Warum?«

»Woher soll ich das wissen?«

»Alexander, entschuldige bitte einen Augenblick ... Kann nicht eine der Omas ...?«

»Geht nicht. Timo hat Oma zwei vollgekotzt, woraufhin Oma eins auch schlecht geworden ist.«

»Alexander, ich ...«

»Schon gut, schon gut, ich telefoniere jetzt ein bißchen mit dem Wirtschaftsminister. Der hat erheblich mehr Zeit als eine Hausfrau. Und der wird auch nie gestört, wenn er sich das ausbedungen hat.«

»Das ganze Badezimmer ist voll«, ruft Carolin und hält sich die Nase zu.

Alexanders Verständnis erreicht damit seinen Höhepunkt. »Ach, Nele, allmählich begreife ich, warum dir der Hausfrauenberuf soviel bedeutet.«

Der Hörer schwebt schon in Armlänge vor meinem Ohr. »Ich hole das Buch in den nächsten Tagen ab.«

»Ich werde es dir bringen«, ruft Alexander, der zu ahnen scheint, daß das Gespräch nur noch Sekunden dauern kann. »Als Chefredakteur ist man ja abkömmlicher.«

»O ja, schön ...«

»Bekomme ich dann einen Kaffee, der nicht aus den Monokulturen ins Land gekommen ist, wo noch DDT gegen Schädlinge gespritzt wird?«

»Ja, klar.«

»Und Fladen aus grob geschrotetem Hafer?«

»Ja, ja.«

»Also gut. Bis dann.«

Unser Badezimmer sieht aus wie der Müllcontainer jener Fast-food-Kette, die uns die Bescherung eingebrockt hat. Gott sei Dank brauche ich nicht genauer hinzusehen, um zu wissen, was den Magen meines Jüngsten durcheinandergebracht hat.

Mitten in meine Bemühungen um Timos Wohlergehen, um den Zustand der Kleidung von Oma zwei und um die prophylaktische Versorgung von Oma eins – platzt Inger. Carolin hat ihr unglückseligerweise die Tür geöffnet und sie hereingelassen.

»Was ist denn hier los?«

»Mach deine Augen auf, dann merkst du es.«

Ich sehe nur noch tomatenrote Farbstoffe, Konservierungsmittel, Stabilisatoren und Geliermittel vor mir, die sich zwar vom Boden, von Timo und Oma zwei wegwischen lassen, aber nicht aus meinem biologischen, ungespritzten, naturbelassenen Pflichtbewußtsein. Wie soll man mit einem schlechten Gewissen wie meinem noch liebenswürdig zu seiner besten Freundin sein?

Die beiden Omas lassen sich ins Sofa sinken, nehmen Timo in die Mitte und blicken mich vorwurfsvoll an, derweil Inger unverzüglich begreift, daß ich auf freundlichere Gedanken gebracht werden muß.

»Nele!« jubiliert sie los. »Bevor du mir in aller Ausführlichkeit von eurer Reise erzählst, muß ich dir erst einmal sagen, wie toll ich es finde, daß du in den Beruf zurückgekehrt bist! So ganz unvermutet! Nachdem du doch jahrelang behauptet hast, es käme für dich noch lange, lange nicht in Frage! Und nun ... also wirklich ... einfach sensationell!«

Ich habe weder den Anblick noch den Geruch von Timos

Mageninhalt so weit abgeschüttelt, daß ich in Ingers Freudengeheul einstimmen kann. »Ich bin nicht in den Beruf zurückgekehrt«, knurre ich sie an. »Wer hat dir das überhaupt erzählt?«

»Edith!« Inger scheint der Meinung zu sein, man müsse mich nur lange genug anlächeln, um mir zu einer guten Laune zurückzuverhelfen. »Carolin hat Ediths Nachbarin berichtet, daß ihre Mutter jetzt wieder als Journalistin arbeitet. Sie scheint mächtig stolz auf dich zu sein, deine Älteste.«

Ich fühle mich von meiner Tochter verraten. »Carolin soll sich nicht so aufblasen«, brumme ich zurück. »Ich werde hin und wieder mal für die Redaktion arbeiten, um Philip zu unterstützen. Das ist schon alles. Von einer Rückkehr in den Beruf kann überhaupt keine Rede sein.«

Ingers Gesicht hat sein Leuchten verloren. »Mensch, Nele! Die moderne Frau ist nicht berufstätig, um ihren Mann zu unterstützen, sondern um sich selbst zu verwirklichen.« Sie wirft einen Blick auf die Uhr. »Ich muß los. Die Ausstellung eines Malers, der vom Kunstverein unterstützt werden soll ... Können die Kinder morgen bei dir essen?«

»Das tun sie doch mittwochs, donnerstags und freitags immer. Warum fragst du also?«

»Ich dachte ja nur ... wo du jetzt auch berufstätig ...«

»Schluß damit, Inger!«

»...und vielleicht nicht mehr soviel Zeit hast zu kochen ...«

»Die Zeit werde ich immer haben. Und wenn ich für sieben Leute kochen muß, werden leicht neun Personen satt.«

»Sag das nicht!« Inger steht bereits auf dem Treppenabsatz vor unserer Haustür. »Ich weiß schließlich, wovon ich rede. Als karrierebewußte Frau ...«

»Raus!«

Inger lacht, wie nur eine beste Freundin lacht, die die andere genau kennt. »Du solltest einmal über diesen Maler in deinem Blatt schreiben! Er macht tolle Sachen, wirklich! Soll ich ein Treffen vermitteln? Wenn du willst, mache ich gleich einen Termin für dich ab.«

»Untersteh dich.«

»Der Mann ist wirklich interessant, Nele. Außerdem soll er jung und attraktiv sein.«

»Was soll das nun wieder?«

Inger entfernt sich vorsichtshalber aus meiner Reichweite. »Kann doch nicht schaden, oder? Ich werde ihn fragen ...«

»Das wirst du nicht tun!« Ich ärgere mich über meine Stimme, die sich hysterisch überschlägt. »Wenn dieser Pinselquäler vor meiner Tür erscheint, werfe ich ihn eigenhändig die Treppe herunter!«

Und damit schmettere ich die Tür ins Schloß, ehe Inger noch auf die Idee kommt, mir ein Date mit einer Frauenrechtlerin zu vermitteln, deren Ideologie ich in *Glamour* verbreiten soll. Soviel mir Inger auch bedeutet – mit ihrem Dampfwalzen-Enthusiasmus macht sie mich wahnsinnig. Und ihre rhetorische Euphorie legt in mir regelmäßig eine Ungerechtigkeit und einen Zynismus frei, die mir unangenehm sind und für die ich Inger an den Haaren ziehen könnte.

Timos Magen hat sich wieder beruhigt, die Kleidung von Oma zwei ist getrocknet, und auch das sympathisierende Unwohlsein von Oma eins ist beigelegt. Ein Blick in Nicos Kinderzimmer hat gezeigt, daß sein Juckreiz sich nicht gesteigert hat, was hoffen läßt, daß er in wenigen Stunden völlig abgeklungen ist, und auch Carolin, der körperlich robuste, ansonsten überaus zartbesaitete Teenager, traut sich wieder aus ihrem Intimbereich in die familiäre Region des Hauses. Sie schnüffelt wie ein Spürhund an der Badezimmertür entlang, durch die Küche, durchs Wohnzimmer und stellt dann befriedigt fest, daß nichts mehr an die unliebsamen Vorkommnisse erinnert.

Ich nutze den zartknospenden Frieden und begebe mich ins Souterrain. »Kann ich den Computer haben?«

Philip brütet über einer Zeichnung und nickt nur. Man könnte meinen, er bemüht sich um diese akademische Versunkenheit, um von seiner Schläfrigkeit abzulenken. Aber natürlich würde es mir niemals einfallen, einen solchen Verdacht laut werden zu lassen.

Die Stille hüllt mich ein wie der Friede einen ungestörten Schlaf. Mein Traum führt mich von einer Bildschirmzeile zur nächsten, vom Empire State Building zur Freiheitsstatue und zurück zu Joseph und seinem Shrimps-Cocktail. Ich überdenke jede Formulierung, feile sie aus, murmle Satzketten vor mich hin, um mich ihres harmonischen Klangs und der gefälligen Rhythmik zu vergewissern, und fühle mich so zufrieden wie sonst nur beim Ernten besonders aromatischer Tomaten oder der erfolgreichen Behandlung an Blattläusen erkrankter Pflanzen durch Schmierseifenbrühe. Es geht eben nichts über das erbauliche Gefühl, etwas Wichtiges und Neuartiges zu tun!

Kurz bevor Philips Kopf aufs Reißbrett fällt, kann ich mit Fug und Recht behaupten, daß mein Reisebericht sowohl sachlich richtig als auch sprachlich überaus gelungen ist. Ich lasse Philip vernehmbar an meiner Freude teilhaben, so daß der sich augenblicklich wieder auf die Berechnung der bebauten Fläche seines Garagenhofes besinnt.

»Jetzt muß ich nur noch Alexander anrufen. Hoffentlich weiß er inzwischen, wie viele Spalten er zur Verfügung hat.«

Ich nehme einen gewaltigen konzentrierten Anlauf, ehe ich zu meiner Einleitung ansetze: »Frau Splettstößer? Hier ist Nele Hübner. Immer noch Zahnschmerzen?«

»Wie soll sich eine Zahnwurzelentzündung bessern, wenn sie nicht behandelt wird?« dringt es gequält an mein Ohr.

»Sie werden sich also zum Zahnarztbesuch entschließen müssen, Frau Splettschö ... Splettstößer. Auch wenn Herr Amelunx deswegen einen halben Tag auf Sie verzichten muß. Übrigens – ist er zu sprechen?«

»Er ist nicht in seinem Zimmer«, kommt es kurz angebunden zurück. Wahrscheinlich habe ich Frau Splettstößers Zahnwurzeln nicht die gebührende Aufmerksamkeit geschenkt. Aber zehn bis fünfzehn Minuten Krankheitsgeschichte pro Telefonat sind mir auf die Dauer einfach zu viel. Frau Splettstößer wird sich an eine verknappte Schilderung ihrer Beschwerden gewöhnen müssen. »Wann wird er zurückkommen?«

»Das weiß ich nicht«, entgegnet Frau Splettstößer in der genierlichen Art einer alten Jungfer.

Daraus schließe ich, daß Alexander sich dort aufhält, wo selbst der Kaiser zu Fuß hingeht. Eine schaurige Tatsache, die Alexander mehrmals täglich von dem Sockel herunterholt, auf den ihn seine Sekretärin gestellt hat. Daß sich der Körper eines verehrten Chefredakteurs im Prinzip nicht von dem eines garstigen Lustmolchs unterscheidet, gehört wahrscheinlich zu den großen Enttäuschungen ihres Lebens, vor denen sie sich dank der schicksalhaften Aufgeklärtheit der heutigen Frauengeneration nicht bewahren konnte.

»Würden Sie so freundlich sein, ihn zu bitten, mich anzurufen, wenn er zurück ist?«

Frau Splettstößer murmelt zwar etwas Zustimmendes, aber ich nehme mir vor, es in einer Viertelstunde noch einmal zu versuchen, falls Alexander sich nicht gemeldet hat. Sie ist imstande, den Anruf einer Dame, die dem Mann ihrer Träume gefährlich werden könnte, zu verschweigen.

»Nele?« erklingt es vom oberen Treppenabsatz.

»Ja, Mutter?«

»Neeele?«

»Ja, Margareth, was ist los?«

Meine Schwiegermutter legt großen Wert darauf, mit ihrem Vornamen angeredet zu werden, während meine Mutter die Gleichbehandlung, zu der ich mich entschlossen habe, mit Mißbilligung erträgt. Und die Abende, die Margareth in ihrer eigenen Wohnung zwei Häuser weiter verbringt, dienen ausschließlich dazu, sich über deren unangemessene Ansprüche zu empören.

Margareths Arthritis hat ihr das Treppensteigen und andere vermeidbare Aktivitäten gründlich verleidet. Seitdem verläßt sie sich auf ihr durchdringendes Organ mit den schrillen Dissonanzen der alten Frauen.

»Soll ich den Kaffee aufsetzen?«

»Ja, schön!«

»Oder möchtest du lieber Kräutertee?«

»Nein!« Noch nie habe ich am Nachmittag etwas anderes als Kaffee getrunken.

»Und Philip? Möchte der Tee oder Kaffee?«

»Kaffee!« brummt Margareths Sohn mit einem Blick zur Decke.

»Was hat er gesagt?«

»Er will auch Kaffee!« brülle ich zurück.

»Soll ich ihn also schon aufsetzen?«

»Nein, nein, ich mach' das schon. Ein paar Minuten noch, dann werde hochkommen.«

Die Vokabeln der Fremdsprache, in der Margareth mit mir spricht, sind mir nämlich mittlerweile bestens vertraut. ›Soll ich schon ...‹ heißt in Wirklichkei: ›Komm endlich und mach ...‹ Und wenn sie sich entschlossen hat, sich zum Treppenabsatz zu begeben, hat sie sich mit ›Franzis, meine Liebe‹ bereits ausführlich darüber verständigt, daß in diesem Hause die Kaffeezeiten immer seltener pünktlich eingehalten werden. Neuerdings vermutlich mit dem Zusatz: ›Aber Nele, das gute Kind, hat ja soviel am Halse. Nun auch noch die Arbeit für die Zeitung ...‹

Das laute Gepolter holt mich jäh in die rauhe Wirklichkeit zurück.

»Margareth!«

»Ich wollte nachschauen, wann du endlich kommst«, keucht meine Schwiegermutter und greift erst zum verrutschten Haarteil und dann zu ihrem arthritisgeplagten Knie.

Philip und ich nehmen sie in die Mitte und heben sie die Treppe hinauf, während das Telefon unaufhörlich schrillt. Alexander? Egal, ich werde gleich zurückrufen.

Kaum haben wir Oma zwei auf dem Sofa deponiert und uns vor ihr auf den Knien niedergelassen, um den möglichen Schaden in Augenschein zu nehmen, steht Carolin mit dem Telefon vor mir. »Für dich. Es ist Edith.«

»Hallo, Nele, du klingst so atemlos. Hat dich bereits die Doppelbelastung auf Trab gebracht?«

»Quatsch! Meine Schwiegermutter! Sie ist auf der Treppe gestürzt.«

»Schlimm?«

»Ich glaube nicht, aber bei einer alten Frau weiß man nie.«

Der entrüstete Blick, mit dem Margareth mich bedenkt, zeigt mir, daß ich mir keine allzu großen Sorgen zu machen brauche. Abgesehen von einem Haarteil hat sich keine ihrer Prioritäten verschoben. »Wir werden das Knie erst einmal kühlen. Wahrscheinlich ist in ein paar Stunden alles wieder in Ordnung.«

»Ich komme vorbei, wenn es nicht besser wird«, sagt Edith, die Krankenschwester, zu meiner Erleichterung. »Allerdings muß ich zunächst die Kinder vom Schwimmen abholen und dann in die Spätschicht.«

Im Klartext: keine Zeit für Omas Knie!

»Aber du kannst mich im Krankenhaus anrufen, wenn du dir Sorgen machst.«

Sehr beruhigend!

»Und morgen früh komme ich auf dem Rückweg vom Krankenhaus auf jeden Fall vorbei, okay?«

Ich kenne Ediths müdes Gesicht, wenn sie heimkehrt, und weiß, daß sie dann gerade zwei Stunden Zeit hat, um etwas Schlaf nachzuholen, bevor sie ihren Kindern das Frühstück macht. »Laß nur, Edith, wenn es morgen früh nicht besser ist, fahre ich mit meiner Schwiegermutter zum Arzt. Vielen Dank für dein Angebot.«

»Alles klar«, entgegnet Edith erleichtert. »Eigentlich wollte ich auch nur …«

»Mir gratulieren zu meiner Berufstätigkeit? Vielen Dank, Edith, du bist nicht die erste. Wenn die Sache mit Margareths Knie überstanden ist, werde ich eine Torte backen und Inger und dich zu einer Grundsatzdiskussion einladen. Ihr habt nämlich beide einen Vogel!«

Ehe Edith diesen massiven Vorwurf herunterschlucken und zu einer Entgegnung ansetzen kann, beende ich das Gespräch. Angesichts der Schwellung, die sich unter Margareths Kniescheibe andeutet, bin ich einfach nicht in der Lage, Edith in höflicher Ausführlichkeit darzulegen, was ich von meiner angeblichen sozialen Unabhängigkeit – oder wie sich das, was ich tu', im Sprachgebrauch der Feministinnen anhören mag – halte.

»Alte Frau!« wiederholt Margareth empört. Ich sehe ihr

an, daß sie mein Angebot, in der folgenden Nacht im Gästezimmer zu schlafen, nur widerstrebend annimmt.

Alexander ruft an, noch bevor Oma zwei die schwer heruntergewürgte ›alte Frau‹ verdaut hat. »Was macht der Reisebericht?«

»Er steht. Wieviel Platz bekommt er?«

»Das ist noch nicht sicher. Am besten, du lieferst ihn auf Diskette. Dann kann ich erforderliche Kürzungen selbst vornehmen, auch kurzfristig.«

»Okay.« Besorgt beobachte ich, wie Philip Margareths Bein hochbettet, und muß mich sehr beherrschen, den Hörer nicht aus der Hand zu legen, um mit anfassen zu können.

»Läßt die Planung deines morgigen Hausfrauentages es zu, einem Besuch deines Chefredakteurs zuzustimmen?«

»Klar.«

Margareth schwankt sichtlich zwischen deutlich zur Schau getragenem Leiden, das ihr die ungeteilte Aufmerksamkeit der kompletten Familie über Stunden sichern wird, und alterslosem Optimismus, der meine unfreundliche Bemerkung ein für allemal ad absurdum führt.

»Ich werde bei dieser Gelegenheit den Reisebericht plus Diskette abholen und dir *Das verräterische Alibi* zur Rezension mitbringen.«

»Was für ein Alibi? Wieso Alibi?«

Philip und Franziska beugen sich über Margareths Knie, so daß ich Mühe habe, zwischen ihnen hindurch einen Blick auf die Schwellung zu erhaschen, von der ich glaube, daß sie sich verstärkt hat.

»Der Krimi von dem Finanzbeamten!«

»Ach so, ja. In Ordnung, bring ihn mit.«

»Weißt du eigentlich, daß du eine Sonderbehandlung bekommst, die bisher noch keinem freien Mitarbeiter widerfahren ist?«

»Ja, natürlich, Alexander. Das ist wirklich nett von dir. Aber vergiß nicht, daß du es selbst angeboten hast.«

Alexander seufzt. »Trotzdem würde ich mir etwas mehr Dankbarkeit wünschen. Oder wenigstens ... ein bißchen freudige Erregung beim Gedanken daran, einen Fladen aus grob geschrotetem Hafer Seite an Seite mit mir zu genießen.«

»Tut's auch selbstgebackenes Kürbiskernbrot mit frischem Pflaumenmus?«

»Meinetwegen. Aber warum bist du eigentlich so kurz angebunden?«

»Bin ich das?« Es muß wirklich nicht sein, daß Alexander wieder bestätigt wird in seiner Meinung über weibliche Kümmerer und mit meiner Sorge um Oma zwei einen weiteren Grund geliefert bekommt, sich über die Ausbeutung einer Familienfrau lustig zu machen. »Es ist nur ... Margareth ist gerade gestürzt.«

»Lieber Himmel! Muß ich jetzt etwa die Rezension selber machen? Und auf das Pflaumenmus verzichten?«

»Nein, es ist ja nichts Schlimmes. Nur eine kleine Delle am Knie. Praktisch bedeutungslos ...«

Oma zwei, die sich soeben mit geschlossenen Augen zum Leiden entschlossen hat, fährt in die Höhe. Anscheinend trifft diese Verharmlosung ihres Zustandes sie noch mehr als die Degradierung zur alten Frau. Theatralisch läßt sie sich hintenüber sinken und will uns weismachen, eine Ohnmacht hätte ihr die Sinne geraubt.

»...Aber man muß sich natürlich um sie kümmern. Du weißt, eine alte Frau ...« Himmel, jetzt bin ich ja völlig konfus! Wie rette ich die Liebe meiner Schwiegermutter gleichzeitig mit der Wertschätzung meines Chefredakteurs aufs sichere Land? »Morgen wird alles wieder in Ordnung sein«, beschließe ich kurz und bündig.

»Vorausgesetzt, deine Tochter erleidet beim Aufstehen keinen Bänderriß und keiner deiner Söhne fällt beim Zähneputzen ins Waschbecken.«

»Dein Zynismus ist abscheulich.«

Alexander lacht so anhaltend, daß ich versucht bin, ihn zum Schweigen zu bringen, indem ich einfach den Hörer auflege. Als ahnte er es, schluckt er seine Heiterkeit glucksend herunter und erinnert mich an die Fotos, die ich ihm in Aussicht gestellt habe. »Ihr habt doch Bilder fürs Familienalbum geschossen? Wenn es auch keine professionellen Aufnahmen sind – einige sind hoffentlich trotzdem zu verwenden. Was glaubst du?«

»Sicherlich. Philip hat ja eine sehr gute Kamera.« Ich sehe hektisch zur Uhr. Die Entwicklung der New-York-Bilder habe ich total vergessen!

»Es geht vor allem um die Fotos der Hotels und Restaurants, die du getestet hast.«

»Die sind bestimmt zu verwenden.«

»Wenn nicht, muß ich im Archiv nachsehen oder die passenden Motive bei einer Fotoagentur bestellen.«

»Ich fahre gleich los und hole sie ab.«

»Und wer hält Omas Hand?«

»Noch ein Wort, Alexander, und du kannst dir morgen das Pflaumenmus aus den Haaren waschen!«

Margareth versucht, mich zu ignorieren, während ich ihr eine Kompresse aufs Knie lege.

»Tut das gut?«

Sie stellt sich wieder bewußtlos, nachdem sie demonstrativ nach Philips Hand gegriffen hat, der gerade begann, den Rückzug anzutreten.

Bevor ich mich um die nächste Kompresse kümmere, wähle ich Ingers Nummer. Amadeus ist am Apparat. »Ist deine Mutter noch auf der Ausstellung?«

»Ja«, kommt es gelangweilt zurück. »Ich soll sagen, die Nummer der Galerie ist 7 15 48.«

»Sie ist dort zu erreichen?« frage ich verblüfft zurück.

»Ja. Hat sie gesagt. Irgendein wichtiger Typ will heute anrufen.«

Ich beschließe kurzerhand, auch ein wichtiger Typ zu sein, und wähle die Nummer, die Amadeus mir diktiert hat. Die Dame, die den Hörer abgenommen hat, begibt sich, ohne lange nachzufragen, auf die Suche nach Inger. Es dauert nicht lange, und aus dem undurchdringlichen Gesprächsrauschen spitzt sich Ingers Stimme zu, die sich mehrmals bei einer Frau namens Margo bedankt und sich schließlich ausgiebig räuspert, ehe sie zum Hörer greift.

»Hallo.« Ihre Stimme ist mindestens eine Oktave tiefer als gewöhnlich.

»Du erwartest den Anruf eines Mannes, stimmt's?«
»Nele!« ruft Inger in der bekannten hellen Tonlage. »Du?«
»Kannst du mir bitte einen Gefallen tun?«
Inger antwortet nicht. Wahrscheinlich kann sie vor Überraschung nur nicken, weil es noch nie vorgekommen ist, daß ich, die Nur-Hausfrau, die Hilfe einer doppelbelasteten Karrierefrau in Anspruch nehme. Aber genickt hat sie, da bin ich mir sicher.
»Wenn du nach Hause fährst, kommst du doch an dem Foto-Atelier vorbei? Ich brauche unbedingt heute noch die New-York-Fotos. Alexander holt sie morgen ab, zusammen mit dem Reisebericht. Ich wollte ja selbst ... aber nun ist Margareth gestürzt, und ich muß mich um sie kümmern. Tust du mir den Gefallen?«
Inger hat sich von ihrer Verblüffung erholt. »Ist doch klar!« Solidarität unter berufstätigen Frauen ist für Inger nicht nur Ehrensache, sondern in meinem Fall sogar das reinste Vergnügen. »Jetzt siehst du, wie es einem ergeht, wenn man mehrere Tätigkeiten unter einen Hut bringen muß! Übrigens ... der Maler steht in meiner Nähe. Willst du nicht doch mit ihm reden? Ein Künstler-Porträt in *Glamour* wäre doch nicht schlecht.«
»Ich habe dir doch schon gesagt ...«
»Sprich einmal mit Amelunx darüber! Ihm muß doch am künstlerischen Anspruch des Blattes gelegen sein. – Karel!!!«
Ich lege auf, ehe Karel, der Pinselquäler, mich davon überzeugen kann, daß seine Werke und sein Name der dringenden Verbreitung bedürfen.

12.

Inger steht wie versprochen mit den New-York-Fotos vor der Tür. Ich betrachte sie aufmerksam. »Ärger gehabt? Oder wieder die Kopfschmerzen?«
Inger winkt ärgerlich ab, während sie sorgsam nach allen Seiten sichert. Sie würde niemals zulassen, daß ein anderer

als ich etwas über die angekratzten Seiten ihrer Perfektion erführe. Wahrscheinlich hat nicht einmal Louis eine Ahnung davon, wann seine Frau nicht ganz auf dem Posten, kurz vor einem Nervenzusammenbruch ist oder auch nur ihre Tage hat. Ehemänner sollen sich bloß nicht einbilden, daß sie genausoviel oder gar mehr von dem Vertrauen ihrer Frauen besitzen als deren beste Freundin! »Nein, nein, alles okay! Ich habe nur eine Menge am Hals. Dieser Typ, mit dem ich heute nachmittag in der Galerie verabredet war, ist nicht gekommen. Ein Mäzen, den ich für den Kunstverein gewinnen will. Hat eine Menge Kohle, die er leidenschaftlich gern an hungernde Künstler verteilt – vorausgesetzt, sie sind genauso homosexuell wie er.«

Ich erschrecke. »Das ist ja Kuppelei.«

»Keine Angst, ich werde dafür sorgen, daß jeder Künstler, der sich um sein Protektorat bemüht, weiß, worauf er sich einläßt.« Inger steht schon wieder mit einem Bein auf der Straße. »Er hat auf der Autobahn in einem Stau festgesessen. Nun werde ich ihn in zwei Stunden im Hotel Drosselbart aufsuchen müssen, um sein Geld lockerzumachen. Das Dumme ist nur, daß ich gar nicht genau weiß, wie ich das anstellen soll. Weibliche Verführungskünste sind jedenfalls völlig fehl am Platze, wie du dir denken kannst. Ich werde mich auf sachliche Argumente beschränken müssen. Na, wenn das nur gutgeht ...« An der Fahrbahnkante dreht sie sich noch einmal um. »Ich bringe jetzt die Jungen im Eiltempo ins Bett und schärfe beiden ein, keinen Mucks mehr von sich zu geben. Ist es in Ordnung, wenn ich ihnen deine Telefonnummer auf den Nachttisch lege? Falls irgendwas sein sollte?«

»Ja, natürlich. Ist Louis nicht zu Hause?«

»Mal wieder auf Geschäftsreise! Das ist er in letzter Zeit reichlich oft.«

Ich habe gerade die Kompresse auf Margareths Knie erneuert, als das Telefon geht. Die Stimme am anderen Ende kann ich erst nach einer Reihe von schluchzend hervorgestoßenen Verwünschungen identifizieren. »Was ist passiert, Inger? Ist was mit den Kindern?«

»Dieses Schwein!« kommt es zurück. »Dieses Schwein!«

Daß es sich dabei weder um Romanus noch um Amadeus handeln kann, liegt auf der Hand. Aber aus Ingers Versuchen, Einzelheiten zu schildern, werde ich nicht schlau. »Ich glaube, das Beste ist, ich komme mal eben rüber.«

Ich schnappe mir den Zweitschlüssel zu Ingers Haus, der ständig bei uns deponiert ist, und stehe Minuten später vor einer völlig verheulten Inger, die gerade dabei ist, eine Flasche Cognac für die Sünden der Männer herhalten zu lassen. Wütend würgt sie ihr den Verschluß ab und schnappt sie sich, als wollte sie die Flasche an die Wand werfen. Dann zwingt sie ihr ein Glas ab und knallt sie zurück auf den Tisch. Wie gut, daß eine Cognacflasche aus der Champagne von solider Qualität ist. Inger kippt das edle Erzeugnis von Monsieur Martin in sich rein, als sollte sie damit vergewaltigt werden. Wie viele dieser Vergewaltigungen mag es heute abend schon gegeben haben?

Ich nehme ihr erst die Flasche und dann das Glas weg. »Wo steht der Yogi-Tee, den ich dir neulich mitgebracht habe?«

»Dieses Schwein!« sagt Inger.

Ehe ich mich in der Küche auf die Suche mache, setze ich das Wasser auf. Schon im dritten Schrankfach finde ich den Yogi-Tee, von dessen beruhigender Wirkung ich überzeugt bin. Deswegen habe ich ihn Inger ja auch empfohlen. Jeden Mittag, wenn sie ausgepumpt aus der Schule zurückkommt … Aber natürlich ist die Packung noch originalverschlossen.

Während ich den Tee aufgieße, verkündet Inger noch mindestens siebenmal, daß die Männer allesamt Schweine sind und der eine ganz besonders. Als der Yogi-Tee fertig ist, habe ich selbst ein Glas zur Beruhigung nötig. »Inger, jetzt mal ganz langsam und ganz von vorne. Was ist passiert? War der Typ, den du im Drosselbart getroffen hast, doch nicht so homosexuell, wie du angenommen hast? Hat es Probleme mit ihm gegeben?«

Inger sieht mich an mit diesem fremden Blick, der aus einem vertrauten Menschen einen Idioten macht, nur weil er zuviel getrunken hat. »Dieses Schwein«, wiederholt sie und hat nun schon Schwierigkeiten, die Zischlaute über ihre Zunge zu pressen. »Und dann mit so einer Tussi! Jung und blond. Blöd und scharf. Mit dickem Hintern und noch dickeren Titten.«

Ich bin ziemlich konsterniert. So habe ich Inger noch nie reden hören. Sie gehört doch zu den Menschen, die sonst Wert darauf legen, ohne Unflätigkeiten auszukommen! Auch ihre Stimme, die gewöhnlich hell und klar ist, hat erheblich an Tiefe zugenommen. So, als wäre sie kurz vorm Ertrinken, gurgelt ihre Sprache mühsam über die Zunge, die doppelt so dick zu sein scheint wie sonst. Jedenfalls ist sie Inger ständig im Weg und verhindert eine einigermaßen verständliche Ausdrucksweise.

Ich halte ihr den Yogi-Tee hin. »Wenn dich die Mitglieder des Kunstvereins hörten, wärst du glatt den Posten der Vorsitzenden los«, versuche ich zu scherzen.

Aber Inger ist schon zu beschwipst, um sich für meinen faulen Witz zu erwärmen. Sie kippt den Yogi-Tee herunter wie kurz zuvor noch den Cognac und setzt die Tasse dann neben den Unterteller. Mit finsterem Blick ergänzt sie: »Und ein Mini bis zur Schambehaarung.«

Nun langt's mir allmählich. »Was interessiert dich dieser reiche Schwule? Der Kunstverein wird dir nicht gleich den Vorsitz aberkennen, nur weil es dir nicht gelungen ist, diesen Geldgeber an Land zu ziehen. Zum Kuckuck, vergiß ihn doch einfach! Warum machst du ein solches Theater um diese Schwuchtel?«

Inger sieht mich an, als hätte sie in diesem Augenblick ganz neue Grundzüge meines Charakters entdeckt. »Na, hör mal! Wie sprichst du denn von Louis?«

»Louis?« Jetzt glotze ich wahrscheinlich genauso dußlig wie meine angetrunkene Freundin. Und das nach einem halben Becher Yogi-Tee! »Wieso Louis? Sag mal, bist du total besoffen? Louis ist doch auf Geschäftsreise.«

»Von wegen Geschäftsreise! Möchte wissen, wie oft sie schon so geendet haben, seine Geschäftsreisen. Im nächstbesten Hotel! Ha! Damit hatte mein sauberer Ehemann natürlich nicht gerechnet, daß ich … daß ich im Drosselbart auftauche. Erzählt mir was von Geschäftsreisen, das Schwein. Aber in Wirklichkeit … in Wirklichkeit hat er so ein knackiges Betthäschen im Schlepp.«

Der Vorwurf mangelnder Objektivität und gänzlich fehlender Fairneß, zu dem ich gerade ansetzen will, bleibt mir im Halse stecken. Endlich habe auch ich begriffen, was geschehen ist. »Du hast Louis getroffen? Jetzt erzähl mal in chronologischer Reihenfolge! Und ein bißchen verständlicher bitte!«

Inger versammelt ihre gesamte Theatralik. »Also … ich fahre in die Tiefgarage des Hotels. Und während ich nach einem Parkplatz suche, sehe ich plötzlich Louis' Auto.« Sie macht eine heftige Handbewegung, der ein kleiner Porzellanhase zum Opfer fällt, der auf dem kleinen Beistelltisch gestanden hatte. Inger betrachtet erstaunt die drei kleinen Scherben, die nun neben dem Sofa liegen. »Nanu? Ostern ist doch schon ein paar Wochen vorbei!« Als sei sie befriedigt, daß auf diese Weise die längst überflüssige Dekoration weggeräumt worden ist, fährt sie fort. »Erst denk' ich, ich hab' mich geirrt. Schließlich weiß ich doch, daß Louis auf Geschäftsreise ist. Aber der Wagentyp stimmt, die Nummer stimmt … Also muß es Louis sein.« Inger sieht mich an wie die Hauptdarstellerin eines Thrillers, in deren rachegefüllten Gedanken soeben ein Mordplan heranreift. »Und dann springt diese Tussi raus. Ich hör' sie kichern, und dann … was glaubst du, was Louis dann tut?«

»Nun sag schon!«

»Er – Louis – mein Mann faßt dieser Tussi an den Hintern. Was sagst du nun?«

Mir fehlen die Worte, was Inger nicht weiter zu verwundern scheint. »Er läßt seine Hand sogar drauf liegen. So gehen die beiden zum Aufzug. Und ich sitze da und glotze nur blöde.« Inger schüttelt den Kopf, als frage sie sich, ob das, was sie in Erinnerung hat, wirklich geschehen ist. »Ich …«, sie pikt einen ihrer langen, knallroten Fingernägel an ihre Brust, »… ich bin Louis treu. Ich …« Sie wird sich noch die Brustwarzen zerkratzen, wenn sie so weiter macht! »Ich verkneife mir jeden Flirt. Könnte ja auch mal mit 'nem andern Mann … Tu' ich aber nicht! Und er … er geht einfach hin und nimmt sich so ein hirnloses Pflänzchen. Schwupps, liegt er mit ihr im Bett. Und ich darf mir hinterher anhören, wie anstrengend die Tagung war.« Inger erhebt sich schwankend. »Ich rufe ihn jetzt im Hotel Drosselbart an. Und ich hoffe, ich platze mitten ins Vorspiel!«

»Laß mich das machen!« Ich drücke Inger in ihren Sessel zurück. Das fehlte noch, daß aus meiner Freundin Inger eine lallende Ehefrau wird, die die Rivalin mit Zoten beschimpft und den Ehemann am Ende zwingt, der Geliebten ritterlich zur Seite zu stehen. Obwohl er das vielleicht gar nicht will!

»Hotel Drosselbart? Verbinden Sie mich bitte mit dem Zimmer von Louis Denz.«

Der Portier muß mir mehrmals versichern, daß ein Gast dieses Namens in seinem Hause nicht bekannt sei, ehe ich es glauben und den Hörer auf die Gabel legen kann. »Wahrscheinlich sind sie unter dem Namen der Frau abgestiegen.«

»Dann frag ihn doch mal nach einer Manta-Braut. Davon gibt's im Drosselbart bestimmt nur eine.«

Ich lasse mich hilflos an Ingers Seite sinken. Mein Wunsch, Louis' Ehebruch vielleicht noch rechtzeitig zu verhindern, indem ich ihn schleunigst aus seinem Lotterbett jage, ist übermächtig. Und das, obwohl mir mein Verstand sagt, daß ich damit gar nichts oder nur Geringfügiges ändern würde. Aber ich möchte so gerne mehr für Inger tun, als hier zu sitzen und ihre Hand zu halten. »Komm, heul dich aus, bevor er zurückkommt. Meine Bluse ist pflegeleicht und sowieso nicht die beste. Wenn Louis morgen wieder in der Tür steht, müssen Tränen und Eifersuchtsanfälle bereits erledigt sein, hörst du? Das beste, was einer Ehefrau in einer solchen Situation zu Gesicht steht, ist kalte Wut.«

Inger nickt und läßt sich gehorsam an meine Brust sinken. »Wenn es wenigstens ein bißchen origineller gewesen wäre!« beginnt sie zu jammern. »Muß es denn das dumme Klischee sein? Ist das Leben wirklich so wie in diesem blöden Fortsetzungsroman, den deine Mutter so gerne liest? *Und immer siegt die Liebe* … So 'n Schwachsinn! Tut sie doch gar nicht! Ich kann mich noch erinnern, wie deprimiert Franziska war.« Sie beginnt zu kichern und schafft es nun, da ihre Erregung sich von Louis abgewandt hat, komplette Sätze ohne Silbenbrei und Zischlautsalat zu formulieren. »Da hatte doch der hochherrschaftliche Herr von Hochgrebe seine Gattin Sybille mit einem dümmlichen blonden Gift betrogen.« Inger kichert, weil sie sich an ihrer gelungenen Formulierung erfreut, und taucht aus meiner Bluse auf. »Frag deine Mutter doch mal, wie Sybille von Hochgrebe sich in dieser Situation verhalten hat. Vielleicht kann ich ja von ihr lernen.«

»Sie hat ihrem Mann hochherzig verziehen«, erwidere ich ganz automatisch und bin im selben Moment heilfroh, daß Inger für jede Scharfsinnigkeit viel zu beschwipst ist.

»Kommt nicht in Frage!« erklärt Inger und macht es sich wieder an meiner Brust bequem. Ein paar Sekunden später beweist sie, daß ihr Geist doch noch flinker ist, als ich vermutet hatte. »Es sei denn«, grinst sie, »der Mann geht aus dem ganzen Debakel mit einem schlechten Gewissen hervor. Und das muß für den Rest der Ehe anhalten. Es gibt nämlich keinen besseren Ehemann als einen, der ein schlechtes Gewissen hat.«

Das Telefon läutet bereits zum fünften Mal, als auch Inger es endlich zur Kenntnis nimmt. Wieder versucht sie, sich zu erheben, aber wieder komme ich ihr zuvor. »Ich geh' dran, bevor die Kinder aufwachen. Aber ich werde jeden abwimmeln, der etwas von dir will.«

»Nele?« kommt es gedehnt aus dem Hörer. »Ist bei Inger und den Kindern etwas nicht in Ordnung?« Louis, der Ehemann mit dem schlechten Gewissen, schickt ein gönnerhaftes Kichern durch die Leitung. »Oder macht ihr beiden euch einen netten Abend ohne eure Männer? Hoffentlich plündert ihr nicht meinen Weinkeller, ihr beiden Schlingel!«

In mir steigt die Wut hoch, die eine Frau zu jeder Gemeinheit fähig macht. »Wie geht's denn so, Louis? Wie läuft die Tagung?«

Louis, der ahnungslose Ehemann, läßt ein bühnengerechtes Seufzen vernehmen. »Schrecklich strapaziös! Erst in diesem Augenblick ist eine Podiumsdiskussion zu Ende gegangen. Ich bin völlig erledigt, sage ich dir. Ich glaube, ich werde jetzt sofort ins Bett gehen ...«

»Und ich glaube, daß du schon eine ganze Weile drin liegst!« platzt es aus mir heraus. »Ich sage dir nur eins, Louis ... beweg deinen Hintern wieder aus diesem Bett heraus, und zwar sofort. Gib der blonden Tussi einen Klaps auf ihre dicken Flanken, wie man das bei Pferden nach einem guten Ritt tut. Und wenn du den noch nicht hattest, tut's mir leid. Nun ist es jedenfalls zu spät dafür. Du wirst dich jetzt nämlich erheben, dich anziehen, der blonden Tussi sagen, daß sie sich zum Teufel scheren soll, und das Hotelzimmer bezahlen. Und dann kommst du auf der Stelle zu Inger nach Hause, wo du hingehörst. Hast du das kapiert?«

Und Louis, der fassungslose Ehemann, sagt tatsächlich »Ja!«, statt mich, wie ich es befürchtet habe, zu fragen, was mich das Ganze eigentlich angeht.

Inger sitzt mit offenem Munde da. »Er kommt?« Ohne meine Antwort abzuwarten, springt sie auf und stürzt aus dem Zimmer.

Ich stürze ihr nach. »Was ist los? Ist dir schlecht?«

Inger steht vor dem Badezimmerspiegel und ist im Begriff, ein weiteres Mal in Tränen auszubrechen. »Wie sehe ich aus? Völlig verheult! Warum sagt mir denn keiner, daß meine Wimperntusche verschmiert ist? Ich muß mich erst mal restaurieren, ehe Louis hier auftaucht.«

Ich starre verständnislos in ihr spiegelverkehrtes Gesicht. »Warum?«

Inger greift schon zu ihren Wattepads. »Ich habe die dicke blonde Tussi schließlich gesehen. Verheult sah die jedenfalls nicht aus!«

»Möglicherweise ist sie's mittlerweile. Nachdem Louis sie aus dem Bett gejagt hat.«

»Vielleicht gehört sie aber auch zu den ganz Coolen. Dann reibt sie sich jetzt die Händchen. Weil sie nämlich hofft, daß dieser Ehekrach Louis den Rest geben wird. Vielleicht hat er ihr den unverstandenen Ehemann vorgespielt. Dann macht sie sich jetzt womöglich Hoffnungen. Sie glaubt, mit unserer Ehe ist es aus ...« Mit ihrer großen Geste fegt sie einen Zahnputzbecher vom Regal, ohne es zu bemerken. »Aus, aus, aus ... Und jetzt denkt sie wohl, diese Tussi, sie heißt demnächst Frau Denz. Eine ganz schöne Karriere, sage ich dir. Erst blöde Tussi, und dann blöde Frau Denz ...«

Ich lasse mich auf den Toilettendeckel sinken. »Du glaubst doch nicht im Ernst, daß so ein junges Ding Louis als Ehemann haben will?«

»Warum nicht?« fragt Inger zurück, während sie die hektische Röte ihres Teints mit einem mattierenden Fluid bedeckt. Es ist erstaunlich, wie flott ihr diese Tätigkeit von der zitternden Hand geht. »Er ist doch noch verdammt attraktiv für sein Alter.«

Diese Antwort wundert mich, tröstet mich aber auch ein wenig. Wenn Inger wirklich dieser Ansicht ist, scheint ihr noch eine Menge an Louis zu liegen. »Hör auf, dich zu schminken«, sage ich und nehme ihr den Lippenstift aus der Hand, den sie gerade ansetzen will. »Warum soll Louis nichts von deinen Gefühlen wissen? Von deinen Tränen, von deinen Ängsten und deinen Verletzungen? Und da wir schon mal dabei sind ... warum soll er nicht auch endlich etwas von deinen Kopfschmerzen erfahren? Und von der Schlaflosigkeit? Von deiner Nervosität?«

»Damit er mich für überfordert hält?« kommt es prompt zurück. »Und mir meinen Beruf ausredet? Und meine Hobbys? Und meine Ehrenämter?« Sie holt sich den Lippenstift zurück und fährt entschlossen über die Ober- und dann über die Unterlippe. »Nein, meine Liebe! Louis weiß, daß ich alles im Griff habe, und dabei soll es bleiben.«

»Auch, wenn er der nächsten blonden Tussi begegnet, die ihm das schwache Weibchen vorspielt?«

Inger läßt den Lippenstift sinken. »Du meinst, das ist es, was ihn angezogen hat?«

Ich zucke die Schultern. »Möglich ist es jedenfalls.«

Inger beginnt ohne Übergang zu toben. »Eine Schweinerei ist das! Eine Ungerechtigkeit! Was will dieser Kerl eigentlich? Einerseits bin ich für alles zuständig. Schön selbständig! Schön emanzipiert! Ist ja so bequem! Und dann will er das anlehnungsbedürftige Weibchen? Damit er selber größer, stärker und wichtiger wird? Kommt er also mit einer einzigen Frau nicht mehr aus?«

Ich lasse Inger zetern und wüten, das Leben im allgemeinen, ihres im besonderen und erst recht das ihres Mannes verwünschen und sie immer wieder fragen und fragen und fragen ... bis sich ein Schlüssel im Schloß dreht.

Inger bemerkt es nicht. Sie stellt gerade der Cognacflasche, die sie auf Armeslänge von sich hält, die bedeutungsschwere Frage: »Warum habe ich diesen Kerl noch nicht zum Teufel gejagt?«, als Louis in der Tür erscheint. »Soll ich ihn rauswerfen? Noch heute nacht?«

Dramaturgisch sehr gelungen, kann ich nur sagen. Louis' angsterfülltes Gesicht spricht Bände.

Ich erhebe mich, um die beiden ihrer Aussprache zu überlassen. Aber Inger hält mich zurück. »Du bleibst! Ich nehme dich zum Zeugen für das, was Louis mir jetzt auftischen wird.«

Ich wehre mich mit Bitten und Flehen, aber Inger besteht darauf. »Sag es mir vor Nele ins Gesicht, Louis! Sag mir, warum du mich betrogen hast, du Schwein!«

Louis läßt sich aufs Sofa sinken. »Was heißt schon betrügen ...?«

»Was das heißt?« brüllt Inger. »Das heißt, daß du mit einer anderen Frau ... was sage ich? Andere Frau? Das heißt, daß du mit einer blöden, blonden Tussi bumst, während du mir erzählst ...«

Louis steht bereits wieder neben dem Sofa. »In dieser Art lasse ich nicht mit mir reden. Dein Vokabular ist ausgesprochen vulgär.«

»Willst du mir weismachen, daß die Manta-Braut mit dem dicken Hintern eine gepflegtere Ausdrucksweise hat als ich?«

»Ganz ruhig, Inger«, versuche ich zu beschwichtigen. Mit dieser Schimpfkanonade wird sie nur vom eigentlichen Problem ablenken und Louis Munition zur Verfügung stellen, mit der er zurückschießen kann.

Prompt verbittet sich ihr Mann diesen Ton und hält ihr vor, ganz und gar unsachlich in die Diskussion einzusteigen. »Aber so ist das ja immer mit dir.«

»Immer?« Inger unternimmt den Versuch, sich vor lauter Empörung zu häuten. »Immer? Wann hatten wir denn das letztemal eine Diskussion? Wann reden wir überhaupt noch miteinander?«

»Du bist ja nie da!« brüllt Louis zurück. Und dann fährt ein Wortschwall auf Inger nieder, in dem ihr Satz für Satz vorgehalten wird, daß ein Mann wie Louis gar nicht anders kann, als sich nach einer Geliebten umzusehen. Denn Inger habe ja viel zuwenig Zeit für ihn. Sie habe nur ihren Beruf im Kopf. Und ihr soziales und künstlerisches Engagement. Und dann kämen erst noch der Haushalt und die Kinder, ehe seine Frau sich endlich auch einmal um ihren Ehemann kümmere. »Aber wenn ich zu guter Letzt Platz auf deiner Tagesordnung habe«, ergänzt Louis gekränkt, »ist der Tag bereits vorbei.« Er kommt mir jetzt vor wie ein erwachsener Sohn, der seiner Mutter sämtliche Versäumnisse seiner Kindheit vorhält. »Um mich kümmert sich nie jemand. Nie!«

»Um mich vielleicht?« Ich halte Inger fest, damit sie sich nicht auf den ihr Angetrauten stürzt, um ihm das Gesicht zu zerkratzen.

Louis plumpst wieder ins Sofa zurück, aber nur deswegen, weil er im Zurückweichen ins Stolpern geraten ist und das Gleichgewicht verloren hat. Ängstlich sieht er zu Inger hoch, die Anstalten macht, sich über ihn zu werfen. Seine Position ist so schwach, daß er sie unbedingt stärken muß. »Woher weißt du überhaupt, daß ich im Drosselbart war?« fährt er Inger an. »Spionierst du mir etwa nach?« Er schlägt die Beine übereinander, verschränkt die Arme vor der Brust und gibt sich jetzt ganz ruhig und überlegen. »So ist das also! Du hast kein Vertrauen zu mir. Schleichst mir hinterher, um mich bei irgendeinem Vergehen zu ertappen. Dafür hast du Zeit? Erstaunlich! Wenn ich dich mal bitte, mir meinen Lieblingswein aus der Provence zu bestellen, heißt es immer, dazu sei keine Zeit.«

»Mir langt's!« kreischt Inger. »Raus mit dir! Du verschwindest augenblicklich!«

»Ich denke gar nicht daran«, schreit Louis zurück. »Dies ist mein Haus.«

»Unser Haus!«

»Schrecklich, deine schrille Stimme! Willst du, daß die Kinder aufwachen und dich hören? Sollen sie ihre Mutter wirklich so erleben? Hysterisch und betrunken?«

Das ist mein Stichwort. »Ich sehe mal nach den beiden.«

Vielleicht sind sie von dem heftigen Streit geweckt worden und trauen sich nun vor lauter Angst nicht ins Wohnzimmer. Dann wird es gut sein, wenn sich jemand um sie kümmert, sie tröstet und ihnen klarmacht, daß sich ein Ehestreit viel schlimmer anhört, als er gewöhnlich ist.

Aber in den Kinderzimmern herrscht Ruhe. Romanus und Amadeus schlafen. Ich schleiche wieder die Treppe herunter, lausche noch einen Augenblick auf die Stimmen, die merklich an Kraft verlieren und wohl bald die Sanftmut der Erschöpfung annehmen werden. Leise öffne ich die Haustür und ziehe sie vorsichtig ins Schloß. Nichts wie weg hier! Ein Ehestreit ist etwas für zwei Menschen. Jeder dritte kann das Gleichgewicht der Auseinandersetzung gefährlich zur einen oder anderen Seite verlagern. Aber die Messung der Kräfte darf nur aus dem Gewicht der Argumente entstehen. Inger und Louis sind sich ebenbürtig, ihre Energien einander ähnlich. Sie brauchen kein Korrektiv und keine Zeugen. Und erst recht keinen Schiedsrichter.

13.

Timo und Nico sind endlich im Bett. Die beiden Omas haben sich in ihre eigenen Behausungen begeben. Carolin hat sich mit ihrem Freund David in ihr Zimmer zurückgezogen. Philip ist, einer plötzlichen Eingebung folgend, ins Büro hinuntergestiegen – und ich bin allein. Wie es den Anschein hat, werde ich für die nächste Zeit ungestört bleiben und kann mich dem Krimi widmen, den Alexander mir am Nachmittag gebracht hat.

Die Katze stellt erfreut fest, daß ich mich in eine Sofaecke kuschle, springt mit einem Satz in meine angewinkelten Beine und schmiegt sich schnurrend in meine Kniekehlen. Ich betrachte sie mit gerunzelter Stirn, denn Minka, der schwarze Teufel, genießt momentan nicht meine ungeteilte Sympathie. Ob Timos Meerschweinchen sich wieder erholen wird, das Minka zwischen ihren Zähnen hereintrug, während ich mit Alexander Kaffee trank? Glücklicherweise ließ sie es vor Schreck fallen, als ich mich schreiend auf sie stürzte, um ihr die Beute zu entreißen. Aber das Meerschweinchen war derart geschockt, daß es nicht einmal in der Lage war, die Flucht zu ergreifen. Entweder hat die Katze es mit ihren Zähnen und Krallen verletzt, oder es hat eine folgenschwere Herzattacke erlitten. Möglicherweise hat auch seine Psyche so schweren Schaden genommen, daß es nun am Leben verzweifeln wird. Ich werde gleich einmal nach ihm sehen. Wer kann schon sagen, ob und wie ein Meerschweinchen ein solch traumatisches Erlebnis verwindet?

Alexander hat natürlich nur schadenfroh gegrinst. Und damit belächelte er nicht etwa den Schaden, der dem armen Meerschweinchen zugefügt worden war, sondern meine Schwierigkeiten, die Katze zu verjagen, das Meerschweinchen zu retten, Timo zu trösten und die kreischenden Omas zu beruhigen – und das alles gleichzeitig. Als ich endlich wieder mit zitternden Händen die Kaffeetasse an den Mund führen konnte, hätte ich Alexander für sein maliziöses Grinsen die mordgierige Katze auf die Schulter setzen mögen.

Als er vor der Tür stand, hatte ich ja noch gar nicht Ingers kurzen Besuch verkraftet. Sie erschien – noch die Aktentasche in der Hand und den Schulstreß im Gesicht – und drängte sich kurzerhand an mir vorbei. Anscheinend ging es um eine Grundsatzerklärung, die nur in meiner Küche abzugeben war. Mir schwante nichts Gutes. Würde sie mir jetzt mitteilen, daß sie sich von Louis getrennt hatte? Sicherlich war sie direkt nach dem Unterricht zu mir gekommen, um mir brühwarm zu erzählen, was sie ihrem Mann alles an den Kopf geworfen hatte und zu welchen dramatischen Entschlüssen sie gekommen war. Aber es mußte doch nicht gleich Trennung sein! Wie viele Seitensprünge hat es schon seit der Erfindung der ehelichen Treue gegeben, ohne daß sie gleich zu einer Trennung führten?

Doch ich schien mich getäuscht zu haben. Inger setzte schon nach wenigen Minuten ihr Feriengesicht auf, schlenkerte ihre Aktentasche, als wäre sie ohne Inhalt, und ließ sich an meinem Küchentisch nieder. So, als hätte sie Zeit. Und der Grund ihres Besuchs war gar nicht die Folge ihres Ehedramas, sondern nichts anderes als die Frage nach meinem Buch *Natürlich schön*. Darin wollte sich Inger nach einem Rezept für eine Regenerationscreme zum Selbermachen umsehen.

»Das ist aber ziemlich zeitaufwendig«, warnte ich sie. »Ich weiß, wovon ich rede. Ich koche mir doch selbst manchmal die Mandelölcreme.«

»Ich brauche eine für unreine Haut«, sagte Inger unbeeindruckt. »Kosmetik selber machen ... Das ist doch auch eine Art von Kreativität, oder? Ich muß mal etwas Kreatives tun.«

»Das kostet Zeit. Und wie kommst du nur auf diese Idee? Sonst gehst du doch immer in die Parfümerie.«

Inger wirkt ein bißchen ratlos. »Ich muß mal was anderes machen. Demnächst will ich öfter zu Hause bleiben. Ein bißchen kürzer treten. Statt Kunstverein also Naturkosmetik zum Selberkochen. Und statt der Bewerbung um den Schulleiterposten ... na ja, mal schauen, was mir statt dessen einfällt. Jedenfalls will ich in Zukunft mehr Zeit für die Familie haben. Für Louis und die Kinder.«

Und dann hielt, ehe ich meine Verblüffung in Worte gekleidet hatte, Alexanders Wagen vor dem Haus, und wir mußten unser Gespräch beenden. Inger setzte ihre kokette Miene auf, die sie jederzeit hervorzaubern kann, sobald ihr ein attraktiver Mann begegnet, und trällerte zur Tür hinaus. Ich war froh, daß sie so willig das Feld räumte, damit ich mich Alexander ungestört zuwenden konnte.

Aber leider hatte sich an diesem Nachmittag noch einiges

gegen mich verschworen, was mich daran hinderte, den Plausch mit Alexander so recht zu genießen. Obwohl, wenn ich es mir so recht überlege – eigentlich war es so wie immer. Daß meine Mutter sich an den Kaffeetisch schmuggelt, wenn ich Besuch habe, ist nichts Neues. Daran, daß meine Schwiegermutter – natürlich rein zufällig – erscheint und die Aufmerksamkeit meines Gastes mit einer skandalösen Behauptung auf ihre Person lenkt, bin ich auch gewöhnt. Auch daß Philip in der folgenden Stunde mehrmals im Wohnzimmer auftauchte, wunderte mich nicht. Er erschien immer nur kurz und immer mit den fadenscheinigsten Erklärungen, aber jedesmal hinterließ er bei Alexander und mir den Wunsch, weiter auseinanderzurücken und auf den Reisebericht zu pochen oder in dem Krimi des Finanzbeamten zu blättern, um unser Zusammensein damit sichtbar zu einem beruflichen Gedankenaustausch zu machen.

Daß Carolin gerade diese Stunde dazu nutzte, mit mir auf die Schnelle die Zeit zu diskutieren, zu der sie am nächsten Abend nach Hause zurückzukehren hatte, ist auch nichts Neues. Sie weiß, daß ich in Gegenwart anderer eine solche Erörterung gern abkürze – und das geht schließlich am besten, indem ich mit dem Kopf nicke. Daß sowohl Timo als auch Nico mehrmals Hilfe bei den Schularbeiten benötigten und mit dem Englischbuch und dem Matheheft bei uns auftauchten, war eigentlich auch ganz normal. Ebenso wie das Erscheinen von Romanus und Amadeus, die es nach Dinkelpfannkuchen gelüstete. Und der Besuch von Ediths Tochter, die in der verwaisten heimatlichen Küche keine Eier finden konnte. Und daß kurz darauf eine junge Nachbarin an meiner Tür klingelte, um mich zu bitten, am nächsten Morgen eine Stunde auf ihr Baby zu achten – auch das war alles ganz normal. Und ich hätte diesen Nachmittag als völlig ungestört bezeichnet, wenn nicht Alexander jeden dieser Vorfälle mit zur Decke gedrehten Augen kommentiert hätte.

Selbst, als er mich scheinheilig nach meinem Gemüsegarten fragte, von dem er weiß, daß er mein ganzer Stolz ist, hatte ich Grund, an seinem ehrlichen Interesse zu zweifeln. Zunächst ging ich erleichtert auf seinen Vorschlag ein, ein bißchen frische Luft zu schnuppern. Aber als wir auf der Terrasse standen und ich ihm die Vorzüge eines Komposthaufens erklärte, verdrehte er schon wieder die Augen. Und als ich ihm zeigte, wie üppig meine Sellerieknollen gediehen, seit ich sie regelmäßig mit Salzwasser düngte, begann er zu gähnen. Nicht einmal meine Versicherung, daß der Löwenzahn aus meinem Garten einen leckeren Salat abgibt, konnte ihn in wohlwollendes Staunen versetzen. Da endlich merkte ich, daß ihn mein Gemüsegarten gar nicht interessierte. Alexander hatte nur eine weitere Möglichkeit gesucht, mir zu demonstrieren, wie überflüssig all das war, was ich tat.

»Kauf Konserven wie jeder normale Mensch, und mach mit der freien Zeit, die du dadurch gewinnst, etwas Sinnvolles!«

Ich hätte ihn am liebsten in die Salatköpfe geboxt. Aber in diesem Augenblick erschien ein Nachbar am Gartenzaun und bat mich um mein Rezept zur Vertreibung von Maulwurfsgrillen aus dem Mistbeet. Alexander hörte sich nicht mehr an, daß eine Abkochung von Erlenrinde ins Beet gegossen werden muß, um die dort eingenisteten Maulwurfsgrillen ein für allemal zu verjagen. Er verabschiedete sich mit einem gequälten Lächeln und versicherte mir, die Rezension des Buches sei nicht eilig. Ich solle mich ruhig zunächst um das Mistbeet des Nachbarn kümmern …

David bleibt länger bei meiner Tochter, als es mir normalerweise lieb ist. Die Omas entschließen sich, dort zu bleiben, wo sie seit einer Stunde sind, und auch meine Söhne scheinen von schlechten Träumen verschont zu bleiben. Philip ist entweder über seinem Reißbrett eingeschlafen, oder er verfolgt eine Idee besonders nachdrücklich. Jedenfalls bleibe ich unbehelligt, wenn man einmal von der Katze absieht, die jedesmal, wenn ich eine Seite wende, nach ihr greift, als bewege sich ein Beutetier auf meinem Schoß.

Die Atmosphäre ist denkbar friedlich – und ich werde von Seite zu Seite wütender. Was denkt sich dieser Finanzbeamte eigentlich? Zwar weiß ich, daß sein Werk ein Krimi sein soll, in dessen Spannungsbogen sich der Rest seiner Erzählung fügen muß. Aber das Zeitbild, in das er seine Helden – vor allem die beiden Heldinnen – stellt, ist von schablonenhafter Impertinenz. Man muß sich fragen, ob der Autor in seinen Lebenserfahrungen jemals über die Unterweisungen seiner ersten Fibel hinausgekommen ist. Da beschreibt er ein Heimchen am Herd, das dem Mutterbild entspricht, das heute leider immer noch in deutschen Lesebüchern anzutreffen ist. Man könnte sogar eine Parallele zu einer Zeit herstellen, in der die deutsche Mutter grundsätzlich blond und blauäugig zu sein hatte. Seine Helga jedenfalls hat Tag und Nacht nichts anderes im Sinn, als ihrem Mann und ihren Kindern zu dienen. Sie ist von einer Bescheidenheit erfüllt, die ihr geradezu debile Züge verleiht. Mit ihrer uneingeschränkten Aufopferung für die Familie geht natürlich einher, daß sie ihren Mann über alle Maßen bewundert. Und sie wünscht sich nichts sehnlicher, als daß ihre Kinder einmal mehr erreichen mögen als sie selbst. Was den lieben Kleinen anscheinend schon nach Beendigung ihrer Grundschulzeit gelungen ist. Denn bereits zu diesem Zeitpunkt bedenkt Helga sie häufig mit einem stolzen Staunen, wenn sie ihr den Erlkönig vortragen oder den Aufbau einer Tulpenblüte erläutern. Helgas Mann ist Akademiker, und ihre Kinder sind allesamt für eine Hochschulausbildung vorgesehen. Trotzdem nimmt niemand Anstoß daran, daß das Mütterchen zu Hause auf keine anderen Kenntnisse verweisen kann als auf die, die für die Herstellung von Schokoladenpudding und Erbsensuppe nötig sind. Ihre grenzenlose Güte wiegt alles wieder auf.

Als ich feststelle, daß Helga wirklich blond gelockt und blauäugig ist, brennt mir eine Sicherung durch. Erschrocken verläßt Minka das Nest meiner Kniekehlen. Mit gesträubtem Fell sitzt sie vor dem Sofa und betrachtet verständnislos die auf und nieder wippenden Sprungfedern.

»Was bildet sich dieser Kerl eigentlich ein?«

Minka will sich dieser Frage nicht stellen und begibt sich zur Kellertreppe, wo sie sich noch einmal vorsichtig umschaut. Als sie feststellt, daß sich das Sofa unter mir immer noch nicht beruhigt hat, beschließt sie, ihren abendlichen

Frieden woanders zu suchen. Vermutlich wird sie ihn neben Philip auf einem der nagelneuen Besucherstühle finden.

Ich blättere zum Klappentext und überfliege die Angaben zur Person des Autors. Johannes Moll heißt er, ist Anfang Dreißig, ledig und kinderlos. Wie und wo hat dieser junge Mann sein Frauenbild prägen lassen? Hat er nie ein anderes weibliches Wesen kennengelernt als sein treusorgendes Mütterlein? Und woher hat er seine Kenntnisse über das bezogen, was für eine Karrierefrau charakteristisch sein soll? Ich bin sicher, daß dieser Frauentyp in Lesebüchern der Primarstufe noch keinen Eingang gefunden hat. Vielleicht hat er einen der alten Hollywood-Filme gesehen, die aus einer Zeit stammen, da die Erfahrungen mit Karrierefrauen noch gering waren? Oder sollte ihm hier einmal die eigene Fantasie durchgegangen sein, an der es ihm ansonsten erschrekkend mangelt?

Dieses Gegenstück zu Helga, der braven, biederen Hausfrau, ist natürlich nicht blond und blauäugig, sondern rothaarig und grünäugig. Und selbstverständlich hört diese Femme fatale auch nicht auf einen soliden, herkömmlichen Vornamen. Nein, diese Frau wurde Anegeer getauft, als hätten ihre Eltern schon bei ihrer Geburt geahnt, daß aus ihrem Töchterchen niemals eine kleinbürgerliche Schürzenträgerin werden würde. Nein, Anegeer muß es vorbestimmt gewesen sein, einmal anders zu enden als mit abgearbeiteten Händen am Ende eines langen Waschtages, sondern ... Ja, in diesem Fall sogar als eiskalte Mörderin. Aber natürlich hat Anegeer, wie das ja bei rothaarigen und grünäugigen Frauen des öfteren der Fall sein soll, dafür gesorgt, daß der Verdacht auf einen anderen fällt. Und wer eignet sich dafür besser als Helga, die einfältige Hausfrau? Sie ist in ihrer Herzensgüte selbstverständlich weit davon entfernt, sich zu wehren oder auch nur zu merken, daß die Hexe Anegeer ihr ans Leder will. Erst die Hilfe ihres redlichen Mannes, der gottlob in letzter Sekunde bemerkt, was er an seiner treusorgenden Gattin hat, erlöst sie von dem schrecklichen Verdacht. Aus eigener Kraft hätte sie sich niemals von ihm befreien können. Helga, der kleinen, braven Hausfrau, war nichts Besseres eingefallen, als die Nächte in ihrer Zelle durchzuweinen und auf das Gute im Menschen zu hoffen.

Ich koche vor Zorn. »Du wirst verrissen«, knurre ich dem Hardcover ins Titelbild. »Diesem Johannes Moll werde ich zeigen, wozu eine Hausfrau fähig ist.«

Meine Wut steht noch in voller Blüte, als das Telefon klingelt. Jetzt bloß keine Unterbrechungen! Der heilige Zorn soll mich unverzüglich an den Computer führen und dort ein paar Kilobytes füllen. Möglich, daß er sie nicht nur füllen, sondern sprengen wird. Aber das würde ich nur für die Bestätigung meiner Auffassung erachten. Was Johannes Moll der weiblichen Menschheit zumutet, muß irgend etwas sprengen. Ob nur ein paar Kilobytes oder den Rahmen jeglicher Gerechtigkeit, ist egal. Jedenfalls werde ich mich jetzt an die Rache begeben. Und nicht ans Telefon.

Aber in unserer Familie wird an diesem Abend mal wieder das beliebte Spiel ›Wer hat die besten Nerven?‹ gespielt. Jeder hofft, daß ein anderer den Hörer abnehmen wird, denn jeder möchte wissen, wer am anderen Ende ist. Aber keiner will sich der Gefahr aussetzen, unvermittelt Tante Annemarie am Ohr zu haben, die im allgemeinen erst nach einer halbstündigen Schilderung sämtlicher vergangenen, künftigen und möglichen Sterbefälle in ihrem weitläufigen Bekanntenkreis nach ihrer Schwester Franziska fragt.

Ich bin es, die das Spiel verliert. Der Weg ins Büro führt mich über die Diele, direkt am klingelnden Telefon vorbei. Und obwohl mich doch der gerechte Zorn der falsch verstandenen Frau zur elektronischen Datenverarbeitung zieht, greife ich zu.

»Nele!« Ingers Stimme hat eine Menge vom forsch-dynamischen Ton der Busineß-Frauen verloren. »Ich muß mit dir reden.«

»Im Moment ist es leider etwas ungünstig.« Hätte ich doch nur den Hörer auf der Gabel liegen lassen! Ich will an die Tastatur, und zwar sofort!

»Stell dir vor, die Tussi hat angerufen.«

»Du weißt ja, Inger, die Rezension …«

»Sie hat natürlich geglaubt, ich wäre heute abend nicht

da. Klar, sie konnte ja nicht ahnen, daß ich den Termin abgesagt habe.«

»Wenn man einen Gedanken im Kopf hat, muß man ihn auf jeden Fall unverzüglich niederschreiben. Sonst ist er wieder weg, und dann ist es nicht mehr leicht, in den Text einzusteigen. Die ersten drei Sätze sind ja ohnehin die schwierigsten ...«

»Louis hat ihr zwar gesagt, daß es aus ist, aber woher soll ich wissen, daß sie nicht immer wieder versuchen wird, ihn in ihr Bett zu locken?«

»Ein gewisses Risiko geht man als Ehefrau eben ein, wenn man nicht den Glöckner von Notre-Dame geheiratet hat! Kopf hoch, Inger, und halt dein End fest! Ein dummes blondes Weibchen wird niemals soviel Beständigkeit aufbringen wie du. Mach dir keine Sorgen! Und wenn du willst, können wir ja morgen noch einmal darüber reden. Nur ... jetzt muß ich wirklich an die Arbeit. Diesem Johannes Moll werden in der nächsten halben Stunde die Ohren klingeln.«

»So geht das nicht«, sagt Alexander nach einer knappen Begrüßung.

»Warum nicht? Du hast gesagt, ich dürfte ihn verreißen, wenn er schlecht ist.«

»Ja, natürlich, aber ... aber deine Rezension ist einseitig. Du beurteilst ja gar nicht den Kriminalroman, sondern ausschließlich das schiefe Frauenbild, das mit der eigentlichen Handlung nur wenig zu tun hat.«

»Das Buch ist schlecht! Nicht nur die Charakterisierung der Personen, auch die Handlung. Sie ist so langweilig wie eine Steuererklärung und das Ende so vorhersehbar wie die nächste Steuererhöhung.«

Alexander lacht herzhaft. »Ja, das solltest du schreiben! Für Johannes Moll wird es zwar schrecklich sein, den Rest seines Lebens als Finanzbeamter statt als freier Schriftsteller zubringen zu müssen – aber solche Schlagworte sind genau das, was unsere Leser hören wollen.«

»Ich will vor allem die klischeehafte Darstellung von berufstätigen Frauen und Hausfrauen aufdecken.«

»Meinetwegen. Aber du mußt sie dem Hauptstrang der Geschichte unterordnen – der Kriminalhandlung.«

»Also gut. Ich überarbeite das Manuskript noch einmal.«

»Der Artikel soll in der nächsten Ausgabe erscheinen. Glaubst du, daß du es schaffst?«

»Ja, natürlich. Ich bringe ihn dir morgen in die Redaktion.«

Ich höre, wie an Alexanders Bürotür geklopft wird, und dann Frau Splettstößers tuschelnde Stimme.

»Nele? Ich bekomme Besuch. Aber leg bitte nicht auf. Ich verbinde dich mit dem Vorzimmer, damit du Frau Splett dein Kürzel durchgeben kannst, mit dem deine Artikel in Zukunft unterschrieben werden.«

Ehe ich etwas entgegnen kann, dringt schon die leidende Stimme der Sekretärin an mein Ohr. Sie wartet meine Frage gar nicht erst ab. »Der Doktor hat gesagt, ich hätte keine Minute später kommen dürfen. Ein Tag nur – und er hätte mich ins Krankenhaus einweisen müssen. Wenn ich nicht vorher vor Schmerzen schon wahnsinnig geworden wäre!«

»Mit Zahnschmerzen gleich in die Irrenanstalt?« Gerade will ich zu einem heiteren, kleinen Lachen ansetzen, da ich meinen Scherz durchaus gelungen fand, aber die Grabesstille am anderen Ende der Leitung sorgt sofort wieder für den nötigen Ernst. »Entschuldigen Sie, Frau Blett... Frau Splettstößer, ein dummer Witz ... ich kann mir vorstellen, wie Sie gelitten haben.«

Immer noch das beleidigte Schweigen!

»Und Ihre Blase?« frage ich kleinlaut.

»Sie sollen Ihr Kürzel festlegen!« Frau Splettstößer ist unversöhnlich. »Was sollen wir nehmen? Ihre Initialen? NEHÜ?«

»Das hört sich ja an, als gingen mir die Pferde durch ... Nein, wenn vier Buchstaben zur Verfügung stehen, hätte ich gern meinen kompletten Vornamen.«

»Nele?« kommt es gedehnt zurück.

Das despektierliche Breittreten meines Namens kränkt mich. »Nur mit einem einzigen E, Frau Splettstößer. Es dürfen ja auch nicht mehr als vier Buchstaben sein.«

»Das weiß ich doch.« Frau Splettstößer wiederholt meinen Namen, als nähme sie ihn mit spitzen Fingern, um ihn möglichst schnell wieder fallen zu lassen. »Also gut. NELE.«

14.

Timo klammert sich an mich, als bestünde der dringende Verdacht, daß ich mich heimlich und für alle Zeit davonmachen könnte. Seine dünnen, weichen Jungenarme mit den rauhen Sandkastenhänden schlingen sich um meine Taille. »Bleib hier, Mama!«

Der Sonntagmorgen gehört für Timo zur schönsten Zeit der Woche. Er liebt es, wenn der Tag nur allmählich in Gang kommt. Timo steht dann gern als erster auf und wandert von Bett zu Bett, um den Rest der Familie davon zu unterrichten, daß Sonntag ist und keine Eile vonnöten. Und wenn dann einer nach dem anderen am Frühstückstisch eintrudelt – im Schlafanzug oder Morgenmantel, nicht selten auch ungewaschen und ungekämmt –, dann genießt Timo die Gemächlichkeit des Sonntags, der beginnt, als wäre sein Ende noch lange nicht in Sicht. Nur heute hat er anders begonnen. Und das, weil ausgerechnet seine Mutter sich schon wieder vom Frühstückstisch erhob, kaum daß Oma zwei erschienen war, um sich dazuzugesellen. »Bleib hier, Mama!«

Ich versuche, in die Knie zu gehen, um ihm ins Gesicht sehen zu können, aber er hält schon diese Lösung aus seiner Umklammerung für den Ansatz, endgültig von ihm freizukommen.

»Timo, ich muß zu der Vernissage.«

Ob es Zweck hat, ihm dieses Wort zu erklären? Nein, ich glaube, es ist ihm völlig egal, was es ist, wohin ich gehe.

»Warum?«

»Weil ich in der Zeitschrift darüber berichten muß. Ich muß schreiben, wie mir die Bilder gefallen haben, wie viele Leute da waren, um sie sich anzuschauen, und ob der Maler alt oder jung ist.«

»Warum?«

»Die Menschen, die die Zeitschrift lesen, wollen das wissen.«

»Warum?«

Es tut mir weh, in meinem Rücken nach seinen Händen zu greifen und sie gegen seinen erbitterten Widerstand von mir zu lösen. Ich muß viel mehr Kraft einsetzen, als ich will, um Timos Fäuste in Händen zu halten und ihn ansehen zu können. Wütend versucht er, sein Gesicht in meine hellen Leinenhosen zu drücken. Ich denke an seinen stets in den unterschiedlichsten Schattierungen gesäumten Mund und an Rotz und Wasser, die sich nun noch dazugesellen werden.

Entschlossen schiebe ich ihn, der es gewöhnt ist, alles, was an ihm klebt, in meine robusten Jeans zu heulen, weg und versuche es mit einleuchtenden Argumenten. »Du bist doch nicht allein, Timo! Papa ist da, Oma eins ist da und Oma zwei, Carolin und Nico sind auch zu Hause. Und sicherlich werden auch Amadeus und Romanus gleich kommen. Die spielen doch am Sonntagmorgen immer hier.«

Aber es hilft nichts. Timos Welt stürzt Bauklotz für Bauklotz in sich zusammen. Und ich erinnere mich daran, daß Romanus und Amadeus früher oft ähnlich reagierten, wenn ihre Mutter die beiden, die noch nicht kindergartenreif waren, bei mir abgab. Und wie Inger dann mit einem schnellen »Die wollen mich nur tyrannisieren« die Treppe heruntersprang. »Sie werden aufhören, sobald ich außer Sichtweite bin«, hat sie mir oft aus der geöffneten Fahrertür zugerufen. Und ich habe ihr nie verraten, daß das nicht stimmte. Auf ihre Frage, wie lange denn der Abschiedsschmerz gedauert habe, hat sie stets die erwünschte Antwort erhalten. Was sollte es für einen Sinn haben, Inger die allmorgendliche Trennung von ihren Kindern noch schwerer zu machen?

Aber manchmal war ich auch zornig, wenn ich an die ausgestreckten Arme ihrer Kinder dachte, die von meinen daran gehindert werden mußten, ihrer Mutter nachzustürzen. Und wenn ich dann Inger erzählen hörte, wie sehr sie selbst zu leiden habe, wenn die Kinder ihr so jämmerlich nachweinten! »Aber es ist nur das frühkindliche Einverleiben der Mutter! Keine Trauer, kein Sehnen, keine Bedürfnismeldung – nichts als Besitzanspruch! Nele sagt selbst, daß die Jungen glücklich und zufrieden sind, wenn sie begriffen haben, daß ich weg bin. Wenn ich mir das nur vorstelle … Die beiden haben schon ihren Spaß mit Nele, während ich noch im Auto sitze und das Weinen meiner Kinder mir folgt.«

Konnte es wahr sein, daß Inger unter der Trennung genauso litt wie ihre Söhne? Damals habe ich oft daran gezweifelt, daß eine Mutter wirklich darunter leiden kann, ihre Kinder tagtäglich erneut zu verlassen, wenn sie es dennoch Tag für Tag tut. Heute, an diesem Sonntag, kann ich Inger viel besser verstehen …

»Ich will mit!«

»Das geht nicht, Timo! Und die Vernissage würde dich auch schrecklich langweilen.«

»Trotzdem!«

Ich betrachte zweifelnd den Schlafanzug, in dem er immer noch steckt. »Ich muß losfahren, und du bist ja noch nicht einmal angezogen.«

»Das geht schnell.«

Tränen stehen noch in seinen Augen, aber schon beginnen sie zu glänzen, weil Timo natürlich meinen Wankelmut bemerkt. Ist das der Beweis der Tyrannei, wie Inger behauptet? Oder die Nähe widersprüchlicher Gefühle, die sich eben nur bei Kindern so schnell ablösen können? Timos kleines Gesicht ist in Sekundenschnelle zur freudigen Erwartung geworden. Unmöglich, sie zu enttäuschen!

»Franziska! Ziehst du Timo schnell etwas an? Ich nehme ihn mit.«

Ich habe Timo auf den Arm gerafft und zum Fuß der Treppe getragen.

Wenn meine Mutter so tut, als hörte sie mich nicht, ist sie mal wieder nicht damit einverstanden, daß ich sie beim Vornamen nenne.

»Mutter!«

Statt dessen steckt Philip seinen Kopf aus der Badezimmertür. »Habe ich richtig gehört? Du willst Timo mitnehmen?«

»Eigentlich nicht«, antworte ich zögernd. »Aber Timo will unbedingt.«

Mein Jüngster hüpft erwartungsfroh aus meinen Armen in die seines Vaters, um sich etwas anziehen zu lassen. Der kleine zutrauliche Kerl bemerkt den Hinterhalt zu spät.

»Einen solchen Unsinn habe ich ja noch nie gehört!« schimpft Philip. »Du kannst deine Mutter nicht begleiten, Timo, sie ist schließlich beruflich unterwegs.«

»Aber Mama hat gesagt ...«, heult Timo los.

»Und ich sage, daß du hierbleibst, basta!« Philip sieht verständnislos in mein unglückliches Gesicht. »Du hast einen beruflichen Termin, Nele! Da hat Timo nichts zu suchen.«

Ihm scheint noch einiges auf den Lippen zu liegen, aber er schluckt es herunter, weil Timos Wehgeschrei jedes zivilisierte Geräusch übertönt. Mein Sohn scheint begriffen zu haben, daß die Zusage, zu der er mich überredet hat, von seinem Vater nicht eingehalten wird. Dabei heißt es doch immer: Versprochen ist versprochen, und was man versprochen hat, muß man halten.

»Aber ich habe es ihm gerade versprochen ...«

Weiter komme ich nicht. Eine Tür fällt ins Schloß, die Timos Gebrüll geringfügig dämpft. Philips und Franziskas Stimmen bemühen sich, das Geschrei einerseits zu übertönen, um an Timos Gehör zu dringen, andererseits trotz der notwendigen Lautstärke die Begütigung zu verbreiten, die meinen zutiefst enttäuschten Jüngsten besänftigen soll. Ich höre mir noch eine Weile die erhobenen Stimmen an, die Timo im getragenen Wiegenlied-Rhythmus zuschreien, daß jetzt ja alles gut sei und die Mama bald wiederkommen werde und man nun ein schönes Bilderbuch angucken wolle, und ob er überhaupt schon gesehen habe, wie schön die Sonne heute scheine ...

Zaghaft klingle ich an Ingers Tür.

»Was ist los?« fragt sie. »Du siehst ja aus, als machten wir uns ins Krematorium auf.«

Ich tische Inger die Geschichte mit Timo auf, während sie

sich die Lippen nachzieht. Darüber vergesse ich vollkommen, mich nach dem Zustand ihrer Ehe und der geplanten Entwicklung zu erkundigen.

»Du kennst das doch«, entgegnet Inger ungerührt. »Kindliche Tyrannei! Jetzt schon wird Timo auf Philips Knien sitzen und sich freuen, daß er durch sein Geschrei eine Sonderration Zuwendung von seinem Vater erfährt. Dich hat er längst vergessen. War es bei Amadeus und Romanus nicht genauso? Du hast mir doch immer bestätigt, wie schnell sie sich beruhigt hatten, wenn ich außer Sichtweite war.«

»Ich habe dich jedesmal belogen.« Erschrocken sehe ich Inger an. Was ist nur in mich gefahren? Niemals wollte ich Inger mit dieser verspäteten Offenbarung erschrecken. Aber Timos kindliche Verzweiflung und seine Enttäuschung darüber, daß er von mir verraten und von seinem Vater betrogen worden ist, setzen mir derart zu, daß es mir heute nicht gelingt, den Ausgleich darzustellen, den Inger so dringend braucht.

»Belogen?« fragt sie bestürzt zurück, während sie sich vergewissert, daß ihre Kreditkarte in ihrer Handtasche steckt. »Die beiden haben mir länger nachgeweint?«

Ich nicke und könnte jetzt selber in Tränen ausbrechen.

»Immer?«

»Oft.«

»Schwamm drüber!« Inger ergreift meinen Arm. »Diese Zeit ist vorbei. Jetzt heulen sie mir nicht mehr hinterher. Und Timo wird es auch bald nicht mehr tun. Es wird Zeit, daß er sich daran gewöhnt, daß du nicht stets und ständig für ihn da sein kannst. Hör endlich auf, Mutter zu sein, Nele! In erster Linie bist du Frau, verstanden?«

Nein, verstehen kann und will ich das nicht. Erst recht nicht, als Timos Gebrüll unvermindert durch die geschlossenen Fenster und Türen dringt, als wir ins Auto steigen – aber Inger läßt mir keine Chance, meinen Entschluß zu überdenken.

»Auf den Maler bin ich gespannt«, sagt sie. »Und auf die Galeristin auch. Pina Amati wollte ich immer schon kennenlernen.« Hastig schließt sie die Wagentür, als wollte sie mit diesem Knall Timos Gezeter beenden und seine Stimme aussperren. »Ich werde versuchen, sie als Mitglied des Kunstvereins zu gewinnen.«

»Ich denke, du willst den Vorsitz abgeben? Und dich in Zukunft mehr um deine Familie kümmern?«

Inger hat die Antwort verdächtig schnell parat. »Ja, ja. Der Vorsitz kostet viel Zeit und Arbeit. Aber natürlich werde ich Mitglied bleiben. Und noch ist der neue Vorstand ja nicht gewählt. Ich habe noch nicht einmal offiziell die Führung niedergelegt. Und bis sich der neue Vorsitzende eingearbeitet hat ... Es wäre doch unfair, ihn mit allen Problemen allein zu lassen. In der ersten Zeit muß ich unbedingt noch beratend und unterstützend eingreifen.«

Ich sehe sie mißtrauisch von der Seite an. Was hat die blonde Tussi nun eigentlich bewirkt? Eigentlich würde ich gerne endlich in aller Ruhe mit Inger darüber reden. In Gedanken gehe ich die Arbeitsplanung der kommenden Woche durch. Es wird nicht viel Zeit übrigbleiben. Ich muß unbedingt mehrere Folgen von *Und immer siegt die Liebe* schreiben. Der neue Imagewechsel von Sybille von Hochgrebe wird voll durchgezogen. Lilo Pfeifer hat mir berichtet, wie begeistert der Chefredakteur von *Glamour* über die neuen Ideen der Autorin Tanja Berger war. Er war sicher, daß die Seifenoper auf diese Weise noch eine ganze Weile weiterlaufen könnte. Sehr beruhigend! Dem knallroten Kleid, das ich mir von dem ersten Honorar gekauft habe, dürfen noch ein paar weitere folgen ...

Pina Amati sollte man wirklich kennenlernen. Mein erster Eindruck ist, als ich schließlich vor ihr stehe, daß Pina Amati in Wirklichkeit Lieschen Müller heißt. Und vermutlich würde sie in breiter Mundart sprechen, wenn sie nicht irgendwann erkannt hätte, daß fremdländisches Flair den Menschen interessanter macht. Und vermutlich kann sie selber nicht erklären, ob ihr Akzent indo-germanischen oder gar semitisch-hamitischen Ursprungs ist und ihr rollendes R möglicherweise ein Überrest der finnisch-ugrischen Sprachgruppe. Jedenfalls würde ich mich nicht wundern, wenn

Pina Amatis Eltern ihre Tochter im schönsten Schwäbisch mit »Ei, unser Liesle!« anredeten.

So aber rollt mir Pina Amati entgegen, wie grrrrandios es doch sei, daß ich über die extraordinäre Kunst in ihrem Hause berichten wolle. »Sind Sie neu in der Redaktion, meine Liebe? Bisher kam von *Glamour* der junge ... wie heißt er noch ... na, Sie wissen schon, dieser smarte Typ mit den schmalen Hüften ... oder Alexander Amelunx persönlich.«

»Ich vertrete die Herren«, antworte ich tapfer und wedle mir mit meinem Presseausweis frische Luft zu.

»Sie berichten sonst in einer anderen Sparte?« Pinas aufgeblasene Freundlichkeit verschrumpelt zu einem schlaffen Ballon. Mit gerunzelter Stirn betrachtet sie Inger, die sich schon vor das nächste Kunstwerk postiert hat und zu einer kritischen Beurteilung der Linienführung und dynamischen Disposition der Hauptmotive ansetzt. Anscheinend fragt Pina Amati sich, wie Inger ohne schriftliche Einladung Einlaß in ihre Galerie finden konnte.

Ich drücke meiner überraschten Freundin eine Kamera in die Hand. »Die Fotografin von *Glamour!* Vielleicht sollten wir zunächst einmal die Galeristin aufnehmen?«

Pina nickt hocherfreut, zieht prompt ihren Bauch ein und lächelt selbstgefällig ins Objektiv. Mit einem R, das wie ein aufgezogenes Rädchen über die Wände, die Decke, den Boden rollt, ruft sie den Maler an ihre Seite. »Rrrrrupert! Komm her! Die Presse! Die Fotografin!«

Es ist immer wieder erstaunlich, was diese magnetischen Worte bewirken. Rupert Barbarok, das nachwachsende Talent der Kunstszene, kommt mit fliegenden Barthaaren herbeigeeilt. Er streicht sie sorgfältig über seinem T-Shirt glatt, das eines seiner Kunstwerke trägt, und fährt einmal durch sein Haupthaar, damit es ungekämmt aussieht. Dann blickt er in der entrückten Melancholie des Künstlers, der täglich aufs neue dem Sinn des Lebens nachspürt, zur Decke.

Inger scheint im Fernsehen eine Sendung über Modefotografen gesehen zu haben. Vor jedem Betätigen des Auslösers ruft sie: »Gut so! Wunderbar! Ja! So ist es schön!«

Sie springt um die beiden herum, daß mir angst und bange wird. Hoffentlich wird erstens das Filmmaterial reichen und zweitens wenigstens ein einziges Foto brauchbar sein.

Mit zufriedenem Lächeln entläßt Pina meine Freundin zu Ruperts Bildern, während sie mich nun ausführlich mit dem Künstler bekannt macht. »Wie war noch gleich Ihr Name, meine Liebe?«

Ich wiederhole ihn zweimal, weil ich den Eindruck habe, daß Pinas gestelztes Gehör sich grundsätzlich weigert, eine so schlichte Silbenfolge wie die meines Namens auf Anhieb zu verstehen. Zu meiner Überraschung jedoch legt sich ihr kunstvoll bemaltes Gesicht in nachdenkliche Falten, die ihr fast den Puder von der Stirn sprengen.

»Nele?« Sie zerlegt meinen Namen akkurat in zwei Silben und fügt sie dann genauso sorgfältig wieder zusammen. »Ich hielt diesen Namen für ein Kürzel. Sie heißen wirklich so?«

Mir wird klar, daß sie entweder den Reisebericht oder die Buchrezension gelesen haben muß. Das spöttische Gelächter, zu dem sie ansetzt, überzeugt mich schnell, daß entweder Anegeer oder Helga der Grund für ihre Heiterkeit sein müssen.

Sie läßt mich nicht lange im unklaren. »Was haben Sie eigentlich gegen Hausfrauen?« fragt sie. »Finden Sie nicht, daß die Frauen sich solidarischer verhalten sollten im Umgang mit Müttern und Nur-Ehefrauen?«

Meine Kinnlade folgt dem gelangweilten Blick Rupert Barbaroks, der auf seine Schuhspitzen sieht, weil ihn die unterdurchschnittliche Kreativität einer Hausfrauenseele augenscheinlich wenig interessiert. Vermutlich ist es ihm ohnehin am liebsten, wenn man sich mit seiner eigenen schöpferischen Genialität befaßt.

Verstört frage ich Pina Amati: »Wie kommen Sie darauf, daß ich etwas gegen Hausfrauen habe? Ich habe doch nur …«

»Meine Liebe!« Pina legt mit gönnerhaftem Nachdruck eine Hand auf meinen Unterarm. »Sie haben die vielen positiven Eigenschaften dieser Helga so lächerlich gemacht, als wollten Sie die Aufopferungsbereitschaft der Frauen generell verleugnen. Verstehen Sie mich nicht falsch«, unterbricht sie mein heftiges Atemholen, »ich will dieser verfehlten Hingabe nicht das Wort reden! Dennoch erscheint es mir ungerecht, die Werte, die als typisch weiblich gelten, bloßzustellen, nur weil sie in diesem Fall weiblich sind. So weit darf man die Emanzipation nicht treiben!«

Mittlerweile hatte ich Gelegenheit, mehrmals tief Atem zu schöpfen. »Sie haben mich mißverstanden, Frau Amati! Nicht diesen Frauentyp will ich der Kritik aussetzen, sondern seine Darstellung. Der Autor hat sich eines Klischees bedient, das einfach nicht mehr stimmt. Ich weiß nicht genau, ob das Heimchen am Herd wirklich einmal so gewesen ist, wie es in diesem Buch dargestellt wird – absolut sicher bin ich allerdings, daß die Hausfrau von heute ganz anders ist. Nicht so dumm, nicht so unterwürfig und nicht so unkritisch. Und vor allem glaube ich, daß heutzutage kein einziger Mann bei der Wahl einer Partnerin seine Prioritäten so setzt, wie Helgas Ehemann es tut. Zu Zeiten, in denen Ehen ausschließlich geschlossen wurden, um Familien zu gründen und den familiären Wirtschaftsverband zu sichern, waren Helgas Eigenschaften sicherlich gefragt – aber gibt es heute noch Männer, die allein damit zufrieden sind, daß ihre Frauen ihnen Schweinebraten auftischen?«

Frau Amati lächelt süßlich. »Trotzdem finde ich es nicht richtig, eine Hausfrau in aller Öffentlichkeit debil zu nennen, nur weil Sie selbst ...« und damit spießt sie mich mit ihren langen, violetten Fingernägeln auf »... sich nicht vorstellen können, ein solches Leben zu führen. Nein, nein, meine Liebe, auch die Emanzipation muß ihre Grenzen haben. Faire Grenzen!«

Ihre grellen Ohrhänger beginnen vor meinen Augen zu verschwimmen und treffen sich ungefähr – als irisierender Schattenriß – vor ihrer Nasenspitze. Kein Zweifel, ich schiele, wie ich es immer tue, wenn meine Augäpfel in der Entspannung großer Müdigkeit oder der heftigen Inanspruchnahme aller anderen Sinne nicht mehr in der Lage sind, sich auf einen gemeinsamen Punkt zu konzentrieren. »Frau Amati, so verstehen Sie doch ... Natürlich will ich nicht

Frauen einfältig nennen, die in der Sorge für ihre Familie aufgehen. Dumm nenne ich nur die Auffassung, daß eine Frau, die als Hausfrau arbeitet, mit Altruismus angefüllt ist. Dagegen soll eine sogenannte Karrierefrau den Egoismus gepachtet haben. Und das anscheinend noch völlig zu Recht. Und daß blindgläubige Selbstlosigkeit debile Züge hat, läßt sich nicht leugnen. Denn nur ein Mensch, der sich selbst nichts wert ist, kann auf die Wertschätzung anderer verzichten. Demgegenüber attestiert der Autor einer Frau, die um ihr berufliches Fortkommen bemüht ist, Selbstsüchtigkeit.« Ich sehe Pina Amati beschwörend an. »Wir können doch nicht damit einverstanden sein, daß der Autor die Frauen in Klassen einteilt, die nur die Unterscheidung zwischen einer Hure und einer Heiligen zuläßt.«

Pina Amatis mitleidvoller Blick, mit dem sie meine Ausführungen zu Helgas naiven, unverbildeten Gedankengängen deklassiert, erfüllt mich mit Erbitterung. Ich stehe da wie eine Flasche voll gärender Flüssigkeit, die von einem Korken fest verschlossen wird, der sich wütend in den Flaschenhals bohrt, weil er den Sinn seiner eigenen Funktion nicht mehr kennt. Soll ich Frau Amati erzählen, daß ich Hausfrau bin? So, wie die Dinge liegen, müßte ich mich für dieses Eingeständnis schämen.

»Sie haben gut reden«, lächelt sie dann auch prompt. »Woher wollen Sie wissen, was in einer Hausfrau vorgeht? Sie sollten sich einmal um die Bekanntschaft mit einer Hausfrau bemühen, ehe Sie sie der öffentlichen Kritik aussetzen.«

Inger erscheint gottlob im rechten Augenblick und rettet mich vor einer spektakulären Schlagzeile: *HAUSFRAU WÜRGT GALERISTIN!*

Rupert Barbarok folgt Ingers Anregung, sich seinen ›Gelben Zyklus‹ etwas näher anzusehen, mit freudiger Erleichterung. Seine Enttäuschung darüber, in der Vertreterin der Presse eine verschreckte Theoretikerin für Frauenfragen und -antworten vorgefunden zu haben, ist nicht zu übersehen.

»Sind wir hier, um Hausfrauengespräche zu führen?« zischt Inger mir zu, nachdem sie mit zwei bis drei rhetorisch geschliffenen Anmerkungen Pina Amatis Sympathie und ihr

Verständnis für die schreibende Begleitung der forschen ›Fotografin‹ geweckt hat.

Hausfrauengespräche! Dieses Schlagwort, mit dem Inger gewöhnlich nicht etwa nur einen Meinungsaustausch über den Beruf der Hausfrau bedenkt, sondern jedes überflüssige und unreflektierte Gerede, gibt mir den Rest.

Flügellahm lasse ich mich auf ein schneeweißes Satin-Sofa sinken und sehe zu, wie Inger dem Maler zur Flucht verhilft. Mit dem Angebot, man könne ja noch einmal das künstlerische Werk erörtern, wenn die Berichterstatterin zu einer sachlichen Form und dem eigentlichen Zweck ihrer Anwesenheit zurückgefunden habe, wendet sich Rupert Barbarok einer Dame zu. Sie hebt verzückt seine Barthaare an, um das Duplikat auf seiner Hemdenbrust zu betrachten, dessen Original – obwohl viermal so groß und in Gold gerahmt – offensichtlich nicht konkurrenzfähig ist.

»Wie soll ich Barbarok für den Kunstverein gewinnen, wenn du ihn und seine Bilder nicht einmal zur Kenntnis nimmst?« fährt Inger mich an. »So ein Künstler ist sensibel! Das einzige, was dir noch übrigbleibt, ist eine begeisterte Beurteilung seiner Ausstellung in *Glamour*.« Sie sieht wütend in mein deprimiertes Gesicht. »Meinst du nicht, daß es Zeit wird, dir endlich die Gemälde anzusehen?«

Inger, ihr Kunstverein und auch ihre Vorsätze, das künstlerische Engagement in Grenzen zu halten, sind mir momentan von Herzen egal. »Was bin ich nur für eine lausige Journalistin«, beginne ich zu jammern, »wenn es möglich ist, daß man mich derart mißversteht!«

Ingers gute Seele kann sich meinem Lamento nicht lange verschließen. »Mensch, Nele, die Leute verstehen immer nur das, was sie verstehen wollen. Hättest du dich in den letzten Jahren ein bißchen mehr mit Feminismus beschäftigt, dann wüßtest du längst, wie es um die Voreingenommenheit der vielen Sprücheklopfer bestellt ist. Was die Amati gesagt hat, bestätigt doch nur deine Worte, begreifst du das denn nicht? Sie hat dieselben Vorurteile wie dieser ... dieser Johannes Moll. Du weißt, was ich von Hausfrauen halte – aber in deiner Rezension hattest du recht.«

Der Zuspruch tut mir gut. Ich lasse mich in den schneeweißen Satin zurücksinken und genieße für einen kurzen Augenblick die heftige Dankbarkeit darüber, daß Timo jetzt nicht bei mir ist. Mein Jüngster mit seinem wünschelrutengenauen Spürsinn beim Auffinden der kleinsten Wasserlache und dieses Sofa! Das hätte mich vermutlich um den Rest meiner Fassung gebracht.

»Verschaff dir jetzt endlich einen Eindruck von der Ausstellung! Und laß mich mit Barbarok reden. Ich werde dir später alles, was ich erfahren habe, in den Stenoblock diktieren.«

Es geht nichts über eine tatkräftige Freundin, die im entscheidenden Augenblick nicht redet, sondern zupackt. Dankbar sehe ich Inger hinterher, die mit ein paar flinken Sätzen Rupert Barbarok um den Finger wickelt. Ich verlasse das schneeweiße Satinsofa und gebe mir Mühe, dem Herzblut nachzuspüren, das Rupert Barbarok – nach Aussage des Ausstellungskataloges – in seine interpretationsbedürftige Kunst investiert hat. Vor seinem Gemälde *Herzklopfen* fällt es mir noch am leichtesten. Das Blut, das aus dem klaffenden Schnitt in der Mitte des Herzmuskels in dicken Tropfen bis über den Rahmen sickert, macht die Deutung einfach. Über die bunten Girlanden, die gleichzeitig mit dem Blut herausquellen, muß ich allerdings nachdenken.

»Gefällt Ihnen das Bild?« höre ich eine Stimme hinter mir fragen.

Ich habe schon »Nein!« gesagt, bevor mir einfällt, daß ich mir zunächst über die Person und ihre Beziehung zum Künstler im klaren sein sollte, ehe ich ein weiteres Mal verdächtigt werde, nichts als eine unbelehrbare Klatschspalten-Tante zu sein.

Der Mann ist ein paar Jahre jünger als ich, ein blasser, unscheinbarer Mensch, der ohne den dünnfädigen Kinnbart kein einziges besonderes Merkmal aufzuweisen hätte. Er lächelt mich an, als sei ihm soeben die Mona Lisa erschienen. »Mir auch nicht.«

Sein schwärmerischer Blick tut mir gut. Eine Frau darf nach Vollendung ihres vierzigsten Lebensjahrs nicht mehr wählerisch sein, wenn es darum geht, die Freuden eines kleinen Flirts zu genießen. »Warum sind Sie dann hier?« frage ich, während wir gemeinsam zum nächsten Bild schlendern.

»Pina Amati hat mir eine Einladung geschickt«, erklärt er. »Zum erstenmal.«

Ich betrachte ihn ein wenig genauer. Er sieht aus, als wäre er sehr stolz darauf, auf Pina Amatis Gästeliste gelandet zu sein. Damit mein Blick nicht mißverstanden wird, lenke ich meine Aufmerksamkeit unverzüglich dem nächsten Kunstwerk zu, in dem ich trotz größter Anstrengungen keinen Tropfen Herzblut erkennen kann. Ein greller gelber Klecks verläuft, als habe man ihm keine Zeit zum Trocknen gelassen, zur rechten unteren Ecke des Bildes. Bunte Speerspitzen fahren von der linken oberen Ecke auf ihn nieder, als wollten sie verhindern, was dort unweigerlich geschieht. »Oder sie haben den Auflösungsprozeß sogar in Gang gebracht«, überlege ich laut.

Als ich mich umdrehe, stelle ich fest, daß meine neue Bekanntschaft dem gelben Klecks keinen Blick gönnt. »Sind Sie an bildender Kunst interessiert?« fragt er und senkt seinen Blick tief in meine Augen.

»Nicht sonderlich«, entgegne ich ein wenig nervös. »Die einzige Kunst, die mich in diesem Hause wirklich interessiert, ist das kunstvolle Buffet. Aber ... ich arbeite für eine Zeitschrift und muß über diese Ausstellung berichten. Es wird schwierig werden. Zu dieser Art von Kunst fehlt mir einfach der Zugang. Aber ich mußte kurzfristig für einen erkrankten Kollegen einspringen ...«

»In welcher Sparte schreiben Sie sonst?«

Sein schmachtender Blick beginnt mir auf die Nerven zu gehen. »Mal hier, mal da. Ich arbeite nur gelegentlich.«

»Ich schreibe auch«, sagt er und wandert an meiner Seite vor das nächste Bild, ohne dem schreienden Karree darauf, das gerade Gefahr läuft, von einem anderen Karree gefressen zu werden, auch nur einen einzigen Blick zuzuwenden.

»Interessant«, murmle ich leidlich höflich. Allmählich interessiert mich Rupert Barbaroks Werk mehr als dieser blasse Verehrer. Was um Himmels willen soll ich über diese Malerei schreiben? Mir ist schleierhaft, was der Künstler mit seiner Darstellungsweise ausdrücken will. Ich kann nur hoffen, daß der Ausstellungskatalog mir weiterhilft und Inger sich eine kompetente Meinung gebildet hat, von der sie mich profitieren läßt.

»Ich schreibe Bücher«, erklingt es in meinem Rücken. »Kriminalromane.«

»Interessant«, wiederhole ich. Und diesmal meine ich es ehrlich.

»Vielleicht möchten Sie mein neues Buch kennenlernen? Ich würde Ihnen gerne ein Exemplar schicken, und Sie könnten es in Ihrer Zeitschrift besprechen. Was halten Sie davon?«

Ich fühle mich unbehaglich, ohne daß ich genau sagen kann, warum. Der Verdacht, der sich in meinem Nacken festgebissen hat, läßt sich einfach nicht abschütteln. Ich möchte jetzt Inger an die Hand nehmen, mich auf die Schnelle von dem Künstler und der Galeristin verabschieden – und weg, nichts wie weg.

»Für welche Zeitschrift schreiben Sie?« fragt der Schriftsteller, nachdem er mir vor das nächste Bild gefolgt ist, das er ebensowenig eines Blickes würdigt wie alle anderen vorher.

»*Glamour*«, antworte ich klar und deutlich, weil ich weiß, daß jetzt jedes Leugnen zwecklos ist.

Der Verdacht beißt noch einmal kräftig zu, als ich sehe, wie mein Gegenüber niedergeschlagen die Schultern zuckt. »Dann hat es keinen Sinn«, sagt er. »Dort ist das Buch schon besprochen worden.«

Der Verdacht entledigt sich seiner falschen Zähne durch Absonderung der Haftcreme. Ich muß seinen Biß aus meinem Nacken wischen, als er sich schon längst davongemacht hat. Konsequent starre ich auf ein winziges lila Dreieck, auf dessen oberer Spitze ein noch winzigeres Sternchen kauert. Hoffnung, lese ich den Titel vor, der neben dem breiten Goldrahmen vermerkt ist, und hoffe darauf, daß Johannes Moll zu einem anderen Gesprächsthema findet oder – noch besser – ans Telefon gerufen wird.

»Nikolaus Elbenfeld«, sagt Johannes Moll leise. »Ein Kollege von Ihnen. Kennen Sie ihn?«

Ich nicke verblüfft. Hinter dieser jähen Abzweigung sehe ich nichts, was unser Gespräch weiterführen soll.

»Er könnte sich des Kürzels NELE bedienen.« Johannes Moll sieht mich fragend an. »So ist nämlich die Rezension meines Buches unterschrieben worden. N für Nikolaus und ELE für einen Teil seines Nachnamens. Wäre doch möglich, oder? Wissen Sie, ob Elbenfeld dieses Kürzel verwendet?«

»Keine Ahnung!« Ich halte jetzt unruhig nach Inger Ausschau. »Ich sagte ja schon, ich arbeite nur gelegentlich in der Redaktion.« Ich winke Inger zu, die glücklicherweise gerade zu mir herüberschaut. »Ich muß jetzt gehen.«

»Sehen wir uns wieder?« Johannes Moll durchdringt meine Netzhaut ein weiteres Mal mit diesem statischen Blick, den er wohl für besonders seelenvoll hält.

Ich versuche, ihn mit einem vagen Schulterzucken abzuspeisen. »Wenn die Amati mal wieder eine Ausstellung macht ...«

Inger kann sich natürlich nicht erklären, was mich zu so plötzlicher Eile drängt, und ich sehe ihr an, daß sie eine Menge gegen unser vorzeitiges Verlassen der Galerie vorzubringen hat – aber eine beste Freundin fragt eben nicht lange, sondern begreift auf Anhieb, daß das, was geschieht, geschehen muß.

Das Haus, in dem Pina Amati ihre Galerie führt, besitzt im Erdgeschoß eine Cafeteria. Eine halbe Stunde später sitzt Inger auf einem der zierlichen Kaffeehausstühle und biegt sich und die graziösen Chippendale-Beine vor Lachen. »Du Feigling!«

Wer läßt sich gerne mangelnde Courage vorwerfen, wenn sich viel einleuchtendere Gründe finden lassen? »Sollte ich mir noch einmal vorwerfen lassen, die Werte einer idealistischen Hausfrau nicht richtig erkannt zu haben? Nein, danke!« Ich sehe auf die Uhr. »Sollten wir nicht endlich ...?«

»Ich habe Zeit.« Inger ruft nach einem weiteren Kaffee, weil die Verwaltung von verfügbarer Zeit natürlich ausschließlich eine Sache der doppelbelasteten Frau ist, während mir, der Hausfrau, die Zeit zufließt und ich mich nur in ihrem Strom zu baden habe. Ich kenne das und werde mich hüten, Inger etwas von meiner Salatsauce zu erzählen und den frischen Kräutern, die ich erst kurz vor dem Anrichten aus dem Beet zupfen will. Ich müßte mir wieder einmal ein wütendes Referat anhören über die unproportionale Bedeutung, die ich der Hausarbeit zukommen lasse. Und vermutlich würde es in der Behauptung gipfeln, daß ich mich nicht nur von meiner Familie, sondern sogar von Petersilie und Schnittlauch ausbeuten ließe.

Inger grinst, als hätte sie meine Gedanken erraten. »Du kannst gleich eine Mac-Chicken-Platte kaufen, dazu ein paar Fritten, und das Mittagessen wird in dem Moment fertig sein, in dem du zu Hause ankommst«

»Bloß nicht.« Ich erinnere Inger an die Folgen meines ersten und einzigen Versuchs, die Beköstigung meiner Familie auf das Notwendigste zu rationieren.

»Da siehst du wieder mal«, sagt Inger ungerührt, »wohin dich deine Vollwerternährung führt. Die Kinder sind völlig entwöhnt von Zusatzstoffen und werden krank, wenn sie mit ihnen in Berührung kommen. Aber die Welt ist nun einmal voll davon! Du kannst deine Familie nicht vor ihnen schützen. Alles, was du tun kannst, ist, sie resistent zu machen, damit sie in ihrer Umwelt überleben können.«

Ich winke ungeduldig ab. »Setz du meinetwegen deiner Familie Fritten vor, ich nicht.«

Auf Ingers Gesicht erscheint ein Lächeln, das ich noch nicht kenne. »Ich habe gestern frischen Blumenkohl gekauft. Einen dicken weißen Kopf! Louis will ihn kochen und ihn heute mittag zusammen mit Kartoffeln und Wiener Schnitzeln servieren. Er behauptet sogar, er wüßte, wie man eine Sauce Hollandaise macht.«

»Donnerwetter!« Bisher habe ich geglaubt, Louis würde in der heimischen Küche nicht einmal die Schublade finden, in der die Küchenmesser aufbewahrt werden. Nun soll er sich sogar die Zutaten für ein komplettes Mittagessen zusammensuchen und sich freiwillig an den Herd stellen? Ich weiß doch, daß Louis am Sonntagmorgen normalerweise damit beschäftigt ist, den *Spiegel* und *Die Zeit* zu lesen. »Was so eine blonde Tussi nicht alles möglich macht!«

Inger lacht. Zunächst ein wenig unfroh, dann jedoch wieder so zuversichtlich und keck wie eh und je. »Die Tussi habe ich aus dem Felde geschlagen, wetten? Ein Mann, der sich zur Rettung seiner Ehe in ein Kochbuch vertieft, muß ernste Absichten hegen!«

Dieser Auffassung kann ich nur unumwunden zustimmen. Zumindest bei einem Mann wie Louis kann diese Behauptung nicht falsch sein. Ebensowenig wie die Überzeugung, daß ein Gläschen Sekt vor dem Essen gut für den Kreislauf ist. Obwohl ich längst weiß, daß ich zu den Menschen gehöre, die Sekt am Vormittag nicht vertragen können, stelle ich die Behauptung nicht richtig. Es gibt eben Erkenntnisse, die werden erst durch einen Schluck Alkohol so richtig glaubwürdig.

Während das Auto zwischen unseren Haustüren ausrollt, erinnert mich Inger daran, daß sie mir das Buch *Die Chancen der Doppelbelastung* ausleihen will, nein, muß. »Du mußt es unbedingt lesen, Nele, es könnte dich zu einer kompletten Neuorientierung führen.«

Kaum haben wir die Tür zu Ingers Haus aufgeschlossen, ertönt ein vielstimmiger Schrei aus der Küche: »Noch nicht reinkommen!«

Das Rumoren hinter der Tür läßt auf Aktivitäten schließen, die ich nie und nimmer mit der schlichten Zubereitung einer Mahlzeit in Zusammenhang gebracht hätte. Zur Winterzeit hätte ich den Nikolaus in Ingers Küche vermutet oder zu anderen Jahreszeiten Laubsägearbeiten, zu denen verbotenerweise die Küchenmesser herangezogen werden. Oder das informelle Treffen einer genauso informellen Truppe, die sich, je nach Alter, über die Alkoholvorräte oder einen frischangerührten Kuchenteig hermacht. Aber Inger versichert glaubhaft, daß es in ihrer Küche nur um die Herstellung von Blumenkohl mit Sauce Hollandaise und Wiener Schnitzel geht.

»Willst du nicht doch mal nach dem Rechten sehen?« frage ich ängstlich, als Romanus' Schrei durch die geschlossene

Tür dringt, den Amadeus mit dem Satz kommentiert: »Nimm die Finger aus der Sauce, ich habe dir doch gesagt, daß sie heiß ist.«

Inger lauscht kurz auf Louis' Antwort: »Ruhe bewahren, Jungs, wir liegen gut in der Zeit, wir können es schaffen ...« Dann zieht sie mich ins Wohnzimmer. »Ich habe mir geschworen, mich diesmal nicht einzumischen. Laß sie nur machen. Ich werde alles lobpreisen, was sie mir vorsetzen. Auch wenn es sich um brikettierte Schnitzel und in der Sauce ersoffenen Blumenkohlmatsch handelt.« Sie greift in den Bücherschrank und hält mir das Buch wie eine Trophäe entgegen. »Hier! *Die Chancen der Doppelbelastung!*«

Inger geht in den Vorratsraum und sucht nach einer Plastiktüte, steckt das Buch hinein, greift in ein Regal und fügt noch Weiteres hinzu. Ehe ich fragen kann, erklärt sie: »Mach es dir doch auch mal ein bißchen leichter. Du kommst nicht umhin, deinen Haushalt neu zu organisieren. Eine Journalistin kann nicht gleichzeitig dienstbarer Geist und alternative Bäuerin sein.«

Wenn ich halbwegs pünktlich zu Hause sein will, ist es besser, widerspruchslos zu nicken. Erst in meiner eigenen Küche finde ich heraus, was Inger mir als unterstützende Maßnahme zukommen läßt: eine servierfertige Salatsoße, getrocknete Kräuter und eine Dose mit Ochsenschwanzsuppe, die nur erhitzt werden muß.

Ich bin allein in der Küche. Der Braten muß noch aufgeschnitten, die Soße gebunden, die Kartoffeln abgegossen und die Nußbutter für das Gemüse erwärmt werden. Außerdem braucht Timo eine Extraportion Zuwendung, um über die Enttäuschung des Vormittags hinwegzukommen. Ich horche ins Haus, bevor ich mich entschließe, die trockenen Kräuter über den Salat zu streuen, die aussehen wie der Puffreis aus Carolins erstem Kaufladen nach wochenlanger Benutzung und Wiederverwendung. Die Salatsoße gleitet fett mit all ihren Konservierungsstoffen in die Schüssel. Aber nachdem ich alles gründlich durchgemengt habe, sieht es erstaunlich appetitlich aus. Unschlüssig drehe ich die Suppendose in den Händen. Nein! Das wäre des Frevels zuviel. Ich werde so schon froh sein, wenn meine ahnungslose Familie diesen ernährungsgrundsätzlichen Fehltritt gesund übersteht.

Mir ist nicht wohl, als Oma zwei auf ihrem Salatteller herumstochert und mutmaßt, daß mir in der Eile irgend etwas durcheinandergeraten ist. »Zuviel Salz«, stellt sie schließlich fest und beteuert, daß der Salat dennoch hervorragend schmecke und es natürlich kein Wunder sei, daß mir nach einem beruflichen Einsatz am Sonntagmorgen die erforderliche Geduld für das feine Abschmecken fehle.

Ich greife nach dem Stichwort und erzähle meiner staunenden Familie vom künstlerischen Schaffen Barbaroks, von der exaltierten Galeristin, die mich zur Hausfrauenhasserin herabwürdigte, und von Johannes Moll, der dem Kürzel Nele auf der Spur ist.

»Vermutlich will er sich rächen«, gibt Nico zu bedenken.

Angesichts dieser Gefahr verordnet mir die gesamte Familie Mittagsruhe und schiebt mich aus der Küchentür, hinter der sogleich eine lautstarke Diskussion darüber einsetzt, wie die anfallenden Arbeiten zu verteilen sind, ohne daß man sich gegenseitig im Wege steht. Nur Timo wird hochherzig aus seinen Pflichten entlassen, ehe er den beliebtesten Part, das Spülen, für sich beanspruchen und die Küche unter Wasser setzen kann.

Ich greife nach seiner Hand und gehe mit ihm in den Garten. Er entzieht sich mir jedoch schnell wieder und schwingt sich auf seine Schaukel wie ein Cowboy in den Sattel. »Anstoß!«

Abgesehen von seinen gelegentlichen Kommandos »Mehr!« oder »Höher!« ignoriert er mich beharrlich. Nach einer Weile ergreife ich im Zurückschwingen die beiden Seile und gleichzeitig Timos Hände, damit die Bremsung ihn nicht vom Schaukelbrett wirft. »Wie wär's mit einer kleinen Geschichte? Drüben in der Laube?«

Es scheint, als würde Timo gern ablehnen. »Ich hätte noch viel höher schaukeln können. Fast bis zum Salto.« Aber er kommt dennoch mit. Geschichtenerzählen in der Laube ist für Timo das Höchste. Ebenso wie das berauschende Machtgefühl des kleinen Mannes, der zum König wird, wenn er seine Mutter ganz für sich allein haben kann.

Ich lasse mir Zeit mit der wohlbekannten Geschichte von den drei Murmeltieren, die sich mit drei Faultieren zusammentun und sich wundern, daß sie vor Langweile beinahe eingehen. Bevor sie sich endlich entschließen, auch einen Fuchs, eine Gazelle und einen Schimpansen in ihre Gemeinschaft aufzunehmen, erfinde ich noch einen hilfsbereiten Maulwurf und mehrere eilfertige Spatzen hinzu, die Leben in den eintönigen Haushalt bringen und vor allem das Märchen ein Stück verlängern. Timo lehnt sich entspannt in meinen Arm, drückt seinen Kopf in meine Achsel und läßt die Beine im gemächlichen Rhythmus baumeln. Als er sich sogar entschließt, den Daumen in den Mund zu stecken, was einem zukünftigen Kranführer nun wirklich nicht zur Ehre gereicht und deswegen nur unter Ausschluß der Öffentlichkeit geschieht, weiß ich, daß er mir verziehen hat. Wahrscheinlich hat Inger recht. Ich muß mich zu einer strafferen Familienorganisation entschließen, die Reibungen von vornherein unterbindet.

Eine Stunde später verkünden die Omas voller Stolz, daß sie total selbständig, ohne besonderes Geheiß und unter freier Verfügung über meinen Gebäckvorrat den Kaffee gekocht und den Tisch gedeckt haben. Ich sitze vor meinen geblümten Kaffeetassen, den Buchteln mit Vanillesauce, und die Welt ist in Ordnung. Es gibt nichts Schöneres als eine große Familie, die sich vollständig um einen Tisch versammelt hat.

15.

Meine Mutter sitzt mit gerunzelter Stirn in der Küche und raschelt unheilvoll mit den Seiten der neuesten *Glamour*. Ich betrachte sie interessiert. »Ist etwas nicht in Ordnung?«

Franziska schüttelt mißbilligend den Kopf. »Sybille von Hochgrebe ist in ihren Beruf zurückgegangen. Sie will Geld verdienen wie eine ganz gewöhnliche Frau, die für ihren Unterhalt sorgen muß.«

»Warum auch nicht?«

»Es ist plötzlich alles so alltäglich bei den Hochgrebes«, nörgelt meine Mutter. »Sybille muß jetzt früh aufstehen und läßt sich das Frühstück nicht mehr von ihrer Haushälterin ans Bett bringen.«

»So ein Blödsinn!« knurrt Margareth dazwischen. »So was gibt's doch heute auch gar nicht mehr. Nicht einmal beim Adel.«

Franziska scheint das nicht einsehen zu wollen. Sie ist eben noch eine überzeugte Royalistin, an deren Haltung weder die Verarmung des Adels noch sein untergegangener Einfluß etwas ändern können und nicht einmal die immer häufiger vorkommenden Mesalliancen. »Sybille von Hochgrebe behauptet, die Doppelbelastung sei kein Problem für sie.« Mit erhobener Stimme zitiert Franziska, was Tanja Berger der blaublütigen Sybille in den Mund gelegt hat. »Alles nur eine Sache der Organisation! Eine Frau, die ihren Alltag vernünftig plant, kann allen Anforderungen gerecht werden. Niemand wird mir vorwerfen können, meinen Beruf, meine Familie oder gar mich selbst zu vernachlässigen.« Meine Mutter nickt einigermaßen beruhigt. »Demnach wird sie noch die Zeit finden, regelmäßig zum Friseur, zur Kosmetik und zur Maniküre zu gehen.«

»Dann ist ihr Leben ja halbwegs erträglich geblieben«, wirft Margareth herausfordernd dazwischen. »Trotz ihrer Doppelbelastung.« Und dabei zwinkert sie mir lachend zu.

»Zur Doppelbelastung sagt sie übrigens etwas sehr Interessantes«, nickt meine Mutter, der mal wieder entgangen ist, daß sie und Sybille von Hochgrebe in diesem Haus nicht ernst genommen werden. »Die Doppelbelastung sei eine Chance, sagt Sybille von Hochgrebe. Es sei wunderbar, den selbstformulierten Ansprüchen gerecht zu werden, denn diese geistige Anstrengung erhielte eine Frau jung und attraktiv.« Sie blickt auf und sieht mich so vielsagend an, als sei ich bereits auf dem Wege zu früher Alterung und baldigem Lifting.

Margareth schüttelt verblüfft den Kopf. »Man könnte meinen, Sybille von Hochgrebe hätte ein längeres Gespräch mit Inger geführt.«

Mich durchfährt ein heftiger Schreck. »Das Repertoire der Feministinnen!« sage ich schnell. »Sie klopfen allesamt die gleichen Sprüche.«

Aber ganz wohl ist mir nicht. Nur gut, daß wenigstens Inger selbst die *Glamour* nur selten und den Fortsetzungsroman darin niemals liest. »Ich gehe zu Philip ins Büro.«

Seit ich offiziell für *Glamour* schreibe, werde ich viel selbstverständlicher an den Computer entlassen als früher. Bisher mußte ich nach Ausflüchten suchen, die meine Anwesenheit vor dem Bildschirm erklärten. Manchmal habe ich vorgegeben, ein Computerspiel zu testen, ehe sich Nico im Dschungel der Festplatte verirrte und irgend etwas durcheinanderbrachte. Erst dann konnte ich die nächste Folge des Fortsetzungsromans in den PC hämmern. Mit spitzen Ohren, die zum Treppenaufgang lauschten, und Fingern, die regelmäßig zum Speicherbefehl griffen, um bei Bedarf schnellstens den Text vom Bildschirm zu verbannen, ohne auch nur einen Teil davon zu verlieren. Und dann das Verstecken der Diskette! Manchmal wußte ich selbst nicht mehr, wo ich sie in der Eile hingeschoben hatte. In meine Hosentasche oder in ein Kochbuch? Unter die Bügelwäsche oder in eine Küchenschublade?

Jetzt greife ich vor den Augen aller nach meiner Diskette mit der Aufschrift *Glamour*, und niemand ahnt, daß auf ihr auch Sybille von Hochgrebes Freud und Leid seinen Anfang nimmt. Und daß ich jetzt häufig im Büro hocke, um für die Zeitung zu arbeiten, versteht auch jeder. Glücklicherweise ist niemand in meiner Familie daran interessiert, dem Entstehen eines Beitrags zuzusehen. Somit findet auch niemand heraus, daß die Buchstaben auf dem Monitor oft weder zu einer Reportage oder Buchrezension noch zu einer Liebesgeschichte oder einem Ratekrimi gehören, sondern zur nächsten Folge von *Und immer siegt die Liebe*. Mein Leben ist einfacher geworden. Und meine Freude an Honorarabrechnungen steigt.

Mein Mann jedoch wird stiller und nachdenklicher. Noch immer nicht hat Krämer über Philips Zukunft und die seiner Hotels entschieden. Es wird noch lange dauern, bis sich herausgestellt hat, ob die Idee des Hoteliers eine ergiebige Geldquelle oder nur ein menschenfreundlicher, aber wenig profitabler Akt sein wird.

Es steht fest, daß Philip sich auch um andere Bauvorhaben bemühen muß. Ein schwieriges Unterfangen, dem intensive Kontaktpflege vorangehen und das mit Hartnäckigkeit und Durchsetzungsvermögen zum Erfolg getrieben werden muß. Keine dieser Voraussetzungen gehört zu Philips hervorstechenden Eigenschaften. Er verbohrt sich in den Garagenhof, wendet viel mehr Zeit für ihn auf, als ihm gebührt, und bastelt ängstlich an dem ersten Hotelkonzept, das ihm viel zu gefährlich, weil viel zu bedeutsam ist, als sich ihm mit unbekümmerter Entschlossenheit zu verschreiben. Philip packt die Sache nicht an, er brütet. Er brütet über den Zeichnungen für Krämers Hotelanbau, über dem Angebot für die Pflasterungsarbeiten des Garagenhofes, über der Rentabilitätsberechnung für sein Architekturbüro, über den Kreditkosten des Existenzgründungsdarlehens, über ... ja, manchmal scheint es mir, als brüte er über seinem Leben in der Erwartung, ganz unvermittelt würde eine Hoffnung aufbrechen und eine junge Perspektive schlüpfen, die gesund heranwachsen und wenig später die Familie ernähren wird.

Ich beginne nervös zu werden und würde ihn manchmal am liebsten ins Büro herunterjagen, wenn er am Eßtisch sitzt, den Kaffee in Fingerhutportionen trinkt und sich immer wieder zu einem halben Keks entschließt, ehe er sich endlich an die Arbeit macht. Nicht ohne mit einem tiefen Seufzer den Körper aufzurichten, die Schultern nach hinten zu dehnen und die Fäuste einmal zur Decke zu strecken.

Franziska bedenkt mich dann mit einem mütterlichen Blick des Wissens, des Verstehens, der Anteilnahme und der Aufforderung, mich den vorangegangenen Frauengenerationen anzuschließen auf dem Weg, der klaglos beschritten wird und dem Manne folgt. Es fehlt eigentlich nur noch, daß sie mir Sybille von Hochgrebe als leuchtendes Beispiel vorhält, die auch schon so manchen Schicksalsschlag klaglos hinnahm, um bald darauf noch schöner und strahlender aus ihm hervorzugehen. Manchmal trifft dann auch Margareth ein vorwurfsvoller Blick, als wäre ihr Schoß der Grund allen Übels. Aber gottlob ist meiner Schwiegermutter der Zusammenhang zwischen ihrer einzigen Schwangerschaft und unseren Existenznöten noch nicht aufgegangen. In ihr erwacht sogar täglich ein bißchen mehr die Freude an jeder Nuance, die sich verändert. Schadenfroh blickt sie dem gebeugten Rücken ihres Sohnes nach, während sie meinen Telefongesprächen mit dem Chefredakteur von *Glamour* wohlgefällig lauscht. Und bei fast jeder Mahlzeit macht sie Philip darauf aufmerksam, daß es doch bewundernswert sei, ein so gutes Essen aufzutischen, wenn die Hausfrau gleichzeitig berufstätig sei. Ich sehe Philip dann an, daß er über meine Arbeit für die Zeitschrift gern ein munteres Scherzwort verlieren würde. Aber auch hier ist er ängstlich geworden und nickt zustimmend oder erkundigt sich artig nach dem nächsten Artikel, den ich zu schreiben gedenke.

»Sinisa!« Ich seufze vernehmlich.

Da hat Alexander mir mal wieder etwas eingebrockt.

»Warum schreibst du den Bericht nicht selbst?« habe ich ihn gefragt. »Du kennst sie schließlich am besten.«

»Unmöglich!« hat Alexander rundheraus abgelehnt. »Mir fehlt die Objektivität. Und selbst meiner Subjektivität ist nicht zu trauen. Nein, ich werde dich begleiten, aber schreiben mußt du.«

Ich denke mit Schrecken an den Abend zurück, an dem mir das erste Mal ein Konzert Sinisas vergönnt war, und versuche, mich damit zu beruhigen, daß die Dame mittlerweile sechzehn Jahre älter ist und vermutlich an Contenance zugenommen hat.

Das Spektakel findet in einer Turnhalle statt, die sich der Schützenverein von der ortsansässigen Gesamtschule ausgeliehen hat. Ich treffe Sinisa in einer Garderobe, die bis dahin der Aufbewahrungsort für Medizinbälle, Volleyballnetze und Badmintonschläger gewesen ist. Sinisa residiert zwischen den verbliebenen Böcken und Bänken, als stehe ihr ein Auftritt in der Scala bevor. Natürlich erkennt sie mich nicht.

Eingedenk meiner sechzehn Jahre alten Erfahrung habe ich diesmal auf ein elegantes Kleid verzichtet, meine ältesten Jeans herausgeholt und mir von Carolin eine transparente Bluse geliehen, die unter der Brust geknotet wird und ein verwegenes Dreieck nackter Haut über der Gürtelschnalle freiläßt. (O-Ton Carolin: »Wow, Mama, was der Beruf aus einer Frau machen kann!«)

Mit der Sicherheit einer genau richtig gekleideten Frau betrete ich Sinsisas Garderobe – und ducke mich schon unter ihrem mißbilligenden Blick. Wie bin ich bloß auf die Idee gekommen, hier in diesem Freizeit-Look zu erscheinen? Sinisa trägt ein kleines Schwarzes aus den sechziger Jahren, ein ähnliches Modell, wie ich es damals trug, als ich unvermittelt in die Punk-Szene getaucht wurde.

Wo hatte ich nur meine Gedanken? Natürlich hat Sinisa ihren Stil geändert. Das hat sie sowieso immer getan, wenn sich ihr Publikum gerade an eine Fasson gewöhnt hatte. Und es wäre selbst bei größter Beständigkeit notwendig gewesen, denn die Mittdreißigerin mit mittlerweile zehn Kilo Übergewicht hätte vermutlich auch den feuchtfröhlichsten Schützenbruder nicht mehr vom Hocker gerissen, wäre sie mit Pumuckl-Frisur und Pippi-Langstrumpf-Socken auf der Bühne respektive dem Schwingboden der Turnhalle erschienen. So aber, in seriöser Schlagersänger-Verpackung, waren nicht nur die dickbäuchigen Herren beeindruckt, sondern auch ihre Damen mit den schillernden Schärpen über den Abendkleidern.

Ich fühle mich denkbar unwohl, underdressed wie ich bin, und frage mich, wie Alexander es immer schafft, genau richtig gekleidet zu sein. Damals die durchlöcherten Jeans und heute ein schlichter dunkler Anzug, der nur bei genauerem Hinsehen den bekannten Designer verrät. Alexander scheint viel häufiger Zaungast der künstlerischen Entwicklung Sinisas zu sein, als ich ahne und er zugibt.

Nachdem Sinisa das Publikum ausreichend mit den Schlagermelodien aus der Jugendzeit des Schützenkönigs und seines Hofstaates erfreut hat, kündigt sie mit der künstlichen Bescheidenheit eines Weltstars eine Chansonreihe an, deren Komponistin und Texterin Sinisa höchstpersönlich ist.

Ich glaube ihr kein Wort. Nach Alexanders früh- und spätverliebten Erzählungen kann Sinisa nämlich keine Noten lesen und weiß von Harmonielehre noch weniger als der Dirigent des Spielmannszuges eben jenes Schützenvereines, dem sie diese Werke nun zu Gehör bringen wird. Entweder hat Sinisa Melodie und Text geklaut oder einen Ghostwriter gefunden, der ähnlich selbstlos vernarrt ist wie Alexander.

Nach dem ersten Titel jedoch glaube ich ihr jedes Wort. Was Sinisa dort vorn, unter dem Basketballkorb, ins Mikrofon brüllt, kann unmöglich von einem musikalisch gebildeten, ästhetisch verwöhnten Tonkünstler stammen.

Die Schützenbrüder, die schon die Arme erhoben haben, um so begeistert mitzuklatschen wie bei *Theo, wir fahr'n nach Lodz* und *Ein Student aus Upsalalalalalalalalala,* lassen verstört die Hände in den Schoß sinken und starren mit offenem Mund auf das zappelnde Etwas, das in Brust- und Hüftumfang durchaus an die eigene Ehefrau erinnert, ansonsten jedoch nichts von dem ernsthaften Walküren-Charme hat, an den sie gewöhnt sind.

Als Sinisa die Darbietung ihrer Chansonreihe beendet, ist Alexander der einzige, der frenetisch zu applaudieren beginnt. Tatsächlich reißt er die komplette Schützenbürgerschaft mit, von denen vielleicht jeder befürchtet, einen echten Kunstgenuß als einziger nicht als solchen erkannt und eingeschätzt zu haben. Glücklicherweise kennt das Publikum den Moment genau, an dem ein Künstler sich zu einer Zugabe genötigt sieht, und beendet den Applaus jählings, als Sinisa Anstalten macht, erneut zum Mikrofon zu greifen. Erst als sie den Zuruf *»Blau, blau, blau blüht der Enzian!«* nikkend bestätigt, läßt man ihr wieder freien Zugang zur Musikanlage. Das Gesicht Alexanders, von dem ich genau weiß, was er von dieser Musik hält, verklärt sich zu einem glückseligen Strahlen, als Sinisa durch die Bankreihen marschiert und im Takt zum blauen Enzian Küßchen und Nasenstüber verteilt.

Kopfschüttelnd sehe ich zwei Stunden später immer noch in sein zustimmendes Lächeln, während Sinisa uns erklärt, wie schwierig es sei, ein schwerfälliges Publikum von wirklich anspruchsvoller Musik zu überzeugen. Aber dennoch befinde sie sich auf direktem Weg zur Chansonette. »Glaubst du nicht auch, mein Schatz?«

Und Alexander, dieser verknallte Tölpel, nickt auch noch dazu!

Als ich ihn, der einen Sinisa-Abend nur schwer ohne gleichzeitigen Alkohol-Genuß überstehen kann, vor seinem Haus absetze, frage ich vorsichtig: »Was erwartest du von mir? Was soll ich über Sinisa schreiben? Wie lang muß der Bericht werden?«

Alexander zuckt müde die Achseln. »Schreib ihn so, wie du ihn für richtig hältst. Wir können dann später darüber reden. Einen Verriß würde ich allerdings nicht ins Blatt nehmen.«

»Du mißbrauchst deine Stellung als Chefredakteur.«

»Ja«, entgegnet er schlicht und küßt mir die Nasenspitze.

»Okay, kein Verriß.« Während ich den Motor abstelle, lehne ich mich in Alexanders Arm. »Meinetwegen sogar eine rundum positive Beurteilung.«

Ich blicke auf seine Hände, von denen eine meine andere waschen soll. »Aber ich möchte noch einen weiteren Artikel schreiben. Einen wichtigen, umfangreichen. Mit einer Schlagzeile auf dem Titel.«

Alexander schiebt mich von sich und betrachtet mich neugierig. »Geheime Recherchen? Hast du, ohne mir etwas zu sagen, ein Techtelmechtel mit dem Steuergelder veruntreuenden Oberbürgermeister angefangen?«

»Quatsch!« Ich erzähle ihm von meinem Gespräch mit Pina Amati und meiner Bekanntschaft mit Johannes Moll. »Ich komme nicht darüber hinweg, daß man mich derart mißverstehen konnte. Und nun will ich einen Knüller schreiben über die moderne Frau. Über Frauen, die so modern und emanzipiert sind, daß sie sich freiwillig dazu entschließen können, Hausfrau zu sein.«

Alexander sieht mich an, als hätte ich angeregt, die Verleihung des Mutterkreuzes zu reaktivieren. »Du mußt verrückt geworden sein«, stößt er schließlich hervor. »Unsere Verkaufszahlen würden in den Keller gehen. So etwas interessiert doch keinen Menschen.«

»Keinen Mann, wolltest du sagen«, korrigiere ich ihn. »Aber erstens besteht deine Leserschaft in der Mehrzahl aus Frauen, und zweitens interessiert die Männer dieses Thema vielleicht doch. Sind sie es nicht immer gewesen, die uns Frauen wieder ins Haus zurücklocken wollten, weil sie die weibliche Konkurrenz am Arbeitsmarkt fürchteten? Denen will ich zwar nicht das Wort reden, aber selbst wenn sie die Schlagzeile mißverstehen – ihr Interesse wird geweckt sein.«

Alexander unterdrückt ein Gähnen. »Nele, du weißt, was ich von deinen Überzeugungen halte ...«

»Darum geht es nicht«, unterbreche ich ihn rüde. »Bist du nicht immer darauf aus, dich von den Konkurrenz-Blättern zu unterscheiden? Einmal einen anderen Lockvogel zu bringen als die anderen? Nicht immer notgedrungen über die verkorksten Ehen des englischen Königshauses und die Thronfolge in Monaco zu berichten? Und ob Frank Sinatra sich mal wieder scheiden läßt, um erneut eine noch Jüngere zu heiraten?«

Alexander sieht aus, als hätte er auf ein Pfefferkorn gebissen.

»Und das ganze Theater mit der sogenannten Emanzipation!« fahre ich ungerührt fort. »Immer noch gibt es diese Karrierefrauen, die in den Zeitungsinterviews mit Vorliebe davon reden, wie wichtig ihnen neben ihrem Beruf die Familie sei. Und wie spielend sie all ihre Aufgaben unter einen Hut bringen. Wie schrecklich gern die Kinder das teure und so praktische Internat besuchen. Wie lieb sie die Haushälterin haben, die man sich gottlob leisten kann. Und wie wichtig und vor allem wunderschön es ist, sich ein Leben lang zu kasteien, um alles gleichzeitig zu schaffen: attraktiv und jung bleiben, erfolgreich sein, eine oder mehrere mustergültige Ehen zu führen und, last but not least, auch noch treusorgende Mutter zu sein. Neuerdings mit der Ergänzung, zu den Power-Frauen zwischen vierzig und fünfzig zu gehören, weil die 68er von damals nämlich mittlerweile dieses stattliche Alter erreicht haben.«

Ich sehe Alexander an, daß er jetzt gern einmal zu Wort kommen würde, aber ich bin entschlossen, es nicht zuzulassen. »Und dann liegt so eine Zeitschrift auf einem Frühstückstisch vor einem Mann mit einer ständig überforderten Haus- und Berufsfrau. Und der bedenkt seine Gattin dann prompt mit einem vorwurfsvollen Blick, weil sie ihn täglich darum bittet, den Mülleimer herunterzutragen. Und sie selbst wird sich fragen, warum ihr das nicht gelingt, was diese Karrierefrau angeblich im Handumdrehen schafft. Warum sie weder jung und schön geblieben noch sich mit ihrem stundenweisen Dazuverdienen erfolgreich nennen kann. Und diese Frauen werden alle schon seit Jahren den heimlichen Wunsch haben, daß endlich mal jemand kommt, der den Mut zur Wahrheit hat. Und sie werden froh sein, einen Anwalt gefunden zu haben, der die Interessen der Opfer vertritt. Der Opfer der Frauenbewegung!«

Alexanders Haltung hat sich während meiner Tirade geändert. Die Müdigkeit ist von ihm abgefallen. Seine Augen, die desinteressiert durch die Windschutzscheibe gestarrt haben, sind wach geworden und haben den Glanz des Jägers angenommen, der eine Beute vor sich hat. Aber noch weiß er nicht, welchen Pfeil er aus dem Köcher ziehen soll.

»Und die Feministinnen?« fragt er weinerlich, als fürchte er die mehr als seinen Verleger.

»Die werden sich schrecklich aufregen«, antworte ich grinsend, denn ich weiß schon, daß ich gewonnen habe. »Aber eine Titelstory, die Einhelligkeit hervorruft, willst du doch nicht, oder? Ich weiß doch, daß du ständig auf der Suche nach Reportagen bist, die heiße Debatten auslösen und die Leute an die Zeitungskioske treiben, weil sie sich alle an diesen Diskussionen beteiligen wollen.«

Ich lasse zu, daß Alexander seinen Kopf an meine Brust legt, als horche er auf meinen Herzschlag, von dem er vielleicht glaubt, daß mein Gefühlsausbruch ihn gefährlich beschleunigt hat.

»Dir kann es doch ganz egal sein«, rede ich über seinen Kopf weiter, »wie viele Leser sich meiner Meinung anschließen. Wichtig ist doch für dich nur, daß *Glamour* endlich einmal etwas anderes auf dem Titel hat als Lady Di und Prinzessin Stephanie. Und daß deine Redaktion sich nicht scheut, ein heißes Eisen anzufassen!«

Nach minutenlanger Schweigsamkeit, in der ich Alexander geduldig den Nacken kraule, versucht er es noch einmal mit einem maliziösen Lächeln. »Wenn du überhaupt eine Reaktion bekommst, dann wird es das Gebrüll der Frauenrechtlerinnen sein, ein weiteres Interview mit einer Karrierefrau und ein paar vernünftige Äußerungen von Politikerinnen, die auch Karrierefrauen und Mütter sind.« Er schiebt vorsichtig eine Hand in meine Bluse. »Und die Masse der Frauen wird sich gleich wieder ducken und sich nicht trauen, dem etwas entgegenzusetzen, was sich seit Jahren Fortschritt nennt. Das ist ja beinahe so, als wollte Mandela höchstpersönlich die Schwarzen in die Apartheid zurückdrängen.«

Jetzt habe ich meinen Chefredakteur im Schwitzkasten! Aus lauter Dankbarkeit lasse ich seine Hand da, wo sie eigentlich nicht hingehört. »Du gibst also zu, daß die meisten Frauen gezwungen sind, sich zu ducken? Daß sie Angst haben müssen, sich freimütig zu äußern? Daß der sogenannte Fortschritt gar keiner ist? Und du willst die Abhängigkeit der Frauen sogar mit der Versklavung der schwarzen Bevölkerung gleichsetzen? Donnerwetter, Alexander, einen so radikalen Standpunkt hätte nicht einmal ich vertreten!«

»Moment mal!« Alexander zieht verwirrt seine Hand zurück. »So habe ich das nicht gemeint!«

»Endlich hast du einmal deinen Verstand ausgeschaltet«, antworte ich fröhlich und schmiege mich zur Bekräftigung in seinen Arm. »Dein Bauch hat reagiert. Du weißt also genausogut wie ich, daß die Gleichberechtigung der Frauen nicht für mehr Rechte, sondern für mehr Pflichten gesorgt hat. Die Nutznießer der Gleichberechtigung sind die Männer, die Verlierer die Frauen und Kinder. Gib es doch endlich zu!«

Ich sitze kerzengerade. Der Sieg ist meiner! In wenigen Minuten wird Alexander seine Wohnung betreten und ärgerlich die Tür ins Schloß werfen, weil er sich gezwungen sah, der Frau nachzugeben, die er sich selbst seit Jahren nachgiebig wünscht. Aber ein Mann wie Alexander ist in erster Linie Chefredakteur, der die Interessen des Mannes im Keim erstickt. Ich bin sicher, daß er, noch während er den Krawattenknoten löst, die Begierden des Mannes besänftigt, indem er ihm erklärt, daß diese Titelstory genau das sei, was er sich seit Jahren wünsche.

Nico empfängt mich mit wichtiger Miene. Ehe ich beanstanden kann, daß er noch nicht im Bett liegt, legt er schon los. »Der Mann hat angerufen!«

»Welcher Mann?«

»Der sich an dir rächen will.«

Ich betrachte Nico argwöhnisch. Hat er während meiner Abwesenheit einen Gruselfilm gesehen? »Schlafwandelst du, oder bist du wirklich wach?«

»Mensch, Mama, du hast doch selber gesagt, daß er dir auf der Spur ist.«

Jetzt fange ich an zu begreifen. »Johannes Moll? Was wollte er?«

Nico zuckt die Schultern. »Dich sprechen. Er ruft wieder an.«

»Hat er meinen Vornamen genannt, als er nach mir fragte?«

Nico weiß sofort, was ich meine. »Darauf habe ich geachtet. Er hat nur nach Frau Hübner gefragt. Ganz sicher.«

Ich denke nach. Es gibt nur zwei Möglichkeiten. Entweder wird Johannes Moll von einem amourösen Anliegen beflügelt, oder er hat inzwischen mein Geheimnis entdeckt. Ersteres erscheint mir wahrscheinlicher, wenn ich an seinen schwärmerischen Blick zurückdenke, die zweite Variante ist mir nach wie vor unangenehm. Wer brüskiert schon gerne einen heimlichen Verehrer?

»Nun ab ins Bett, Nico! Mit Johannes Moll werde ich schon fertig!«

»Und wenn er eine Pistole hat?«

Ich lache über sein kriminalistisches Feingefühl. »Hast du heimlich einen Tatort gesehen?«

Nico wechselt verdächtig schnell das Thema. »Bringst du mich ins Bett? So wie früher? Mit einer Geschichte von Benjamin Blümchen?«

Er weiß, daß Erinnerungen an frühere Kindheitsrituale zuverlässig mein Herz erwärmen. Aber jetzt kann ich nicht einsehen, daß ausgerechnet ein sprechender Elefant ausschlaggebend für Nicos Wohlbefinden sein soll. »Heute nicht. Ich habe gerade mit Alexander über eine Titelstory gesprochen. Ich will unbedingt noch die Schlagzeile formulieren.«

»Heute abend noch?« Nico bewegt sich im Krebsgang zur unteren Treppenstufe. »Es ist doch schon spät.«

»Du sagst es! So spät, daß du längst im Bett liegen und schlafen solltest. Die Zähne hast du dir vermutlich auch noch nicht geputzt?«

Nico hüpft auf dem rechten Bein zwei Treppenstufen hoch. »Ich putze sie mit der GTI-Zahnbürste. Turbopropschnell.«

»So werden sie nicht sauber. Zum letzten Mal, Nico – ich habe jetzt keine Zeit für Benjamin Blümchen. Außerdem bist du für solche Geschichten schon viel zu groß.«

Nico gibt erst auf, als Philip erscheint und sich die Mehrheitsverhältnisse damit zu seinen Ungunsten verändern.

»Du kommst spät«, gähnt Philip mir entgegen und starrt verwundert auf den Schreibblock in meiner Hand. »Willst du noch arbeiten?«

»Ja.« Ich durchwühle den Sekretär auf der Suche nach einem Schreibgerät. »Konntest du nicht dafür sorgen, daß Nico pünktlich zu Bett geht? Wenn ich außer Haus bin, muß ich mich darauf verlassen können, daß du dich um die Kinder kümmerst.«

Philip scheint nicht zu verstehen, wovon ich rede. »Ich dachte, die Omas ...«, beginnt er schließlich verwirrt.

»Die kümmern sich auch am liebsten um die Dinge, die bei den Kindern auf Zustimmung stoßen. Es ist nicht gerecht, wenn ihr mir immer den lästigen Teil der Verantwortung zuschiebt.«

»Puh«, macht Philip. »Du redest ja schon wie Inger.«
»Der Fortschritt ins alte Klischee! Wie findest du die Titelzeile?«
Philip wendet sich um. »Ich geh' schlafen.«
Ich habe plötzlich das dringende Bedürfnis, ihn zurückzuhalten. »Hat Krämer sich gemeldet?«
Philip ist schon auf der Treppe. »Nein.«
»Und sonst?«
»Keine besonderen Vorkommnisse.«
Das klingt sarkastisch und mutlos. Lieber Himmel, er wird sich anstrengen müssen! Glaubt er etwa, die Aufträge kämen hereingeflattert wie gebratene Hühner ins Schlaraffenland? *Der Fortschritt ins alte Klischee.* Das ist gut und müßte zentimetergroß auf dem Titel erscheinen. Philip muß aus seinem Schneckenhaus herausfinden und in die Offensive gehen. Er darf nicht auf Aufträge warten, sondern muß anfangen, nach ihnen zu suchen. *Frauen, die in einer Welt voller Gewalt wieder bereit sind, ihren Familien das warme Nest zu erhalten, sind die wahren Feministinnen!* So ist es optimal. Die erste Zeile wird Interesse wecken, die zweite notdürftig informieren. Und sie transportiert gleich mehrere brisante Themen: Feminismus, ansteigende Gewaltbereitschaft, zunehmender Verfall der Familienverbände. Philip kann sich doch nicht darauf verlassen, daß ich jetzt das Geld nach Hause bringe. Wir haben schließlich vereinbart, daß mir der häusliche Teil obliegt. Meine Arbeit für die Redaktion sollte nichts als eine zusätzliche Sicherheit sein. *Die Frauenbewegung ist gescheitert – die Zukunft gehört den Hausfrauen!* Ob Alexander diese Ergänzung akzeptieren wird? Starker Tobak, eine solche Behauptung! Die Frauenrechtlerinnen werden mich zerfleischen wollen – vorausgesetzt, sie nehmen meinen Artikel ernst. Aber dafür werde ich sorgen! Die Feministinnen haben schließlich auch dafür gesorgt, daß man sie hörte. Man muß eben nur laut genug brüllen. So gesehen ist die letzte Zeile nicht zu aggressiv. Sie schreit. Und das ist gut so. Philip sollte auch endlich zu schreien beginnen.

16.

Ich betätige zum erstenmal das hauseigene Faxgerät, das mit Hilfe des Existenzgründungsdarlehens für eine zeitgemäße Ausstattung des Architekturbüros gesorgt hat. Philip steht hinter mir und kontrolliert die Wahl der richtigen Faxnummer und das korrekte Betätigen der Tasten in der vorgesehenen Reihenfolge. Mißtrauisch sehe ich zu, wie meine Schlagzeile oben in das Gerät gesaugt wird und unten wieder herausfährt. Am liebsten würde ich sofort bei Alexander anrufen und mir bestätigen lassen, daß er meine Nachricht per Fernkopie in Händen hält. Aber Philip versichert mir, was jeder Mensch weiß – nämlich, daß sich die moderne Technik exakt so verhält, wie man das von ihr erwarten kann, vorausgesetzt, man gibt fehlerfreie Anweisungen. Und zum Beweis heftet er die Okay-Meldung des Faxgerätes an mein Schreiben.

»Wenn du die richtige Faxnummer gewählt hast, ist deine Mitteilung auch bei Alexander angekommen.«

Hastig vergleiche ich die Nummer auf meinem Notizzettel mit der auf der Okay-Meldung. Welch fürchterlicher Gedanke, ein anderer könnte im Besitz meiner brisanten Meldung sein und womöglich meine Gedanken zu seinen machen und meine generationenaufrüttelnde Schlagzeile zu seiner eigenen publizistischen Sensation.

Philip degradiert meine Ängste kurzerhand zu der typisch weiblichen Unfähigkeit, dem Ergebnis männlicher Genialität zu vertrauen. Zerknirscht begebe ich mich in die Gesellschaft der Omas, die sich an der nächsten Tasse Kaffee erfreuen, durch die ihr Vormittag auf das angenehmste in zwei überschaubare Hälften zerlegt wird. Sie teilen unumwunden meine Auffassung, daß einer Technik, die in der Vorzeit abkömmlich war, in der Gegenwart auf keinen Fall zu trauen ist.

»Und erst recht nicht«, ergänzt Margareth mit Nachdruck, »einer von Männern erfundenen und von ihnen beanspruchten Technik.«

Franziska, die immer noch von dem angeborenen Übermaß an männlichen Fähigkeiten überzeugt ist, nickt nur zögernd. Bemerkungen wie diese finden sich in ihrem persönlichen Sündenkatalog auf derselben Seite wie ›Gotteslästerung‹. Und die Anweisung des Verlags ›Lebenserfahrung‹, diese Seite zu vernichten und durch die Ergänzungslieferung ›Die größten Irrtümer des vergangenen Jahrhunderts‹ zu ersetzen, hat sie als Irrläufer wieder an den Absender zurückgeschickt.

Ich grinse Margareth ins aufmüpfige Zofengesicht. »Du entwickelst dich zu einem gefährlichen Blaustrumpf.«

Sie lacht herzhaft, bevor meine Mutter mich ermahnen kann, respektvoller mit einer alten Frau umzugehen.

Manchmal glaube ich, daß Margareth genau wie ich den Wunsch hat, die allgegenwärtige Wohlanständigkeit meiner Mutter zu erschüttern. Ein Verhalten, das angeblich typisch für eine Tochter sein soll, deren Mutter nie ganz die Kontrolle über den eigenen Lebensbereich aufgegeben hat. Aber Margareth …?

Ich habe soeben über den Tassenrand hinweg ein informelles Bündnis mit meiner Schwiegermutter geschlossen, als Alexander anruft.

»Bist du wahnsinnig, Nele?« posaunt er ins Telefon, noch ehe ich Gelegenheit habe, ihn angemessen zu begrüßen. »Mein Verleger hat eine Frau, die im Management arbeitet.«

»Und zwei Kinder, die ein Internat besuchen? Und eine Haushälterin, die das Familienleben organisiert?«

»Ja, natürlich. Soll ich diese Frau etwa mit deinen Behauptungen brüskieren?«

»Selbstverständlich sollst du das! Sie wird nicht die einzige sein, die brüskiert wird. Aber diese Frauen wissen sich zu wehren, keine Sorge. Sie werden sich stark fühlen, wenn sie gegen dich und mich und gegen *Glamour* zu Felde ziehen.«

Franziska starrt mich erschrocken an, während Margareth die Faust ballt und leise »Gib's ihm!« ruft.

»Liebste Nele«, kommt es verstört aus dem Hörer, »wenn du diesen Kampfgeist doch für etwas anderes einsetzen würdest als ausgerechnet für so etwas Langweiliges wie das Hausfrauendasein!«

»Woher willst du eigentlich wissen, wie es ist, als Hausfrau zu leben?« schreie ich unbeherrscht. »Du brauchst gar nicht zu antworten – ich weiß, wie du dir deine Meinung gebildet hast. Durch das Gebrüll einiger Suffragetten in den sechziger Jahren.«

»Unsinn, Nele …«

»Es ist schon erstaunlich, was intelligenten Frauen alles zu suggerieren war. Sogar intelligenten Männern!«

»Hör zu, Nele …«

»Und diese Männer entscheiden heute noch unverfroren über das, was sie nicht kennen und sie nichts angeht. Die Entschuldigung, daß man damals jung und unreif war, zählt nicht, wenn man sich nicht traut, später zuzugeben, daß die Parolen nichts als leeres Geschrei waren.«

Meine lautstarke Erregung hat Philip aus dem Souterrain geholt. Entgeistert starrt er mich an, und es würde mich nicht wundern, wenn er gleich nach meinem Handgelenk greift, um mir den Puls zu fühlen. Meine Mutter versucht, mit einem Griff ans Herz die Aufmerksamkeit von ihrer tobenden Tochter abzulenken und mit mütterlichem Instinkt auf die eigenen Schwächen zu laden. Nur das Kammerfräulein neben ihr scheint sich uneingeschränkt daran zu erfreuen, einen Blick in die frivole Lebensart einer anderen Schicht zu erhaschen.

»Ist doch wahr«, schließe ich friedfertig und frage mich, ob Alexanders Ohr sich noch in der Nähe des Hörers befindet.

»Nele«, kommt es nach einer belastenden Pause endlich zurück, »du weißt, was du mir bedeutest und wie schwer es mir fällt, dir einen Wunsch abzuschlagen. Du weißt auch, wie risikofreudig ich bin …«

»…und deswegen wirst du die Schlagzeile übernehmen«, ergänze ich, ehe ein anderes Satzende das Schicksal meiner Idee besiegeln kann.

»Aber nur …«, beginnt Alexander seufzend und kann trotzdem nicht darüber hinwegtäuschen, daß er sich auf dem Rückzug befindet, »aber nur, wenn der Artikel hält, was die Headline verspricht. Wenn sie sich als lodernde Stichflamme erweist, die vom Inhalt deines Artikels wieder ausgetreten wird, spiele ich nicht mit.«

»Einverstanden!« erkläre ich frohgemut. »Du wirst erst wieder von mir hören, wenn der Text fertig ist.«

»Ich habe ihn überredet!« verkünde ich zwei staunenden Omas, einem sprachlosen Mann und drei ängstlichen Kindern, die vorsichtig über das Treppengeländer spähen. »Ich werde es ihnen zeigen! Ich werde beweisen, daß das Hausfrauenleben schön sein kann! Daß eine Familie mit einer Hausfrau glücklicher lebt! Daß sämtliche Altenheime überflüssig sind! Daß die Kinder zufriedener heranwachsen! Heile Familie – heile Gesellschaft! Glückliche Familie – glückliche Gesellschaft!«

Ich bin schon auf der ersten Stufe der Treppe, die mich ins Büro an den Computer führt.

»Mama!« schreit Carolin und ist mit wenigen Sätzen an meiner Seite. »Du wolltest meine Vokabeln abhören!«

Durch meinen Kopf ziehen unzählige Spruchbänder, die bereits Anstalten machen, einander zu überlappen. Ich bekomme Angst, daß bald der eine Gedanke den anderen überdeckt und unlesbar macht. »Das kann auch dein Vater erledigen«, beschließe ich kurzerhand.

Ich muß jetzt unbedingt meine Ideen festhalten und aus dem, was mir durch den Kopf purzelt, eine geordnete Reihe machen.

»Und meine Pediküre?« fragt meine Mutter.

»Später!« Wenigstens eine Gliederung, die die Bedeutung der einzelnen Gedanken über- und unterordnet und ihnen klare Wege vorzeichnet. »Hühneraugen können warten!«

»Soll ich Salat aus dem Garten holen?« höre ich Margareth noch rufen, während ich den PC boote.

»Ich kümmere mich selbst um das Essen!« schreie ich zurück.

Das fehlte noch, daß aus meiner Küche ein Schnellimbiß wird mit eiliger Selbstbedienung. Wozu genießt meine Familie schließlich die Fürsorge einer Familienfrau?

Nach einer Zeit, die mir lang wie eine Lebenserfahrung und kurz wie der Augenblick einer Erkenntnis erscheint, klettere ich aus dem Monitor des Computers wieder heraus und löse mich von den Fesseln, die mich an die Tastatur gekettet hatten. Ein Blick auf die Uhr treibt mich jählings in mein beschauliches Hausfrauenleben zurück. Das Mittagessen! Der frische Salat aus dem Garten! Die gekeimten Linsen, die eine Stunde in der Sojasauce ziehen sollten!

Mühsam reiße ich mich von der soeben schriftlich formulierten Behauptung los, daß kein Mensch so müde ist wie die sogenannte Superfrau. Tagsüber im Designer-Kostüm aus Cool-Wool, abends im Kaminkleid aus Kaschmir, eine manikürte Hand auf dem Terminkalender, die andere in der schokoladenverklebten Faust ihres Jüngsten, der gerade den Lebkuchen in sich hineinstopft, den die Superfrau selbst gebacken hat. Den kußfest geschminkten Mund auf den Lippen ihres Traummannes und den Telefonhörer am Ohr. Sie ist erstklassig, diese Superfrau – und so schrecklich müde …

Die hausfrauliche Hälfte meines Gedankengutes rennt bereits die Treppe hinauf in die Küche, während die andere Hälfte noch zufrieden bei den Superfrauen verweilt. Mit heimlicher Freude habe ich ihnen heimgezahlt, was sie mir an Geringschätzigkeit in den letzten Jahren zukommen ließen. Ich will sie entlarven, so wie sie glaubten, mich entlarvt zu haben.

Meine Hausfrauengedanken suchen verzweifelt nach einem Salatersatz, der als vitaminreiche Vorspeise ebenso dienlich sein könnte. »Nichts, was seinem Nährstoffreichtum nahekommt«, seufzen die hausfraulichen Anteile. Aber die grauen Zellen, die in der letzten Stunde hin und wieder mit der Superfrau sympathisiert haben, zeigen triumphierend auf die Konservendose, die aus Ingers Haushalt in meinen übergewechselt ist. Ochsenschwanzsuppe!

Ob diese Brühe jemals erfahren hat, was ein Ochse ist und in welchem Zusammenhang sie mit seinem hinteren Körperteil steht, wage ich zu bezweifeln. Die Hausfrauengedanken verbünden sich jedoch erfolgreich mit denen, die mehrmals eindringlich vom Bildschirm an den Kochtopf gebeten werden mußten. Und in einmütiger Übereinstimmung beschließen sie alle gemeinsam, nicht zu fragen, wie es schmeckt und so viel und so lange zu reden, bis die Suppenteller abgeräumt sind. Endlich gibt niemand mehr die Absicht zu erkennen, sich zum ersten Gang unseres Familienmenüs äußern zu wollen.

Die Buschtrommeln haben Inger herbeigerufen, die von meinem neuesten Vorhaben erfahren hat. Vielleicht über mehrere Kindermünder oder diverse Andeutungen der Omas. Vielleicht sogar durch eine eilig hingeworfene Bemerkung meines Mannes, der sich die Interpretationen meiner Nachbarinnen und des Briefträgers anschlossen. Wie auch immer – ich stelle wieder einmal fest, wie hurtig etwas die Runde macht, was die Chance hat, bald in *Glamour* Verbreitung zu finden. Als ich im letzten Sommer voller Stolz zu der bahnbrechenden Erkenntnis gelangt war, daß Knoblauchzehen im Blumentopf schädliche Bodenbakterien vertreiben, habe ich nicht einmal höfliches Interesse verzeichnen können. Aber jetzt …

»Du schreibst über die doppelbelastete Frau?« fragt Inger schon im Hereinstürmen.

Ich nicke zögernd. Ingers Begeisterung läßt darauf schließen, daß die Neuigkeit, die durch mehrere Stationen gegangen sein muß, auf jeder Zunge eine andere Geschmacksrichtung erzeugt hat und wohl völlig versalzen bei Inger angekommen ist.

Meine Freundin ist nahe daran, mich gerührt in ihre Arme zu schließen. »Was der Beruf aus dir gemacht hat, Nele! Ich hätte nie gedacht, daß du so schnell aus deinem Schattendasein herausfindest …«

»Stop, Inger!« Ich halte ihr meine Schlagzeile unter die Nase. »Ich glaube, du hast etwas mißverstanden!«

»Die Frauenbewegung ist gescheitert?« keucht Inger empört. »Hausfrauen sind die wahren Feministinnen? Bist du wahnsinnig geworden?« Sie sieht mich an, als müßte ich damit rechnen, daß sie mir ihre Freundschaft kündigt. »Du mußt völlig übergeschnappt sein. Diese Schlagzeile wird Alexander niemals ins Blatt nehmen.«

»Er hat sie bereits abgesegnet.« Ich gebe den Speicherbefehl ein, weil ich plötzlich Angst habe, daß Inger meinen Bildschirminhalt löscht, ehe ich es verhindern kann.

Inger fängt an zu toben. »Du kannst das Rad der Geschichte nicht zurückdrehen, Nele! Die Frauen sind mittlerweile emanzipiert – ob du das nun willst oder nicht. Sie lassen sich nicht wieder in die Abhängigkeit zurückdrängen.«

»Zurück? Sie sind ja abhängiger denn je! Glaubst du wirklich, daß das bißchen Geld, das sie verdienen, für ihre Unabhängigkeit sorgen kann? Geld macht nicht unabhängig. Die Zeit ist es, die frei macht. Wann hast du jemals Zeit, Inger? Für dich entscheidet doch immer dein Terminkalender! Und das nennst du Unabhängigkeit?«

»O ja«, faucht Inger zurück. »Nichts ist unbefriedigender als ein Übermaß an Zeit. Wer viel Zeit hat, dessen Arbeitskraft ist bedeutungslos. Er wird nicht gebraucht, seine Zeit hat keinen Stellenwert ...« Sie schickt ihren Blick zur Uhr. »Darüber werden wir noch reden. Ich muß nur eben Amadeus zu seinem Nachhilfelehrer bringen und Romanus ... Ich hoffe, ich kann noch verhindern, daß dieser idiotische Artikel erscheint.«

»Mit Sicherheit nicht«, grinse ich zurück und weiß, daß Inger und ich befreundet sein werden, solange wir unterschiedlicher Auffassung sind. »Du kannst dann ja einen Leserbrief an *Glamour* schicken.«

»Sybille von Hochgrebe spricht neuerdings auch öfter von der Frauenbewegung«, wirft Franziska mit verträumtem Blick ein. »Früher hat sie nie von so was Modernem geredet.«

Edith hat anscheinend aus erster Hand erfahren, was Inger erst über einige Umwege und Verzerrungen zugetragen worden war. »Willst du deinen Geschlechtsgenossinnen in den Rücken fallen?« kommt es kläglich aus dem Telefonhörer. »Man hat als berufstätige Mutter doch schon genug Probleme. Wie kannst du nur so illoyal sein?«

»Ich habe ein gutes Vorbild«, entgegne ich schroff. Viel schroffer, als ich eigentlich will und für mein späteres Wohlbefinden zuträglich ist. »Oder willst du etwa behaupten, die Feministinnen hätten sich besonders loyal verhalten? Bei dem Kollektivzwang, den sie auf ihre Geschlechtsgenossinnen ausübten?«

Ich fühle mich nicht wohl. Gegen Inger kann ich unbedenklich schwere Geschütze auffahren. Sie schießt mit gleicher Kraft zurück oder hat oft schon selbst nach der scharfen Munition gegriffen. Bei Edith ist das etwas anderes. Inger geht nun mal ihrem Beruf nach, weil sie sich selbst verwirklichen will. Edith dagegen arbeitet im Krankenhaus, weil sie Geld nötig hat, um das Eigenheim zu finanzieren. Ich brauche nur an ihr müdes Gesicht zu denken, wenn sie ihre letzte Kraft mobilisiert, um allen Pflichten gleichzeitig gerecht zu werden. Und an ihr zufriedenes Lächeln an einem schönen Sommertag, wenn sie neben ihrem Mann auf der Terrasse sitzt und ihren Kindern zusieht, wie sie vergnügt durch den Garten toben. Ich weiß, daß sie in diesen seltenen Momenten der Überzeugung ist, das Richtige zu tun. Die eigenen vier Wände mit einem Zimmer für jedes Kind! Und ein großer Garten, in dem sie sich frei entfalten können! Den Preis dafür zahlt sie ganz allein: eine ständig erschöpfte Mutter, die den Garten hauptsächlich dafür nutzt, die Kinder unbeaufsichtigt sich selbst zu überlassen.

Edith zögert. »Jedenfalls möchte ich dich bitten, noch einmal zu überdenken, was du den Frauen antust und wie du der Sache der Frauen schadest, wenn du diesen Artikel schreibst.«

»Ich verspreche es dir«, entgegne ich friedfertig. »Aber da ich sicher bin, den Frauen zu helfen und der Sache der Frauen zu nutzen, werde ich höchstwahrscheinlich bei meiner Entscheidung bleiben.«

Franziska nickt, als hätte sie unsere Unterhaltung mitangehört. Dabei kann sie ja bestenfalls meine Argumente, nicht aber die Ediths belauscht haben. »Ich bin nicht mehr so sicher, ob du eigentlich recht hast, Nele. Sybille von Hochgrebe meint auch ...«

»Laß mich bloß mit der in Ruhe!«

»Sie meinte jedenfalls auch, Frauen müßten zusammenhalten und dürften sich von den Männern nicht die beruflichen Chancen verderben lassen.«

Als ich vor unserer Haustür stehe, um am fahrenden Kiosk des Vollkornbäckers ein Brot zu kaufen, höre ich Nico rufen. Er steht auf der Fußmatte und winkt aufgeregt mit beiden Armen. »Der Typ, dieser ... der, der sich rächen will. Er ist am Telefon.«

»Johannes Moll?«

»Ja, aber er hat nicht nach Nele gefragt. Nur nach Frau Hübner.«

Die beiden Omas haben die Küchentür weit geöffnet, um nichts von dem spannenden Dialog, den sie erwarten, zu verpassen.

»Hallo, Herr Moll!«

»Da staunen Sie, was?« erklingt eine Stimme, die mir weismachen will, sie stamme von Casanova persönlich. »Wenn mich eine Frau wirklich interessiert, lasse ich sie nicht entwischen.«

Ich überlege, was jetzt angebracht ist. Soll ich geschmeichelt sein, oder soll ich Johannes Moll verraten, daß ich ihm sein Playboy-Gebaren sowieso nicht abnehme?

Ich kann der Versuchung nicht widerstehen, mich für die erste der beiden Möglichkeiten zu entscheiden. »Wie ist Ihnen das gelungen? Und warum?« frage ich voller Hoffnung auf eine ruhmreiche Antwort.

»Warum?« kommt es zurück, als hätte ich nach der Form von Mutter Erde gefragt. »Sie sind eine ungewöhnlich attraktive Frau! Ich sah Sie und hatte nur den einen Wunsch – Sie wiederzusehen! Pina Amati hat mir schließlich Ihren Namen verraten.«

Nun brauche ich nicht mehr zu überlegen, wie ich zu reagieren beabsichtige. Die berechtigten Zweifel, die mir kommen, sind derart unerwünscht, daß ich sie mir nichts, dir nichts mit dem Daumennagel zerquetsche. »Tatsächlich?«

Die Gesichter der Omas zeigen mir, daß ich in dieses eine Wort ein Timbre gelegt habe, das einem lästigen Krimischreiber, der so schnell wie möglich abgewimmelt werden soll, wohl nicht zuteil geworden wäre. Franziska legt prompt das ganze Maß der Entrüstung in ihre Miene, das mich seit frühester Jugend auf den rechten Weg zurückführt, während

Margareth mich verträumt anlächelt, als verkörperte ich in diesem Moment alles, was sie sich selbst nie getraut hat.

»Es gibt Menschen«, verkündet Johannes Moll mit ausdrucksvoller Stimme, »die haben die gleiche Wellenlänge. Sie, Frau Hübner, haben unbewußt eine Botschaft gesendet, die meine Sensoren ebenso unbewußt empfangen haben. Das sind die Strömungen, mit denen die Wissenschaft die Liebe auf den ersten Blick erklärt. Eine Erkenntnis, der sich niemand verschließen kann.«

Ich lüfte meinen Daumen und sehe nach, ob der Zweifel noch ein Lebenszeichen von sich gibt. Tatsächlich – er windet sich unter Schmerzen, könnte aber völlig genesen, wie mir scheint. »Nun übertreiben Sie aber.«

»Pardon!« ruft Johannes Moll und läßt den Nasal wie Glockenklang durch den Hörer schwingen. »Es ist unverzeihlich, jetzt schon von Liebe zu reden.«

Der Zweifel erhebt sich und schüttelt sich. »Sie wissen, daß ich verheiratet bin?«

Ein tiefer Seufzer dringt an mein Ohr. »Ich habe es befürchtet. Eine Frau wie Sie kann nicht mehr frei sein!«

Franziska sieht ihre schlimmsten Befürchtungen bestätigt und sitzt nun kerzengerade, während Margareth eine Hand auf den Mund legt, was sie im Bedarfsfall mit stummem Entsetzen erklären könnte, wahrscheinlich aber nichts anderes ist als unterdrückte Heiterkeit.

»Darf ich Sie trotzdem zu einer Tasse Kaffee einladen?«

Der Zweifel übersieht Franziskas beschwörenden Blick, blinzelt nur einmal zu Margareth hinüber und legt sich dann sorglos nieder, um mit einem kleinen Schläfchen für die Wiederherstellung seines Wohlbefindens zu sorgen. »Warum nicht?«

»Sagen Sie mir, wann und wo, und ich werde der glücklichste Mensch der Welt sein.«

»Morgen nachmittag um drei? Im Stadtcafé?«

»Ja, ich freue mich auch.« Ich lausche den vielen guten Wünschen, die Johannes Moll mir ins Ohr haspelt, bedanke mich für jeden einzelnen und lege schließlich den Hörer auf die Gabel.

Carolin kommt die Treppe herunter. »Das klang ja wie die Verabredung zu einem Date, Mama.«

Nun werde ich doch tatsächlich ein bißchen rot. »Was ist mit deinen Augen, Carolin? Hast du Wimperntusche benutzt, die du nicht verträgst?«

»Quatsch!« Carolin wischt sich demonstrativ durch die Augen und beweist, daß keine dunklen Schatten auf verwischte Tusche hindeuten.

»Kommt David heute nicht?«

»Nee!« Carolin macht auf dem Absatz kehrt und läuft die Treppe wieder hinauf. Laut fällt ihre Zimmertür zu, und dann dreht sich sogar der Schlüssel im Schloß. Was ist los mit ihr?

»Morgen wollen wir Marmelade kochen«, sagt meine Mutter streng.

»Die kann warten.«

»Die Beeren müssen gepflückt werden.«

»Ja, morgen früh.«

»Aber dann müssen sie auch am Nachmittag verarbeitet werden.«

»Wir könnten die Johannisbeeren am Abend essen«, schlägt Margareth vor. »Mit Joghurt oder Quark.«

»Und die Marmelade?« fragt meine Mutter.

»Im Keller stehen ja noch vier Gläser.«

Franziska erhebt sich empört. »Und meiner Tochter ist es wichtiger, sich mit einem wildfremden Mann zu treffen!«

»Aber Franzis ...«

»Nenn mich nicht Franzis!«

»Franziska ... Nele, das gute Kind, kann sich doch auch mal etwas gönnen. Außerdem hat sie nun berufliche Interessen und damit auch berufliche Bekanntschaften. Würdest du dich aufregen, wenn Philip sich mit Frau Krämer im Stadtcafé träfe?«

»Das ist etwas ganz anderes«, gibt Franziska grimmig zurück. »Außerdem mußt du nicht meine Tochter in Schutz nehmen, Margareth! Warum kümmerst du dich nicht darum, was mit deinem Sohn geschieht?«

Johannes Moll schiebt mir mit dem bescheidenen Lächeln des anerkannten Genies sein Buch über den Tisch. *Das verräterische Alibi*, erläutert er überflüssigerweise. »Ich schenke es Ihnen. Möchten Sie eine Widmung?«

Ich gebe mir einen Ruck. Schließlich habe ich auf dem Weg hierher den Entschluß gefaßt, Johannes Moll mit der grausigen Wahrheit zu konfrontieren. Eigentlich wollte ich ja noch eine Zeitlang seine Verehrung genießen – aber dies ist eine Gelegenheit, die ergriffen werden muß. »Ja bitte, eine persönliche Widmung.«

Moll erkundigt sich erwartungsgemäß nach meinem Vornamen. »Für Nele«, diktiere ich ihm, ohne mit der Wimper zu zucken.

Er sieht erschrocken auf, und sein Blick ist derart verständnislos, daß auch die weichen Barthaare nichts mehr für seine Attraktivität tun können. »Sie wollen das Buch Nikolaus Elbenfeld schenken? Er besitzt es doch längst.«

Ich erkläre ihm kurz und bündig, daß ein Schriftsteller eigentlich eine gezieltere und vor allem schnellere Kombinationsgabe nötig hat – woraufhin er endlich begreift. »Aber warum haben Sie nicht gleich ...?«

Ich habe mich zur kompromißlosen Wahrheit entschlossen. »Weil ich zu feige war.«

Sein Füller zittert über dem Deckblatt seines Hoffnungsträgers, dann entschließt er sich, Großmut walten zu lassen. ›Für Nele, in ... in freundschaftlicher Verbundenheit‹. Ich bin sicher, daß wenige Minuten früher noch von tiefer Verehrung die Rede gewesen wäre. Schade eigentlich.

»Moderne Frauen wie Sie«, beginnt er schließlich, »können ihr Frauenbild wahrscheinlich gar nicht mehr vom Emanzipationsgedanken lösen.«

»Falsch!« Ich will den Blick in die Sackgasse gar nicht erst zulassen, geschweige denn Johannes Moll dort hinein folgen, um ihn wieder herauszuzerren. »Mit Feminismus habe ich nicht viel am Hut. Natürlich ist mir die Gleichberechtigung wichtig. Aber gleichzeitig ist sie mir so selbstverständlich, daß ich mich hüten werde, sie ausdrücklich zu beanspruchen. Damit würde ja diese Selbstverständlichkeit automatisch angezweifelt. Ich lebe die Emanzipation, das ist alles.«

»Ist Emanzipation nicht auch eine Definitionsfrage?«

»Nein, ich rede nicht über sie, ich deklariere sie nicht, ich poche nicht auf dieses Recht und diskutiere es nicht. Schon gar nicht bitte ich darum oder verlange es und setze auch seine Grenzen nicht fest. Ich weiß, daß ich gleichberechtigt bin – und alle anderen, die mit mir leben, wissen es auch. Dafür brauche keine berufliche Karriere, keine Unabhängigkeit und auch nicht täglich mehrmals die Bestätigung, daß ich so gut bin wie ein Mann.«

»Ja, aber …«

»Ich will nicht so gut sein wie irgend jemand, und schon gar nicht will ich sein wie ein Mann. Ich bin eine Frau, und wie eine Frau will ich leben. Für mich persönlich bedeutet das, daß ich als Ehefrau, Mutter, Tochter und Schwiegertochter leben will. Das ist meine Entscheidung, und die gefällt mir.«

»Aber Sie sind doch eine berufstätige Frau!« entgegnet Johannes Moll verwirrt.

»Bin ich nicht«, erkläre ich rigoros. »Ich versuche nur, meinen Mann zu unterstützen, der momentan nicht für ein geregeltes Familieneinkommen garantieren kann. Ich bin Hausfrau, Herr Moll. Eine Hausfrau wie Ihre Helga. Aber ich bin weder dumm noch ungebildet, so wie Ihre Helga, und auch nicht um ständige Aufopferung bemüht wie Ihre Helga. Und vom Berufsleben weiß ich genug, um festzustellen, daß Frauen, die Karriere machen, nicht gerissen und scharfzüngig sein müssen wie Ihre Anegeer. Die, die ich kenne, sind in erster Linie müde und erschöpft. Weil sie nämlich nicht mit ihren weiblichen Reizen und auch nicht mit häßlichen Intrigen Karriere gemacht haben, sondern mit viel Arbeit und Disziplin.«

Johannes Moll starrt mich an. Die Tasse, die er gerade zum Mund führen will, bleibt unterhalb des Kinns hängen. Er merkt nicht, daß seine Barthaare mit seinem abwärts sackenden Kinn in den Kaffee sinken.

Einen Moment lang betrachtet er irritiert das, was er da in

der Hand hält, und entschließt sich – nach der jähen Erkenntnis, daß es sich um eine Tasse handelt –, einen Schluck Kaffee zu sich zu nehmen. Damit ist das Schicksal seiner Barthaare besiegelt. Mitleidlos werden sie ertränkt.

»Meine Mutter war ja auch nur Hausfrau«, beginnt Johannes Moll.

Ach, säße sie doch neben uns! Dann hätte sie die Möglichkeit gehabt, dem eigenen Loblied zu lauschen. Wenn ich Johannes Moll richtig verstehe, war seine Mutter exakt so wie die Helga in *Das verräterische Alibi*. Er schaut mich triumphierend an und erklärt mir – mit rhythmisch tropfendem Bart –, daß dies der Beweis sei, daß das von ihm geschaffene Frauenbild auch in der Realität existiere. »Am besten, Sie entschließen sich zu einer Gegendarstellung.«

Ich entschließe mich mitnichten. Höchstens dazu, das Rendezvous mit dem schreibenden Finanzbeamten spontan zu beenden und darauf zu bestehen, meinen Cappuccino selbst zu bezahlen. »Einen schönen Tag noch! Und liebe Grüße an Ihre Mutter!«

Da das Buch bereits die fatale Widmung enthält und damit nicht mehr anderweitig zu verschenken ist, darf ich es sogar mitnehmen. Trotz allem. Und trotz allem versichert mir Johannes Moll seine zukünftige, nahezu ungebrochene Sympathie.

Vier mütterliche Augen starren mir entgegen, folgen mir auf meinem Weg durch die Diele, zum Garderobenständer, zum Spiegel.

»Na?« fragt das herrschaftliche Küchenmädchen und zupft einige Johannisbeeren in die Schüssel. »Wie war's?«

»Schön!« entgegne ich heiter und lächle meiner Mutter frech ins sorgenvolle Antlitz. »Wo sind die Kinder?«

»In ihren Zimmern. Und dein Mann ist beim Bauordnungsamt.«

Wenn mein Mann von seiner Schwiegermutter so ausdrücklich benannt wird, steht immer die Sorge im Raum, daß ich die grundsätzliche Bedeutung eines Ehemannes vergessen haben könnte. Franziska reißt aufgeregt an den Johannisbeerstengeln, so daß der Saft an ihren Handgelenken heruntertropft. Ihre Entrüstung macht mir ungeheuren Spaß.

»Eßt so viele Früchte, wie eben hineingeht«, bitte ich die beiden ungeniert, »dann brauchen wir nicht soviel Marmelade zu kochen.«

Das ist der Gipfel! Franziska fällt ein großes grünes Blatt in die Beerenschüssel, ohne daß sie es bemerkt.

Die Kinder lassen sich diese Empfehlung nicht zweimal geben, und Romanus und Amadeus stopfen sich die Beeren in eine Papiertüte, die im Nu aufweicht und den ganzen Beerensalat auf den Küchenboden entläßt. Das Schimpfen derjenigen, die sich schuldlos glauben, das Suchen nach einem Handfeger, einem Aufnehmer und einer Schüssel, in die die unversehrten Exemplare gerettet werden sollen, nutze ich, um drei Konfitüre-Gläser in den Keller zu schmuggeln. Marmelade aus dem Bioladen, garantiert ohne weißen Zucker und ohne Konservierungsstoffe. Kann doch auch nicht schlechter sein als meine selbstgekochte!

Carolin begegnet mir auf der Kellertreppe.

»Deine Augen sind immer noch so rot. Vielleicht hast du eine Bindehautentzündung?«

»Quatsch!«

»Wie geht's eigentlich David? Er war lange nicht da.«

»Der kann mich mal.«

Ich sehe ihr verblüfft hinterher. Hat meine Tochter Liebeskummer? Ohne daß ich davon etwas weiß? Undenkbar eigentlich. Bisher hat Carolin stets jede Nuance ihres Gefühlslebens in aufreizender Ausführlichkeit vor mir ausgebreitet. Sollte sich daran etwas geändert haben? Ich glaube, ich muß mal wieder in aller Ruhe mit ihr reden. Noch bevor mein Artikel ins Blatt kommt. Oder besser – noch bevor ich ihn zu schreiben beginne.

Ich betrachte eine Weile die drei Marmeladentöpfe, die sich wie Hehlerware zwischen den mehrfach benutzten, immer wieder mit neuen Etiketten versehenen Gläsern ausnehmen. Sie wird schon schmecken, diese Marmelade. Und ich werde schon Zeit finden, mit Carolin zu reden.

17.

Ich versuche, ganz ruhig zu bleiben. Aufzustehen wie immer. Das geschrotete Getreide für das Müsli einzuweichen wie immer. Die Schulbrote für die Kinder herzurichten wie immer. Und in der druckfrischen Tageszeitung zu blättern, die natürlich noch nichts ahnen kann von den Sensationen, die die Konkurrenz heute vermelden wird.

Als die Kinder in der Schule sind, erlaube ich mir die Feststellung, daß es nun auch für meinen Mann an der Zeit sei, sich im Büro an die Arbeit zu machen.

Die Omas sehen mich erstaunt an. Sie haben sich längst daran gewöhnt, gemeinsam mit Philip das Frühstück ein wenig auszudehnen und seine männlichen Ansichten zum Tagesgeschehen einzuholen. Franziska läßt sich dann mit besonderer Vorliebe sein Arbeitsprogramm schildern, das er an diesem Tage zu absolvieren gedenkt, und hakt jeden Punkt mit einem anerkennenden Nicken ab. Margareth dagegen versäumt es keinen Vormittag, daran zu erinnern, daß ›Nele, das gute Kind‹ neben der Hausarbeit vermutlich noch die Idee für eine Zeitungsmeldung gebiert oder einen Auftrag Alexanders zu recherchieren hat. Für Philip sind diese Hinweise seiner Mutter immer Grund genug, nun endlich ins Souterrain hinabzusteigen.

Die Omas begeben sich daran, den Frühstückstisch abzuräumen, wobei eine der anderen konsequent im Wege steht – wie jeden Morgen. Franziska pocht dann gern auf ihre Rechte als Hausbewohnerin, Margareth dagegen auf ihre Pflichten als Frühstücksgast. Allmorgendliche Kollisionen ihrer Handgriffe, die jede von ihnen ärgerlich registriert – auch wie immer.

»Ich hole frische Milch«, verkünde ich so beiläufig wie möglich und umgehe durch einen flinken Griff zum Garderobenhaken die Frage, warum ich denn nicht – wie sonst immer – damit warten will, bis ich sicher sein kann, daß die Milch wirklich frisch ist und nicht etwa vom Vortag stammt. Glücklicherweise führen die Omas jedoch gerade eine hitzige Debatte über die Endverwertung des einzigen übriggebliebenen Vollkornbrötchens. Und bis ich um meine kompetente Meinung gebeten werde, ist die Haustür längst hinter mir ins Schloß gefallen.

Schon seit dem Aufstehen geistert eine Erinnerung durch meinen Kopf. Jede Menge Gedanken sind seit dem frühen Morgen dabei, sich assoziativ zu verknüpfen, ohne daß mir einfallen will, was sie mir ins Gedächtnis zurückrufen möchten. Jetzt plötzlich geht mir ein Licht auf. Genau wie heute bin ich vor einigen Jahren in den Supermarkt geschlichen, habe mir mit zitternden Fingern die *Glamour* gegriffen und einen Adrenalinstoß lang befürchtet, daß die erste Folge von *Und immer siegt die Liebe* doch nicht erschienen war. Aber dann hatte ich es schwarz auf weiß vor mir: ›Der neue Fortsetzungsroman von Tanja Berger!‹ Über hundert Folgen sind es nun schon geworden.

Mein Herz hatte wild geklopft – erstens vor Freude, zweitens vor Stolz und drittens vor Ärger, weil ich niemandem davon erzählen konnte. Die Freude galt der Tatsache, daß ich noch am selben Tag das knallrote Kleid kaufen konnte, dessen horrenden Preis ich nach Erhalt des Honorars aufs Konto zurückschmuggeln würde. Der Stolz entsprach dem Gefühl, das jeden Publizisten überkommt, wenn er die ureigenen Worte gedruckt zu sehen bekommt, und seien sie auch noch so trivial. Und der Ärger war etwas, das ich herunterschlucken mußte. Ausgeschlossen, jemandem zu erzählen, daß ich für ein Kleid meine Grundsätze über den Haufen geworfen und meine Prinzipien verraten hatte. Außerdem wollte ich ja wirklich nur die geplanten acht Folgen schreiben. Wie konnte ich ahnen, daß noch Jahre später eine komplette Leserschaft am Leben und Leiden Sybille von Hochgrebes interessiert sein würde? Genaugenommen sind also die Leser von *Glamour* an allem schuld …

Inger hetzt über die Straße und hätte mich fast, im Sturm auf unseren Klingelknopf, über den Haufen gerannt. »Ayse ist krank«, keucht sie mir entgegen. »Die sollte heute morgen die Betten beziehen. Und ich Idiot habe sie bereits abgezogen!«

Ich kann mir lebhaft vorstellen, wie der Himmel auf Ingers ausgeklügelte Organisation herabstürzte, als ihre Putzhilfe, die auch einmal wöchentlich für ein frisch zubereitetes Essen sorgt, die Behandlung ihrer Zahnschmerzen der Versorgung von Ingers Haushalt vorzog.

»Natürlich sollte sie auch das Mittagessen kochen. Können Amadeus und Romanus bei dir …?«

»Klar!« Ich blicke auf die Uhr. »Du bist spät dran.«

»Ist das ein Wunder?« Inger steht schon in der geöffneten Fahrertür. »Ich hatte Ayse doch fest eingeplant. Die Hälfte von dem, wozu sie in ihrer orientalischen Gemütlichkeit den ganzen Vormittag braucht, habe ich noch vor dem Frühstück erledigt. Wenn jetzt auf der Bahnhofstraße wieder ein Stau ist, krieg' ich einen Anfall.«

»Wie geht's eigentlich mit Louis?«

»Besser!«

»Und die blöde blonde Tussi?«

Inger macht eine wegwerfende Handbewegung. »Erledigt.«

»Wirklich?«

»Na, klar! Louis hat heute morgen den Kaffee aufgesetzt und den Kindern die Schulbrote geschmiert, während ich noch im Bad war. Wenn das kein Aufschwung ist!«

»Trotzdem … fahr vorsichtig, Inger. Wenn du so weitermachst, wirst du schon mit Kopfschmerzen in der Schule ankommen.«

Ich sehe ihr sorgenvoll hinterher. Ob Louis' Einsatz, wenn er auch noch so lobenswert erscheinen mag, wirklich ausgereicht hat, einen Teil von Ingers Überbelastung aufzufangen? Ich weiß zwar, daß Inger in ihrem Perfektionswahn viele gutgemeinte Hilfsangebote als unerwünschte Einmischungen abtut – aber darf ihr Mann sich gemächlich an seiner zweiten Tasse Kaffee erfreuen, während Inger einen Spagat zwischen Spülmaschine und Wäschetrockner versucht und sich im Organisationssalto die Nerven verrenkt?

Mein Gruß fällt etwas frostig aus, als ich sehe, mit welch unerschütterlicher Ruhe Louis sich der Wetterlage vergewissert, bevor er das Garagentor öffnet und aufreizend umständlich seinen Aktenkoffer verstaut. Es gab einmal eine

Zeit, da zählte Louis sich den ›Neuen Männern‹ und ›Neuen Vätern‹ zugehörig. Aber nach einem kurzen Probelauf, der nicht in allen Phasen Ingers ungeteilte Zustimmung gefunden hatte, hat er sich kurzerhand wieder auf die alten, bequemen Werte besonnen und sich zurück in die Altherren-Riege des Vor-Feminismus eingeordnet. Er hätte Inger nie etwas rechtmachen können, behauptet er heute.

Aber wenn ich Inger glauben darf, scheint es ja nun wenigstens einige Bemühungen zu geben. Und erst gestern habe ich mit eigenen Augen gesehen, wie Louis einen Mülleimer aus dem Hause trug und den Inhalt in die Biotonne leerte. Daß ich zwei Stunden später ebenfalls mit eigenen Augen sah, wie zwei Ratten sich über die zu Boden gefallenen Eierschalen hermachten, darüber werde ich lieber schweigen.

Ich kaufe bedenkenlos die Milch vom Vortag, weil der Bauer, von dem ich mich per Umweg über meinen Bioladen beliefern lasse, noch an den Eutern seiner Kühe zupft. Mit der Alibi-Milchflasche in der Hand schlendere ich auf den Kiosk zu, der *Glamour* stets an erster Stelle seines Journalfächers führt. Betrachtet mich Herr Wittler, der Kioskbesitzer, bereits mit neugierigem Blick? Oder etwa mit verständnislosem Kopfschütteln? Womöglich klatscht er mir Beifall – ›Endlich mal jemand, der die Sache beim Namen nennt, Frau Hübner!‹? Ich fasse Herrn Wittlers lila-rot-gefrorene Nasenspitze scharf ins Auge. »*Glamour* schon da?«

Wittler nickt und schiebt sie mir mit demselben gleichmütigen Lächeln hinüber wie immer. Der Mann weiß doch, daß ich gelegentlich für dieses Blatt schreibe! Und da hat er der Titelzeile noch keinen Blick geschenkt?! Oder ist etwa eine unverhoffte Sensation dazwischen gekommen? Hat Queen Mum ausgerechnet in der vergangenen Nacht das Zeitliche gesegnet? Oder Claudia Schiffer sich unterstanden, gerade an diesem bedeutungsvollen Tag ihren Hochzeitstermin bekanntzugeben?

Nein, ein Blick genügt, um festzustellen, daß Alexander Wort gehalten hat. *Die Zukunft gehört den Hausfrauen!* muß jedem nichtsahnenden Zeitungskäufer ins Auge springen und auf der Stelle sein rollenspezifisches Phlegma aufrütteln. Bereits heute mittag wird in jedem zweiten Haushalt die abgewirtschaftete Emanzenbewegung diskutiert werden und das Kopfnicken über den Suppentellern darauf hinweisen, daß man es eigentlich immer schon geahnt habe …

Aber natürlich muß durch die Meinungslandschaft auch der empörte Aufschrei einiger Altfeministinnen gellen, die sich eigentlich schon im Ruhestand glaubten, weil sie von der Gesellschaft längst wegrationiert worden sind. Wenn nicht mindestens ein altgedienter Blaustrumpf, der sich mittlerweile klammheimlich zu den erfolgreichen Power-Frauen zählt, seine ungehaltene Stimme erhebt, war mein Artikel umsonst!

Herr Wittler jedoch sieht mich immer noch mit dem bedeutungslosen Grinsen an, das er für jeden seiner Kunden bereithält. Ich werde ihn strafen, indem ich die Lakritzschnecken, die ich mir sonst an seinem Kiosk genehmige, im Supermarkt kaufe, wo sie ohnehin zwei Pfennige billiger sind. Und dort werden die Kassiererinnen vermutlich schon tuschelnd ihre Selbstverwirklichung in Form von hunderttausend eingetippten Preisen und unzähligen über das Laufband geschobenen Kilos in Frage stellen.

Als ich eine Stunde später auf unser Haus zugehe, bin ich ein wenig verunsichert. *Glamour* wurde im Supermarkt an exponierter Stelle präsentiert – trotzdem schienen die Kassiererinnen heute mit besonderer Schaffenslust in die Tasten ihrer Kasse zu greifen, und ich konnte sogar mehrere Kunden beobachten, die die Schlagzeile überflogen und das Blatt dann achtlos in den Einkaufswagen legten oder gar auf dem Zeitungsständer zurückließen.

Der einzige Blick, der nicht genauso freundlich-belanglos ist wie alle anderen, stammt von einem Jüngling, der sich schnell abwendet, um ein Mädchen zu küssen, das ihn unverhohlen anhimmelt. Warum knutscht David ein Mädchen, das nicht meine Tochter ist? Und warum gibt er vor, mich nicht zu sehen? Daß das nichts mit *Glamour* zu tun hat, erkennt sogar meine derzeit etwas unzuverlässige Selbsteinschätzung. Und wenn ich an Carolins rotgeweinte Augen denke – warum spricht sie nicht mit mir, wenn sie Kummer hat?

Diese Frage irrt noch eine ganze Weile in den Kulissen meiner Gedanken herum, bis ich sie schließlich kurzerhand in den Requisitenraum sperre. Dort wird sie nicht verlorengehen und kann im Bedarfsfall jederzeit hervorgeholt werden. Was ist der Liebeskummer eines Teenies schon gegen die Meinungsbildung eines Titelblattes?

Ich plaziere *Glamour* genau zwischen die beiden Kaffeetassen der Omas. »Seht mal! Dieser Artikel ist von mir. Dieser hier – auf dem Titel!!!«

Franziska schiebt mißtrauisch ihre Brille näher. Die höchstpersönliche Meinung ihrer Tochter in der Öffentlichkeit verbreitet zu sehen, erfüllt sie mit tiefem Unbehagen. Und dann noch eine Auffassung, die ihr bereits in der Diktion ungebührlich erscheint und schon deswegen nicht unumwunden geteilt werden kann. So sollen ihre eigenen Überzeugungen heißen? Mit solchen Parolen ihre bewährte Lebensführung bedacht werden? Meine Mutter ist augenscheinlich in großer Sorge, daß auf dem Titelblatt von *Glamour* etwas beim Namen genannt wird, was schon allein durch diese Tatsache anstößig ist. Ähnlich wie beim Sex! Er gehört dazu – das läßt sich bedauerlicherweise auch für eine grundanständige Frau nicht leugnen –, aber muß man deswegen darüber reden? Frauenarbeit verdient Beachtung und Anerkennung, na gut – aber muß man deswegen darüber schreiben? Und noch dazu mittels einer so aufdringlichen Schlagzeile? Warum schlängelt man sich nicht einfach durch? Dann läßt sich notfalls die Seite wechseln, ohne daß einem nachgewiesen werden kann, kurz vorher noch auf einer anderen gestanden zu haben. Meine Mutter ist seit jeher von dieser Methode überzeugt. Besonders für die Verteidigung des extrem anfälligen weiblichen Rufes erscheint ihr diese Vorgehensweise als einzige klug und zweckmäßig.

Margareth dagegen stürzt sich auf die Zeitschrift wie das Dienstmädchen vor das Schlüsselloch, hinter dem sich frivole Dinge tun. Und im Nu ist sie davon überzeugt, daß ›Nele, das gute Kind‹ nicht nur eine hervorragende Ehefrau und Mutter und die beste Schwiegertochter der Welt, sondern eine mindestens ebenso gute Journalistin ist. »Wir sind stolz auf sie, nicht wahr, Franzis?«

Meine Mutter nickt zögernd. Schließlich hat keine Mutter der Welt das Recht, nicht stolz auf ihr Kind zu sein, wenn sich nur der geringste Anlaß dafür finden läßt. Aber viel zufriedener wäre sie eigentlich mit mir, wenn ich mich nun endlich um den Inhalt meiner Waschmaschine kümmerte.

Ich lege Philip die Zeitschrift vor die Nase. »Na? Was sagst du nun?«

Philip trennt sich nur ungern von der Massenberechnung, die sein Computer gerade auflistet. »Toll, Nele! Wirklich super! Übrigens ... Krämer hat angerufen. Das zweite Hotel ist so gut wie sicher.«

»Und das sagst du mir so nebenbei?« Ich bin drauf und dran, einen Freudensalto über sein Reißbrett zu machen.

»Noch ist es nicht hundertprozentig«, dämpft Philip mich. »Und die weitere Entwicklung ist nach wie vor unklar ...«

» Kannst du mal mit dieser negativen Meinungsmache aufhören, Philip! Dein Pessimismus geht mir gehörig auf den Senkel! Wie willst du endlich durchpowern, wenn du nur Talbahn fährst?«

»Ja, ja.«

»Wie sieht eigentlich unser Konto aus?«

»Kannst du mir nachher einen Brief in den Computer tippen? Du kannst das schneller als ich.«

»Ja, klar. Und unser Konto?«

»Es geht. Sieh zu, daß du das Haushaltsgeld bei der *Glamour* verdienst.«

»Es wird schon, Philip.«

»Ja, ja.«

In keiner Ecke des Hauses ist mir so richtig wohl. Außer vielleicht in der, die mir das Telefon in Reichweite garantiert, das eigentlich längst schrillen müßte – und Frau Splettstößer am anderen Ende, die atemlos vermeldet, daß man sich vor Leseranrufen nicht retten könne und es deshalb unumgänglich sei, eine Standleitung zur Autorin des spektakulären Artikels zu errichten.

Das Telefon jedoch schweigt beharrlich und bringt mich dazu, daß ich mich auf meine hausfraulichen Pflichten besinne. Warten kann ich schließlich genausogut, während ich meinen Mohairpulli wasche, die Fenster putze oder die Rhododendren mit Kaffeesatz dünge. Und vielleicht warte ich ja auch ganz umsonst? Möglicherweise böte sich heute eine gute Gelegenheit, den ganzen Garten umzugraben, ohne ein einziges Mal vom Telefonklingeln gestört zu werden?

Diesen Gedanken schicke ich mit strenger Miene in die Abteilung der Kuriositäten zurück und drehe hinter ihm vorsichtshalber zweimal den Schlüssel im Schloß, damit er sich nicht noch einmal meldet, bevor er meine ausdrückliche Genehmigung eingeholt hat. Das fehlte noch, daß Philips Schwarzmalerei nun auch auf mich übergreift! Nein, ich tu' einfach so, als sei dies ein Tag wie jeder andere. Ist er ja auch! Lieber Himmel, wie viele Titelstories mögen geschrieben worden sein, ohne daß dem Autor mehr als sein Zeilenhonorar vergönnt war?

Also doch der Mohairpulli. Inklusive des Risikos, mit tropfenden Händen und feuchten Ärmelkanten zum Telefon zu laufen? Besser die Fenster! Selbst, wenn ich beim ersten Klingeln den Putzeimer umstoße und für unerträglich lange Zeit die Zugluft durchs Haus pfeift. Aber die Gefahr, daß es mich unter den Rhododendron-Büschen erwischt und als unabdingbare Folge die Gartenerde nicht mehr an meinen Füßen, sondern auf den Bodenfliesen unter der Telefonkonsole klebt, ist auch nicht von der Hand zu weisen. Und oft dauert es minutenlang, bis man sich die Gummihandschuhe von den Fingern gezerrt hat.

Ein neues Kapitel von *Und immer siegt die Liebe*? Den Vorlauf von sechs Folgen habe ich bereits vorsorglich auf zehn erhöht. Ein gutes Polster also. Kein Grund, in aller Eile weiterzuschreiben. Nein, ich glaube, mir fehlt die innere Ruhe, um mich um Sybille von Hochgrebe zu kümmern. In dieser Verfassung würde ich ihr womöglich einen Streit mit ihrem hochwohlgeborenen Ehemann andichten. Und das, wo er sich doch gerade mit der Berufstätigkeit seiner Frau abgefunden hat und voll des Lobes über das Organisationstalent seiner Gattin ist. Nein, für die Abenteuer, die Sybille als untadelige Hausfrau und Mutter und gelegentlich in Versuchung geratene Ehefrau zu bestehen hatte, reichte ein bißchen Fantasie, und schon war, während ich den Omas zuhörte, eine neue Geschichte in meinem Kopf entstanden. In die Karrierefrau Sybille von Hochgrebe muß ich mehr Zeit und Einsatz investieren. Schließlich soll sie eine durch und durch positive doppelbelastete Frau sein!

Ich wandere planlos durchs Haus und beschließe, mich mit leichteren Aufräumarbeiten zu befassen, die jederzeit zu unterbrechen sind. In Carolins Zimmer ist das schnell erledigt. Ihr nahezu kompletter T-Shirt-Bestand – von ›eine halbe Stunde getragen‹ bis ›drei Tage fortlaufend verunreinigt‹ – lagert auf dem spärlichen Mobiliar ihres Zimmers. Ihr stündlich zu erwartender empörter Aufschrei, daß sie zu den wenigen Mädchen ihres Alters gehöre, die nur zwei T-Shirts im Schrank hätten, versetzt mich jetzt schon in Mißstimmung. Abgesehen davon, daß ich ihr Bettuch glattziehe, lasse ich alles so, wie es ist.

Davids Foto, das monatelang in Postergröße eine Wand zierte, ist weg. Ich brauche nur an Peter zu denken, der mein damals fünfzehnjähriges Herz zunächst erbeben ließ und dann beinahe brach, und ich weiß, wie Carolin sich jetzt fühlt. Andererseits erinnere ich mich auch, wie schnell meine Seele durch den Einfluß meines Tanzstundenpartners genas. Der akute Schmerz kann nicht länger als ein paar Tage angehalten haben. Eine lächerliche Zeitspanne angesichts der Lebenserwartung eines robusten Teenager-Herzens. Und ich bin sicher, kein Wort mit Franziska über meinen Liebeskummer gesprochen zu haben. Die Zeit, in der die Mutter die Vertraute ihrer Kinder ist, geht irgendwann zu Ende. Sinnlos, die Uhr anhalten zu wollen. Wenn Carolin Wert darauf legt, ihre Angelegenheiten allein zu ordnen, dann werde ich ihr das zubilligen müssen. Nichts ist schrecklicher als eine Mutter, die ihren Kindern keinen Freiraum läßt und unablässig ihre Intimitäten verbalisiert.

Nach einem Legostein-Abschußrampen- und Playmobil-Ritterburgen-Slalom durch Timos Zimmer, das auch nicht mehr erlebt als ein Aufschütteln des Kopfkissens, erfreue ich mich an Nicos ausgeprägtem Ordnungssinn. Ein wenig pedantisch ist mein Sohn sogar. Das macht mich einerseits unruhig, weil es mir für einen Zehnjährigen so atypisch erscheint, daß es mir beinahe wie eine Verhaltensstörung vorkommt, gaukelt mir aber andererseits eine erfolgreich verlaufene Erziehungsarbeit vor, für die ich mir die Schulter klopfe – obwohl ich genau weiß, daß ich Nico niemals ausdrücklich zur Ordnung erzogen habe. Aber von irgendwem muß er die Akkuratesse ja haben! Warum nicht von mir? Sorgfältig, wie Nico es tun würde, öffne ich die Fenster, schüttle die Federkissen auf und lege sie auf die Fensterbank zum Lüften, streiche das Bettuch glatt, falte seinen Schlafanzug zu einem säuberlichen Rechteck zusammen und schiebe die Bücher auf seinem Schreibtisch exakt in die hintere rechte Ecke, wo sie ein wenig von der parallelen Anordnung zur Schreibtischkante abgewichen waren. Aus einem der Bücher schaut ein Blatt heraus, das Nico sicherlich so exakt zwischen die Seiten gelegt hatte, daß die Ecken und Kanten sich deckten. Ich schiebe es wieder zurecht, ohne daß der Inhalt des Papiers irgendein Interesse in mir weckt. Erst die roten Striche und Zeichen am rechten Rand lassen mich aufmerken. So viele!? Die Note ›mangelhaft‹ leuchtet mir entgegen, kaum daß ich das Buch geöffnet habe.

Es ist beileibe nicht die erste Fünf, die meinem engagierten Einsatz als mütterliche Hilfslehrerin einen Dämpfer verpaßt, aber es ist die erste, die mir verheimlicht wird. Zumindest ist mir niemals zuvor zu Ohren gekommen – auch nicht nachträglich beim Elternsprechtag –, daß eins meiner Kinder eine Fünf verschwiegen hat. Warum jetzt? Neben der Signatur des Lehrers steht ein Datum, das drei Tage zurück liegt. Zeit genug, mit mir über eine Fünf zu reden. Der Artikel war schließlich vorgestern schon druckfertig …

Verflixt, warum ruft Alexander nicht an?

Nicos Federbett landet wieder auf der Matratze und seine Zimmertür geräuschvoll im Schloß. Energisch greife ich zum

Telefonhörer. »Guten Morgen, Frau Stettlö… Frau Splettstößer. Wie geht's Ihren Zähnen? Ist die Wurzelentzündung ganz ausgeheilt?«

Ein abgrundtiefer Seufzer ist die Antwort. »Soweit eine Wurzelentzündung jemals ganz ausheilen wird, Frau Hübner. Ich darf mir da keine allzu großen Hoffnungen machen. Und dann die Nebenwirkungen der schweren Medikamente …« Ihre Pause ist wohldosiert und würde auch dem ahnungslosesten Anrufer einen Eindruck von Frau Splettstößers ungewöhnlicher Tapferkeit vermitteln. »Aber man ist ja froh, wenn man gesund genug ist, seiner Arbeit nachzugehen.« Auch die fröhliche Entschlossenheit ist exakt so bemessen, daß man als feinfühliger Zuhörer eine Ahnung davon bekommt, mit welch übermenschlicher Anstrengung sich Frau Splettstößer zur Überwindung ihrer Qualen entschlossen hat. »Ich bin wirklich dankbar, daß sich die Nebenwirkungen der Spritze, die mir der Zahnarzt verpassen mußte, nur auf die Kopfschmerzen beschränken. Er hatte ja lange gezögert, sie mir zu setzen. Er sagte gleich, Frau Splettstößer, sagte er, diese Spritze gebe ich wirklich nur dann, wenn nichts anderes mehr hilft. Und ich weiß nicht, sagte er, wie Sie sie verkraften werden. Aber er hatte ja keine andere Wahl. Mein Kreislauf wäre zusammengebrochen, wenn die Schmerzen nicht endlich abgeklungen wären. Dann also lieber die Migräne. Und wer weiß, vielleicht vergeht sie ja irgendwann …«

»Und sonst?« frage ich unbestimmt. »Viel Arbeit in der Redaktion?«

»Du lieber Himmel, Frau Hübner! Hier weiß man nie, wo einem der Kopf steht.«

Leider muß ich wohl etwas deutlicher werden. »Gibt es schon Reaktionen auf die heutige Ausgabe?«

»Reaktionen?« Frau Splettstößer scheint gründlich nachzudenken, was mir sehr mißfällt. »Ja«, kommt es dann zögernd. »Wir hatten einen unangenehmen Druckfehler in der TV-Übersicht, aber sonst …«

Muß ich sie denn wirklich in aller Deutlichkeit unter Überwindung des Stolzes, der einen Leitartikel-Reporter hoch über den Anspruch auf Erfolg und Anerkennung hebt, fragen, ob sich irgendein Mensch telefonisch oder schriftlich zur brandneuen Titelstory geäußert hat?

Ja, ich muß. Frau Splettstößer erspart sie mir nicht, diese stillose Direktheit. »Nicht, daß ich wüßte«, kommt es zögernd zurück, als suche Alexanders Sekretärin auf ihrem Schreibtisch nach einem möglichen Hinweis, der auf ein gewisses Interesse an meinem Artikel schließen ließe. »Ich kann ja mal Herrn Amelunx fragen.«

»Verbinden Sie mich doch bitte mit ihm.«

Das gefällt Frau Splettstößer ganz und gar nicht, aber da sie weiß, daß ich zu den Personen gehöre, deren Anrufe jederzeit ungefiltert durchgestellt werden dürfen, bleibt ihr nichts anderes übrig, als »Moment, ich verbinde« in den Hörer zu seufzen.

18.

»Habe ich es nicht gesagt?« höhnt Alexander, der zu vergessen scheint, daß ein solcher Mißerfolg nicht nur mich, sondern auch ihn trifft. »Keinen Menschen interessiert diese Hausfrauenproblematik.«

»Das kann doch nicht wahr sein!« Ich bin so niedergeschmettert wie sonst nur beim Anblick eines zu heiß gewaschenen Angorapullovers. »Schließlich bin ich umgeben von Frauen, die täglich unter dieser Problematik leiden! Und nicht nur sie, auch ihre Familien, ihre Männer, ihre Kinder! Die Mehrheit der Bevölkerung leidet unter der Inszenierung und den Einbußen des familiären Alltags.« Wenn ich mich jetzt nicht in ein paar spitze Übertreibungen rette, fange ich noch an zu heulen.

»Nicht gleich weinen«, tröstet Alexander prompt. »Einen bestätigenden Anruf hat es ja immerhin gegeben.«

»Wirklich?«

»Ja, er stammte von einer Dame, die vergessen hatte, ihr Gebiß einzusetzen, und nicht nur gegen die Berufstätigkeit von Müttern, sondern auch gegen das Tragen von Minirökken wetterte und sich im übrigen Herrn Schönhuber als Bundeskanzler wünschte.«

Das habe ich nun also davon! Die Zustimmung einer senilen, alten Frau und Alexanders Spott sind alles, was ich bewirkt habe. Außerdem Ingers Zorn und Ediths Verbitterung. Von Franziskas Entrüstung ganz zu schweigen. Und Margareths Zustimmung kann mich auch nicht trösten, denn sie klatscht mir immer Beifall, wenn der Rest der Welt anderer Meinung ist als ich. Gerade dann!

Am liebsten würde ich jetzt meinen einzigen Angorapulli in die Waschmaschine stecken und das Kochprogramm wählen. Wenn schon deprimiert, dann auch richtig! Und Nico werde ich seine Fünf um die Ohren hauen und Carolin klarmachen, wie lächerlich ihre Trauer um einen pickeligen, faden Jüngling ist, und Timos Abschußrampen und Ritterburgen werde ich zerlegen und in die dafür vorgesehenen Kisten sortieren, damit endlich wieder einmal Ordnung herrscht …

Philip taucht neben mir auf. »Noch keine Reaktion auf deinen Artikel?«

»Welche Reaktionen erwartest du?« fauche ich ihn an. »So bedeutungsvoll ist eine Titelstory nun auch wieder nicht, daß gleich sämtliche Telefone der Redaktion heißlaufen!«

Am vernünftigsten ist jetzt wohl Gartenarbeit. Ein Spaten nimmt viel weniger krumm als ein hauchdünner Hefeteig, und frische Luft ist allemal besser als das Gezänk der Omas, zu dem sie gerade angesetzt haben. Franziska hat sich nämlich unterstanden zu behaupten, ihre Tochter sei ziemlich gereizt heute, und daran könne nur dieser dumme Artikel schuld sein. Woraufhin sich Margareth vehement vor ›Nele, das gute Kind‹ stellte, der schließlich auch nicht alles gelingen könne. Worauf ›Franzis, die du mir teuer bist‹ ihr, die sie am liebsten Gretel nennen würde, unterstellte, sie übe schlechten Einfluß auf ihre Schwiegertochter aus, indem sie sie viel zu häufig für ihre außerhäusliche Tätigkeit lobe. Was Margareth, nachdem sie ausdrücklich auf die Betonung ihrer ersten Vorsilbe gepocht hatte, weit von sich wies …

Zwei Stunden lang grabe ich verbissen den Kaffeesatz

unter die Rhododendren, dann erscheinen Romanus und Amadeus, um sich nach dem Inhalt meiner Kochtöpfe zu erkundigen. »Mama hat auf einen Zettel geschrieben, wir sollen bei dir essen, weil Ayse krank ist. Gibt es vielleicht Gemüse-Lasagne?«

Es gibt Eintopf, den ich gestern schon vorsorglich zubereitet habe für den Fall, daß die Ereignisse des heutigen Tages keine planmäßige Hausarbeit zulassen sollten. Er braucht nur aufgewärmt zu werden, und Ingers Söhne beschließen nach einem prüfenden Blick in den Topf, daß es keinen Grund gibt, Ayses Fehlen am heutigen Tage zu bedauern.

»Ist ja genug da«, stellt Romanus zufrieden fest. Und damit hat er vollkommen recht.

Amadeus ergänzt: »Ich finde es gar nicht so gräßlich, daß du Hausfrau bist. Mama sagt, Hausfrauen sind langweilig, aber ich glaube, das stimmt gar nicht.«

Und auch Amadeus hat natürlich vollkommen recht. Schon deswegen, weil meine Laune sich damit wieder auf ihre Urform einpendelt und ich bereits eine halbe Stunde später in der Lage bin, in aller Zufriedenheit die Teller meiner Lieben zu füllen.

Mit einem Gefühl der Befriedigung, das sich soeben aus einem Jauchefaß gerettet hat und sich über alles freut, was nicht Jauche ist und nicht wie Jauche stinkt, verbringe ich einen völlig ungestörten Nachmittag unter den Rhododendren. Und der Kaffeesatz hat noch eine ganze Menge auszuhalten, bevor er sich unter die Rhododendronwurzeln verkrümeln kann. Aber immerhin – als ich aus meinen Gummistiefeln steige und in den Wind schnuppere, ist jeglicher Mief verflogen. Ich fühle mich wie frisch mit Kölnisch Wasser eingesprüht.

Als Alexander am Abend anruft, erlaube ich mir sogar einen kurzen Augenblick des Nachdenkens, ehe ich antworte: »Ach so, ja, der Artikel ... Gibt's was Neues?«

»Drei Anrufe und ein Fax.« Alexander ist zwischenzeitlich aufgegangen, daß wir im selben Boot und erst recht im selben Titelblatt sitzen. »Eine ganz erfreuliche Resonanz, findest du nicht auch?«

»Zustimmung oder Ablehnung?«

»Na ja ... die Frauenhilfe einer hiesigen Kirchengemeinde zollt dir uneingeschränkte Anerkennung. Die Frau des Pfarrers hat angerufen und läßt dir herzliche Grüße von der gesamten Frauenhilfe ausrichten.«

»Vermutlich keine von ihnen unter sechzig.«

Hat da etwa jemand den Deckel vom Jauchefaß genommen?

»Alte Leserinnen sind uns genauso lieb wie junge«, sagt Alexander. »Das Fax kommt von einer Firma, die sich mit der Herstellung von Baumwollwatte beschäftigt. Die Belegschaft besteht ausschließlich aus jungen Frauen, und die halten dich für eine militante Abtreibungsgegnerin, die ihre Parolen durch die kalte Küche, das heißt durch die Publikation einer neuen Mütterlichkeit, einschmuggelt. – Frau Stößer, machen Sie mal die Fenster zu. Hier stinkt es ja penetrant nach Jauche! – Also, der zweite Anruf stammt von einem Sozialarbeiter, der glaubt, daß du in Wirklichkeit ein Mann bist, der das Patriarchat erneut heraufbeschwören will. Und der dritte ... das war eine Frau, die ins Telefon gerufen hat, du hättest einen Sockenschuß. Dann hat sie wieder aufgelegt.«

»Na, das ist ja schon was.«

»Eben! Es gibt Titelstories, die bleiben völlig ohne Reaktion.« Und das lastende Schweigen füllt Alexander mit einem, wie er glaubt, freundlichen Angebot. »Ich könnte eine Liebesgeschichte für die Oktoberausgabe gebrauchen. Lilo Pfeifer hat im Moment nichts zu bieten. Du kannst dich erinnern? Die Presseagentin, mit der wir seit zwanzig Jahren zusammenarbeiten!«

»Ja, ja.«

»Wenn das Wetter schlechter wird, muß eine Lovestory ins Blatt, die im High-Society-Milieu spielt. Das verklärt die Leserin und nimmt ihr den Blick für die Grausamkeiten des Wetters und der Welt schlechthin. Kannst du das? Vielleicht ein hübscher Graf, der sich in die zweite Frau seines Vaters verliebt? Oder eine Baronesse, die von dem Verwalter ihres Gestüts schwanger ist?«

»Ja, ja.«

»Aber gib acht, daß sich deine Heldin von Sybille von Hochgrebe unterscheidet. Du weißt doch ... die Protagonistin unseres Fortsetzungsromans. Überhaupt – du mußt ein bißchen aufpassen, Nele, daß du den Stil der Berger nicht kopierst. Mir scheint, du liest heimlich *Und immer siegt die Liebe*, stimmt's?« Alexander merkt glücklicherweise nicht, daß ich in sein Lachen nicht einstimmen kann. »Deine Schreibe hat ein bißchen Ähnlichkeit mit der von Tanja Berger.«

»Ja, ja.«

Ich schnuppere ins Haus. Hängt der üble Geruch nur in meiner Nase, oder weht er tatsächlich durchs Fenster hinein? Es stinkt! Mir stinkt's! Gleich werde ich eine schaurige alte Gräfin erfinden, die ihre unstandesgemäße Schwiegertochter piesackt, und deren hundsgemeinen Sohn, der seine Frau mit sämtlichen Mägden im gebärfähigen Alter betrügt. Darüber hinaus mehrere uneheliche Kinder, von denen die junge Gräfin nichts ahnt, und einen garstigen Verführer, der die Einsamkeit der jungen Frau ausnutzt, um sie später, nach vollzogenem Ehebruch, zu erpressen. Die Leserinnen werden sich reihenweise frühmorgens im ersten Licht der fahlen Oktobersonne von den Brücken und Kirchtürmen stürzen. Das haben sie dann davon, diese ignoranten *Glamour*-Abonnentinnen!

Es ist schon spät, als das Telefon klingelt. Margareth hat sich gerade in ihre Wohnung aufgemacht und Franziska in ihr Zimmer zurückgezogen, während Philip und ich noch eine Weile das Alleinsein genießen.

»Wer kann das sein?« knurrt Philip mit einem Blick auf die Uhr.

»Woher soll ich das wissen?« Seit Philip selbständig ist, versetzen mich Anrufe zu ungewöhnlichen Tageszeiten in Angst und Schrecken. Ich weiß ja, daß Krämer Nachtarbeiter ist und selten daran denkt, daß es Menschen mit ganz anderen Gewohnheiten gibt.

Philip murmelt, nachdem er sich dynamisch-forsch gemeldet hat, ein flüchtiges »Guten Abend« in den Hörer, dann lauscht er mit offenem Mund und starrt mich an. Nein, das kann nicht Krämer sein. »Meine Frau«, sagt er schließlich. »Moment, ich hole sie.«

Er legt den Hörer vorsichtig neben das Telefon, als fürchte er, das Gehör seines Gesprächspartners zu schädigen, dann kommt er auf leisen Sohlen hereingehuscht und raunt mir ins Gesicht: »Da ist einer vom Fernsehen. Ich glaube, es geht um deinen Artikel.«

Der April ist längst vorüber. Sonst wäre mir jetzt der Verdacht gekommen, auf einen Scherzvogel reinzufallen. Aber Philip winkt mich mit so wichtiger Miene zum Telefon, daß ich es nicht wage, an einen Schabernack zu glauben. Vorsichtig nenne ich meinen Namen und horche argwöhnisch.

Am anderen Ende leiert jemand einen langen Spruch herunter, in dem Worte wie Privatsender, Produktionsgesellschaft, Talk-Show, Sendezeiten und Flugpläne vorkommen. Am Ende der Reihe steht: »Ich heiße Rüdiger Bach. Ich bin Redakteur der Sendung und damit beauftragt, die Recherchen durchzuführen. Wären Sie bereit, Ihre Meinung in unserer Talk-Show noch einmal so explizit zu vertreten wie in *Glamour?*«

Obwohl ich noch nicht durchschaut habe, was dieser Rüdiger Bach von mir will, sage ich: »Ja.«

Warum, um alles in der Welt, tu' ich das?

»Wunderbar!« frohlockt die Stimme am anderen Ende. »Könnten Sie gleich morgen nach Berlin fliegen? Gegen Mittag geht eine Maschine. Ich lasse die Tickets am Flugschalter für Sie hinterlegen. Alles klar?«

Gar nichts ist klar. Ich stottere abwechselnd mehrere Jas und einige Neins ins Telefon und habe damit dem fernsehkundigen Herrn Bach wohl deutlich vor Augen geführt, daß ich erstens noch nie eine Einladung zu einer Talk-Show erhielt und zweitens keine Ahnung habe, wovon er eigentlich redet.

»Hören Sie«, beginnt er deshalb noch einmal. »Es reicht, wenn wir heute abend den Termin abgestimmt haben. Alles andere können wir morgen früh noch klären. Ich brauche jetzt nur Ihre Zusage, daß Sie kommen werden.«

»J... ja, ich glaub' wohl.«

»Ganz sicher?«

»Ja, gut, ganz sicher.«

»Sie kennen unsere Sendung?«

»Welche Sendung?«

Nun muß ich mich aber zusammenreißen. Das kurze Schweigen am anderen Ende illustriert sehr eindrucksvoll die stumme Frage des Fernsehmenschen, ob er es hier wirklich mit jemandem zu tun hat, den man guten Gewissens einem Millionen-Fernseh-Publikum präsentieren kann. Ich muß aufpassen, daß Herr Bach mich nicht für eine Hausfrau mit dem Vornamen Helga und dem Zunamen Aschenputtel hält. »Entschuldigung. Ich hatte Sie nicht genau verstanden.«

»›Midnight-Fieber‹«, kommt es so langsam und präzise zurück, daß auch eine alte Dame im präsenilen Stadium ihn verstanden hätte. »Die Talk-Show zu Beginn des Nachtprogramms.«

»Aha.«

»Sie kennen also unsere Sendung?«

»Wenn ich ehrlich sein soll – nein.« In einem solchen Fall, das schießt mir gerade noch rechtzeitig durch den Kopf, hilft nur Aufrichtigkeit, ehe man schon im nächsten Satz per Fangfrage aufs Glatteis geführt wird und eine Bauchlandung macht. »Ich mache mir nichts aus Talk-Shows. Aber das ist ja kein Grund, nicht in einer mitzuwirken, nicht wahr?« Na bitte, Herr Fernsehredakteur, von wegen kleine, dumme Hausfrau! Diese Entgegnung hätte doch glatt von Anegeer kommen können, stimmt's?

Rüdiger Bachs Stimme klingt leider ziemlich unbeeindruckt. »Bis morgen früh also. Dann werden wir kurz Ihr Thema durchsprechen. Und ich werde Ihnen Ihre Gesprächspartner vorstellen und Sie mit deren Standpunkten bekanntmachen.«

Philip sagt: »Das gibt's doch gar nicht, daß die am Vorabend einer Sendung anrufen! Da will dich einer auf den Arm nehmen!«

»Meinst du wirklich?« Ich schwanke zwischen dem Wunsch, ihm recht zu geben, und der Freude an einem unverhofften Abenteuer. »Ja, mir kommt das Ganze auch ein bißchen komisch vor. Andererseits ...«

»Frag Alexander!« schlägt Philip vor. »Der kennt sich aus mit so was.«

»Jetzt noch?«

»Wenn das Fernsehen um diese Zeit anrufen kann, wirst du deinen Chefredakteur auch noch stören dürfen.«

Das klingt zwar plausibel, läßt aber völlig außer acht, daß Philip soeben noch den Verdacht hegte, wir könnten einem Spaßvogel aufgesessen sein. Mein Akku jedoch hat sich mit solchen Mengen Adrenalin aufgeladen, daß meine innere Uhr die Zeit eines strahlenden Vormittags vermeldet. Sie ist anscheinend völlig ins Rotieren geraten. Ohne nachzudenken, wähle ich Alexanders Nummer. »Tut mir leid, dich zu stören.«

»Nele!« kommt es überrascht zurück. »Bin ich zum Traum deiner schlaflosen Nächte geworden? Oder ist dein Mann verreist?«

Ich verzichte auf eine bissige Entgegnung und erkläre Alexander im Eiltempo den Grund meines Anrufes. Und er führt mich im Schnellverfahren in die Mysterien des Talk-Show-Gewerbes ein. »Diese Leute sind ständig auf der Suche nach Themen. Da braucht sich nur jemand mit der Behauptung zu outen, er triebe es französisch mit seiner Milchkuh – schwups, schon wird er zu einer Talk-Show eingeladen.«

Meine neugeborene Bedeutsamkeit, die schon begann, sprechen und laufen zu lernen, fällt ins embryonale Stadium zurück. So ist das also!

»Und wenn ein Thema wirklich gut ist«, fährt Alexander fort, worauf meine Bedeutsamkeit prompt am Daumen zu lutschen beginnt, »dann wird es auch in letzter Minute noch ins Programm genommen. Weil jeder Sender fürchtet, daß sonst ein anderer diese Meldung als erster bringt. Und um dich noch in die Talk-Show zu bekommen, ist mit Sicherheit ein anderer ausgeladen worden, dessen Meinung nicht so brisant ist.«

Meine Bedeutsamkeit strampelt mit beiden Beinen. »Glaubst du wirklich?«

»›Midnight-Fieber‹«, überlegt Alexander laut. »Soviel ich weiß, ist das eine Live-Sendung. Ich werde versuchen, eine Eintrittskarte zu bekommen. Als dein Chefredakteur müßte mir das eigentlich gelingen. Am späten Nachmittag geht schließlich noch eine Maschine nach Berlin. Mal sehen, ob das klappt ...«

Hat man je eine Frau gesehen, die sich am Morgen vor ihre Familie hinstellt und verkündet: »Gegen zwölf Uhr geht mein Flugzeug. Heute abend werde ich nicht bei euch sein, aber ihr könnt mich im Fernsehen bewundern. Und die Nacht verbringe ich in einem Fünf-Sterne-Hotel.«

Ich kenne jedenfalls keine. Nicht einmal in Ingers Bekanntenkreis, in dem es von supertüchtigen, supererfolgreichen und hyperzufriedenen Superfrauen nur so wimmelt, habe ich jemanden etwas Derartiges sagen hören. Aber ich, die unbedeutende, im verborgenen blühende, ohne Ruhmsucht wirkende Hausfrau habe soeben meine Familie mit dieser Information überrascht.

Carolin verschluckt sich an ihrem Apfeltee, Nicos Messer bleibt im Honigglas stecken, und meine Mutter sieht mich an, als wüßte sie nicht, ob sie sich Sorgen um mich machen oder mich zur Ordnung rufen soll. Timos Bestürzung ist nur die Angst vor dem Erschrecken der anderen, während in Margareths Augen bereits der Funke glimmt, der zeigt, daß das Zimmermädchen mal wieder fixer denkt als seine Herrschaft. Fran-ziska dagegen weigert sich hartnäckig, ihre Gedanken dorthin laufen zu lassen, wo sie hinwollen, und bittet mich vorwurfsvoll, nicht einen solchen Unsinn zu reden.

Es braucht eine Weile, bis ich jedem einzelnen den Sachverhalt genau erklärt habe und jeder einzelne seinen Standpunkt formuliert, mit den anderen verglichen und gegen einen widersprüchlichen durchgesetzt hat. Die Meinungsäußerungen reichen von Franziskas »Das wirst du doch nicht tun!« bis hin zu Carolins »Mama wird ein Fernsehstar!« Timo klammert sich ängstlich an mich und verlangt, mit mir zusammen in dem Hotel mit den fünf Sternen zu schlafen.

Die Aufregung nimmt erst ab, als Rüdiger Bach anruft und

damit den Fernsehglanz in unsere Küche trägt. Andächtig lauschen alle den belangvollen Worten, die ich mit demselben Medium wechsle, dem sich gelegentlich auch Michael Jackson respektive Johannes Heesters anvertrauen.

Als ich auflege, weiß ich, daß ich am Abend ein Gespräch mit Hanne Finke-Lasch, der Mitherausgeberin der feministischen Zeitung *Pfui*, führen werde sowie mit der Erbin eines weltweit operierenden Erotik-Versandhandels, außerdem mit dem Fußballstar Rolf Hansen, der sich soeben von seiner Frau trennte, weil sie auf die Idee gekommen war, ihre Karriere als Schauspielerin fortzusetzen, und einem Hausmann, der sich nichts Schöneres vorstellen kann, als in aller Ruhe seine fünf Kinder aufwachsen zu sehen.

Zwei Stunden später verabschiede ich mich von meiner Familie, als stünde mir eine monatelange Expedition durch feindliches Indianerland bevor. Timo schiebt mir ein Papierengelchen in die Hand. »Schutzengel«, sagt er und schwankt zwischen Gleichmut und Aufbegehren. »Muß ich auch ganz bestimmt nicht ins Bett, wenn du im Fernsehen bist?«

Ich schwöre ihm, daß jeder, der das von ihm verlangt, nie wieder auch nur ein einziges Honigplätzchen bekommen wird, und schlinge ein letztes Mal die Arme um meinen kleinen Jungen, der sich tapfer um Haltung bemüht. »Morgen bin ich ja wieder da.«

»Ich kümmere mich um das Mittagessen«, verkündet Margareth.

»Wie willst du denn mit deinen gichtigen Fingern Kartoffeln schälen?« fragt Franziska prompt zurück.

»Das kannst du ja machen. Ich werde mich um den Salat kümmern.«

»Bei deinen Kreislaufstörungen wirst du kopfüber im Salatbeet landen.«

Philip schiebt mich zur Tür hinaus. »Das muß dir jetzt egal sein, Nele.«

Und er hat recht. Es ist mir egal. Zum erstenmal in meinem Leben.

19.

Ich stehe in einem Hotelzimmer. Habe ich überhaupt jemals allein ein Hotelzimmer bewohnt? Ja, doch das ist lange her. Aber ein so piekfeines? Nein, bestimmt nicht. Wenn ich als junge Redakteurin für die Zeitung unterwegs war und gezwungen, auswärts zu übernachten, dann hatte es sich immer um sehr schlichte Mittelklassehotels gehandelt. Mit den ›Betenden Händen‹ von Dürer über dem Kopfende des Bettes und einer großgeblümten sogenannten Tagesdecke, die die zweckmäßige bügelfreie Frotteebettwäsche verbarg und den Anschein von wohnlicher Atmosphäre erwecken sollte. Nein, ich bin sicher, daß ich das erste Mal ganz mutterseelenallein das Zimmer eines First-Class-Hotels bezogen habe. Und gerade zwei Stunden vorher habe ich die Feststellung gemacht, noch nie in meinem Leben allein ein Flugzeug betreten zu haben. Und habe ich schon jemals ganz allein ein Taxi geordert? Doch, natürlich. Aber der Rahmen, in dem ich mich heute bewege, ist so neuartig, daß ich mir selbst ein wenig fremd vorkomme. Aufregend fremd! Alles, was ich tue, ist fremd. Ein überwältigendes Gefühl, diese Selbständigkeit!

Ich starre auf das breite Doppelbett, das mir ganz allein gehört, und frage mich, womit ich die Zeit zubringen soll. Hätte ich doch nur ein Buch eingesteckt! Natürlich könnte ich auch einen Bummel machen. Der Kudamm ist nicht weit entfernt. Aber vielleicht wird jemand versuchen, mich zu erreichen? Schließlich soll ich mich schon zwei Stunden vor der Live-Sendung im Studio einfinden.

Eigentlich wäre heute und hier auch eine gute Gelegenheit, in aller Ruhe mit Lilo Pfeifer zu telefonieren. Meine Presseagentin hat sich mittlerweile, wenn auch widerstrebend, an die hastig hingehauchten Gespräche gewöhnt, die nicht selten mitten im Satz unterbrochen werden müssen, weil ein Familienmitglied völlig unverhofft und ohne jedes Gefühl für Diskretion im Schlafzimmer auftaucht. Dennoch wäre es vermutlich für uns beide schön, einmal eine ein- bis zweistündige Plauderei zu genießen. Und sicherlich würde es Lilo Pfeifer gefallen, zwischendurch nicht scheinheilig mit den Namen Inger, Edith oder Frau Zittel-Klepsch angesprochen zu werden und sich auch nicht minutenlang die Interna einer nachbarschaftlichen Straßenfestorganisation anhören zu müssen, bis ich wieder allein bin und zum eigentlichen Zweck meines Anrufs zurückfinden kann. Eigentlich muß ich meiner Presseagentin wirklich dankbar sein für die große Geduld, die sie mit mir, ihrer gewinnbringenden Schreiberin, hat, von der zu ihrem großen Bedauern niemand etwas wissen darf.

Ich werfe einen Blick in die Minibar, ohne mich zum Genuß von Traubensaft, Nußschokolade oder Magenbitter entschließen zu können. Den Pikkolo werde ich vor dem Einschlafen trinken! Wenn alles vorüber ist! Nach meinem ersten Fernsehauftritt, der mich und meine Meinung entweder zur Sensation oder zum Gespött machen wird! Zunächst begnüge ich mich damit, mir den Inhalt der Gummibärchentüte en miniature einzuverleiben, die als Betthupferl mein Kopfkissen ziert. Merkwürdig – ich fürchte mich nur wenig vor dem, was auf mich zukommen mag. Meine Position erscheint mir viel sauberer, viel klarer als die einer Feministin, einer Managerin oder eines Fußballstars. Selbst dem Hausmann traue ich nicht über den Weg. Wahrscheinlich ist auch er nur ein verkappter Fanatiker, der seine Ideen heute im Antik-Look präsentiert und unverzüglich die Verpackung wechselt, wenn die Mode sich ändern sollte.

Es klopft, und ein Hotelpage steht vor meiner Tür, der einen Zettel in der Hand hält. »Ein Fax für Sie, gnädige Frau.«

Die gnädige Frau ist derart überwältigt ob dieser ungewöhnlichen Titulierung, daß sie mit bebenden Fingern den Brief entgegennimmt, ohne daran zu denken, daß in solchen Momenten die Damen in den Fernsehfilmen dem Überbringer der Nachricht ein Geldstück in die Hand zu drücken pflegen. Oder sind es nur die Männer, die zu diesem Zwecke ein paar Markstücke in der Tasche ihres Jacketts aufbewahren? Ja, wenn ich es mir recht überlege, ist es eine männliche Gepflogenheit, das Trinkgeld zu spendieren. Aber wozu tragen auch wir Frauen inzwischen die maskulinen Blazer und neuerdings auch wieder die eleganten Kostüme? Sie alle haben diese praktischen Taschen – im Gegensatz zu meinem Pullover und den engen Jeans. Die haben zwar Taschen, aber es ist unmöglich, eine Hand in sie hineinzuzwängen. Dafür müßte ich sie erst ausziehen. Für eine trinkgeldspendende Dame also ein völlig ungeeignetes Kleidungsstück. Das muß ich mir merken.

Herr Bach heißt mich per Fax herzlich in Berlin willkommen und teilt mir mit, daß er mich gegen neunzehn Uhr im Hotelfoyer erwartet, um mich dann mit dem sendereigenen Wagen ins Studio bringen zu lassen.

Also nur noch gut zwei Stunden! Was tut eine Frau mit zwei Stunden, die zu Hause im Nu vorüberhuschen, weil ihre Essenz aus höchstens fünfzig Minuten besteht? Eine heimische Stunde wird subtrahiert zum Beispiel mit der Frage nach dem höchsten Berg des Schwarzwaldes oder nach der Mündung des Jangtsekiang. Bevor ich herausgefunden habe, daß es sich um den Feldberg handelt und daß der unaussprechliche Fluß ins Ostchinesische Meer mündet, hat mich Oma eins um das Rezept für die überbackenen Schwarzwurzeln und Oma zwei um die Postleitzahl von Jeckenbach gebeten. Außerdem ist dreimal die Telefonklingel gegangen und mindestens einmal die Türglocke.

Jetzt jedoch sind zwei Stunden hundertzwanzig Minuten. Was um Himmels willen mache ich mit dieser langen Zeit? Ich könnte mich ins Bett legen und schlafen. Aber was, wenn ich nicht rechtzeitig aufwache? Mein Telefon hat zwar eine Weckfunktion, die ich selbst programmieren kann, aber dieser Technik traue ich nicht. Eine entsetzliche Vorstellung, daß die erste Talk-Show meines Lebens, die damit vermutlich auch meine letzte sein würde, ohne mich beginnt, weil ich verschlafen habe!

Also – ein Wannenbad mit dem hoteleigenen Badeschaum sollte ich mir gönnen. Ausnahmsweise einmal, ohne mittendrin mit nassen Fingerspitzen nach einem Schulheft zu greifen und einen Dreisatz nachzurechnen. Kein schlechter Gedanke! Ein heißes Bad wirkt beruhigend. Ich muß nur darauf achten, es nicht zu lange auszudehnen, damit es mich nicht schläfrig macht. Und dann könnte ich mir eine Gesichtsmaske erlauben, ohne mit meinem weißen Gipsgesicht die verletzende Heiterkeit eines verständnislosen Familienmitglieds zu erregen. Was besonders gemein ist, wenn es sich um eine dieser Masken handelt, die sich auf dem Gesicht in Beton verwandeln und es unter gar keinen Umständen erlauben mitzulachen. Aber das alles ist ja in dieser Stunde kein Problem. Und wenn ich nach dem Bad und der Gesichtsmaske für ein besonders sorgfältiges Make-up und eine untadelige Frisur sorge, sind die beiden Stunden, die vor mir liegen, sicherlich zum größten Teil verbraucht. Also auf ins Zweistundendasein eines Luxusweibchens!

Aber der Weg ins Badezimmer führt mich am Telefon vorbei, und meine Finger wählen ganz von selbst die heimische Nummer. Der Hinweis, daß eine einzige Telefoneinheit eine Mark kostet, schreckt mich nur wenig.

Wie nennt man eigentlich diese Art von Glück, wenn man etwas geschenkt bekommt, das einem längst gehört und das man dennoch immer wieder als Geschenk entgegennimmt? Das, was stets aufs neue kostbar ist, weil man weiß, wie vergänglich sein Wert sein kann? Ich habe keine Ahnung, wie dieses Glück genannt werden könnte. Vielleicht hat es aufgrund seiner Ungereimtheit nie einen Namen bekommen. Denn ist es nicht absurd, daß ich Carolins Stimme, die ich oft genug höre – und nicht selten mehr, als mir lieb ist und viel zu laut und zu schrill –, mich jetzt anrührt wie das unverhoffte Lebenszeichen eines lang Vermißten?

»Hi, Mum! Alles fit in der Schickeria?«

»Und bei euch? Wie geht's deinen Augen? Immer noch rot?«

»Quatsch!«

»Und David? Was ist mit ihm?«

»Was soll schon sein? Timo will mit dir reden.«

Aber Timo redet nicht, er horcht nur auf das, was ich sage. Außer einem zustimmenden Brummen ist nicht viel aus ihm herauszubekommen. Erst, als ich mich schon verabschieden will, druckst er noch eine Neuigkeit heraus. »Omas Herz tut weh.«

»Wessen Herz? Das von Oma zwei?«

»Ja.«

»Schlimm?«

»Weiß nicht.«

»Gib mir mal Oma eins.«

»Die ist bei Edith. Holt Medizin.«

»Dann gib mir Papa.«

»Der ist in der Apotheke. Holt auch Medizin.«

»Dann gib mir Carolin noch einmal.«

»Die ist gerade rausgelaufen. Mit Nico.«

»Kann ich mit Oma zwei selber sprechen? Oder liegt sie im Bett?«

»Auf dem Sofa. Aber aufstehen will sie nicht.«

»Also gut, ich rufe noch mal an, Timo. Sag Papa, daß ich noch mal anrufe.«

Ich komme mir vor wie jemand, der sich ausgesperrt hat und nicht weiß, wo der Schlüssel liegt. Im Haus geschehen Dinge, die ich geschehen lassen muß, ohne die Möglichkeit zu haben, sie zu beeinflussen. Nicht einmal ins Fenster kann ich hineinsehen, um wenigstens im Bedarfsfall laut um Hilfe zu rufen. Margareths Kreislauf hat sich stabilisiert, seit sie in unserer Nähe und in unserer Obhut lebt. Auch ihre Herzbeschwerden sind abgeklungen. Warum ausgerechnet jetzt wieder diese Schmerzen, von denen ich weiß, wie sehr sie meine Schwiegermutter ängstigen? Die Erfahrung hat gezeigt, daß ich ihr zwar nicht die Schmerzen, wohl aber die Ängste nehmen kann. Und mit der Angst schwinden dann oft auch die Schmerzen. Und jetzt ist sie allein mit Timo. Hoffentlich sind Franziska und Philip bald wieder zurück! Wo mögen Carolin und Nico sein? Sie wissen doch, wie wichtig es ist, daß jetzt jemand in Margareths Nähe ist!

Die Maske wische ich schon nach zehn Minuten wieder ab. Unerträglich, wie sie mich unter ihrer Starre einsperrt! Als läge sie nicht auf meiner Haut, sondern direkt auf meinen Gedanken. Erst das heiße Badewasser macht mich ruhiger. Zwei Erwachsene und drei Kinder sind in Margareths Nähe! Ist meine Unruhe vielleicht die Hybris der Frauen, die den Sinn ihres Lebens darin sehen, unentbehrlich zu sein? Die nicht bereit sind, kleinste Aufgaben zu delegieren, um auf jeden Fall unentbehrlich zu bleiben? Und die gekränkt sind, wenn während ihrer Abwesenheit weder das Haus abbrennt noch ein Angehöriger eines unnatürlichen Todes stirbt? Du lieber Himmel, zu denen will ich mich nun wirklich nicht zählen! Erst recht nicht kurz vor dieser Talk-Show, wo es unter anderem darauf ankommen wird, mit dem Fürsorgesyndrom aufzuräumen.

Das träge Herumliegen in der Badewanne macht mich nervös. Ich wäre längst wieder draußen, wenn ich nur wüßte, was ich statt dessen tun könnte. Als das Telefon klingelt, durchfährt mich ein Schreck, aber ich bin auch froh, aus der beklemmenden Passivität gerissen zu werden. Philip! Erst als ich den Hörer abnehme, fällt mir ein, daß mein Mann gar nicht weiß, in welchem Hotel ich abgestiegen bin.

Ehe mein Versuch gelingt, die Telefonstrippe bis zur Badewanne zu verlängern oder wenigstens so weit, daß ich mir ein Badelaken schnappen kann, um mich darin einzuwikkeln, erfahre ich, daß Alexander im selben Hotel wohnt wie ich. Mit viel List und Tücke hat er erreicht, nachher in den vollbesetzten Zuschauerraum eingelassen zu werden. »Ist das nicht toll?«

Ich verteile die herabrinnenden Badewassertropfen auf meinem Körper zu einem feuchten Film, der sich nur ganz allmählich abwärts bewegt und schon Anstalten macht, auf meiner Haut zu verdunsten, ehe der Teppichboden unter meinen Füßen durchnäßt. Mir ist kalt!

»Aber ich muß bereits vor dem offiziellen Einlaß dort sein«, sagt Alexander. »Eigentlich wollte ich vorher mit dir zusammen eine Kleinigkeit essen.«

Ich friere! »Moment, Alexander ich ziehe mir schnell etwas über.«

Das riesige Badelaken reicht aus, mich fast zur Gänze einzuhüllen. Aufatmend lege ich mich samt Telefon auf mein Bett.

»... aber nach der Sendung feiern wir gemeinsam, versprochen? Du darfst nicht vergessen, mich ganz offiziell als deinen Begleiter zu präsentieren, sonst läßt man mich nicht zu dem internen Abschlußempfang.«

»Okay.«

»Bist du in Ordnung, Nele? Lampenfieber?«

Beinahe hätte ich verneint. Aber nun, da ich gefragt werde, steigt ein seltsames, unbekanntes Gefühl in mir hoch. So fremd wie Alexander, dessen Stimme klingt, als habe er soeben fünf Etagen im Laufschritt genommen. Ein Blick auf die Uhr zeigt, daß die Wartezeit zur Hälfte vorbei ist. Eine Stunde noch, und ich muß mich aufmachen zu den Fernsehkameras. »Ja, ein bißchen.«

»Ich drücke dir die Daumen, Nele! Sei einfach so, wie du bist, dann bist du genau richtig!«

Wie soll ich wissen, wie ich bin? Ich kenne mich viel zu gut, um noch zu wissen, wie ich bin. Und woher soll ich wissen, wie gut mich eine Fernsehkamera kennt? Und die Tausende, die vor den Mattscheiben hocken! Tausende? Nein, Herr Bach hat von Millionen gesprochen. Allmächtiger! Wenn ich mich verhasple, werden es Millionen hören. Wenn ich einen Satz anfange, ohne ihn zu Ende führen zu können, werden Millionen darüber lachen. Und wenn mir das richtige Wort nicht einfällt und kein schlagendes Argument, wenn ich der Feministin rhetorisch unterlegen bin und meine Denkweise nicht überzeugt ... dann sind Millionen Zeugen meines Versagens.

Der Tornado unter meinem Zwerchfell wirbelt sich allmählich hoch in meinen Magen und macht selbst vor meinem Atemzentrum nicht halt. Als ich vor dem Spiegel stehe, zittern meine Hände so sehr, daß ich den Lidstrich zweimal ansetzen muß, ehe er gelingt. Vielleicht sollte ich diese ganze Prozedur der Maskenbildnerin überlassen? Nein, wenn schon so vieles fremd sein wird, was mich heute umgibt, dann soll wenigstens das, was zu mir gehört, so sein wie immer. Ich brauche jetzt unbedingt möglichst viel von dem, was ich gewöhnt bin.

Der Tornado verwüstet gerade meine linke Herzkammer, als mein Make-up komplett ist und die Frisur so wie immer – und trotzdem ganz anders. Meine Augen haben einen ungesunden Glanz, rote Flecken brennen durch den Wangenpuder, und die Stirn glänzt jetzt schon durch die Ponyfransen.

Steckt mein Artikel in meiner Handtasche? Ich möchte ihn bei mir haben für den Fall, daß ich falsch zitiert werde. Taschentuch, Portemonnaie? Noch zehn Minuten! Ich hätte eine nagelneue Strumpfhose mitnehmen sollen! Was wird sein, wenn die, die ich jetzt trage, an einem Kamerastativ hängenbleibt? Millionen Zuschauer – und ich mit Laufmaschen! Taschentuch, Portemonnaie? Der Zimmerschlüssel! Hilfe, wo ist er? Und nun auch noch – ich hätte es mir ja denken können – unerwünschter Harndrang! Nein, das kann nicht sein, ich war doch eben erst ... Taschentuch, Portemonnaie?

Der Schlüssel ist eine Codekarte. Ohne Aufdruck der Zimmernummer – wegen der Sicherheit. Wie soll ich mir bloß die Nummer merken? 312! Drei, eins, zwei. Drei Kinder, ein Mann, zwei Omas! Lieber Himmel, ich wollte zu Hause anrufen, bevor ich gehe! Wie konnte ich das vergessen? Zu spät! Noch fünf Minuten! Man kann schließlich nie wissen, ob der Aufzug streikt ...

Rüdiger Bach, den ich für einen distinguierten Herrn in den mittleren Jahren gehalten habe, entpuppt sich als Twen mit mädchenhafter Pagenfrisur, die im merkwürdigen Gegensatz zu seinem Spitzbart und seiner dunklen Nickelbrille steht. Obwohl er der einzige ist, der wartend in den tiefen Fauteuils der Hotelhalle sitzt, gehe ich zur Rezeption, um mich nach dem seriösen Herrn Bach zu erkundigen.

Noch während ich frage, steht er schon neben mir und versichert in mein erstauntes Gesicht hinein, daß er der Redakteur sei, der sich mit der Vorbereitung der Talk-Show befaßt habe. Er bittet mich, mit ihm zusammen auf den Fußballspieler zu warten, der mit uns im selben Wagen zum Sender fahren wird.

Rüdiger Bach weist besorgt auf eine Gruppe Jugendlicher, die sich im Hoteleingang versammelt hat. »Hoffentlich ist er pünktlich, damit er noch Zeit hat, sich um diese Fans zu kümmern. Rolf Hansen gibt für sein Leben gern Autogramme.«

Daß der Fußballstar in diesem Augenblick aus dem Lift tritt, kann ich zwar von meinem Platz aus nicht erkennen, aber der Sturm seiner halbwüchsigen Anhänger spricht Bände. Sie, die bis jetzt von dem Portier in der Nähe des Eingangs festgehalten worden sind, kennen nun keine Zurückhaltung mehr. Jubelnd stürzen sie sich auf ihren Star.

Bach verdreht die Augen. »Jetzt muß ich aufpassen.«

Mit einiger Mühe drängt er sich durch die lärmende Meute, die Rolf Hansen alles hinhält, was zur Unterbringung seines Namenszuges geeignet erscheint. Ich stelle fest, daß Hansen ein pädagogisches Naturtalent ist. Er ignoriert die Autogrammkarten, die seine Nase kitzeln und die Augen ausstechen, und ergreift gerade die, die an der Peripherie des Trubels mit der gleichen Begeisterung, aber mit deutlicher Zurückhaltung in die Höhe gereckt werden. Einer der Jungen, der wie ein Gummiball vor seinem Gesicht auf und nieder hüpft, erhält sein Autogramm als letzter.

»Der Wagen wartet schon«, höre ich Rüdiger Bach rufen. »Kommen Sie, Herr Hansen, es wird Zeit! Sie wissen, es handelt sich um eine Live-Sendung.«

Hansen winkt bestätigend, nickt aber genauso zuvorkommend den Hotelgästen zu, die sich neugierig nähern und in ihren Taschen nach Requisiten suchen, die für die Aufnahme eines Fußballerautogramms in Frage kommen.

Rüdiger Bach gibt dem Portier ein Zeichen, der die verehrten Herrschaften höflich, aber bestimmt bittet, von einer weiteren Inanspruchnahme des Stars abzusehen. Herr Hansen müsse in eine Live-Sendung, die schließlich nicht auf ihn warten könne.

Der Hinweis auf den Fernsehauftritt scheint Hansens Popularität zu untermauern und verwandelt die Bewunderung seiner Anhänger in wohlwollendes Verständnis. Zumindest bei denjenigen, die bereits im Besitze eines Autogramms sind. Und als Hansen – dirigiert, geführt und behütet – auf mich zukommt und mich zu meiner Überraschung mit einem Handkuß begrüßt, fällt auch auf mich ein bißchen Glanz. Ich höre, wie eine Stimme fragt, wer denn diese Frau wohl sei, und eine andere mutmaßen, daß es sich um Hansens neue Freundin handeln könne. Meine Dankbarkeit, daß niemand mich für seine Mutter hält, kennt keine Grenzen.

»Vielleicht eine Schauspielerin?« dringt eine weitere Hypothese an mein Ohr.

»Nur eine kleine, unbedeutende Hausfrau!« hätte ich am liebsten gerufen, beschließe dann aber, mich in dem unverhofften und völlig unverdienten Ruhm zu sonnen. Wie Liz Taylor nach einer Oscar-Verleihung rausche ich an Rolf Hansens Seite zum Hotelausgang und lasse mir vom Chauffeur des sendereigenen Taxis die Wagentür öffnen.

Als wir am Ziel ankommen, weiß ich bereits alles über Rolf Hansens Ehefrau, die sich nicht an die Regeln halten wollte, die Hansen vor der Eheschließung aufstellte und von der zukünftigen Ehefrau schriftlich anerkennen ließ. »Schlimm genug«, seufzt er, »daß ein Ehemann heutzutage gezwungen ist, etwas auszuhandeln, was für meinen Vater und Großvater noch selbstverständlich war ...«

Herr Bach bittet uns inständig, ein anderes Gesprächsthema zu wählen. »Wir sollten nichts vorwegnehmen, was später in die Diskussion eingebracht werden könnte«, ermahnt er Hansen.

»... Aber noch schlimmer«, fährt der Star unbeirrt fort, »daß solche verbindlichen Abmachungen nicht einmal von den Gerichten anerkannt werden. Meine Frau hat sich nicht an den Vertrag gehalten! Aber trotzdem muß ich zahlen! Eine himmelschreiende Ungerechtigkeit!«

»Toll, wie Sie aus sich herausgehen können!« versucht es Bach nun mit Anerkennung. »Aber ich fürchte, Sie werden Ihr Pulver verschossen haben, wenn wir auf Sendung gehen.«

»Keine Sorge!« dröhnt Hansen. »Davon habe ich noch eine Menge auf Lager! Ich bin froh, einmal in der Öffentlichkeit sagen zu können, wie ungerecht ich behandelt worden bin. Meine Frau sollte für die Kinder sorgen und mich zu meinen Spielen begleiten. Und was ist nun? Sie filmt in Hollywood, die Kinder werden in ihrer Garderobe von einem Kindermädchen bei Laune gehalten, und ich sitze hier ohne Familie. Aber zahlen darf ich!«

Da ich mich gewissenhaft an die Vereinbarung halte, vor der Talk-Show das Thema der Sendung als Tabu zu betrachten, schweige ich eisern. Selbst dann noch, als Hansen mir beim Aussteigen zuraunt: »Ich bin froh, auf eine Frau zu treffen, die derselben Meinung ist wie ich.«

Der Hausmann wird gerade mit vielen guten Worten von der Maskenbildnerin zu einer Quaste Puder überredet. »Ich will Sie wirklich nicht schminken, Herr Beckermann-Berger, aber Puder muß sein. Sie werden sonst glänzen wie eine Speckschwarte.«

»Na und?« kommt es irgendwo zwischen Rauschebart und Schafwolle heraus. »Ich glänze gern!«

Er ist der einzige, der lacht, aber immerhin schafft es die Maskenbildnerin, seinen Heiterkeitsausbruch dafür zu nutzen, ihm die Quaste mehrmals auf Nase, Stirn und Wangen zu drücken.

Während er sowohl seine Empörung als auch den Puderstaub heraushustet, hält sie ihm eine Bürste hin. »Vielleicht möchten Sie sich noch kämmen?«

Nun reicht es dem ökologisch gestylten Hausmann aber! Er werde so bleiben, wie er sich tagtäglich in der Öffentlichkeit zu bewegen pflege, verkündet er. »Schließlich sollen mich meine Kinder auf dem Fernsehschirm wiedererkennen!«

Die Maskenbildnerin nimmt voller Dankbarkeit zur Kenntnis, daß ich nicht nur bereit, sondern ziemlich versessen darauf bin, in die Maske geführt zu werden.

»Ein solches Theater macht nicht einmal unser Bundeskanzler«, zischt sie mir im Herausgehen zu. »Und der hat auch schon eine total übersteigerte Angst davor, als eitel zu gelten.«

Sie schiebt mich in einen Friseursessel und pumpt mich hoch in eine angenehme Arbeitshöhe. »Aber diese Öko-Typen sind von allen Männern die schlimmsten. Gott sei Dank tauchen die nur selten im Fernsehen auf.« Sie hängt mir einen Umhang über und sieht mir prüfend ins Gesicht. »Blaßrosa Lippenstift?«

Ich nicke und halte ihr weisungsgemäß meinen leicht geöffneten Mund entgegen.

»Es gibt natürlich auch andere«, plaudert sie weiter, »die muß man mit viel Mühe von ihrem Wunsch nach Wimperntusche und Rouge abbringen. Der Dirk Schnackenberg zum Beispiel … Kennen Sie den?«

Zu meiner Schande muß ich den Kopf schütteln und erfahre sogleich, daß es sich um den Moderator einer Spielshow handelt, die ihr Programm gern mit erotischen Publikumseinlagen schmückt.

»Der will unbedingt Lidschatten! Damit seine Augen ausdrucksvoller werden. Aber ich glaube, der ist schwul. Ich decke Ihr Oberlid hell ab, einverstanden?«

Ehe ich nicken kann, fährt schon ein riesiger Pinsel auf mich herab und wedelt über meine krampfhaft geschlossenen Augen.

»Schwule haben nun einmal ein anderes Verständnis von Männlichkeit. Wimperntusche? Und bräunliches Rouge?«

Während die harte Bürste über meine Wimpern kratzt, kommen mir die Tränen.

»Keine Sorge, dies sind alles Theaterfarben, die verwischen nicht. Als was sind Sie denn heute eingeladen?«

Ich nenne artig meinen Namen und erkläre, daß ich einen Artikel geschrieben habe …

»Ach so, die Hausfrau! Dann sollten wir es mit den Farben nicht übertreiben. Ein wenig Wimperntusche reicht, und rosa Rouge ist dann wohl besser. So wirken Sie frisch und ausgeruht. Und das sind Sie ja wohl auch, oder?«

Sie führt mich zurück, als hätte sie Grund zu der Sorge, ich könne die einzige Tür am Ende des Ganges verfehlen.

In der Zwischenzeit sind auch die Mitherausgeberin der feministischen Zeitung und die Erbin des Erotik-Versandhandels eingetroffen. Hanne Finke-Lasch, ganz in Lila gehüllt, mit mehreren Kilos Indianerschmuck auf der Brust und Haaren, die bis zu den Zähnen reichen, ergreift nur zögernd meine dargebotene Hand. »Ach, die Hausfrau«, nuschelt sie. Hanne Finke-Lasch dürfte das Pensionsalter der Feministinnen längst erreicht haben. Und so, wie es aussieht, fand sich keine Latzhosenträgerin, die bereit war, das Erbe anzutreten.

Ganz anders Eva Lasarev, die im Erben schon einige Erfahrungen hat. Sie erfreut sich nicht nur an dem Familienbesitz in Form eines weltweit erfolgreichen Erotik-Versandhandels, sondern auch an dem Nachlaß eines verstorbenen Gatten und wahrscheinlich gleichfalls an den Abfindungen, die ihre beiden Scheidungen ihr eingebracht haben. Breit lächelnd hält sie mir ihre linke Wange entgegen. »Jedem das seine«, zwitschert sie, »warum nicht mal zur Abwechslung eine Hausfrau?«

Allmählich komme ich mir vor wie ein soeben dem Zoo einverleibtes Pandabärweibchen. Ach, wie drollig, ob es sich wohl paaren wird? Vielleicht sollte ich mich wirklich mit Rolf Hansen und seiner Auffassung von den Pflichten einer Ehefrau verbünden. Ich sehne mich plötzlich nach Schützenhilfe.

Der Moderator der Sendung, der allseits bekannte und beliebte Pierre Fieber, rauscht herein und mit ihm ein Stab an Redaktionsassistenten, Kameraleuten und Toningenieuren. Sie alle beteuern, während sie uns begrüßen, daß wir überhaupt kein Lampenfieber zu haben brauchen, weil alles total easy ist. Und am besten vergißt jeder von uns die dummen Kameras einfach. Man sitzt zusammen unter netten Freunden und plaudert – das ist schon alles!

»Nur keine Panik!« lächelt Pierre Fieber ein ums andere Mal und hat es am Ende geschafft, daß selbst die mediengewöhnten unter uns nervös die Finger kneten und entweder mit verschlossener Miene dahocken oder in urplötzlicher Hyperaktivität die Gläser umstoßen und die haarsprayversicherte Frisur zerstören. Die Maskenbildnerin schlägt die Hände über dem Kopf zusammen und zupft und tupft jeden von uns in die erwünschte Präsentationsform zurück.

Eine blecherne Stimme aus einem Lautsprecher verkündet: »Noch zehn Minuten.«

Wie gern säße ich jetzt daheim vor dem Fernseher, würde mir diese Gesprächsrunde ansehen und mich darüber freuen, nichts mit ihr zu schaffen zu haben. Philip an meiner Seite, Timo auf meinem Schoß, Nico und Carolin bäuchlings auf dem Boden und die Omas in ihren tiefen, weichen Sesseln. Ein lockendes Paradies …

»Noch sieben Minuten!«

Wir werden wie die I-Männchen vor einem weißen Balken aufgereiht, der vorsorglich auf den Boden des Fernsehstudios gemalt wurde, und eindringlich ermahnt, erst loszugehen, wenn die Assistentin des Produktionsleiters uns eine dementsprechende Aufforderung verpaßt – nämlich einen Stoß mit der flachen Hand aufs rechte Schulterblatt. Sie lächelt uns aufmunternd an – einen nach dem andern – und versichert, daß es nur ein winziger Klaps sein wird, keineswegs einer, der uns ins Stolpern oder gar zu Fall bringen könnte.

Hätte sie das nur nicht gesagt! Meine Fantasie hat sich bisher geweigert, derart grausige Visionen in mein Zerebrum zu mogeln – nun jedoch fällt mir ein, daß meine Schuhe noch ziemlich neu und ihre Sohlen daher noch ziemlich glatt sind. Was wird sein, wenn ich auf ihnen ins Schleudern gerate und wie ein betrunkener Eiskunstläufer auf meinen Sessel zuschlittere, um dort auf die Haltungsnote 0,0 zu warten?

»Es wird schon gutgehen.«

Am Ende der Schlange flüstert jemand: »Noch zwei Minuten.«

Der Einpeitscher hat den Zuschauern mittlerweile das frenetische Applaudieren, das begeisterte Jubeln und ekstatische Füßetrampeln beigebracht. Nun hat er sie auch noch angewiesen, auf die Dame neben dem Monitor zu achten, die ihnen ein Zeichen geben wird, wann auf jeden Fall applaudiert werden muß. Er erscheint mit dem aufmunternden Lächeln hinter der Bühne, das hier jedermann trägt. »Alles klar«, sagt er und meint damit wohl, daß die Beifallsbekundungen allesamt im Kasten sind und notfalls eingespielt werden können, falls das Publikum sich weigern sollte, so begeistert zu sein, wie man das von ihm erwartet.

Vor mir vibrieren die Nackenlöckchen von Eva Lasarevs Hochsteckfrisur, hinter mir pustet Rolf Hansen heftige Atemstöße in mein Haupthaar. Wenn der mir die Frisur ruiniert, kann er nachher was erleben!

»Noch eine Minute!«

Die bekannte Erkennungsmelodie dröhnt durchs Studio, die Dame neben dem Monitor, die von den Zuschauern nicht aus den Augen gelassen wird, klatscht mit hocherhobenen Armen, und das Publikum applaudiert gehorsam. Als Pierre Fieber die Bühne betritt, kann ich sehen, wie der Toningenieur den frenetischen Applaus, den der Einpeitscher vor wenigen Minuten erzwungen hat, in die Live-Sendung schmuggelt.

Wenig später erhält Mike Beckermann-Berger, der Hausmann, seinen Klaps. Dann Eva Lasarev, und nun stehe ich da mit nichts als einem finsteren Gang durch zwei Kulissenwände vor mir. Aber die Klapsverteilerin hat es wirklich raus. Bevor Pierre Fieber »Nele Hübner« ruft, hat sie mir schon den kleinen Stoß versetzt, so daß ich genau im richtigen Moment zwischen den Kulissenwänden erscheine. Pierre Fieber fragt mich, wo ich sitzen möchte, obwohl mir schon vorher der rote Sessel an der Seite des Hausmanns zugewiesen worden war, und fordert mich auf, ihm zu verraten, welches Getränk ich mir wünsche. Ich bitte artig um einen Orangensaft und verrate mit keinem Wimpernzucken, daß dieser Wunsch schon vor einer Stunde auf dem Notizblock einer Redakteurin festgehalten worden ist, die dafür gesorgt hat, daß mein Wunsch tatsächlich erfüllt werden kann. Mittlerweile ist auch Rolf Hansen eingelaufen – mit hocherhobenen Armen wie kurz vor dem Anpfiff zu einem Europapokalspiel – und Hanne Finke-Lasch, die das Glück hat, noch ein bißchen von dem nur langsam auslaufenden Starkult abzukriegen.

Pierre Fieber hat meine These in *Glamour* zum Thema der Sendung erkoren und den Satz *Hausfrauen sind die wahren Feministinnen* zum Reizwort gemacht. Er hat es kaum ausgesprochen, da stürzt sich Hanne Finke-Lasch schon wutentbrannt auf ihn. »Dafür haben wir uns das Recht auf Arbeit erstritten? Dafür, daß nun jemand daherkommt und behauptet, das sei alles sinnlos gewesen?«

Dieser Jemand bin ich, keine Frage. Und meine Sorge, daß mich die Kameras, das Publikum und meine klugen Gesprächspartner derart einschüchtern könnten, daß ich mich nicht zu Wort traue, erkenne ich bereits in diesem Moment als unbegründet. »Sie sprechen von einem Recht, Frau Finke-Lasch«, beginne ich mit einer Stimme, die von weither kommt und mir nicht zu gehören scheint. Dennoch spricht diese Stimme meine Gedanken aus. »Sie handhaben dieses Recht jedoch wie eine Pflicht. Die Feministinnen haben den Willen der Frauen dahin gebracht, etwas zu wollen, was sie eigentlich gar nicht wünschen. Sie haben den Frauen die Möglichkeit genommen, sich frei zu entscheiden, indem sie Hausfrauenarbeit diffamiert haben zu häuslicher Ausbeutung. Sie haben die Frauen nicht befreit, Sie haben lediglich die Unterdrücker ausgetauscht. Wenn früher die Frauen durch gesellschaftliche Zwänge ans Haus gebunden wurden, so werden sie jetzt durch ganz ähnliche Zwänge aus dem Haus herausgetrieben!«

Pierre Fieber stellt fest, daß man mit diesen beiden Statements ja schon mitten im Thema sei, daß nun aber, ehe die Diskussion ihrer Eigendynamik überlassen bleibe, zunächst jeder einzelne seine Einstellung zum Thema präsentieren solle. Wie steht Rolf Hansen zur Rolle der Frau als Familienfrau? Er habe sich ja soeben geweigert, mit einer Ehefrau weiter zusammenzuleben, die ihre Karriere fortsetzen und damit die Hausfrauenrolle an den Nagel hängen will?

Rolf Hansen, der Heißsporn aus dem Taxi, beginnt die Darlegung seines Standpunktes behutsam. Er bejaht hochherzig die Gleichberechtigung aller Frauen und ihr Recht auf alles, was auch dem Manne zusteht. »Ist ja gar keine Frage, wo leben wir denn? Aber ...«

Das große Aber ist bei ihm der Vertrag, den er vorsorglich mit seiner Ehefrau geschlossen hat, um die Flausen mit der Schaupielerei gar nicht erst zuzulassen. »Ich will eine intakte Familie mit glücklichen Kindern, die ausschließlich von ihrer Mutter betreut werden. Deswegen dieser Vertrag ...«

»Sittenwidrig!« schreit Hanne Finke-Lasch.

»Schöne Sitten sind das!« schimpft Rolf Hansen zurück. »Soll es vielleicht zur guten Sitte werden, Familien zu entzweien, Kindern den Vater zu nehmen und sie in die Verwahrung Wildfremder zu geben!?«

Pierre Fieber winkt den in Rage geratenen Fußballspieler und auch die aufbegehrende Feministin ab, die Anstalten macht, aus ihrem lila Gewand zu fahren. »Soweit Ihr Standpunkt, Herr Hansen! Mike Beckermann-Berger hat naturgemäß einen anderen ...«

Der Ehemann von Frau Berger, einer erfolgreichen Geschäftsfrau, stellt zunächst einmal klar, daß er all seine Geschlechtsgenossen zutiefst bedauere. Dafür nämlich, daß sie eine große Chance auslassen. »Es gibt nichts Schöneres für mich, als meine fünf Kinder aufwachsen zu sehen.«

»Das wird doch hoffentlich nicht Ihre einzige Beschäftigung sein?« fragte Eva Lasarev mokant dazwischen und erntet damit den ersten Publikumslacher.

Aber Beckermann-Berger versichert glaubwürdig, daß ihm auch die Hausarbeit viel Freude bereite. Er halte Hühner und lege jedem seiner Kinder allmorgendlich ein frisches Ei von einer glücklichen Henne auf das Frühstücksbrett. Und auf der Wiese hinter dem Haus weideten zwei Schafe mit Namen Adele und Heidemarie, die er eigenhändig schere. »Die Wolle lasse ich zwar in einer Spinnerei verarbeiten, aber endverwertet wird sie dann wieder von mir persönlich.« Er weist stolz auf die schaffarbenen groben Maschen auf seiner Brust. »Den habe ich im letzten Winter am Kachelofen gestrickt.« Und er behauptet allen Ernstes: »Die Ärmel sind von Adele, Brust- und Rückenteil von Heidemarie.«

»Läßt sich das auch per Geruchssinn feststellen?« fragt Eva Lasarev und avanciert mit diesem zweiten Lacher zum Publikumsliebling.

Sie selbst, verkündet sie, während sie den Kragen ihres Versace-Kostüms zurechtzupft, bewundere einen Mann wie Mike Beckermann-Berger über alles. »Daß ein Mann Befriedigung in der Hausarbeit und in der Kindererziehung findet ... einfach toll!«

Die Zuschauer setzen schon zum zustimmenden Applaus an, da gelingt es mir noch dazwischenzufahren: »Wie kommt es eigentlich, daß ein Hausmann Bewunderung erfährt, während eine Hausfrau bei der gleichen Tätigkeit zum Heimchen am Herd abgestempelt wird? Sogar Frau Finke-

Lasch hat sich ein anerkennendes Kopfnicken nicht verkneifen können. Warum?«

Das Gesicht der Feministin verdüstert sich prompt wieder, als sei sie beim Spannen erwischt worden. »Weil Sie Hausfrau geworden sind, indem man Ihnen diese Rolle diktiert hat. Sie sind Hausfrau als Opfer von aufgezwungener Mütterlichkeit und Unterwürfigkeit. Ein Mann unterliegt diesen Zwängen nicht. Herr Beckermann-Berger hat sich frei entscheiden können.«

»Ich habe mich auch frei entschieden!« rufe ich. »Kein Mensch hat mich gezwungen!«

»Sie wissen es nicht«, erklärt mir Hanne Finke-Lasch herablassend. »Sie sind dem Vorbild Ihrer Mutter gefolgt. Herr Beckermann-Berger jedoch hatte für seine jetzige Tätigkeit kein Vorbild. Der Hausmann hat sich seine Position also erarbeitet, eine Hausfrau dagegen läuft lediglich ihrer Mutter hinterher. Die hat ihr ja oft genug gesagt, daß ein Frauenleben so aussehen muß wie das ihrige und alle anderen vorher.«

»Moment mal!« wirft Rolf Hansen ein. »Ich weiß zufällig, daß Mike aufgrund von Arbeitslosigkeit ins Haus zurückgekehrt ist – zurückkehren mußte. Wäre er vor Jahren nicht arbeitslos geworden, wäre er jetzt auch nicht Hausmann.«

Mike Beckermann-Berger krault sich nervös den Bart. Ungern gibt er zu, vor Jahren nur unter Schmerzen seinen Arbeitsplatz in der Industrie verlassen zu haben. »Aber meine anschließenden Probleme waren typisch männlich, Probleme, die eine Frau nicht kennt. So hatte ich zum Beispiel große Schwierigkeiten mit meinem Selbstwertgefühl. Männer definieren sich nun einmal über den beruflichen Erfolg, Frauen dagegen über den Erfolg ihrer Ehemänner.«

»Unsinn!« ruft Frau Lasarev und erntet mit diesem einen Wort stürmischen Applaus. Vor allem vom weiblichen Teil des Publikums.

»Es hat mir Schwierigkeiten gemacht«, fährt Beckermann-Berger unbeirrt fort und scheint sich jetzt in seiner Beichte wohl zu fühlen, »plötzlich finanziell von meiner Frau abhängig zu sein, für sie zu kochen, ihre Wäsche zu waschen ...

Schließlich ist man es als Mann nicht gewöhnt, jemanden zu bedienen. Es sei denn, man ist von Beruf Oberkellner!«

Der rauschende Applaus, den er sich erhofft hat, fällt nur mager aus. Eva Lasarev stellt sachlich fest, daß es für sie das Selbstverständlichste der Welt sei, sich von einem Mann bedienen zu lassen. »Wenn eine Frau genug Geld verdient, geschieht das alles wie von selbst«, behauptet sie. »Dann kann eine Frau sich das, was man ihr nicht freiwillig geben will, kaufen. So einfach ist das.« Für sie sei die Arbeit einer Hausfrau und Mutter nicht nur eine monotone, isolierte, sondern vor allem eine nicht entlohnte Tätigkeit, die die Abhängigkeit vom Ehemann garantiere. »Daß Frauen sich an ihrer Beziehung orientieren, zeigt doch, wie machtlos sie sind. Sie fürchten, ohne Beziehung gesellschaftlich isoliert zu werden. Deshalb sind sie zufrieden damit, am Leben anderer zu partizipieren. Wer die Familie zum Lebensinhalt erhebt, macht sich selbst zum Sklaven. Fürsorge hat immer sklavische Aspekte. Und das Einfühlungsvermögen, das diesen fürsorglichen Frauen oft nachgesagt wird, ist nichts anderes als eine notwendige Überlebensstrategie. Wer machtlos ist, muß eben sehen, daß er sich auf die Launen der mächtigen Herrscher einstellt. Selbstlosigkeit ist Bedeutungslosigkeit! Und daraus wird dann die Tugend der Fürsorge gemacht. Ein häßlicher Betrug an den Frauen!«

Sie sieht lächelnd ins erschrockene Publikum, das Mühe hat, bei der einmal empfundenen Sympathie zu bleiben. »Nein, zu jedem Menschen gehört Arbeit. Eine Arbeit, die bezahlt wird! Und mir soll keine Frau erzählen, daß sich das bißchen Haushalt nicht ohne sie organisieren läßt. Wofür gibt es Haushälterinnen und Kindermädchen? Krippen, Kindertagesstätten und Ganztagsschulen? Meine Kinder haben all unsere Au-pair-Mädchen geliebt und die Ganztagsschule gern besucht. Noch heute danken sie mir dafür, daß ich sie später in ein Internat schickte. Kinder wollen die Welt erobern und nicht zu Hause neben ihrer putzenden, waschenden, kochenden und unzufriedenen Mutter versauern!«

Am liebsten wäre ich jetzt aufgesprungen. Gott sei Dank fällt mir noch rechtzeitig ein, daß man sich in einer Talk-

Show gewissenhaft an die ungeschriebenen Fernsehregeln zu halten hat.

Pierre Fieber sieht mich dementsprechend besorgt an und schwächt den zu erwartenden Ausbruch mit der begütigenden Feststellung ab, daß Nele Hübner offenbar ganz anderer Ansicht sei.

Dem stimme ich unumwunden zu – und hole tief Luft. »Was Sie sagen, Frau Lasarev, ist unglaublich borniert.« Das mißbilligende Gemurmel im Zuschauerraum erschreckt mich nur kurz, erinnert mich aber glücklicherweise daran, daß ein Millionenpublikum zuhört. Millionen?! Nein, kann nicht sein, ich sehe nur die paar hier …

»Wie kommen Sie darauf, daß Hausfrauenarbeit unzufrieden machen muß? Das ist genauso unsinnig wie die fatale Gleichsetzung von Beruf mit Selbstverwirklichung.« Ich laufe Gefahr mich zu verhaspeln, weil nicht zu übersehen ist, daß jeder in dieser Talk-Runde mich gern unterbrechen würde. »Es ist sehr viel geschrieben worden über die Unterdrükkung der Nur-Hausfrauen. Und über die Entwürdigung der Hausfrauen, die in ihren vier Wänden eingesperrt werden. Über die Ängste und Sorgen der berufstätigen Mütter hat man offensichtlich viel weniger nachgedacht.« Hanne Finke-Lasch hebt die Hand, als wollte sie sich zu Wort melden. Aber um mir den Mund zu stopfen, müßte sie sich schon mit Heftpflaster auf mich stürzen. »Und da mache ich der Frauenbewegung einen großen Vorwurf!« fahre ich unbeirrt fort. »Sie hat immer nur an sich selbst gedacht. An Selbst-Verwirklichung, Selbst-Findung, Selbst-Behauptung. War das alles nicht nur Selbst-Sucht? Haben die Feministinnen jemals in ihre Forderungen die Wünsche und Ansprüche der Kinder eingeschlossen? Nein, haben sie nicht!« Und ich setze noch einen drauf: »Vielleicht, weil viele von ihnen keine hatten. Sie haben auch keine«, rufe ich Hanne Finke-Lasch zu, »und deswegen halte ich es für eine unglaubliche Anmaßung, über das Leben von Müttern zu urteilen.«

Pierre Fieber hat mehrmals versucht, mir das Wort abzuschneiden, Hanne Finke-Lasch hat drohend mit ihrem Indianerschmuck gerasselt, und die Dame neben dem Monitor bekommt ihren Mund nicht wieder zu … In die atemzugkurze Stille beginnt jemand zu applaudieren. In der ersten Reihe, direkt hinter der zweiten Kamera. Ich blinzle gegen die Scheinwerfer an. Wenn ich auch sein Gesicht nicht sehen kann, so erkenne ich doch seine Hände. Alexander! Seine Anwesenheit habe ich in der letzten Stunde vollkommen vergessen. Er klatscht, wie er es tut, wenn bei einem von Sinisas Auftritten das Publikum zwischen Ablehnung und Faszination schwankt und sich nicht entscheiden will … Er schafft es auch hier. Im Nu schließen sich die Umsitzenden an. Erstens muß der intelligent dreinblickende Mann auf einem der VIP-Plätze wohl recht haben, sonst säße er nicht da, und zweitens – wollte man nicht gerade selbst damit beginnen, der Meinung dieser kleinen Hausfrau zuzustimmen?

Hanne Finke-Lasch schäumt vor Wut. »Ich brauche nicht Mutter zu sein, um zu erkennen, wie Frauen sich den Mutter-Mythos aufschwatzen lassen.«

Arrogante Ziege! Was bildet die sich eigentlich ein? »Sie wollen also, daß die Frauen nun das Süppchen auslöffeln, das die Feministinnen ihnen einbrockten?«

»Was heißt hier …?« versucht es Hanne Finke-Lasch.

»Ihr habt uns lauter Ziele vorgeschrieben, denen wir hinterherlaufen sollten! Und wir sind gerannt und gerannt. Aber was haben wir denn vorgefunden am Ziel? Die Befreiung? Daß ich nicht lache!« Und ich lache tatsächlich. Nein, von denen lasse ich mich nicht unterkriegen! »Wenn wir endlich einmal ehrlich sind, können wir doch nur zugeben, daß wir es jetzt noch schlechter haben als die Frauen vor uns. Die hatten ihre verläßlichen Rollenmuster und waren damit zufrieden – die meisten wenigstens. Wir haben sie immer noch, diese Rollenmuster – warum eigentlich habt ihr uns die Zufriedenheit genommen?«

»Aber wieso denn …?« wendet nun Eva Lasarev ein.

»Die Sendezeit geht dem Ende zu …«, wendet Pierre Fieber mit direktem Blick in die Kamera ein.

»All die alten Ansprüche, die seit ewigen Zeiten an die Frauen gestellt werden! Man trägt sie doch immer noch an uns heran. Aber jetzt müssen wir darüber hinaus auch noch den neuen Ansprüchen gerecht werden. Und was sollen wir einwenden, wenn man uns vorhält, daß wir das ja unbedingt so wollten?«

»Ein interessantes Thema, meine Damen und Herren, über das noch viel gesprochen werden kann ...«

»Ihr Feministinnen habt wirklich keinen Grund, stolz auf euch zu sein! Ihr habt versprochen, uns von unseren Ketten zu befreien. Habt ihr wirklich nicht gemerkt, daß ihr uns neue Ketten angelegt habt?«

»Unsere Erkennungsmelodie, liebe Zuschauer! Frau Hübner, darf ich auch Sie bitten ...«

»Aber ich glaube, ihr habt es gemerkt! Warum sonst seid ihr plötzlich von der Bildfläche verschwunden? Ihr habt gemerkt, daß das Kind in den Brunnen gefallen und längst ertrunken ist!«

Mike Beckermann-Berger und Rolf Hansen entschließen sich zur Männersolidarität und lachen gemeinsam, als hätten sie beschlossen, meine Worte nicht ernstzunehmen.

»Und ihr habt gemerkt, daß es zum Umkehren nun zu spät ist. Warum helft ihr uns jetzt nicht, mit dieser tollen Befreiung fertig zu werden? Habt ihr sie uns nicht angepriesen wie die Verheißung eines neuen Lebens?«

»Wir verabschieden uns, liebe Fernsehzuschauer, und wünschen Ihnen noch einen schönen Abend ...«

»Was haben wir von diesem schönen neuen Leben, von dieser herrlichen Unabhängigkeit, wenn wir viel zu beschäftigt, viel zu erschöpft sind, um sie zu genießen?«

»In der nächsten Woche sehen wir uns wieder mit dem Thema ...«

»Ihr habt uns eingeredet, unser Schicksal sei nicht beneidenswert. Und nun habt ihr festgestellt, daß das heutige Frauenschicksal noch viel tragischer ist, stimmt's? Wahrscheinlich habt ihr es viel eher gemerkt als wir selbst. Und deswegen habt ihr euch klammheimlich davongemacht. Jetzt seht ihr wahrscheinlich zu, daß ihr wenigstens euer eigenes Frauenschicksal geregelt bekommt!«

»Ich danke meinen Gästen ...«

»Ganz verstohlen habt ihr euch auf den Rückzug begeben. Angeblich, weil ja nun alles erreicht ist. In Wirklichkeit, weil ihr auch nicht wißt, wie man die Frauen aus ihrem modernen Dilemma wieder herausholen kann. Habt ihr nicht sogar mitgeholfen, all die neuen Wertmaßstäbe zu entstauben? Aber nun werden sie wieder die guten alten genannt, weil man gemerkt hat, daß man ohne sie doch nicht so gut zurechtkommt!«

»Das ist doch die Höhe!« pustet Hanne Finke-Lasch.

»Und nun wißt ihr auch nicht, wie das alles miteinander vereinbart werden soll, was? Familie, Mutterschaft, Treue – war das vielleicht doch alles nicht so schlecht? Tut euch vermutlich jetzt leid, daß ihr uns auch noch Berufstätigkeit, Karriere, Selbstverwirklichung und sexuelle Befreiung aufgehalst habt. Ist aber nun leider nicht mehr zu ändern, was?«

Eva Lasarev kichert provokant. »Also, hören Sie mal …«

»Na, wenigstens für die Treue und gegen die sexuelle Befreiung haben wir mittlerweile einen guten Grund gefunden, aber für alles andere …?«

»Die Kameras sind längst aus, Frau Hübner!«

Aus? Wieso denn? Ich bin doch noch mitten drin! »Ach, tatsächlich?« Ich bemühe mich um ein kleines Lächeln.

»Wir schalten jetzt auch die Mikrofone ab.«

Eine merkwürdige Stille liegt über dem Studio. Die Zuschauer drängen sich schweigend hinaus, nicht, ohne mir noch einen argwöhnischen Blick über die Schulter zuzuwerfen. So, als seien sie froh, von dieser Eiferin wegzukommen. Meine Talk-Gefährten sehen sich verlegen an, verknoten ihre Finger oder blicken einfach in eine andere Richtung als in meine. Habe ich etwas falsch gemacht?

»Sie sind der ideale Talk-Gast!« sagt Pierre Fieber. »Jeder Showmaster liebt Diskussionen, in denen die Fetzen fliegen. Über diese Sendung wird noch lange geredet werden.«

Ich fühle mich unwohl. Was habe ich eigentlich gesagt? Und was wird über diese Sendung geredet werden? Über mich? Und wenn ja, was? Wie konnte ich nur so unbeherrscht sein!

»Wir wären auch ganz gern mal zu Wort gekommen«, zischt mir Eva Lasarev zu, als sie an mir vorbeigeht.

Rolf Hansen dagegen umarmt mich. »Sie haben es auf den Punkt gebracht, meine Liebe. Ich hoffe, daß meine Frau diese Sendung gesehen hat.«

Hanne Finke-Lasch würdigt mich keines Blickes, als wir das Studio verlassen und zur Kantine gehen, und Mike Beckermann-Berger scheint sich sogar vor mir zu fürchten.

»Nele!«

Wie wunderbar, ein vertrautes Gesicht zu sehen! Ein Mensch, der mich liebt, zwischen all denen, für die ich nichts als eine Frau bin, die soeben das manierliche Ende einer Fernsehsendung durchkreuzt hat. Typisch für eine Hausfrau, die ein bißchen weltfremd ist und sich nicht in den verbindlichen Ablauf einer Medienarbeit fügen kann, die von berufstätigen Menschen geleistet wird!

»Mein Chefredakteur! Sind Sie damit einverstanden, daß er mich in die Kantine begleitet?«

»Natürlich!« Pierre Fieber schüttelt Alexander herzlich die Hand. »Wir sind *Glamour* ja sehr dankbar! Dieser Leitartikel hat uns ein sehr interessantes Thema beschert. Gute Themen liegen nicht auf der Straße ...«

20.

Als ich neben Alexander im sendereigenen Taxi ins Hotel zurückfahre, fühle ich mich bedenklich beschwipst, obwohl ich nicht mehr als zwei Gläser Sekt getrunken habe. Was ist mir eigentlich zu Kopfe gestiegen? War die Abneigung der Feministin zu hochprozentig? Oder die süße Zustimmung Rolf Hansens, die man nur schlückchenweise zu sich nehmen sollte wie überzuckerten Likör? Auch die gärige, gesäuerte Eitelkeit Eva Lasarevs ist mir wohl nicht bekommen. Ebensowenig wie die verpanschte Ablehnung des selbstbrennenden Hausmannes. Mag aber auch sein, daß ich einfach nur zuviel durcheinandergetrunken habe: die Zustimmung Pierre Fiebers, das begeisterte Schulterklopfen der Kameramänner, das zweifelnde Kopfschütteln des Einpeitschers, die Angriffslust der weiblichen Redakteure …

»Hauptsache, du hast für Wirbel gesorgt«, sagt da Alexander. »Ein Thema, das nur Zustimmung erzeugt, ist kein Thema.«

Warum eigentlich soll ich für Wirbel sorgen? Was habe ich, Nele Hübner, damit zu schaffen, daß aus meiner Familienarbeit ein Thema wird?

»Ich muß unbedingt zu Hause anrufen«, entgegne ich. »Meiner Schwiegermutter geht es nicht gut.«

Ich weiß, auch ohne ihn anzusehen, daß Alexander die Augen verdreht. Aber auf diesen einen unbekömmlichen Tropfen kommt es nun auch nicht mehr an. Ich kann nur hoffen, daß die ganze Mixtur des heutigen Abends mich nicht krank macht.

Alexander folgt mir so selbstverständlich in mein Zimmer, daß es mir ebenso selbstverständlich erscheint, ihn nicht zurückzuschicken. Viel klarer ist es, in diesem Hotelzimmer nicht allein zu sein. Zum erstenmal in meinem Leben fällt mir auf, wie sehr ich doch des Alleinseins entwöhnt bin.

Und erst recht will ich jetzt nicht ohne Alexander sein. Was ich hier in Berlin tue, hängt schließlich eng mit ihm zusammen. In diesem Hotelzimmer steht Alexander mir näher als irgendein anderer. Sogar näher als Philip, der nicht so recht in die Welt der Zeitungen und der Talk-Shows passen will. In diesem Reich ist Alexander mein Partner. Und wie gut er seinen Part erfüllt, hat er bewiesen, als er mich durch seinen einsamen Applaus vor der Steinigung oder einer anderen zeitgemäßen Vergeltungsmaßnahme bewahrt hat.

Alexander scheint den Inhalt meiner Minibar genau zu kennen. Zielsicher greift er nach dem Sektfläschchen, das ich mir nach meinem Fernsehauftritt – ganz im Stil eines erfolgreichen Stars – genehmigen wollte.

Ich sehe seinen Händen zu, die geschickt den Verschluß öffnen, dem ich mindestens einen Fingernagel hätte opfern müssen. Alexanders Hände sind schmal und gepflegt, seine langen Finger schlank, aber sehnig, die sorgsam manikürten Nägel makellos. Ich denke an seinen festen Händedruck und frage mich, was aus seinen Fingern auf dem Körper einer Frau wird. Flatternde Falter, zaudernde Vorboten, handfeste Forderungen oder gar ein Signum, das die Haut einritzt? Ich lege eine Hand auf seine Wange, die erstaunlich weich ist, und verlocke ihn, die Hand nach mir auszustrecken. Sie ist ein Johannisfünkchen, das durch meinen Haaransatz krabbelt und noch nicht weiß, wo es sich niederlassen soll.

Für Alexander scheint dieser Pikkolo nur der Auftakt des Abends zu sein und keineswegs die Krönung, wie er mir in meiner Vorstellung erschienen war. Noch bevor wir die beiden Gläser geleert haben, ordert er eine Flasche Champagner beim Zimmer-Service.

Ich kenne keine Frau, bei der das Wort Champagner nicht verwegene Assoziationen auslöst. Es sei denn, es handelt sich um ganz abgebrühte wie Anegeer und Co. Natürlich wird es auch einige Oscar-Preisträgerinnen geben oder die eine oder andere Bestseller-Autorin und natürlich etliche reich geborene oder reich verheiratete Frauen, die den Champagner schlürfen wie unsereins das Altbier. Möglicherweise gehört auch Eva Lasarev zu ihnen, bei Hanne Finke-Lasch bin ich mir jedoch sicher, daß sie Champagner schon aus grundsätzlichen Erwägungen, die allesamt etwas mit männlicher Dominanz und der Macht des herrschenden Geschlechts zu tun haben, ablehnen würde.

Ich bin Alexander dankbar, daß er nicht mein Einverständnis einholt und mich nicht einmal um meine Meinung bittet. So kann ich mir vor dem Spiegel die Haare zurechtzupfen und so tun, als hörte ich von seinem Gespräch mit dem Zimmer-Service kein Wort.

Er zieht mich lächelnd in die Arme. »Du warst eine Sensation. Ich hatte ja keine Ahnung, wie ungestüm du sein kannst.«

Seine Nähe tut mir gut. Ich weiß wirklich nicht, wie mir das Alleinsein bekommen wäre. »Ich hatte plötzlich dieses scheußliche Minderheitsgefühl, aus dem schon terroristische

Anschläge und kriegerische Auseinandersetzungen entstanden sind.«

Alexander lacht sein schönes, warmes Lachen, das sicherlich schon anderen Frauen vor mir das Herz gevierteilt und dann falsch wieder zusammengesetzt hat. Seine Arme sind weich und wunderbar fremd, seine Hände behutsam und ebenso fremd. Sein Eau de Toilette bekannt, aber hier in diesem Hotelzimmer mit demselben exotischen Reiz wie alles, was fremd ist an diesem Tag.

»Eben, im Zuschauerraum, habe ich mich wieder einmal in dich verliebt«, flüstert Alexander. »Heftiger, direkter noch als früher.«

Ein paar Augenblicke lang tanzt ein karottenroter Kobold durch meinen Kopf und zeigt mir die lange Nase. Ob er ähnliche Worte auch Sinisa ins Ohr haucht, wenn er ihre Gunst errungen hat, nachdem er ihr kurz vorher die des Publikums sicherte?

Aber was geht mich Sinisa an? Ich bin so weit entfernt von der Erde, daß alles, was nicht mit mir in meinem Raumschiff ist, seine Bedeutung eingebüßt hat. Sinisa, auch Philip, die Kinder, die Omas, sie alle sind nur Teil des Blauen Planeten, mehr nicht. Und ich entferne mich in dieser Raumkapsel, zu der Alexanders Arme geworden sind, weiter und weiter ...

Ich schiebe meine Arme unter Alexanders Jackett und fühle die Hitze seiner Haut durch den Stoff des Van-Laak-Hemdes. Er rührt sich nicht, während ich seinen Rücken abtaste. So, als wäre er froh, daß sein Jackett verbirgt, was darunter geschieht. So, als gäbe es Zuschauer in unserer Raumkapsel, vor denen wir unsere Gefühle verbergen müßten. Erst als ich beginne, sein Hemd aufzuknöpfen, löst Alexander sich aus der Angst vor dem Weltall. Oder aus der bangen Frage, ob ich schnurstracks nach einem Raumschiff zur Rückkehr auf die Erde verlangen würde?

Er zieht folgsam den Bauch ein, damit ich ihm besser das Hemd aus dem Hosenbund ziehen kann. Dann endlich braucht er keine Hinweise mehr, daß ich heute nacht mit ihm eine Erdumkreisung antreten möchte.

Während ich mich an seine nackte Haut gewöhne, greift

er um meinen Körper herum. Die Haut seines Rückens ist heiß und trocken. Alexanders Hände wandern an meinen Hüften herab. Ich bin froh, daß er nicht schwitzt. Seine Finger spreizen sich, ich spüre die weiten Handteller auf meiner Kehrseite. Ich stoße auf einige Muttermale, während seine Hände nach dem Übergang zu meinen Schenkeln suchen. Ein paar unvermutete Härchen, weich und lockig, kitzeln mein Handgelenk. Alexanders Hände fassen zu ...

Jetzt kann ich mich fallenlassen. Der Zimmer-Service hat den Champagner gebracht, und sämtliche Fragen sind beantwortet. Ich bin heilfroh, daß ich keine Entscheidungen treffen mußte, daß jeder Entschluß sich direkt nach seiner Umsetzung mit einer völlig unbedeutenden Verzögerung selber faßt und nicht mehr abzuwägen ist. In dem Augenblick, in dem ich den Kopf aufs Kissen lege, wird mir klar, wie erschöpft ich bin. Zwar hält der Reiz mich wach, die Neugier schärft meine Sinne, die Erwartung lockt mich – aber ich bin dankbar, daß Alexander keine Initiative von mir verlangt. Ich kann mich ausstrecken und meine Müdigkeit in schweren Genuß verwanden. So bleiern, daß ich mir Mühe geben muß, meine Beine nicht von Alexander spreizen zu lassen, sondern selber alles zu tun, was zur aktiven Hingabe nötig ist, und seinem geduldigen Vorspiel eine angemessene Stimulierung entgegenzusetzen.

Je länger man einen Menschen kennt, desto fremdartiger ist seine Nacktheit. Alles, was mir so vertraut ist an Alexander – seine Boss-Anzüge, seine Leinenhemden und die Bally-Schuhe, seine Ironie, die selbstbewußte Direktheit und auch seine emotionalen Unsicherheiten –, das macht ihn mir um so fremder, als er all das abgelegt hat. Alexanders nackte Haut, seine blankliegenden Gefühle und Begierden, die Intimität, die zunächst nicht mehr als ein notwendiger Nebenumstand ist, der sich nicht trennen läßt von dem, was wir uns jetzt beide wünschen – an ihnen werde ich zum Voyeur und Alexander zum Exhibitionisten. Und dabei hat doch keiner von uns derartige Neigungen. Ich schließe die Augen, um möglichst wenig zu sehen, und Alexander legt eine Hast an den Tag, mit der er versucht, die notwendigen Vorgänge zu überspringen. Ein Mann, der seine Unterhose auszieht, noch bevor er die dunklen Socken abstreift, verliert nun einmal für Sekunden einen Teil seiner Ausstrahlung. Und eine Frau, die sich ausziehen läßt, wird spätestens bei der Strumpfhose zur Eigeninitiative übergehen, um die Sache zu beschleunigen und schnellstens zu einem Abschnitt des Zeremoniells voranzuschreiten, der ihren Körper in einem günstigen Licht erscheinen läßt.

Im übrigen liebe ich es nicht, ausgezogen zu werden. Die Passivität nimmt mir jede Lust. Und erst recht die angespannte Sorge, wie weit der eigene Körper an Attraktivität verlieren mag, wenn der Slip bis auf die Mitte der Oberschenkel herabgezogen ist und der Mann nicht die nötige Sorge dafür trägt, daß dieser entwürdigende Schwebezustand so schnell wie möglich behoben wird. Keine Frau kann sich wohl fühlen in Dessous, die weder an ihrem Platz sitzen noch endlich neben dem Bett liegen. Und es gibt nichts Lustfeindlicheres als einen Haken und eine Öse, die sich nicht voneinander lösen wollen. Der eigene geübte Griff in den Rücken ist in Sekundenschnelle ausgeführt, aber der Mann, der mit zitternden Händen zunächst vergeblich sucht, dann endlich findet, aber prompt in die falsche Richtung zieht und zerrt … nein, ich bin richtig erleichtert, als Alexander endlich neben mir liegt und ich Zeit habe, mich an dieses Gesicht zu gewöhnen, das ich nur als erhobenes Haupt kenne.

Er schielt, als er versucht, mir in die Augen zu sehen. Und die Leidenschaft, mit der er sein Gesicht dekoriert, um mir zu zeigen, wie sehr er mich begehrt, reizt mich zum Lachen. Aber schön sind seine suchenden Hände, die noch nicht zupackend sein können, weil sie noch nicht wissen, wo sie zupacken sollen. Schön ist das behutsame Nähern, weil es schließlich das erste Mal ist, daß wir einander so nah sind. Schön auch das Warten und die Frage, wie es sein wird. Und die erregende Angst vor der Enttäuschung. Davor, daß er zu den Männern gehört, die es eilig haben und an einen Sieg glauben, wenn sie selbst die Ziellinie überschritten haben …

Wir siegen Seite an Seite. Zwar nicht im selben Augenblick, aber doch gemeinsam. Trotzdem ist auch dieser Moment der Nähe mit Fremdheit verbunden. Doch sie wird immer reizvoller, verliert immer mehr von ihrer Eigentümlichkeit. Die Vertrautheit erwacht zu ihrem schönsten Lebensabschnitt: noch jung genug für die Neugier, aber doch schon zu reif für Angst und Unsicherheit und erwachsen genug, um neben sich Platz zu lassen für andere Gefühle. Ich weiß immer noch nicht, wie es Margareth geht. Und mittlerweile ist es viel zu spät, um noch zu Hause anzurufen. Außerdem bin ich viel zu erledigt, um noch zum Telefon zu greifen.

Wir beschließen, die Flasche Champagner in der Badewanne zu leeren. Alexander sitzt auf dem Badewannenrand und sieht mir zu, wie ich die Tusche aus meinen Wimpern wische. Ab und zu greift er hinter sich, um die Wassertemperatur zu prüfen, dann wieder greift er überall dorthin, wo unsere Vertrautheit es mittlerweile zuläßt. Ein kesses Gör ist sie inzwischen geworden, unsere Vertrautheit, die das Spiel und das Risiko liebt und über alles lachen kann.

Bisher wußte ich nicht, wie verspielt Alexander ist. Sind alle Männer so, die den Sex nie als eheliche Pflicht kennengelernt haben? Die ihn deswegen nicht ernst nehmen müssen, zum Beispiel als Zeugungsakt oder Ausdruck des Verzeihens? Ich brauche jedenfalls eine Weile, bis ich mich daran gewöhnt habe, daß Alexanders Mittelfinger, der angeblich Leo heißt, ganz versessen darauf sein soll, eine Abenteuerreise in das noch weitgehend unerforschte Land anzutreten, in dem die Königin Klitoris über das Volk der Follikel herrscht. Er gehöre zu den wenigen Todesmutigen, behauptet der Mittelfinger frech, die es wagten, die scharf bewachte Grenze zu übertreten, und dennoch sei er ziemlich sicher, nicht gleich wieder des Landes verwiesen zu werden.

Mit strengen Worten mache ich Alexander klar, daß dieses Königreich schon lange kein weißer Fleck auf der Landkarte mehr ist und er drauf und dran ist, sich den Zutritt nicht zu erobern, sondern zu ergaunern. »Von Heldentum kann also gar keine Rede sein«, beschließe ich lachend und beuge mich etwas weiter vor. »Und eines sage ich dir ... wenn *Glamour* noch einmal – und noch dazu in verächtlicher Weise – darüber berichtet, daß der englische Thronfolger den gleichen Landstrich in Gestalt eines Tampons besuchen wollte, schreibe ich einen Leserbrief, der dich den Posten des Chefredakteurs kosten wird.«

Alexander lacht herzlich und gänzlich unbeeindruckt. Ohne mit der Wimper zu zucken, behauptet er nun sogar, seine Zunge sei ein wildes Tier, darauf dressiert, Talk-Show-Gäste aufzuspüren und sie zu vernaschen. »Von Hanne Finke-Lasch bin ich beinahe abgebissen worden«, erzählt die Zunge mit Alexanders Stimme. »Und Eva Lasarev wollte mich in ihrem Erotik-Versand vermarkten. Beides war mir aber viel zu gefährlich.«

»So, so«, knurre ich die Zunge an, die glatt einem Ameisenbär gehören könnte. »Ich bin also nur zweite oder sogar dritte Wahl?«

»Natürlich!« bekomme ich zu hören. »Wer traut sich denn schon ohne weiteres an den Körper einer derart kriegerischen Hausfrau? Dagegen sind ja eine beißwütige Emanze und eine geschäftstüchtige Sexexpertin direkt harmlos.« Sie ganz allein, behauptet die Zunge weiter, schrecke vor nichts zurück.

Alexanders Körperteile scheinen allesamt der tollkühnen Sorte anzugehören oder mächtige Aufschneider zu sein.

Als er sich erhebt und sich an meinen Rücken schmiegt, stelle ich fest, daß es da noch einen Angeber gibt. So groß und hart drängt er sich an mein Steißbein, daß sich die Frage erübrigt, zu welchen Kunststücken dieser Schlingel abgerichtet worden ist.

»Ich bin ein scharfer Hofhund«, höre ich es flüstern.

Und daß er scharf ist, glaube ich ihm sofort.

»Ich tu' alles, was mein Herrchen will«, geht es weiter. »Wedeln oder beißen …«

»Beißen?«

»Kuschen oder bellen …«

»Bellen? Das will ich hören.«

Beide beginnen wir zu lachen, was den Hofhund zu konsternieren scheint. Für kurze Zeit wird er zum harmlosen Kuscheltier. Aber nicht lange. Alexander weiß, wie er aus seinem Hofhund wieder einen angriffslustigen Teufelskerl macht. »Ich belle, ich beiße, ich überwältige dich, ich schnappe nach dir und zerreiße dich. Denn ich heiße ...«

»Penis!« antworte ich schnell. Das fehlte noch, daß ein vertrauter Kosename dafür sorgt, daß ich für einen Hofhund am Ende verwandtschaftliche Gefühle hege. Ich muß nämlich plötzlich, was mir gar nicht gefällt, an Roberto denken. Nein, bloß keine Ähnlichkeiten oder Assoziationen! Was sich da an meine Kehrseite drängt, ist ein Penis, nichts anderes. Daß Alexanders Mittelfinger Leo heißt, ist wirklich schon schlimm genug.

Wir lieben uns im Stehen, und es fällt mir nicht schwer, in den Spiegel zu blicken und Alexander zu beobachten, der hinter mir mit der Besessenheit eines Weltrekordanwärters um seine Medaille kämpft. Unmittelbar vor der Ziellinie spürt Alexander meinen Blick, sieht auf, versucht ihn zu erwidern, erschreckt vor der Erkenntnis, daß die Sinne sich jetzt nicht mehr gegenseitig motivieren können, daß er sich auf das konzentrieren muß, was ihn zum Sieg bringt. Er vergräbt sein Gesicht in meinen Rücken, während er meinen Unterkörper so fest wie möglich an seinen preßt. Aber die Zeit der Scham ist vorbei. Ich kann ihn darum bitten, mich nachzuholen, und ich kann ihm zeigen, wie es am leichtesten ist. Im übrigen muß ich Abbitte leisten. Leo ist gar kein Prahlhans, sondern ein Verführer der ganz sensiblen Art. Ihre Königliche Hoheit Klitoris ist jedenfalls hingerissen von seiner Ehrerbietung.

Später lassen wir das Badewasser schwappen, beschwören Meerbeben und Springfluten herauf, Brandung, Seifengischt und kurze Flauten. Schäumen unter den Spitzen der Shower-Gel-Berge unsere Körper ein, ohne einander zu gestehen, daß wir diesen Vorwand nutzen, das Inkognito unserer Intimität weiter zu lüften. So versichern die Einwegwaschlappen des Hotels glaubwürdig, daß sie von der Direktion dazu ausersehen seien, für das Wohl der illustren Gäste zu sorgen. Man habe sie ausdrücklich angewiesen, sich um die intimsten Freuden jedes einzelnen zu kümmern, weswegen sie auch anschließend vernichtet würden, damit sie nichts ausplaudern könnten.

Alexander, der soeben behauptet hat, meine Brüste seien skandalös ungewaschen, stockt plötzlich und starrt auf den Badezimmerspiegel. »Was ist denn das?«

»Ein Schutzengel.« Gleich nach dem Eintreffen in diesem Hotelzimmer habe ich Timos Papierengel auf den Spiegel geklebt in der sicheren Gewißheit, ihn hier vor Augen zu haben, damit ich nicht vergaß, ihn ins Studio mitzunehmen. Eigentlich ein Wunder, daß ich nicht über ein Kabel gestolpert bin und mir den Hals gebrochen habe! »Timo hat ihn mir gegeben. Ich glaube, es hat ihm angst gemacht, daß er ohne meine Gute-Nacht-Geschichte einschlafen muß.«

Die Schaumberge fallen über dem glatten Wasserspiegel Blase für Blase zusammen. »Manchmal«, sagt Alexander nachdenklich, »kommt es mir gar nicht so schlecht vor, Kinder zu haben. Eigentlich ist es ganz hübsch, so wichtig zu sein, so unentbehrlich.«

Ich fröstle. Das Badewasser ist kühl geworden. Alexander dreht den Heißwasserhahn auf, aber meine Gänsehaut ist schneller. Enttäuscht sieht er mir zu, wie ich mich in das große Badelaken wickle. »O je«, versucht er zu scherzen, »ein lausiger Liebhaber, dessen Geliebte zu frieren beginnt!«

Meine Energie, die in den letzten Stunden künstlich aufgeputscht und überdreht worden ist, stürzt nun kopfüber in ein Meer von Müdigkeit. Sie war unvorsichtig geworden. Ein einziger nachdenklicher Moment hatte ausgereicht, um sie zu schwächen und ihr den Garaus zu machen.

Ich habe keine Lust, Alexanders männliches Selbstbewußtsein zu stärken. Eigentlich möchte ich jetzt nur noch mein hochgeschlossenes, bodenlanges Nachthemd anziehen und mein Gesicht ganz dick mit fetter, glänzender Nachtcreme zudecken. Und es wäre mir am liebsten, wenn Alexander sich nun anziehen und in sein eigenes Zimmer verschwinden würde. Dann könnte ich vielleicht doch noch versuchen, zu Hause anzurufen. Möglicherweise hat Philip das Telefon auf seinen Nachttisch gestellt. Ich könnte ihm sagen, das Team hätte noch lange zusammengesessen. Er würde mir glauben, daß ich bis in die Morgenstunden hinein mitgefeiert habe. Schließlich hat er keine Ahnung, wie es bei den TV-Leuten zugeht. Und daß Alexander mir nach Berlin gefolgt ist, weiß er nicht. Hoffentlich ist diese Herzgeschichte nichts Ernstes. Ich habe Margareth versprochen, sie nur dann in ein Krankenhaus einweisen zu lassen, wenn es keine andere Möglichkeit gibt, sie gesundzupflegen. Ob Philip die Wünsche seiner Mutter bedacht hat? Kennt er sie überhaupt?

Alexander küßt meinen Nacken. »Wo bist du mit deinen Gedanken? Komm ins Bett. Ich möchte dich im Arm halten, wenn du einschlummerst.«

Ich kann nicht schlafen, wenn mir ein anderer Körper so nah ist. Mir ist schrecklich warm – und das, obwohl mein Nachthemd noch im Koffer liegt. Ich möchte mich auf den Bauch rollen, alle viere von mir strecken und soviel Platz wie möglich für mich allein beanspruchen.

Alexander zieht mich noch enger zu sich heran. »Gute Nacht, mein Schatz.«

Wenige Minuten später ist er eingeschlafen, und ich löse mich vorsichtig, Zentimeter für Zentimeter, aus seiner Umarmung. Als mir endlich die Flucht auf die andere Bettseite gelungen ist, beginnt hinter der Wand eine Dusche zu rauschen. Die Blumen auf den Vorhängen werden von Minute zu Minute transparenter. Immer, wenn ich die Augen öffne, sind sie wieder ein Stück heller, farbiger und schärfer in ihren Konturen geworden. Warum sind die Vorhänge nicht geöffnet? Ich schlafe niemals in einem verdunkelten Zimmer. Schrecklich, in der Finsternis zu liegen und hinter den geschlossenen Augenlidern in ein schwarzes Nichts zu starren. Alexander muß die Vorhänge zugezogen haben, ohne daß ich es gemerkt habe.

Ich betrachte sein Gesicht, das mir im Schlaf merkwürdig jung erscheint. Und wieder so fremd. Ein völlig unbekannter Mann liegt neben mir, und mir graut schon jetzt vor seinen schlafverhangenen Augen am Morgen, seinem stoppligen Kinn und davor, daß er sich als Morgenmuffel erweist. So drängend noch vor Stunden meine Angst vor dem Alleinsein gewesen ist, so sehr wünsche ich es mir jetzt zurück. Ein Bett für mich ganz allein, mein kuscheliges Nachthemd, meine ölige Fettcreme, hereinflutendes Licht! Und ohne die Sorge, mit offenem Mund einzuschlafen und Alexander mit einem unattraktiven Schnarchen zu wecken.

Ich erfahre nicht, was ihn geweckt hat. Mich jedenfalls holt das Telefonklingeln aus dem Schlaf. Alexander ruft aus seinem Hotelzimmer an und teilt mir mit, daß weder das Frühstücksbuffet noch das Flugzeug warten wird – nicht einmal auf einen über Nacht berühmt gewordenen Fernsehstar.

»Ha, ha – sehr witzig! Wann bist du aufgestanden? Und warum habe ich nichts davon bemerkt?«

»Um sieben, weil ich dann immer aufstehe. Und du hast so fest geschlafen, daß ich nicht einmal besonders leise sein mußte, um dich nicht zu stören.«

Ich räkle mich dankbar über die ganze Breite des Bettes und freue mich auf das Badezimmer, das ich ganz für mich allein haben werde, und darauf, daß ich mir keine Gedanken über mein verstrubbeltes Haar, den eine Nacht alten Schweiß in meinen Achseln und meine ungeputzten Zähne machen muß. »Ich werde mich beeilen, Alexander. Nur noch kurz zu Hause anrufen ...«

»Nele?«

»Ja?«

»Ich war sehr glücklich, als ich heute früh neben dir erwachte. Du sahst süß aus im Schlaf.«

Ich glaube ihm kein Wort. Schließlich hat Nico mich einmal fotografiert, nachdem ich vor dem Fernseher eingenickt war. Und ich habe zweimal hinschauen müssen, bis ich mich selbst in der zusammengesunkenen Gestalt mit der auf die Brust gesackten Kinnlade wiedererkannte. Nein, ich kann unmöglich süß ausgesehen haben – aber muß ich Alexander meine Zweifel expressis verbis mitteilen? Schön blöd wäre ich ...

Philip scheint ein Stein vom Herzen zu fallen. »Endlich! Wir haben uns schon Sorgen gemacht!«

Es drängt mich, zunächst einmal die vielen, vielen Gründe in den Hörer zu haspeln, die es mir unmöglich gemacht haben, auch nur eine Minute früher anzurufen als in diesem

Augenblick. Und Philip hat Verständnis. Natürlich mußte ich all die interessanten Leute näher kennenlernen, und selbstverständlich konnte ich auch nicht ablehnen, als Pierre Fieber die Talk-Gäste noch höchstpersönlich an die Hotelbar bat, und klar, daß es dann schon viel zu spät war. Und im übrigen ginge es Margareth schon wieder ganz gut. Ein kleiner Herzanfall nur, nichts Besorgniserregendes. »Nein, nein, zur Sendung war sie bereits wieder fit. Die Herztropfen haben sofort gewirkt.«

Im Hintergrund höre ich Carolin rufen: »Hast du an das Autogramm gedacht?«

Das Autogramm von Pierre Fieber! Ich habe es Carolin versprochen, weil ein Klassenkamerad bereit war, ihr dagegen eins von Herbert Grönemeyer einzutauschen! Aber ich habe es vergessen! »Philip, kannst du es ihr bitte schonend beibringen?«

Vorwurfsvolles Schweigen am anderen Ende.

»Sag ihr, daß ich schließlich genug mit mir selbst zu tun hatte! Mein Kopf war voll von ...«

»Schon gut, Nele, Carolin wird das verstehen. Wir haben ja gesehen, wie sehr du dich erregt hast.«

Carolin wird stocksauer auf mich sein. Wahrscheinlich wird sie nie wieder die Gelegenheit haben, an ein Autogramm von Herbert Grönemeyer zu kommen.

»Warum bist du so mißgelaunt?« fragt Alexander, kaum daß ich mich am Frühstücksbuffet bedient habe, und legt eine Hand auf meine. »Ist dir die Nacht nicht gut bekommen?«

»Nein, Alexander, es war schön, aber irgendwie ...«

Hoffentlich fragt er nicht nach. Ich weiß nicht, was es ist. Die Nacht war schön, ja. Der Flug, die Sendung, das Hotel, das riesige Frühstücksbuffet – alles ist schön. Aufregend schön. »Aber ich glaube, es wird Zeit, daß ich wieder nach Hause komme.«

Und ich bin froh, daß Alexander mir jetzt nicht mehr fremd ist. Er dreht die Augen zur Decke, schüttelt den Kopf und stöhnt. So, wie ich ihn kenne. »Da hat diese Frau gestern vor einem Millionen-Publikum einen Talk-Meister in Verlegenheit, eine Feministin zur Weißglut, eine Unternehmerin zur Verzweiflung und einen Fußballstar und einen Hausmann zum Schweigen gebracht! Anschließend ist sie mit einem attraktiven Junggesellen ins Bett gegangen, und heute morgen ...«, er hackt seinem unschuldigen Frühstücksei den Kopf ab, »...heute morgen ist sie wieder nichts anderes als eine Hausfrau, die sich für unentbehrlich hält.«

21.

Ich werde empfangen wie eine Filmdiva, die aus Hollywood zurückkehrt. Über der Tür hängt ein Pappschild, das Nico mit der Aufschrift ›Herzlich willkommen‹ versehen hat, meine Blumenbeete sind bis auf die zartesten Knospen geplündert worden, sogar ihr stengelloser Ausschuß noch sinnvoll verwertet als kränzender Schmuck meines Platzes am Küchentisch. Timo hat sicherlich den ganzen Vormittag damit zugebracht, Blüte an Blüte zu legen, und zwar genau so, daß mein Teller und mein Besteck exakt in diesen Halbkreis hineinpassen werden. Daß Carolin die Schule geschwänzt hat, um mich höchstpersönlich bei meiner Heimkehr begrüßen zu können, hätte mich unter anderen Umständen zu mehreren vorwurfsvollen Ermahnungen bewegt – jetzt jedoch bin ich heilfroh, daß sie mir damit erkennbar verzeiht, ohne Pierre-Fieber-Autogramm nach Hause zurückzukommen. Sie läßt sich sogar ohne spürbare Abwehr in meine Arme ziehen und murmelt etwas von ›turbogeiler TV-Kiste‹, während Philip unverhohlen verkündet, daß er mächtig stolz auf seine wagemutige Gattin sei. Dieser Behauptung kann sich meine Mutter zwar nicht unumwunden anschließen, aber immerhin scheint sie sich zu freuen, daß ich gesund zurückgekehrt bin, ohne sichtbaren Schaden genommen zu haben. Eine Art von allumfassender mütterlicher Dankbarkeit, die Margareth völlig abgeht. Sie findet es einfach nur großartig, daß ›Nele, das gute Kind‹ es den Leuten vom Fernsehen mal so richtig gezeigt hat.

Ich betrachte sie sorgenvoll. Wenn sie auch noch so oft beteuert, wieder voll auf der Höhe zu sein, kann sie mich doch nicht darüber hinwegtäuschen, daß sie blaß und kurzatmig ist und ihre Augen einen ungesunden Glanz haben. »Du machst mir Sorgen, Margareth.«

»Papperlapapp! Für dich sind jetzt ganz andere Sachen wichtig als das marode Herz deiner Schwiegermutter!«

Ich werfe Philip einen Blick zu, der in solchen Situationen normalerweise ein beschwichtigendes Kopfschütteln für mich bereit hält. Diesmal jedoch erwische ich seinen sorgenvollen Augenausdruck gerade noch, ehe er wieder seine optimistische Miene aufsetzen kann. Aha! Philip, der mir immer weismachen will, das Herz seiner Mutter sei aus Stahl, hat genausoviel Angst um Margareth wie ich. Er zeigt sie nur nicht. Männer müssen ja immer so stark und furchtlos sein.

Ich habe mich kaum an meinem blumengeschmückten Platz niedergelassen, als das Telefon klingelt. Mich durchfährt ein heißer Schreck, als Philip freundlich in den Hörer sagt: »Guten Morgen, Alexander! Haben Sie auch gestern abend die Talk-Show gesehen?«

Leider sind Philips Gesichtszüge in keinster Weise dazu angetan, mich zu beruhigen. Seine Augen weiten sich in ungläubigem Erstaunen, während sein Blick zu mir wandert und seine Unterlippe Anstalten macht, sich mit seiner Kinnspitze zu verbrüdern. Starr vor Angst sitze ich da und warte auf das Jüngste Gericht.

»Das ist ja ein Ding«, sagt Philip schließlich und reicht mir den Telefonhörer. Das ausdruckslose Staunen in seinen Augen verrät mir nichts über Art und Umfang seiner aufgewühlten Gefühle.

Ich würge einen kurzen Gruß in die Muschel. Nur, damit mein Gefährte der letzten Nacht weiß, daß der Hörer an mein Ohr gewechselt hat.

»Hier ist der Teufel los!« ruft Alexander. »Mein ganzer Schreibtisch voller Faxe! Und das Telefon steht nicht still. Ich bin dabei, einen Terminplan für dich aufzustellen. Morgen kommt eine Frauenzeitschrift zu dir. *Josephine* will einen

Bericht über die vorbildliche Ehefrau und Mutter Nele Hübner bringen. Sorg dafür, daß dein Mann, die Kinder, die Omas und auch die Katze und das Meerschweinchen zu Hause sind. Übermorgen wirst du nach Hamburg zu einem Rundfunksender fahren. Ein Experten-Gespräch, das live über den Sender geht, während die Zuhörer die Möglichkeit haben, anzurufen und sich einzumischen. Man hat dich noch kurzfristig eingeplant. Dann noch eine Talk-Show in Bremen … Am besten wird es sein, ich faxe dir die Terminliste.«

Ich bin unendlich erleichtert, der Entlarvung knapp entgangen zu sein. Aber wie konnte ich andererseits nur auf die Idee kommen, daß der gewiefte Alexander, der versierte Held vieler illegitimer Romanzen, einen gutgläubigen Ehemann erschrecken und dessen ungetreue Gemahlin kompromittieren könnte?

Die Liste, die ich kurz darauf in Händen halte, verschlägt mir den Atem. Und das, obwohl Alexander versichert hat, alle indiskutablen Angebote bereits aussortiert zu haben. Zum Beispiel die von kirchlichen Verbänden, die mit meiner Hilfe den Papst bei seinen Bemühungen um die erneute Unterwerfung der Frau unterstützen wollen. Und von den Zeugen Jehovas, die anscheinend jede Gelegenheit nutzen, ihre missionierbare Umwelt auf die angeblich nach wie vor gültigen Lehren der Bibel hinzuweisen. Und von irgendwelchen rechten Gruppierungen, die alles beklatschen, was zufällige Ähnlichkeit mit national-sozialistischer Borniertheit hat.

Was übrigbleibt, ist immer noch eine zweieinhalb Seiten lange Aufstellung. Da finden sich Zeitungen, die meinen Artikel zweitverwerten möchten. Zeitschriften, die über das altmodische Pflänzchen ›Heimchen am Herd‹ berichten wollen, das sich in einem Anfall von Trotz und Aufbegehr entschloß, seine an sich irrelevante Meinung zu publizieren. Und Blätter, die erkannt haben und darüber informieren wollen, daß es Familienfrauen gibt, die nicht zwangsläufig geistig behindert, ungebildet und unscheinbar wie Aschenputtel sein müssen. Dann sind da die lokalen und bundesweiten Rundfunksender, die ihre Familienbeiträge, politischen Diskussionen, den Landfrauenfunk, ihre Reportagen vom Puls der Zeit und die seelsorgerischen Kurzunterweisungen mit dem Thema aktualisieren wollen, das bis zu diesem Zeitpunkt niemand für aktuell hielt. Am Fuß der Liste finden sich Einladungen von Frauengruppen, die mir einen Lorbeerkranz verpassen wollen, und solchen, die mich durch den Fleischwolf zu drehen gedenken. Außerdem der Brief einer im Verborgenen wirkenden Friedensgruppe, die mir die ›Weiße Taube‹ für gesellschaftliche Zivilcourage verleihen möchte. Ganz am Ende prangt die Einladung der Landesfamilienministerin, die sich augenscheinlich erkundigen möchte, ob ich das, was ich geschrieben habe, eigentlich ernst meine.

Ich lasse mich erschüttert neben das Faxgerät sinken und ziehe Timo auf meinen Schoß, der sich anscheinend schon minutenlang vergeblich bemüht, meine Aufmerksamkeit zu erringen.

Als Inger kurze Zeit darauf erscheint, um mir augenzwinkernd mit der Aufkündigung unserer Freundschaft zu drohen für den Fall, daß ich noch einmal einen solchen Unsinn von mir gebe wie in Gegenwart Pierre Fiebers, halte ich ihr triumphierend das Fax entgegen.

»Und ihr habt alle geglaubt, das sei kein Thema!«

»Unkorrekt!« kontert Inger prompt. »Ein Thema schon, aber ein falsches Thema. Lieber Himmel!« Sie legt mit einer schlecht einstudierten theatralischen Geste das Fax auf den Tisch. »Deine Meinung ist derart realitätsfern, daß sie ja Aufmerksamkeit erregen muß! Wenn ich daherkäme und allen Ernstes behauptete, dem immer häufigeren Scheitern bundesdeutscher Ehen sei mit der Reaktivierung des Keuschheitsgürtels zu begegenen, dann würde ich vermutlich auch im Nu in aller Munde sein.« Sie blickt finster in mein grinsendes Gesicht. »Vorausgesetzt, meine Argumente sind halbwegs lebensnah«, ergänzt sie mürrisch, weil ihr wohl aufgegangen ist, daß eine Behauptung nicht nur möglichst verrückt, sondern vor allem glaubhaft oder zumindest bedenkenswert sein muß. Und genau das hat sie meinen Anregungen seit Jahren abgesprochen. Aber es ist nicht zu übersehen, daß Inger sich nun nicht mehr traut, meine These, seit sie Eingang in die Medien gefunden hat, mit demselben Hochmut vom Tisch zu wischen wie früher. Das Millionenpublikum eines Fernsehsenders gibt einer Meinung beinahe schon dadurch recht, daß es sie zur Kenntnis nimmt. Kein Zweifel, Inger ist tief beeindruckt von meinem Talk-Show-Debüt. Im Nu hat sie ihre sachlichen Bedenken abgeworfen und fragt mich so lange nach der Augenfarbe, dem Krawattenhersteller und dem außerszenarischen Charme Pierre Fiebers aus, bis Amadeus und Romanus vor der Tür stehen und fragen, was es in meiner Küche zu essen gibt.

»Nichts«, entgegne ich zu ihrem fassungslosen Erstaunen. »Ihr wißt doch, ich bin gerade erst aus Berlin zurückgekommen und muß heute genauso improvisieren wie eure Mutter.«

»Aber du bist doch Hausfrau«, stottert Romanus entgeistert.

»Quatsch!« Inger schiebt ihre Söhne ungeduldig zur Tür hinaus. »Nele ist jetzt berufstätig – genau wie ich. Die Zeit der Gemüse-Aufläufe und der gartenfrischen Salate ist vorbei. In Zukunft gibt es auch bei Nele Tiefkühlpizza zum Mittagessen. Kommt mit, heute steht Thunfischpizza auf dem Programm.«

Und ehe ich zum Leugnen ansetzen kann, ergänzt sie: »Stell dir vor, Louis macht heute abend einen rheinischen Sauerbraten. Er behauptet, er kennt das Rezept von seiner Mutter. Seit vier Tagen liegt in meiner Küche ein putzlappengraues Stück Fleisch in Essig und will mir weismachen, auf diese Weise zart und mürbe zu werden. Aber Louis ist davon überzeugt, daß es nach dem Braten und Schmoren wieder ein appetitliches Braun annehmen und darüber hinaus irrsinnig lecker sein wird.« Inger steckte noch einmal den Kopf durch den Türspalt. »Heute abend ein letztes Mal Kunstverein! Es ist gut, daß Louis mit dem Sauerbraten auf mich wartet. Das wird mich davor bewahren, eventuell rückfällig zu werden. Jedenfalls bin ich entschlossen, zu Hause am Eßtisch zu sitzen, wenn die Neuwahlen stattfinden und niemand die Möglichkeit hat, mich wieder zur Vorsitzenden vorzuschlagen.«

Unschlüssig schlendere ich in die Küche und sehe mich um. Der Gedanke an Louis' Sauerbraten hat mich hungrig gemacht.

»Ich habe Thunfischpizza im Supermarkt gekauft«, ruft Nico. »Soll ich sie in den Ofen schieben?«

»Gibt's bald mal wieder Hamburger?« fragt Timo, »weil du doch nun keine Hausfrau mehr bist?«

Ich gehe vor ihm in die Knie. »Erstens bin ich immer noch Hausfrau, und zweitens solltest du dich erinnern, wie schlecht dir die letzten Hamburger bekommen sind.«

»Macht nichts«, erklärt Timo ungerührt. »Kotz' ich sie eben wieder aus. Aber erst schmecken sie.«

»Genau!« bestätigt Nico.

»Und du kratzt dir anschließend stundenlang den Rükken!« erinnere ich ihn.

»Egal!«

Was ist nur dran an diesem gesalzenen Tapetenkleister? Kommt er der Bequemlichkeit des Menschen allzu sehr entgegen, der nur einsaugen, zerdrücken und schlucken will? Oder arbeitet er gar der Tötungssucht des modernen Jägers zu, der sich heimlich am zähen Ketchup erfreut, wenn er wie dickes Blut zwischen den teigigen Lenden der Softbrötchenhälften hervorquillt?

Ich lege Philip diese Frage am Abend vor, als wir zu Bett gehen. Doch mein Mann, der in Ernährungsfragen eher als Mitläufer auftritt, scheint sich für dieses Problem nicht sonderlich zu interessieren.

»Apropos Appetit«, sagt er. »Ich soll dich herzlich von Roberto grüßen.«

Ich bin ziemlich verdutzt über diese Gedankenkette und kann mich bei ihrem Zurückverfolgen des bösen Verdachts nicht erwehren, daß sie an den Haaren, wahrscheinlich sogar an den Schamhaaren, herbeigezogen wurde. Die wenigen Augenblicke, die zu dieser Erkenntnis geführt haben, hat Roberto der Große bereits zu einem plumpen Annäherungsversuch genutzt. Ich drehe ihm den Rücken zu, was ihn leider mehr ermutigt als abwehrt.

»Philip, hör auf. Ich habe einen stressigen Tag hinter mir und einen noch anstrengenderen vor mir.«

»Roberto will das nicht einsehen«, flüstert es an meinem Rücken. »Du kennst ihn ja. Er ist immer so eigensinnig.

Diesmal kann ich nicht darüber lachen. Ich sage Philip auf den Kopf zu, daß er den armen, unschuldigen Roberto auf das schändlichste für seine eigenen Zwecke mißbraucht. Fast hätte ich das engelreine Opfer tröstend getätschelt, aber mir fällt noch rechtzeitig ein, daß ich damit exakt das Gegenteil von dem erreichen könnte, was ich möchte.

»Nein, Philip, mir steht jetzt wirklich nicht der Sinn nach Robertos Besuch. Sag ihm, er soll ein anderes Mal wiederkommen.«

Daß Roberto versucht, den Fuß in die Tür zu schieben, die ich gerade vor seiner Nase zuwerfen will, finde ich ziemlich dreist. »Schluß jetzt, Philip! Morgen kommt die Redakteurin von *Josephine*. Der muß ich glaubhaft meinen Standpunkt darlegen. Ich brauche meinen Schlaf.«

Philip rückt von mir ab. »Dieses Theater um den Artikel geht mir allmählich auf den Geist«, höre ich ihn murmeln. »Du wirst noch so werden wie Inger. Und mir wird es noch so gehen wie Louis …«

Was er damit meint, möchte ich lieber nicht wissen. Will Philip mir etwa damit drohen, sich den Sex woanders zu holen, wenn ich nicht ständig bereit bin? Am liebsten würde ich ihm auf der Stelle in einer langen, hitzigen und lautstarken Ansprache erklären, was ich von solchen Erpressungen halte – aber ich brauche meinen Schlaf. Soll ich mich morgen dem Fotografen der *Josephine* mit Tränensäcken präsentieren? Und die habe ich unweigerlich, wenn ich zu wenig Schlaf bekomme. Oder hat Philip Angst, daß demnächst etwas von ihm erwartet wird, das Louis' Sauerbraten Konkurrenz macht?

Aber während ich mich um schnelles Einschlafen bemühe, bin ich mir eigentlich schon ganz sicher, daß Philips Bemerkung ganz anders zu verstehen ist. Wahrscheinlich ist er einfach nur ein bißchen eifersüchtig. Und dazu hat er schließlich allen Grund. Natürlich könnte ich versuchen, ihm zu erklären, daß die Nacht mit Alexander überhaupt nichts mit unserer Ehe zu tun hat, sondern … Nein, Schluß jetzt mit diesen Gedanken! Sonst kann ich am Ende wirklich nicht einschlafen. Morgen kommt die *Josephine!*

Marlott Egel hat sich für den frühen Nachmittag angesagt. Aber schon am Frühstückstisch beginnt der Disput zwischen den beiden Omas.

Franziska ist entschlossen, sowohl die Redakteurin als auch den Fotografen zu ignorieren. »Was sollen die Leute denken, die mich in der Zeitung sehen werden? Und unsere Verwandten am Bodensee müssen auch nicht unbedingt wissen, welche Flausen sich Nele in den Kopf gesetzt hat.«

Margareth schlägt die Hände über dem Kopf zusammen. »Welch eine Gelegenheit! Die erste und letzte vermutlich, in einer Zeitung zu erscheinen.«

»Ich will nicht in die Zeitung!« beharrt Franziska.

Margareth erhebt sich kopfschüttelnd. »Ich gehe jetzt jedenfalls zum Friseur«, erklärt sie.

»Du wirst so kurzfristig keinen Termin bekommen«, behauptet Franziska.

»Das wollen wir doch mal sehen!« Margareth scheint davon überzeugt zu sein, daß die Schwiegermutter eines soeben geborenen Fernsehstars sich keine Gedanken über die mangelnde Bereitschaft des Dienstleistungsgewerbes zu machen hat. Und wie es aussieht, liegt sie mit dieser Vermutung durchaus richtig. Ein Hinweis darauf, daß Marlott Egel von der *Josephine* in unserem Hause erwartet wird, um eine Fotoreportage über die Schwiegertochter zu machen – »Sie wissen sicherlich, daß die Frau meines Sohnes praktisch über Nacht berühmt geworden ist!« –, überzeugt die Friseurmeisterin auf der Stelle. Margareth erhält nicht nur einen Frisier-, sondern auch einen Manikürtermin.

Franziska zieht verächtlich die Mundwinkel herab. »Maniküre! Glaubt sie wirklich, der Fotograf lichtet ausgerechnet die Altersflecken auf ihren Händen ab?«

Margareth, der der letzte Satz nicht entgangen ist, kontert: »Ich bin jedenfalls für alles gerüstet. Wenigstens solltest du dir eine frische Bluse anziehen.«

»Also gut, meine weiße«, lenkt Franziska ein, die wohl ebenso für alles gerüstet sein möchte – wenn auch klammheimlich und nur für den äußersten Notfall.

»Weiß ist ungünstig«, behauptet Margareth, als hätte sie bereits langjährige Erfahrungen mit der Presse gesammelt. »Farbige Kleidung macht sich besser.«

»Man könnte meinen«, nörgelt Franziska, »wir seien im Haushalt der Hochgrebes gelandet. Bei denen geht es in letzter Zeit auch immer so hektisch zu. Seit Sybille in den Beruf zurückgekehrt ist.« Meine Mutter zieht die Mundwinkel herab, als hätte Sybille von Hochgrebe eines ihrer Kinder verprügelt oder in Gegenwart ihrer Mutter, der edlen Baronin von Sobeck-Hammerschmidt, gerülpst. Keine der zahlreichen Affären Sybilles, die sich immerhin stets hochwohlgeborene Bettgenossen aussuchte, hat in meiner Mutter derartige Mißbilligung ausgelöst wie die schnöden beruflichen Ambitionen der schönen Adeligen. Nach Auskunft von Lilo Pfeifer gehört Franziska aber gottlob zu den wenigen Leserinnen, die mit Sybilles Imagewechsel nicht einverstanden sind. Die Mehrheit – und ganz besonders der Chefredakteur von *Glamour* – beurteilt die zeitgemäße Entwicklung der ansonsten traditionsverhafteten Frau äußerst positiv. Ich werde die nächste Gelegenheit nutzen, wieder eine Sequenz in den Computer zu hacken. Vielleicht sollte ich Sybille von Hochgrebe eine Einladung zu einer Talk-Show verschaffen? Ich könnte sie in der Sendereihe Adel unter sich mit der Gräfin von Zitzewitz und ein bis zwei verarmten Fürstinnen über das Dienstbotenproblem oder andere hochherrschaftliche Bredouillen diskutieren lassen. Eine prima Idee, die ich mir noch vor Marlott Egels Erscheinen notieren muß, damit ich sie nicht wieder vergesse. Mit diesem Einfall lassen sich glatt zwei komplette Folgen füllen!

Außer Margareth gibt es nur ein einziges, unserem Haushalt zugehöriges Wesen, das sich anstandslos bereit erklärt, dem Fotografen von *Josephine* zur Verfügung zu stehen: das

Meerschweinchen. Da es selten aus seinen vier Käfigwänden herauskommt und ihm daher die Freiheit ohnehin ziemlich suspekt ist, trägt es sich auch nie mit Fluchtgedanken. Bei der Katze dagegen weiß man grundsätzlich nie, ob sie im letzten Augenblick durch einen Türspalt entwischt. Und wenn sie satt ist, wird auch das lockende Rascheln des Trokkenfutters sie nicht zurückholen. Und Franziska hat zwar ihre zweitbeste Bluse, die rote, angezogen, sich aber dennoch in ihrem Zimmer verschanzt und darum gebeten, möglichst nicht gestört zu werden.

Margareth sitzt da, mit dem Meerschweinchen zu ihren Füßen, wie Queen Elizabeth mit einem ihrer königlichen Jagdhunde. Ärgerlich betrachtet sie ihre zartrosa lackierten Fingernägel. »Ich verstehe die Kinder nicht«, sagte sie zum soundsovielten Male.

Was sie nicht versteht, ist, daß Carolin es ›hyperpeinlich‹ findet, in der *Josephine* abgelichtet zu sein, weil diese Zeitung angeblich nur etwas für ›Omis mit Dauerwellen‹ ist und für die Mütter ihrer dümmsten Mitschülerinnen, die sich den ›Quatsch mit den Königshäusern reinziehen‹. Auch Nico ist sicher, sich in Grund und Boden schämen zu müssen, wenn einer seiner Freunde ihn unversehens in der *Josephine* entdekken würde. Und Timo – das war nicht anders zu erwarten – schließt sich der Meinung seiner älteren Geschwister unverzüglich an.

»Und Philip verstehe ich auch nicht«, nörgelt Margareth. »Wie kann er die erste Fotoreportage, die über seine Frau gemacht wird, einfach ignorieren?«

Margareth und ich sitzen immer noch ratlos herum, als eine Viertelstunde zu früh die Klingel geht und Marlott Egel vor der Tür steht. Was sage ich – sie steht? Nein, kaum habe ich die Tür geöffnet, rauscht sie auch schon herein. Eine hochdynamische Mittdreißigerin, die alles in den Schatten stellt, was dieses Haus jemals erlebt hat. Soviel Elan, gepaart mit solchen Mengen geballter Weiblichkeit ... Margott Egel stellt jede der sogenannten Powerfrauen, die ich bisher kennengelernt habe, in den Schatten.

Ehe ich versuche, mich ihr vorzustellen und sie ins Wohnzimmer zu führen, ist sie schon an mir vorbeigewirbelt – direkt auf Margareth zu, ohne das arglose Meerschweinchen, das in seinem ereignisarmen Leben nur die Katze als natürlichen Feind erlebt hat, auch nur zur Kenntnis zu nehmen. Während Margareth ihr stumm vor Schrecken die manikürte Hand hinhält und das Meerschweinchen mit drei geistesgegenwärtigen Hopsern sein Leben rettet, klemmt die zuschnappende Tür dem unscheinbaren Fotografen das Kamerastativ ein. Aber der scheint es gewöhnt zu sein, neben Marlott Egel nicht zur Kenntnis genommen zu werden, und macht keinerlei Anstalten, ausdrücklich auf seine Gegenwart hinzuweisen. Anscheinend hat er bisher jeden Reportageauftrag an der Seite Marlott Egels ohne größeren Schaden überstanden, und das erwartet er augenscheinlich auch diesmal.

»Wie reizend, eine Oma!« ruft Marlott, als hätte sie eine seltene Tiergattung vor sich. »Und der Ehemann, die Kinder, die Haustiere?«

Ich weise sie sanft darauf hin, daß das Meerschweinchen bereits unliebsame Bekanntschaft mit dem Nahen ihrer Stiefelabsätze gemacht hat und die Katze sich mit der anderen Oma zurückgezogen und in deren Bett zur Ruhe begeben hat. »Aber natürlich«, ergänze ich schnell, »werden sie alle gleich aus ihren Zimmern kommen und Sie begrüßen.«

Marlott nickt, als hätte sie nichts anderes erwartet, während ich – verbindlich lächelnd – überlege, wie ich den Rest meiner Familie zwingen kann, sich Marlott Egel und ihrem Fotografen zu präsentieren.

Noch während ich die beiden mit Tee und selbstgebackenen Haselnußplätzchen gnädig stimme, höre ich leise eine Tür gehen und vorsichtige Schritte auf der Treppe. Timo ist von seinen Geschwistern als Kundschafter ausgesandt worden, um die höchstverdächtige Berichterstatterin aus den Königshäusern auszuloten. Wer weiß, was Timo für dieses Wagnis, das ihn selbst vermutlich keinerlei Überwindung gekostet hat, versprochen worden ist! Ich hätte wirklich gleich auf die Neugier meiner Familie bauen sollen!

»Komm nur herein, Timo«, fordere ich meinen Jüngsten auf, ehe er sich ungesehen wieder davonmachen kann.

»Wie süß!« schreit Marlott Egel und zerrt den armen Timo, der sich gern noch eine Weile aus sicherer Entfernung an Marlott Egels Anblick gewöhnt hätte, ins Zimmer.

»Ei, was bist du für ein niedlicher kleiner Kerl!« behauptet sie und piekt Timo einen ihrer grünlackierten Nägel in den Bauch, als sei er eine Gummipuppe, die auf Knopfdruck quietschen kann. »Ein so herziges kleines Bübchen müssen wir sofort fotografieren. – Otto!«

Timo, der noch nie im Leben herzig genannt worden ist, starrt, ohne zu widersprechen, in die Kamera. Er läßt sich sogar dazu überreden, das Meerschweinchen an sein Herz zu drücken und anschließend Oma zwei einen Dauerbrenner auf die runzlige Wange. Und das, wo doch fünfjährige Jungen, die nun wahrhaftig keine Babys mehr sind, diese ganze Küsserei, noch dazu in der Öffentlichkeit, von Herzen verabscheuen! Aber es sieht so aus, als hätte Marlott Egel ihn hypnotisiert. Ohne ein einziges Wort des Protestes tut Timo alles, was die schöne Redakteurin von ihm verlangt. Er grinst breit, wenn er lächeln soll, und schaut versonnen drein, wenn Marlott wünscht, daß er sich nachdenklich gibt. Er küßt auf Geheiß meine Nasenspitze vor Ottos Kamera und läßt sich verträumt auf Margareths Schoß nieder und tut so, als lausche er einem Märchen.

Es ist erstaunlich, was eine Frau, die in allem, was sie tut, so überzeugend weiblich ist, schon bei einem Fünfjährigen erreichen kann. Einer Frau, die sich die Mühe macht, ihre Fingernägel grün zu lackieren, den Mund kirschrot anzumalen und die Ohrläppchen mit fliegenden Untertassen zu beschweren, kann anscheinend kein Mann widerstehen. Nicht einmal ein fünfjähriger. Und ein zehnjähriger auch nicht, wie sich kurz darauf herausstellt, als Nico angeblich rein zufällig ins Wohnzimmer gerät. Von dem Mittvierziger ganz zu schweigen, der nur einmal nach dem Rechten sehen wollte und nun genauso hingebungsvoll an Marlott Egels Lippen hängt und dem Wink ihrer grünen Fingernägel folgt wie seine Söhne.

Eine halbe Stunde später höre ich auch Carolin ein anerkennendes »Total geil!« murmeln. Einer solchen Frau, die vertrackte Ähnlichkeit mit Marusha hat, verzeiht sie sogar die Königshäuser. Und auch Franziska muß irgendwann in den Sinn gekommen sein, daß vermutlich sowieso niemand ihren unbeugsamen Charakter bewundern wird und sie sich deswegen genausogut in unsere Mitte begeben kann. Ja, auch sie bewegt sich nach dem ersten Schreck wie eine Marionette nach Marlott Egels Anweisungen. Zwar sieht sie immer wieder mißbilligend in Marlotts eindrucksvolles Dekolleté, aber sie tut dennoch alles, was von ihr verlangt wird. Und als schließlich sogar die Katze schnurrend erst um Ottos und dann um Marlotts netzbestrumpfte Beine streicht, gebe ich es auf, mir Gedanken darüber zu machen, was die menschliche Kreatur in den Bann einer solchen Frau nötigt. Wenn sogar die Katze, die niemals und von niemandem zu zwingen ist, sich aus freien Stücken diesem extravaganten Charme ergibt, muß Marlott Egel etwas ausstrahlen, was sowieso nicht zu ergründen ist. Ich finde mich damit ab, die Redakteurin der *Josephine* genauso unwiderstehlich zu finden wie alle anderen. Die komplette Familie Hübner nebst Otto, dem Fotografen, tanzt nach Marlotts Pfeife. Mit einer Bereitschaft, die alle überrascht – nur Marlott nicht.

Das Glück und die Einigkeit einer intakten Familie, die durch das Wirken einer liebenden Hausfrau zusammengehalten wird, ist nach etwa einer Stunde ausreichend dokumentiert. Sämtliche Kinder haben mich vor Ottos Kamera geherzt, geküßt und dankbar angeblickt. Mein Mann hat mir tief in die Augen gesehen, weil er in mich natürlich verliebt ist wie am ersten Tag. Margareth hat mir interessiert über die Schulter gesehen, während ich mich einer fiktiven journalistischen Tätigkeit hingab. Sie weiß nämlich – entgegen aller Klischees – das Wirken ihrer Schwiegertochter zu schätzen. Und sogar Franziska hat mehrmals hold lächelnd Haselnußgebäck von mir entgegengenommen und sich sogar die Füße massieren lassen. Schließlich gehört sie ja nicht zu den alten, hartherzig ins Altenheim abgeschobenen Müttern. Und nachdem auch das Meerschweinchen und die Katze mehrfach zufrieden in die Kamera geblinzelt haben, verlangt Marlott, daß der Tisch mit dem besten Porzellan gedeckt wird und die Familie sich um ihn versammelt. Mit einer Kelle fülle ich meinen Lieben aus einer leeren Terrine imaginäre Suppe auf die Teller, und anschließend verdrehen alle verzückt die Augen, weil das Gemüse – frisch aus dem Garten geerntet – so wunderbar schmeckt und diese Suppe selbstredend mit viel Zeit und Liebe zubereitet worden ist.

Als Marlott Egel sich endlich zufrieden zu uns setzt, hat Otto mindestens fünfzig Fotos geschossen. »Eine gute Ausbeute«, beschließt die Redakteurin. »Es werden schon fünf, sechs brauchbare dabei sein.«

Sie legt ihren Schreibblock vor sich hin und sieht einen nach dem anderen bedeutungsvoll an. »Bitte schildern Sie mir das Leben an der Seite einer Familienfrau«, beginnt sie mit Philip.

Der schaut verlegen auf seine Hände. Was soll er erzählen? Er hat sich selten Gedanken über meine familiäre Tätigkeit gemacht. »Sie ist da – und das ist gut so«, sagt er schließlich vage und lächelt mich an, als hätten wir uns soeben verlobt. Mein Herz macht einen disziplinlosen Hüpfer außer der Reihe. So hat er mich schon lange nicht mehr angesehen. Jedenfalls nicht mehr, seit Krämers ausstehende Entscheidung ihm die Ruhe geraubt hat. Und erst recht nicht, seit ich Roberto die Tür vor der Nase zugeschlagen habe.

Marlott Egel scheint nichts Wesentliches zu entgehen. Ich sehe, wie sie etwas von *ungewöhnlich glücklicher Ehe* notiert. »Und die beiden Seniorinnen?« fragt sie.

Franziska zögert mit einer Erklärung, aber Margareth nimmt ihr nur allzu gern die Antwort ab. Ich werde rot, während meine Schwiegermutter meine vielen Vorzüge preist. Sie übertreibt mächtig, die liebe Margareth. Soll mir demnächst womöglich ein Heiligenschein verpaßt werden? Er scheint in greifbarer Nähe zu schweben, als Franziska zu meinem Erstaunen mit einem Kopfnicken die komplette Liste meiner Qualitäten bestätigt. Ja, vor den Zeugen der Öffentlichkeit wird sie kein Wort darüber verlieren, wie unpassend sie das neuerdings so forsche Gebaren ihrer Tochter findet und dieses ganze Theater um einen Lebensinhalt, den zu ihrer Zeit kaum jemand zur Kenntnis nahm. Nicht einmal darüber, daß die Schädlingsbekämpfung in den Gemüsebeeten und Blumentöpfen seit Wochen vernachlässigt wird, verliert sie ein einziges Wort.

Auch die Kinder scheinen genau zu wissen, was *Josephine* von ihnen erwartet. Sie versichern glaubwürdig, daß es ihnen unter meiner Obhut an nichts fehlt und daß sie alle anderen Kinder bedauern, deren Mütter nicht ständig für sie da sind.

Marlott Egels Stift fliegt über das Papier und gerät erst ins Stocken, als Timo mit leuchtenden Augen ergänzt: »Jetzt gibt es sogar manchmal Hamburger, weil Mama nun keine Zeit mehr hat.«

»Und Tiefkühlpizza!« ruft Nico. »Die bekamen wir früher auch nicht.«

Marlott sieht ratlos auf ihre Notizen und scheint sich zu fragen, wie diese Informationen zu all den anderen passen. Aber Philip hat im Nu begriffen, welche Bedrohung da auf mein neuerworbenes Image zuschleicht. Charmant lächelnd erklärt er, daß eben die gesamte Familie hinter mir steht, wenn ich mich einmal entgegen meiner sonstigen ausschließlichen Betätigung im Hause der Arbeit für die Zeitung widme. »Wir haben alle sehr viel Verständnis dafür«, sagt er treuherzig. »Und die Kinder sind dann sogar bereit, ausnahmsweise auf ihr Vollwertessen zu verzichten.«

Marlott nickt erleichtert. Nun paßt wieder alles zusammen. Ich erspähe auf ihrem Block Begriffe wie Verständnis, Nachsicht und Toleranz. *›Die Familienmitglieder gönnen der lieben Mama hin und wieder ein bißchen Zerstreuung.‹* Dann sieht sie mich eine Weile grüblerisch an. Noch ehe mir unbehaglich wird, sagt sie: » Sie werden es nicht schaffen, an den Kochtopf zurückzukehren, nachdem Sie diesen beruflichen Erfolg erlebt haben. Interessante Angebote werden folgen, denen Sie nicht widerstehen können, und im Nu sind Sie eine berufstätige Hausfrau und Mutter. Sie sollten sich jetzt schon überlegen, wie Sie das den Frauen erklären wollen, die Sie soeben überzeugt haben – nicht zuletzt mit Ihrem Vorbild.«

Carolin nickt. »Extrem uncool, wenn man sagen muß, daß

die Mutter nur Hausfrau ist! ›Meine Mum ist Journalistin‹ – das klingt hypergeil.«

Philip kommt mir zur Hilfe. »Das sagst du? Gestern hast du noch darüber geklagt, daß Mama nicht zur Verfügung stand, um dein Liebesleben zu erörtern.«

»Mit wem soll ich sonst darüber reden?« fährt Carolin auf. »Du als Mann hast ja keine Ahnung.«

»Ja, ja«, ergänzt Nico versonnen, »meine Vokabeln hört auch niemand mehr ab. Die Omas haben keine Ahnung von Englisch und Französisch, und Papa hat keine Zeit. Und Mama nun auch nicht mehr. Ich werde bald eine Fünf schreiben.«

»Soviel Zeit, mir die letzte erst einmal zu beichten, wäre wohl gewesen«, herrsche ich ihn an.

»Ich bin schon zweimal ohne Gutenachtgeschichte eingeschlafen«, verkündet Timo und klettert auf meinen Schoß. »Aber Mama ist lieb.« Er blickt der heiß verehrten Redakteurin herausfordernd ins Gesicht und ist der festen Überzeugung, mit dieser Feststellung den entscheidenden Diskussionsbeitrag geleistet zu haben.

Tatsächlich hat er damit das Ende der Debatte herbeigeführt und folgt an meiner Hand Otto, dem Fotografen, dem eingefallen ist, daß einige Fotos in meinen Gemüsebeeten unverzichtbar sind. Er sieht beunruhigt in den Himmel. Graue Wolken sind aufgezogen, es wird gleich zu regnen beginnen.

»Schnell, schnell«, ruft Otto.

Timo hockt sich mit mir neben die Salatköpfe und strahlt Otto derart professionell in die Linse, daß mir der Verdacht kommt, mein Jüngster plant eine Model-Karriere. Während er früher die Bitte, in die Kamera seines Vaters zu lächeln, stets mit einer schiefen Fratze beantwortete, strahlt er nun ohne jede Ermüdungserscheinung ins Objektiv. Und mindestens genauso häufig in Marlotts Augen. Man kann nur staunen, wozu ein verliebter junger Mann fähig ist!

Das findet auch Edith, die über den Gartenzaun lacht. »Timo läßt sich freiwillig fotografieren? Das muß die Anziehungskraft von *Josephine* sein!«

Sie lacht kokett und wirft Otto einen Blick zu, daß dem Fotografen, der sich an Marlott Egels Seite sicherlich an einiges gewöhnt hat, das Stativ auf die Füße fällt. Edith, die ich sonst nur abgehetzt und mit dunklen Augenringen geschmückt zu sehen bekomme, trägt heute eine sorgfältig gekämmte Frisur, ein dezentes Make-up, einen modischen Hosenanzug und scheint sogar Zeit zu haben. Neu ist auch der kecke Augenaufschlag, mit dem sie zu Marlott hinüberblickt. »Als berufstätige Hausfrau und Mutter ist man für die *Josephine* wohl nicht interessant? Wie sich die Welt verändert hat! Das, wofür die Feministinnen jahrzehntelang gekämpft haben, ist nun so selbstverständlich, daß eine Hausfrau es schafft, mit ihrer Tätigkeit Furore zu machen!«

Marlott scheint diesen Aspekt interessant zu finden. Sie macht einen Schritt auf Edith zu. »Für Sie ist es also selbstverständlich, berufstätig zu sein?«

Edith lächelt mich an wie eine heimlich Verbündete. »Es muß herrlich sein, Hausfrau zu sein! Ich habe ja täglich Neles Zufriedenheit und das Glück ihrer Familie vor Augen, aber ... Wer kann es sich heute noch leisten, auf ein Gehalt zu verzichten? Das sind nur ganz wenige. Privilegierte! Ich arbeite, weil wir das Geld brauchen, das ich verdiene.«

Ich kann zusehen, wie sich Marlotts Interesse in betroffene Anteilnahme verwandelt, während Edith erklärt, welcher Kostenaufwand auf einer mehrköpfigen Familie mit mittlerem Einkommen lastet. »Man ist gezwungen, ein Haus zu bauen«, behauptet sie mit herzergreifendem Augenaufschlag, »denn wer vermietet schon eine Wohnung an eine Familie mit Kindern? Noch dazu zu einem akzeptablen Mietpreis?« Edith beginnt, an ihren Fingern die Nachteile einer kinderreichen Familie aufzuzählen, und blickt am Ende zufrieden in Marlotts teilnahmsvolle Augen. »Ich werde von der wirtschaftlichen Not dazu gezwungen, auf ein beschauliches Leben als Hausfrau zu verzichten.«

»Genau!« höre ich Inger sagen. Und dann erklingt ihr hohes, dünnes Lachen, das jeder kennt, der Inger schon einmal in einer Situation erlebt hat, die ihr interessant und gleichzeitig nicht ganz geheuer erscheint.

Auch Inger ist so extravagant gekleidet, daß ich mich frage, ob ich über meinen Medieneinsatz eine Silberhochzeit in der Nachbarschaft vergessen habe. Aber ehe ich mich erkundigen kann, erklärt Inger, daß es ihr schrecklich leid tut, das Interview mit *Josephine* zu stören. »Ich wollte nur eben ... ganz kurz ... ein bißchen frische Petersilie ...? Und könntest du heute abend nach Romanus und Amadeus sehen? Ich habe Elternabend, und Louis ...«

Entschlossen wendet sie sich Marlott Egel zu. »Haben Sie eigentlich schon einmal darüber nachgedacht, was eine Mutter leidet, die gezwungen ist, ihre Kinder zu verlassen? Die Karriere wird teuer bezahlt mit einem permanenten schlechten Gewissen. Und dann der tägliche Kampf um die Ehe, um die Treue des Mannes! Schwere Schuldgefühle als Preis für das Recht auf Arbeit! Eine tägliche Qual! Ich freue mich für Nele, daß sie darunter nicht zu leiden hat.«

Otto beschließt, diese freundschaftliche Idylle auf Zelluloid zu bannen. Im Nu setzt Inger ihr Lächeln der Marke ›Ich bin total locker‹ auf. Mit stoischer Ruhe ist sie auf jedes Blitzlicht vorbereitet, während Edith beschließt, sich auf einen völlig spontanen Schnappschuß einzustellen. Sie erzählt eine banale Geschichte mit ihrem strahlendsten Lächeln, das ihre Grübchen besonders vorteilhaft zur Geltung bringt.

»Schnell, schnell!« sagt Otto noch einmal, denn die Wolken sind noch dunkler geworden, und ein leichter Wind keimt auf.

Und schon hocken wir drei hinter einem Rosenbeet, blikken mit leuchtenden Augen in Ottos Kamera und können unser Glück nicht fassen, das uns derart beständige Frauenfreundschaften zum Geschenk gemacht hat. Und das, obwohl wir in unserer Auffassung und Lebensart so grundverschieden sind.

Nele Hübner im Kreise ihrer Freundinnen, von denen sie bewundert und beneidet wird! Ich hoffe insgeheim, daß das Foto nicht die schlichte Helga mit zwei Damen zeigt, die allesamt Anegeer heißen könnten. Marlott Egel hatte am Telefon gesagt: »Kleiden Sie sich so wie immer!« Also ist der einzige Unterschied zu meinen sonstigen Alltagen, daß meine Jeans garantiert frisch gewaschen, sogar die Turnschuhe einen Schleudergang im Feinwaschprogramm hinter sich haben und mein T-Shirt zu den teuersten zählt, die ich je besessen habe. Inger und Edith haben sich jedoch mit dem Feinsten geschmückt, was ihr Kleiderschrank zu bieten hat. Und nun tun sie so, als seien sie als berufstätige Frauen täglich so perfekt gekleidet. Selbst Edith erweckt den Eindruck, daß eine Krankenschwester zu den bestgekleideten Frauen des Erwerbslebens zählt.

Etwas entmutigt erhebe ich mich aus dem Rosenbeet – und sehe gerade noch, wie Margareth sich schwankend an Franziskas Arm klammert.

Ich stürze erschrocken auf sie zu. »Margareth!«

Meine Schwiegermutter sieht mich tadelnd an. »Ich bin gestolpert. Ist das vielleicht ein Grund, sich so aufzuregen?«

»Fahr mit ihr ins Krankenhaus«, flüstert Edith mir zu. »Am besten gleich morgen.«

»Morgen bin ich in Hamburg«, raune ich zurück. »Bei einem Rundfunksender.«

»Du Arme!« Edith zieht ein mitleidiges Gesicht. »Jetzt siehst du, wie schrecklich es ist, nicht jederzeit für die Familie dasein zu können.«

Mit Marlott Egel und Otto verzichten auch meine Freundinnen auf einen weiteren Aufenthalt in meiner Gesellschaft. Sie versichern mehrfach, wie peinlich es ihnen gewesen sei, mich bei meinem Interview gestört zu haben, und ziehen kichernd und tuschelnd von dannen. Ich sehe zu, wie Otto seine Gerätschaften im Kofferraum des Autos verstaut, während Marlott bereits den Motor startet. Otto schließt mit einem kräftigen Schlag den Kofferraumdeckel – und Marlott prescht mit quietschenden Reifen los. Otto und ich stehen mit offenem Mund da und sehen dem Wagen nach, der zügig um die Ecke biegt.

»Ich bin ja mal gespannt«, sagt Otto, »wann sie merkt, daß ich nicht neben ihr sitze.«

Marlott hat es an der nächsten Ampel gemerkt, als sie Otto um Feuer bat und er sich, entgegen seiner sonstigen Gewohnheit, nicht rührte. »Lieber Himmel, Otto!« kreischt sie, als sie wieder vor uns anhält, und ich warte darauf, daß Otto ermahnt wird, das nächste Mal gefälligst noch rechtzeitig aufzuspringen.

Aber Marlotts lärmendes Lachen entpuppt sich als Ausdruck ihres schlechten Gewissens. Fürsorglich schiebt sie Otto auf den Beifahrersitz, tätschelt ihm die Wange und schildert ihm bewegend das blanke Entsetzen, das sie überfiel, als sie feststellte, daß ihr Fotograf abhanden gekommen war.

Otto schweigt, läßt sich in die Polster sinken und scheint froh zu sein, den Rückweg nicht zu Fuß antreten zu müssen. Ich winke ihnen zögernd nach und bleibe noch einige Augenblicke vor der Haustür stehen. Eigentlich kann ich nicht glauben, daß Marlott und Otto nun wirklich ein für allemal verschwunden sind. Ob der Wagen noch einmal um die Ecke schlingern wird, weil Marlott ihre Aufzeichnungen vergessen hat? Oder ihren Parfum-Flakon, mit dessen Hilfe sie sich viermal stündlich aufs neue in eine Wolke hüllte?

Ich gehe erst ins Haus zurück, als das Telefon schrillt und kein anderer bereit ist, den Hörer abzunehmen.

»Sie waren toll!« ruft eine Stimme am anderen Ende, die ich erst nach den nächsten zwei Sätzen als die von Johannes Moll identifiziere. »Einfach grandios! Irgendwie hatte ich bei unserem letzten Gespräch im Stadtcafé schon das Gefühl, daß Sie recht haben könnten. Jetzt bin ich überzeugt. Und ich habe eine Idee ...«

Johannes Moll legt eine bedeutungsvolle Pause ein, als wolle er mir Gelegenheit geben, die Spannung bis zum letzten Augenblick auszukosten. Ich ärgere mich, daß ich wirklich gespannt bin wie ein Flitzebogen.

»Ich bin dabei, einen neuen Kriminalroman zu konzipieren«, fährt Moll fort. »Und Sie ... Sie werden meine Heldin sein.«

Das spannungsgeladene Warten hat sich wirklich gelohnt. Ich bin sprachlos. So kann ich den schreibenden Finanzbeamten zunächst nicht am Weiterreden hindern.

»Ich werde das Frauenbild also von der ganz anderen Seite anpacken. Werde Sie in Ihren Bemühungen unterstützen, indem ich Ihre Ideen in meinem Krimi weiterverbreite. Wir werden ein tolles Team sein, und die Talk-Shows werden sich um uns reißen.«

Nach Marlott Egel sollte mich an diesem Tag eigentlich nichts mehr erschüttern können. Trotzdem bin ich einigermaßen konsterniert. »Und wie soll ich in die Krimihandlung eingefügt werden?« frage ich streitsüchtig. »Soll ich mit meinen biologisch gezüchteten Schlangengurken meinen Ehemann erschlagen? Oder die Schwiegermutter mit selbstgekochtem Quittengelee vergiften?«

»Nein, nein!« wehrt Johannes Moll ab. »Sie sollen doch das positive Element darstellen! Morden wird eine andere. Sie werden den Mord aufdecken!«

»Also genau umgekehrt?« Für Johannes Moll habe ich heute einfach keine Geduld mehr. »Aus der dusseligen Helga ist ein cleveres Weibchen geworden, während Anegeer gemerkt hat, daß sich ihre Kompetenz im Erfinden irgendwelcher Scheußlichkeiten erschöpft? Lieber Herr Moll, lassen Sie mich bitte mit Ihren Frauenbildern in Ruhe! Es werden ja doch immer nur Helgas und Anegeers herauskommen.«

Das war nicht nett von mir. Und erst recht war es unfreundlich, ohne ein Wort des Abschieds den Hörer auf die Gabel zu werfen. Ich sehe Johannes Moll vor mir, sehe seinen Kinnbart auf die Brust sinken und seine Augen mit dem ratlosen Blick des Unverstandenen in die Muschel starren – und nun tut er mir schon wieder leid. Aber es ist zu spät. Und überhaupt … was geht mich Johannes Moll an? Ich werde morgen bei einem Rundfunksender zu Gast sein und habe weiß Gott anderes im Kopf, als mich mit ihm über seine nächste literarische Eingebung zu unterhalten! Viel bedeutungsvoller ist die Antwort auf die Frage, was ich morgen nachmittag ins Mikrofon des Aufnahmestudios der Magazinsendung *Lebensnah* sagen werde. Getreu des Grundsatzes, sich immer um das nächstliegende Problem zu kümmern, habe ich mir bis zu diesem Zeitpunkt nämlich nur Gedanken um die Präsentation in der *Josephine* gemacht. Nun also das nächste Problem: eine Rundfunksendung, die am

Spätnachmittag des nächsten Tages über den Sender gehen und mich mit Hörermeinungen und -fragen konfrontieren wird, die nicht abzusehen sind. Was wird man mich fragen? Wie wird man mich kritisieren? Oder provozieren? Ob es jemanden geben wird, der dieselbe Meinung vertritt wie ich und mich in meiner Argumentation unterstützen kann? Oder werde ich allein gegen eine starke Übermacht zu kämpfen haben? Kein angenehmer Gedanke!

22.

Es beginnt zu dämmern. Die Luft ist sommerlich lau. Ein herrlicher Abend! Gartenarbeit macht den Kopf frei und läßt den Gedanken ihre Selbständigkeit, während die Hände dafür sorgen, daß sie sich nicht in Nebensächlichkeiten verlaufen. Die ideale Art nachzudenken! Aber es muß noch dunkler werden, ehe ich mir die Muße des Reflektierens gestatten kann. Nicht, daß meine Gedanken die Finsternis nötig hätten! Aber was ich zu tun gedenke, während ich mir schlagfertige Antworten auf imaginäre Fragen überlege, muß niemand wissen. Am liebsten wäre es mir, wenn ich selbst auch so wenig wie möglich davon sehen müßte.

Ich schleiche mich in den Abstellraum neben der Garage, wo ich alles aufbewahre, was ich zur Gartenarbeit benötige. Dort warten gewöhnlich auch der Brennesselkaltwasserauszug zur biologischen Vernichtung von Blattläusen und die Ackerschachtelhalmbrühe gegen Pilzkrankheiten auf ihre umweltschonende Verwendung. Aber wie um Himmels willen soll ich mich um das Sammeln von Brennesseln und Ackerschachtelhalmen kümmern, wenn mich die Welt da draußen ans Mikrofon ruft, um meiner Botschaft zu lauschen? Soll ich mich diesem Aufruf etwa entziehen mit der Rechtfertigung, die Blumenkohlköpfe brauchten mich dringender als meine Geschlechtsgenossinnen? Und die Kohlrabi-Ernte habe Vorrang vor den drängenden Fragen unserer Zeit? Soll ich mir den Vorwurf machen lassen, ich hätte über die kleinen Ziele meiner eigenen engen Welt die großen da draußen vergessen? Unmöglich! Ich müßte mich ja schämen!

Ich versichere mich, daß Philip im Büro am Zeichenbrett sitzt und die Kinder mit den Omas vor einer Seifenoper, wo ich sie die nächste halbe Stunde sicher weiß. Auch Margareth hat sich gewohnheitsgemäß vor der Mattscheibe niedergelassen, obwohl sie sich nicht für die Kümmernisse der vom Schicksal gebeutelten Hauptdarsteller zu interessieren scheint. Durchs Fenster kann ich sehen, wie sie kraftlos in der Sofaecke lehnt und die Augen schließt, wenn sie glaubt, daß niemand auf sie achtet. Ich werde dafür sorgen, daß sie im Gästezimmer übernachtet. Wenn ich schon keine Zeit habe, sie zum Arzt oder ins Krankenhaus zu bringen, soll sie doch wenigstens nicht allein bleiben. Und schließlich können auch Philip und die Kinder sich morgen um Oma zwei kümmern. Die Tatsache, daß sie sich immer nur durch mich, durch meine Fürsorge beruhigen läßt, ist vermutlich ohnehin nur eine seelische Fata Morgana, um deren Entlarvung auch ein Verdurstender nicht herumkommt.

Die Giftspritze lastet schwer auf meinem Rücken, obwohl ihr Gewicht objektiv gering ist. »Nur ausnahmsweise«, flüstere ich mir und den Johannisbeeren beruhigend zu. »Das nächstemal koche ich wieder Brennesselsaft.«

Es kommt mir vor, als ginge ein Aufschrei durch die Gemüsebeete. Als rängen die jungen Steckrüben verzweifelt nach Luft, als schüttelten sich die Chicoréepflänzchen und als wehrten die ersten Buschbohnen erschrocken ab. Der Blumenkohl schüttelt zornig den Kopf, die Erdbeeren dukken sich ängstlich unter die Rhabarberblätter, die sich genauso bestürzt aufrichten, als wollten sie mir drohen. Und selbst der Sommerwirsing blickt mich vorwurfsvoll an. So jedenfalls kommt es mir vor. Ich fühle mich wie ein Übeltäter, der in einer Nacht-und-Nebelaktion den Pakt mit dem Chemie-Teufel schließt, um sich am nächsten Morgen mit engelreiner Miene die Hände reiben zu können.

Als das verräterische Zischen ein Ende hat, ist es so still wie noch nie. Natürlich weiß ich, daß ich mir etwas einrede.

Um diese Zeit ist es immer still, und das ohnmächtige Schweigen, das ich empfinde, ist nichts anderes als mein schlechtes Gewissen.

»Stellt euch nicht so an«, knurre ich der Petersilie in die krause Stirn. »In anderen Gärten passiert so etwas ständig. Da gibt es keinen einzigen Schnittlauchstengel, der schon einmal einen Erdfloh gesehen hat.«

Ich bin froh, daß Philip zu mir in den Garten kommt. Erst recht bin ich froh, daß er erst erscheint, als das Corpus delicti wieder in seinem Versteck verschwunden ist. Gespannt versuche ich herauszufinden, ob auch er etwas bemerkt von der Totenstille über den Strauchtomaten.

Aber zu meiner großen Beruhigung tapst Philip nicht in die Fallstricke meiner Gewissensbisse. Ist ja auch klar! Sie existieren gar nicht, diese Stolperdrähte! Warum sollten sie auch? Es ist völlig normal, hin und wieder von den eigenen Überzeugungen abzuweichen. Dann, wenn es zweckmäßig und nützlich erscheint. Bin ich vielleicht eine kleinliche Krämerseele? Ein unflexibler Spießer, der sich allem Neuen verschließt?

»Die Redaktion hat angerufen«, sagt Philip, stellt sich neben mich und legt den Arm um meine Schultern. So – mit dem zufriedenen Blick auf das, was uns gehört, was für uns wächst und blüht – lassen wir oft den Tag ausklingen. Ich hoffe inständig, daß Philip heute keinem Salatkopf prüfend ins Antlitz schaut.

»Alexanders Sekretärin«, ergänzt mein Mann. »Eine Frau Plettsößer oder so ähnlich.«

»Splettstößer.«

»Ja, genau. Eine erstaunliche Frau übrigens. Sie konnte kaum sprechen vor Husten und Heiserkeit und war trotzdem entschlossen, in der Redaktion zu bleiben, bis Alexander von einem Termin zurückkehrt. Für den Fall, daß er noch etwas zu diktieren hat. Und das, obwohl sie sich nur mühsam mit Antibiotika fieberfrei hält. So ein Pflichtbewußtsein findet man heutzutage nur noch selten.« Philip nickt anerkennend. »Alexander kann wirklich froh sein, eine solche Sekretärin zu haben.«

Ich sehe ihn lächelnd an. »Was wollte sie?«

»Ich soll dir ausrichten, daß der Sender ein Zimmer für dich gebucht hat. Im City-Hotel. Nach der Sendung wird nämlich noch eine Diskussion stattfinden und ein Gespräch mit dem Chefredakteur von ›*Lebensnah*‹ und … Den Rest habe ich vergessen. Jedenfalls wird es spät werden. Zu spät, um morgen abend noch nach Hause zurückzukehren.«

Die nächste Fallgrube tut sich auf. Was ist los heute? Oder hat Frau Splettstößer etwa die Wahrheit gesagt? Vielleicht ist es wirklich der Sender, der ein Einzelzimmer gebucht hat, und nicht Alexander, der für ein Doppelzimmer gesorgt hat. Ich weiß ja nicht einmal, ob mein Chefredakteur morgen in Hamburg ist. Nein, nein, es wird schon alles so sein, wie Frau Splettstößer gesagt hat. Eine anschließende Diskussion und ein Gespräch mit dem Chefredakteur …

»Dein Terminkalender ist gut gefüllt«, beginnt Philip vorsichtig. »Wirst du das alles schaffen?«

Ich schmiege mich in seine Armbeuge. »Ist ja nur für kurze Zeit.«

»Glaubst du wirklich?« Philip schiebt mich von sich weg und sieht mir ins Gesicht. »Inger hat mir ins Gewissen geredet. Sie befürchtet, ich könnte dich zurückhalten auf deinem Weg. Sie meint, es sei jetzt wichtig, daß ich dich unterstütze.«

»Aber das tust du doch.«

»Genug?« Philip sieht mich prüfend an. »Inger sagt, du würdest kreuzunglücklich, wenn ich dich jetzt an deiner Karriere hinderte.«

Eine Welle der Zärtlichkeit überkommt mich. »Ich will doch gar keine Karriere«, flüstere ich und dränge mich erneut in Philips Arme.

Aber wieder schiebt er mich von sich. »Auf keinen Fall will ich dich hindern«, sagt er ernst und ist nun endlich bereit, nicht mehr in mein Gesicht hinein, sondern über meinen Kopf hinweg zu sprechen. »Zwar war ich sehr glücklich darüber, daß wir eine Familie waren – eine wirkliche Familie, nicht eine familiäre Organisation –, aber … wenn du deine Meinung geändert hast, werde ich die neue Entscheidung selbstverständlich mittragen.« Und dann erwägt Philip, aus dem Gemüsegarten eine Rasenfläche zu machen, die kaum Arbeit verursachen würde. Die Obsternte, so meint er, könne man einem Fachmann überlassen, der die Früchte auch entsaften oder zu Marmelade kochen würde. »Außerdem könnten wir eine Putzfrau einstellen und die Wäsche in eine Wäscherei geben. Die Kinder könnten abwechselnd bei Inger oder Edith essen. Wozu hast du dich jahrelang um deren Kinder gekümmert?« Den Omas würde ›Essen auf Rädern‹ zugeteilt, und sollten sie einmal krank werden, könnte man sich an einen sozialen Pflegedienst wenden. Die Kinder bekämen Nachhilfe, wenn sie Schwierigkeiten in der Schule hätten …

Ich beginne zu frieren. Die Luft wird kalt und feucht. Fröstelnd schlinge ich die Arme um meinen Oberkörper und drücke mich noch tiefer in Philips Umarmung. »Das klingt schrecklich. So kühl, so distanziert. Fehlte nur noch, daß du eine Gewinnermittlung durchgeführt hast und mir gleich auseinandersetzt, wie uns eine Gewinnmaximierung aufgrund der besonders effizienten Dosierung der Mutterliebe gelingen kann.«

Philip schweigt. Ich fühle, daß er nicht diskutieren will. Vermutlich hat er Angst, sich schon in den ersten Entgegnungen selbst zu widersprechen. Er hat mir etwas mitgeteilt, was ihm wichtig und fair erscheint. Vielleicht hat er sich seine Worte sogar zurechtgelegt, während er vor dem Reißbrett hockte. Er hat etwas getan, was er glaubte, tun zu müssen. Aber eine Erörterung ginge über seine Kräfte. Ich sehe in sein tapferes Gesicht und drücke ihm einen Kuß auf die Nasenspitze, damit es etwas von seiner Ernsthaftigkeit verliert. »Du vergißt, daß ich momentan nur deswegen so etwas wie eine berufstätige Frau bin, weil ich die Werbetrommel für den Hausfrauenberuf rühre.«

»Vielleicht hat Inger aber doch recht«, sagt Philip nachdenklich. »Vielleicht ist es wirklich unmöglich, einen solchen Weg wieder zurückzugehen.«

Der Garten, der noch vor wenigen Minuten gelähmt vor Entsetzen war, beginnt sich wiederzubeleben. Unter den Salatköpfen raschelt es, das Staudenbeet schickt einen versöhnlichen Dufthauch hinüber, übereifrige Insekten prallen gegen unsere Stirn. Wozu habe ich eigentlich jahrelang die Akkerschachtelhalmbrühe gekocht? Ein reines Gewissen läßt sich auch durch ein gut gehütetes Geheimnis erwerben.

»Das Schöne an unserem Garten«, flüstert Philip, »ist das Urwüchsige, die Gewißheit, daß hier die Natur noch für sich selber sorgen darf.«

Was kein anderer weiß, macht auch mich nicht heiß. Oder?

Wir schlendern Arm in Arm zur alten Laube, in der Timo sich mit Vorliebe Geschichten erzählen läßt. Der Himmel über uns ist sternenklar, jedes Geräusch kommt von weit, weit her. Wir werden umspült von einer Ruhe, die uns von der Welt abschneidet. Unsere Insel wird immer kleiner.

»Ich mache mir Sorgen um Margareth«, sagt Philip. »Sie will nicht, daß ich sie zu einem Spezialisten fahre. Sie will es nur gemeinsam mit dir. Aber genausowenig will sie dich hindern, morgen nach Hamburg zu fahren und zu all den anderen Terminen, die noch anstehen.«

»Übermorgen«, sage ich vage. »Der Familienministerin werde ich einen Korb geben …«

Aber Philip schüttelt den Kopf. »Kommt nicht in Frage! Du mußt deine Sache jetzt durchziehen. Und wir … wir müssen alle endlich lernen, gelegentlich ohne dich zurechtzukommen.«

»Gibt's eigentlich was Neues von Krämer?«

Ich kann Philip nicht sehen, trotzdem spüre ich, daß er lächelt. »Es sieht gut aus«, murmelt er, als wolle er das Glück nicht beschreien. »Die ersten fünf Hotels sind mir sicher.«

Die alte Laube ist allerhand gewöhnt, aber das, was sie nun erlebt, erschüttert sie bis in ihre morschen Bretter. Die nämlich drohen auseinanderzubrechen, als Philip mich auf sie hinabdrängt. Wir ignorieren jedoch das bedenkliche Knarren, denn schließlich gab es in unserer Blütezeit schon einmal eine Laube, die auch häufig in Gefahr geriet, unter der Last und der Lust unserer stürmischen Jugend zu Sperrgut zu werden. Aber sie hielt bis zu unserer Hochzeit, woraufhin wir ihr Schicksal leider aus den Augen verloren. Dennoch halte ich es für möglich, daß sie noch heute jungen Liebespaaren ein kleines Paradies ist. Und warum soll nicht auch unsere Laube etwas anderes aushalten können als Indianerspiele und spannende Geschichten?

Sie hält es aus. Natürlich auch deswegen, weil wir uns bemühen, uns still zu verhalten, damit weder die Kinder noch die Omas von verdächtigen Geräuschen aufgeschreckt werden. Und ebenso weil wir – die in der Liebe erfahrenen Eheleute – wissen, daß das Spiel der Leidenschaft auch beinahe geräuschlos und unter minimalem Kräfteeinsatz möglich ist. Und das vor allem deshalb, weil der eine den Körper des anderen kennt, nichts zu suchen braucht, was er finden möchte, und erst recht nicht für sich zu werben hat mit Mitteln, die zur Erforschung des Unbekannten nützlich sind. Unser Einverständnis ist ein stilles.

Wie gut, daß ich jetzt einen kurzen Rock trage! Wenn man bedenkt, daß Philip normalerweise auf dem Weg zur Lust nicht mehr als die Bettdecke und ein Nachthemd zu bewältigen hat, beweist er jetzt erstaunliche Professionalität. In bewundernswert kurzer Zeit hat er vor seinem Ziel alles entfernt, was seinem Vorhaben hinderlich ist, ohne mir auch nur ein einziges Kleidungsstück vom Leibe zu zerren. Er kommt mir vor wie eine mehrarmige Krake, und es ist mir ein Rätsel, wie er es geschafft hat, gleichzeitig auch Roberto so mir nichts, dir nichts ans Licht des Tages respektive an die Dunkelheit der Gartenlaube zu befördern. Andererseits – seit Roberto seinen Namen erhalten hat, kommt er mir oft wie ein eigenständiges Lebewesen vor, das zwar auf Geheiß seines Herrn handelt, aber nicht selten auch seinen eigenen Kopf durchsetzt. Das einzige, was mich manchmal an seiner Cleverneß zweifeln läßt, ist seine etwas dümmliche Miene, mit der er mich ausdruckslos anstarrt, wenn er ansonsten den Eindruck absoluter Hochform vermittelt. Trotzdem wird es mich nicht wundern, wenn Philip mir gleich erzählt, daß Roberto von innen den Reißverschluß geöffnet und sich völlig selbständig und ohne fremde Hilfe aus der Hose befreit hat.

Gerade habe ich meinen Slip von den Füßen gezappelt – da werden wir in flagranti erwischt. Oder zumindest beinahe! Gott sei Dank hören wir Carolins Schritte so rechtzeitig, daß mir noch die Zeit bleibt, den Rock herunterzuziehen und beide Füße fest auf den zu Boden gefallenen Slip zu stellen, während Philip geistesgegenwärtig den armen Roberto zurückstopft, der vor lauter Aufregung gar nicht so schnell zu seiner Paßform zurückfindet. Wie vor knapp zwanzig Jahren, als meine Mutter einmal ebenso ahnungslos wie außerplanmäßig zur Kirschenernte im Schrebergarten erschien, schließen wir Knöpfe und Reißverschlüsse mit fliegenden Fingern und sitzen Sekunden später so aufrecht und einfältig lächelnd nebeneinander, daß Carolin uns auf der Stelle durchschaut.

Mit der gleichen Empörung, mit der ich ihr gelegentlich ihre Jugend vorhalte, sagt sie: »Und das in eurem Alter!« So patzig, daß man meinen könnte, sie hätte jedes ihrer beiden Elternteile beim außerehelichen Beischlaf erwischt, ruft sie uns zu: »Telefon!« Dann drehte sie sich um und stampft wieder davon.

Philip und mir ist das schrecklich peinlich. Mit hängenden Köpfen folgen wir unserer Tochter, nachdem wir sichergestellt haben, daß unser hastig instandgesetztes momentanes Erscheinungsbild sich nur noch unwesentlich von dem althergebrachten unterscheidet. Wie zwei arme Sünder erscheinen wir in der Wohnzimmertür – und stellen dankbar fest, daß Carolin wenigstens nicht gepetzt hat.

Was hat sie eigentlich dagegen, daß ihr Vater und ihre Mutter noch Lust aufeinander haben – trotz der Vermutung, die beiden seien uralt und längst jenseits aller Liebesfreuden?

»Wer wird nun eigentlich am Telefon verlangt?« fragt Philip gereizt.

»Mama!«

»Von wem?«

»Amelunx!«

Lieber Himmel! Soviel moralische Entrüstung brachte vor zwanzig Jahren ja nicht einmal meine Mutter auf, die sicherlich ebenso empört war, als sie uns im Schrebergarten überraschte. Vor allem, weil sie noch dazu die damals weit verbreitete Sorge quälte, daß ihre Tochter zwar geliebt, aber nicht geheiratet wurde. Ist das nun die aufgeklärte Generation, die sich selbst der sexuellen Befreiung erfreut, bei vierzigjährigen Greisen aber schon den ehelichen Sex für anrüchig hält?

Ich werfe Carolin einen garstigen Blick zu, ehe ich zum Hörer greife.

»Kannst du morgen früh in die Redaktion kommen?« fragt Alexander, ohne sich lange mit Begrüßungsformalitäten aufzuhalten. »Ich hab' jede Menge Termine auf dem Schreibtisch liegen, die wir abstimmen müssen. Sogar ein paar Angebote von anderen Frauenzeitschriften und Boulevardblättern, die mit dir arbeiten wollen.« An dieser Stelle zögert er doch ein wenig. »Als freie Mitarbeiterin kannst du natürlich für mehrere Zeitschriften gleichzeitig arbeiten. Aber ich hoffe, du wirst *Glamour* immer den Vorzug geben.«

»Ach, Alexander, eigentlich weiß ich gar nicht so recht ...«

»Wirst du vorbeikommen?«

»Ja ..., obwohl ...« Am liebsten würde ich ihn jetzt fragen, ob es wirklich der Sender war, der das Hotelzimmer bestellt hat, oder ob er selbst diese Gelegenheit am Kragen gepackt habe. Aber wie soll ich diese Frage in harmlose Sätze einwikkeln, so daß Alexander sie zwar versteht, in Philip und allen anderen Angehörigen jedoch nicht der Hauch eines Mißtrauens entsteht?

Ehe mir eine Formulierung eingefallen ist, fragt Alexander in mein Zaudern hinein: »Erzähl mir jetzt nichts von dem Mittagessen, das du kochen mußt.«

»Also gut.« Dann werde ich eben morgen früh fragen, wie es um das Hotelzimmer bestellt ist. Das hat den Vorteil, daß ich noch eine ganze Nacht lang Zeit habe, mir zu überlegen, ob ich dieses Zimmer auch dann beziehen werde, wenn der Sender mit seiner Reservierung nichts zu tun hat. Schließlich macht es für eine im Prinzip grundehrbare Frau einen gewaltigen Unterschied, ob sie rein zufällig in einem Hotelzimmer, das keineswegs dafür vorgesehen war, in die Arme eines anderen Mannes sinkt oder diesen skandalösen Umstand wissentlich herbeigeführt hat.

»Hat man denn in diesem Hause nie mehr seine Ruhe?« fragt Philip wütend, kaum daß der Hörer wieder auf der Gabel liegt. Er zieht, als wolle er tief Atem schöpfen, den Bauch ein und streicht mit einer flüchtigen Geste über Roberto, der wohl in der Eile nicht zu seiner bequemen Lage zurückgefunden hat. »Ewig geht das Telefon!«

Carolin wirft ihm einen derart grimmigen Blick zu, daß er auf eine nähere Darlegung seiner Verärgerung verzichtet. Er wendet sich unwirsch ab. Trotzdem kann ich sehen, wie er den Hosenbund vom Körper abzieht, ihn ein wenig schüttelt und mit einer kurzen Hüftbewegung alles, was ihn zwickt, wieder an den angestammten Platz befördert. Dabei murmelt er etwas von ewiger Hektik, blöder Zeitung, aufdringlichem Chefredakteur und dieser ganzen Wichtigtuerei …

Und das, nachdem er mir eben im Garten noch selbstlose Vorschläge zur Bewältigung einer möglichen außerhäuslichen Tätigkeit unterbreitet hat! Ich bin sauer. »Habe ich mich schon einmal beschwert, wenn Krämer spät abends anruft?«

»Das ist auch etwas ganz anderes!«

Der einzige Unterschied ist, daß Krämer uns noch nie mitten im Vorspiel überrascht hat. Aber diese Antwort muß ich leider herunterschlucken, denn Carolin bedenkt uns schon wieder mit diesem Blick, der von einer Gouvernante kommen könnte, die soeben aus der Erziehung in einer Klosterschule entlassen worden ist.

»Natürlich ist das etwas ganz anderes«, echot meine Mutter.

Margareth, die mit offenen Augen vor sich hin döste, rappelt sich auf. »Wo soll da der Unterschied sein? Nele hat ganz recht …«

Nein, ich will keine Einigung. Philips Ärger verschafft mir auch eine gewisse Befriedigung. Jede Frau, die damit rechnen muß, am nächsten Tag mit einem Liebhaber ins Bett zu gehen, wird dankbar registrieren, daß ihr Mann mal wieder unausstehlich ist und es deswegen nicht besser verdient hat. Ein Ehemann, der den Seitensprung seiner Frau verhindern will, sollte wirklich stets besonders charmant sein. Erst recht, wenn er vor Eifersucht eigentlich rasen möchte. Es ist ja so schwer, einen zärtlichen Ehemann zu betrügen. Und selbst, wenn man es trotzdem tut, werden die Gewissensbisse heftig sein und einen weiteren Fehltritt womöglich verhindern. Ein schlecht gelaunter Mann dagegen, der – wie Philip – einen Streit vom Zaun bricht, ist eigentlich selber schuld daran, daß man ihm untreu wird. Er treibt seine Frau mit ungerechten Anschuldigungen ja geradezu in die Arme eines anderen!

Ich pflege die Flamme meines Zorns, indem ich schnell ein Scheit nachlege, wenn mich der Drang zu vergeben überkommt, und sogar in die Glut puste, sobald mich die Sehnsucht nach Harmonie bedrängt. Tief beleidigt ziehe ich mich zurück und stelle mich schlafend, als Philip sich neben mich ins Bett legt. Auf mein Verzeihen kann er lange warten! Kommt nicht in Frage!

23.

Zu dumm, daß solche Vorsätze über Nacht glatt verlorengehen können. Nachdem der Wecker aus dem Erahnen des neuen Tages schrille Realität gemacht hat, rutsche ich gewohnheitsgemäß in die Mitte des Bettes, wo ich – ebenso gewohnheitsgemäß – auf Philips schlafwarmen Körper treffe, der dann gemeinsam mit meinem zu dem Elan findet, der nötig ist, um die Beine über die Bettkante zu schwingen und aufzustehen. Daß ich bis mindestens morgen abend schmollen wollte, fällt mir erst wieder ein, als Roberto der Hartnäkkige schon wieder an die Tür klopft.

»Ich muß früh los!« rufe ich eilig und so ungestüm, wie das in aller Herrgottsfrühe nur möglich ist. »Die Redaktion wartet auf mich. Am Nachmittag geht mein Zug. Ich muß noch meinen Koffer packen. Und die rote Bluse bügeln …«

Von der erforderlichen Haarkur und dem abgebrochenen Fingernagel, der noch in Form gefeilt werden muß, bekommt Philip vermutlich nichts mehr mit. Die Badezimmertür ist längst ins Schloß gefallen. Aber die Dimension meiner Hast muß sich ihm noch vermittelt haben. Und Roberto auch. Hoffentlich haben sich beide unverzüglich damit abgefunden. Auch für eine verstimmte Ehefrau, die sich auf direktem Weg in ein Abenteuer befindet, wäre es äußerst kränkend, wenn ihr Gatte aus purer Verzweiflung gezwungen wäre, sich seine Befriedigung eigenhändig zu verschaffen.

Inger hat mir kürzlich von einer solchen Erfahrung berichtet, die sie machte, als Louis seine Frau bereits auf dem Schulweg wähnte. Dieser Schock war noch nachhaltiger für Inger als der, den die blonde Tussi verursacht hatte. Zum erstenmal in ihrem Leben entschloß sich Inger spontan, die ersten beiden Schulstunden zu schwänzen, sich mit Migräne zu entschuldigen und dafür zu sorgen, daß ihr Mann eine Stunde später mit einem zufriedenen Lächeln das Haus verließ. Und noch am selben Tag, während eines Elternabends in Romanus' Klasse, hat sie sich entgegen aller Erwartungen strikt geweigert, das Amt der Klassenpflegschaftsvorsitzenden zu übernehmen, und ist noch vor allen anderen nach Hause gegangen. Angeblich soll es dann noch ein wunderschöner Abend geworden sein, den sie daheim mit Louis auf dem Bärenfell vor dem Kamin verbrachte …

Ich werfe vorsichtshalber einen Blick ins Schlafzimmer zurück. Nein, Philips Hände liegen beide auf der Bettdecke. »Sieh doch mal nach Margareth. Und bring ihr Wasser ans Bett, damit sie ihre Medizin nehmen kann.«

Beruhigt steige ich unter die Dusche. Philips Augen waren geschlossen und öffneten sich auch nicht, als ich ihn ansprach. Hat er überhaupt gehört, was ich gesagt habe? Ich stelle die Dusche wieder ab und lausche. Ja, da tapsen seine Füße über den Gang. Philips Gesicht war traurig, das war trotz der geschlossenen Augen zu erkennen. Anscheinend macht er sich größere Sorgen um seine Mutter, als ich bisher geahnt habe.

Glücklicherweise scheint es Margareth leidlich gut zu gehen, als sie am Frühstückstisch erscheint. Meinem fragenden Blick begegnet sie mit der altgewohnten liebevollen Ruppigkeit, die sie immer dann aufsetzt, wenn ich mir Sorgen um sie mache. »Unkraut vergeht nicht! Kümmere dich um deine Karriere, mein Kind. Deine Schwiegermutter ist nicht so wichtig.«

Ich löffle ein wenig Müsli, stürze eine halbe Tasse Kaffee herunter, drücke Philip einen knapp bemessenen Kuß auf die Nase und stehe schon in der Tür. »Ich hab's eilig.«

Timos honigverklebten Pfötchen kann ich gerade noch entgehen, indem ich die Tür vor seiner Nase ins Schloß ziehe. Auf der untersten Treppenstufe bleibe ich verwundert stehen. Kein Indianergeheul? Kein Wehgeschrei? Ich drehe mich um und sehe, wie Timo seine Handflächen gegen das Türfenster drückt. Dazwischen sein Gesicht, die Nase plattgedrückt, große, kugelrunde Augen, die mir regungslos nachsehen. Ich winke, aber Timo winkt nicht zurück. Ich winke noch einmal. Er dreht sich um und geht wieder in die Küche.

In der Nähe des Verlagsgebäudes ist mal wieder kein Parkplatz zu finden. Während ich suche, setzt ein feinfädiger Regen ein. Schön für die Gemüsebeete. Weniger schön für meine dünne Bluse, die mir gleich am Körper haften wird wie von einem Schweißfilm festgeklebt. Endlich erwische ich eine Lücke. Eigentlich viel zu weit vom Haupteingang entfernt. Und überdies im Halteverbot. Aber da steht bereits eine lange Reihe verkehrswidrig abgestellter Fahrzeuge, also wird es auf ein weiteres wohl nicht ankommen. Habe ich eigentlich Carolin und Nico den Abschiedskuß verpaßt, gegen den sie zwar jeden Morgen protestieren, aber an einem Tag wie diesem vielleicht doch vermissen? Und Franziska? War sie noch im Badezimmer, als ich ging? Sie wird sich schrecklich aufregen, daß ich ohne Abschiedsgruß das Haus verlassen habe. Für meine Mutter ist eine solche Unterlassung gleichzusetzen mit der Letzten Ölung, die aus dem Abschied ein bedauerliches, aber annehmbares Ereignis macht oder – wenn sie unterbleibt – den direkten Weg zur Hölle bereitet.

Ich bin gespannt auf Alexanders Terminplanung. Er soll nur nicht glauben, daß er mir jedes Date aufs Auge drücken kann, das für *Glamour* Ruhm und Ehre bedeutet!

Die jungen Leute in der Redaktion scheinen sich seit meinem letzten Besuch nicht umgezogen zu haben. Jedenfalls sehe ich immer noch die gleichen Miniröcke, Jutegewänder und Röhrenjeans. Auch Frau Splettstößer präsentiert sich so, wie ich es gewöhnt bin: in einem Zweiteiler, der verdammt nah am Chanel-Kostüm ist. Madame Chanel dürfte er allerdings nicht unter die Augen kommen …

Frau Splettstößer schlägt die Hände über dem Kopf zusammen. »Sie sind ja ganz naß! Regnet es etwa?«

»Dachten Sie, die Jungens und Mädels da vorn hätten mit Wasserpistolen gespielt?«

Ich glaube, heute ist nicht mein Tag. Und ich weiß wirklich nicht, ob es mir gelingen wird, das nötige Interesse für Frau Splettstößers Harnwege, ihre Zahnwurzeln oder ihren Östrogenmangel aufzubringen.

»Sie werden sich erkälten«, sagt die gute Seele und reicht mir ein fahlgelbes Gästehandtuch, dem eine grünspanfarbene Baumwollspitze angehäkelt wurde. Ich frage mich, was ich damit machen soll, aber um Frau Splettstößer nicht zu enttäuschen, wische ich mir den Nieselregen aus dem Nakken und setze ein Gesicht auf, als sei nun alles wieder in schönster Ordnung.

Frau Splettstößer betrachtet mich kritisch. »Wenn die feuchte Bluse auf der Haut bleibt … Na, ich weiß nicht, ob das gutgeht.«

Ich weise sie auf die einzige Alternative hin: nämlich ihrem Chefredakteur im BH einen Besuch abzustatten. Das Entsetzen steht ihr ins Gesicht geschrieben. Nein, eher wünscht sie mir eine Lungenentzündung an den Hals beziehungsweise die Brust, als zuzulassen, daß ihr verehrter Chef den Anblick derselben genießt.

Meine Laune ist derart grimmig, daß ich drauf und dran bin, Frau Splettstößer zu erzählen, daß ich Alexander Amelunx bereits ganz andere Einblicke gewährt habe. Wenn sie mir jetzt wieder hinter vorgehaltener Hand von ihren Zwischenblutungen erzählt, werde ich ihr ebenso vertraulich von den Scheidenzäpfchen berichten, die ich benutzte, um vom Chefredakteur der *Glamour* nicht schwanger zu werden. Ich tu's, Ehrenwort!

Aber Frau Splettstößer scheint viel empfindsamer zu sein, als ich bisher dachte. Anscheinend weiß sie genau, was sie ihren Mitmenschen zumuten kann. Jedenfalls erwähnt sie über die Sorge, daß meine feuchten Haare zu einer Kopfgrippe führen könnten, ihre eigene Gesundheit mit keinem Wort.

Vielleicht auch deswegen, weil wieder mal schrecklich viel zu tun ist. »Bei Herrn Amelunx geben sich die Besucher die Türklinke in die Hand«, raunt sie mir zu. »Der Arme weiß bald gar nicht mehr, wo ihm der Kopf steht.« Hier zwinkert sie mir schelmisch zu. »Er hat gesagt, ich soll Sie anmelden, sobald Sie da sind.« Und nun kichert sie sogar, als hätte sie sich soeben entschlossen, zum erstenmal in ihrem Leben einen unanständigen Witz zu erzählen. »Diese Dame, die ihn da regelmäßig aufsucht ... Sie bleibt für seinen Geschmack immer viel zu lange. Und Herr Amelunx ist heilfroh, wenn ein anderer Termin nachdrängt, damit er sie mit Anstand verabschieden kann.«

Wenn ich mir Frau Splettstößers lächelndes Gesicht so ansehe, kommt mir der Verdacht, daß diese ominöse Dame ein ganzes Stück attraktiver ist als ich, so daß ich für Alexanders Sekretärin mittlerweile zu einem geringeren Übel geworden bin. Da bin ich aber wirklich gespannt, wer mir gleich an der Schwelle zum Allerheiligsten entgegentreten wird!

Frau Splettstößer steckt den Kopf durch die Tür. »Es tut mir leid, Sie zu stören, Herr Amelunx. Nele Hübner ist hier. Sie hat einen Termin.«

»Gut, daß Sie mich erinnern, Frau Splett!« tönt Alexanders Stimme erleichtert. »Ich glaube, wir haben auch alles Wichtige besprochen, nicht wahr, Frau ...?«

»Nele Hübner?« höre ich da jemanden fragen. »Das ist ja ein komischer Zufall.«

Meine Abwehr besiegt meine Neugier sofort. Ohne daß ich weiß, wem diese Stimme gehört, bin ich sicher, daß ich ihrer Besitzerin nicht begegnen möchte.

»Sie kennen sich?« höre ich Alexander fragen.
»Nicht persönlich!« kommt es zurück.

Und dann entsteht erwartungsvolle Stille. Kein Zweifel, mein Auftritt ist jetzt gefragt. Frau Splettstößer starrt mich an, als hätte sie soeben festgestellt, daß ich in Wirklichkeit Inge Meysel bin, die sich heimlich liften ließ, und tritt einen Schritt zur Seite. »Bitte, Frau Hübner!«

Meine Augen hasten über die Gestalt der Dame, die sich im Besucherstuhl herumgedreht hat und sich den Hals nach mir verdreht. Eine ehemalige Klassenkameradin? Eine frühere Volontärin, die mit mir zusammen in den Beruf einstieg? Eine Leidensgenossin aus dem Kursus Mutter-und-Kind-Turnen? Oder gar eine Wochenbettbekanntschaft?

Trotz heftigen Nachdenkens komme ich zu keinem Ergebnis. Und obwohl meine komplette Mimik-Muskulatur parat steht, um schon in Sekundenbruchteilen vom verständnislosen Starren zu freudigem Erkennen hinüberwechseln zu können, kommt auch nach der Anstandsfrist von zweieinhalb Sekunden immer noch kein »Oh, welche Überraschung!« über meine Lippen. Da mein Personen- und Namensgedächtnis eigentlich anstandslos funktioniert, gibt es für meinen Ausfall nur eine einzige Erklärung: Ich kenne diese kleine, zierliche Person nicht, die mich nun anstrahlt, als habe sie wochenlang auf die Begegnung mit mir gewartet. Woher, um alles in der Welt, ist ihr mein Name vertraut?

Ich soll es umgehend erfahren. »Daß Sie sich nun doch entschlossen haben, sich mit Herrn Amelunx in Verbindung zu setzen!« Lachend erhebt sie sich und kommt auf mich zu. »Davon hätten Sie mir aber etwas sagen können! Oder sollte es eine Überraschung sein? Sie wußten, daß ich heute einen Besuch bei *Glamour* geplant hatte?«

Ich starre auf jedes einzelne ihrer stoppelkurzen weißblondgefärbten Haare und dann in ihre kohlrabenschwarzen Brillenkreise. Wenn sie jetzt nicht bald ein Stichwort nennt, an dem ich sie erkennen kann, werde ich wohl oder übel zugeben müssen, daß ich keine Ahnung habe, welcher alten Bekannten ich hier die Hand schüttle. Zur Abwechslung starre ich einmal zu Alexander hinüber, der aber genauso entgeistert dreinblickt wie ich. Das beruhigt mich ein wenig.

Gerade habe ich den Mut gefaßt, die Unbekannte ganz offen nach ihrem Namen zu fragen, da fährt sie fort: »Als ich Ihren Titel in *Glamour* sah, war mir natürlich gleich klar, daß Sie nun Ihr Inkognito gelüftet haben. Wurde aber auch Zeit, Frau Berger ... ich meine, Frau Hübner.«

Lilo Pfeifer! Meine Presseagentin, die ich noch nie im Leben zu Gesicht bekam, obwohl ich ihre Stimme mittlerweile einige Jahre kenne.

»Es ist wirklich schön, daß wir uns endlich persönlich kennenlernen«, lächelt Lilo Pfeifer. »Und ich bin froh, daß Sie mit der Geheimniskrämerei Schluß gemacht haben. Dann kann ich Sie jetzt auch zu Hause anrufen, ohne Gefahr zu laufen, Sie zu kompromittieren? Daß ich immer auf Ihren Anruf warten mußte, hat die Zusammenarbeit oft ganz schön behindert.«

Nun hat auch Alexander durchschaut, was sich vor seinem Schreibtisch abspielt. Er erhebt sich so langsam, als hätte er einen schweren Bandscheibenvorfall. »Du bist Tanja Berger?«

Mehr als ein kurzes Nicken bringe ich nicht zustande. Derart erschüttert bin ich über dieses kuriose Zusammentreffen, daß mir nichts zu einer Erklärung, auch nichts zu einer Entschuldigung und erst recht nichts zur Rettung der Situation einfällt. Ich stehe einfach nur glotzend da.

Man sieht Lilo Pfeifer das aufsteigende Unwohlsein an. »Habe ich etwas falsch gemacht?« fragt sie unsicher.

»Nein, nein«, bringe ich mühsam hervor. »Er hätte es ja doch irgendwann erfahren müssen.«

Lilo Pfeifer schlägt die Hand vor den Mund. »Herr Amelunx wußte es nicht? Ja, aber ... warum sind Sie dann hier?«

»Ich arbeite hin und wieder für *Glamour*. Als freie Mitarbeiterin.«

»Sie arbeiten seit Jahren für *Glamour*. Als Romanautorin.«

»Das mußt du mir erklären, Nele.« Alexanders Stimme macht mir angst. So ungehalten erlebe ich ihn sonst nur, wenn die redaktionseigene Putzfrau mal wieder Ordnung auf seinem Schreibtisch geschaffen hat und anschließend prompt ein paar brandheiße News frühzeitig die Runde gemacht haben. Seine Miene verfinstert sich immer mehr. »Habe ich dich nicht schon einmal auf die Ähnlichkeit mit dem Schreibstil der Berger hingewiesen? Und du hast es nicht für nötig gehalten, dich mir zu erklären?«

Die Rolle der armen Sünderin gefällt mir ganz und gar nicht. Sie steht mir nicht, und ich will sie nicht. »Mein Pseudonym ist ganz allein meine Sache«, entgegne ich patzig. »Wozu habe ich mir den Namen Tanja Berger wohl zugelegt? Wozu biete ich den Fortsetzungsroman über eine Presseagentur an? Na? Damit niemand erfährt, daß ich so etwas Triviales wie eine Seifenoper schreibe, ist doch klar! Also wäre es auch völlig unlogisch, ausgerechnet vor dir mein Pseudonym zu lüften. Außerdem gibt es noch einen viel einleuchtenderen Grund: Es geht dich nichts an! Es geht niemanden etwas an.«

Alexander sinkt erschüttert in seinen Sessel zurück, während Lilo Pfeifer vor lauter Verlegenheit immer wieder über ihre Stoppelhaare fährt, als könne auf dieser drahtigen Bürste allen Ernstes etwas in Unordnung geraten sein. »Gott, ist mir das peinlich ...«, beginnt sie verzweifelt, aber Alexander und ich nehmen sie nur noch am Rande wahr.

»Wenn das jemand erfährt!« stöhnt Alexander plötzlich auf. »Ein und dieselbe Autorin schreibt für den Titel einen Text über den angeblich fortschrittlichsten und einzig zeitgemäßen Feminismus unserer Tage, und im Romanteil bedient sie jedes Klischee, das in unserer Gesellschaft jemals existiert hat. Wenn das die Konkurrenz zu hören bekommt, lacht die ganze Nation über *Glamour*.«

»Von mir erfährt keiner ein Sterbenswörtchen«, versichert Lilo Pfeifer schnell.

Alexander sieht mich kopfschüttelnd an. »Eiskalt hast du deine Überzeugungen verkauft! Nach dem Imagewechsel hast du aus Sybille von Hochgrebe exakt die Frau gemacht, von der du die Gesellschaft befreien willst. Eine Karrierefrau, die im Glanz ihrer Doppelbelastung erstrahlt.« Er schüttelt immer noch den Kopf, aber das Grinsen, das sich in seine Augenwinkel stiehlt, läßt mich hoffen. »Du bist verdammt professionell, Nele. Weiß Gott, ein richtiger Profi!«

Auch Lilo Pfeifer schöpft Hoffnung. »Genau das schätze ich so an Frau Berger ... ich meine, an Frau Hübner. Professionelle Autoren sind selten, glauben Sie mir. Für mein Gewerbe sind diese unzähligen Hobbyschriftsteller, die nur ihre eigenen Gefühle und ihre eigenen Gedanken ausdrükken können, oft eine Last. Es muß schon ein Profi sein, der auf eine Leserschaft zuschreiben und sich voll auf sie einlassen kann.«

Alexander drückt die Taste der Sprechanlage. »Frau Splett, wir brauchen Kaffee.« Und zu uns gewandt ergänzt er: »Auf den Schreck.«

Frau Spletts Stimme zögert nur kurz. Dann zwitschert sie: »Sofort, Herr Amelunx. Ich habe gerade welchen gekocht.« Eins sanftes Kichern dringt durch den Lautsprecher. »Ich muß es wohl geahnt haben ...«

Ich frage mich, in welchem Maße jetzt Frau Splettstößers Neugier geweckt sein wird, und wundere mich erneut über ihre fröhliche Unerschütterlichkeit. Ist die gute Seele vielleicht nach Wochen mal wieder schmerzfrei und deswegen so heiter?

Lilo Pfeifer hat eine abwehrende Handbewegung gemacht. »Eigentlich wollte ich mich ja gerade verabschieden ...« Sie wirft Alexander einen langen Blick zu, stellt fest, daß er keine Anstalten macht, sie von diesem Vorhaben abzuhalten, und ergänzt tapfer: »Aber da ich Frau Berger – ich meine, Frau Hübner – endlich einmal kennengelernt habe ...« Sie räuspert sich umständlich. »Ja, ich finde, man sollte die Bekanntschaft nun ein wenig vertiefen.«

Alexander und ich finden das nicht. Unsere durchdringenden Blicke treffen sich direkt über Lilo Pfeifers gebleichten Stoppeln. Beide leiden wir darunter, daß wir jetzt nicht aufeinander losfahren können, um uns so lange zu zerfleischen, bis wir uns erschöpft in die Arme sinken und gegenseitig unsere Wunden lecken werden. In Gegenwart der Presseagentin ist das jedoch unmöglich. So quälen wir uns über ein paar holprige Komplimente zu dem Sinn und der

Verwendung eines Pseudonyms und umschleichen die Frage, ob böswilliges Verschweigen in die Sündenkategorie der schweren Lügen oder der läßlichen Notlügen gehört. Lilo Pfeifer flüchtet jedesmal erschrocken in eine andere Richtung, wenn sich das Gesprächsthema dieser Frage nähert, und schreckt nicht einmal davor zurück, urplötzlich vom Wetter zu reden, während Alexander einen Blick aufsetzt, als sei er Gottvater und bereite sich auf das Urteil vor, das in der nächsten Sitzung des Jüngsten Gerichts gesprochen werden wird. Aber augenscheinlich soll das Urteil unter vier Augen verkündet werden, deswegen ziehe auch ich es vor, meine guten Gründe zunächst hinter einer Gummiwand zu verstecken, an der alle anderen abprallen.

Gott sei Dank müssen wir uns nicht lange auf den rhetorischen Schleichwegen abmühen. Frau Splettstößer erscheint mit dem Kaffee, auf den wir uns alle drei stürzen wie in eine wohlverdiente Atempause. Der aufsteigende Dampf aus den Tassen wird zum Rauch einer Friedenspfeife.

»Ich darf dir eigentlich nicht vorwerfen«, beschließt Alexander friedfertig, »daß du nicht verraten hast, unter welchem Namen du schreibst. Daß du überhaupt schreibst! Nein, ich muß dir ja dankbar sein. Tanja Berger und ihr Fortsetzungsroman hat für die Treue vieler Leser gesorgt, die um nichts in der Welt verpassen wollen, wie es mit Sybille von Hochgrebe weitergeht.«

Lilo Pfeifer nickt eifrig. »In meiner Agentur gab es noch nie einen so erfolgreichen Titel. Ich habe Frau Hübner mehr als einmal gesagt, daß sie ihr Inkognito lüften soll. Der Erfolg des Romans spricht für sich. Sie muß sich seiner nicht schämen.«

»Darum geht es nicht«, murmle ich und versuche, Frau Splettstößer nicht anzusehen, die sich jetzt verdächtig lange damit aufhält, zwischen die Schenkel der Zuckerzange einen Zuckerwürfel zu klemmen.

»Ja, ja«, nickt Alexander und grinst diabolisch. »Natürlich hättest du nicht nur dein Pseudonym, sondern auch deine sämtlichen Überzeugungen verraten. Schließlich bist du jahrelang heimlich berufstätig gewesen.«

»So kann man das nicht sagen«, versuche ich es noch einmal. »Es ging mir nicht darum, an meinem Beruf festzuhalten ...«

»Sondern?«

»Es ging einzig und allein um ein rotes Kleid, das ich mir kaufen wollte, für das ich aber kein Geld hatte. Sybille von Hochgrebe hat dafür gesorgt, daß ich das Kleid trotzdem bekam. Natürlich habe ich nicht geahnt, daß aus dem Roman eine Seifenoper wird.«

Jetzt ist auch Frau Splettstößer aufgegangen, worum es bei diesem brisanten Gespräch geht. Wahrscheinlich hat sie schon eine ganze Weile im Vorzimmer gesessen und sich gefragt, warum mir, die ich zur Vertreibung der Presseagentin ins Chefzimmer gelassen worden war, genau dieses nicht gelungen ist. Warum im Gegenteil plötzlich ein fröhliches Kaffeetrinken zu dritt angesagt ist. Verdutzt läßt Frau Splettstößer Zuckerwürfel samt Zuckerzange fallen. »Frau Hübner! Sie sind Tanja Berger?«

Ängstlich blicke ich in ihr Gesicht, das mir nicht deutlich verrät, ob das Entgleisen ihrer Züge mit Entsetzen und moralischer Empörung zu erklären ist oder auf einen akuten Migräneanfall schließen läßt. Dann jedoch geht so unverkennbar ein verklärtes Leuchten über ihr Gesicht, daß es nun meine Züge sind, die zu entgleisen drohen. »Frau Hübner!« ruft sie noch einmal und greift überwältigt nach meiner Hand. »Daß Sie so etwas Schönes schreiben können! Nicht nur diese ... diese langweiligen Artikel mit den vielen Fremdwörtern! Sondern auch etwas richtig Schönes, was fürs Herz ... Also, nein, wirklich ...«

Alexander hat seine liebe Mühe, das Entzücken seiner Sekretärin in erträglichen Grenzen zu halten und sie, ohne sie allzu schwer zu verletzen, wieder an ihren Arbeitsplatz zu komplimentieren. Aufseufzend läßt er sich in seinen Sessel zurücksinken, als sich die Tür endlich wieder hinter Frau Splettstößer geschlossen hat. »Puh! Allmählich glaube ich auch, daß das Geheimnis um Tanja Berger gut und richtig war. Ich darf nicht vergessen, Frau Splett nachher einzuschärfen, daß es ein Geheimnis bleiben muß.« Er sieht mich an und scheint sich über mein heiteres Gesicht zu ärgern. »Ich hätte es trotzdem wissen müssen«, knurrt er.

Was Lilo Pfeifer ein weiteres Mal derart einschüchtert, daß ihre zitternden Hände nicht mehr in der Lage sind, die Kaffeetasse zu halten. Klirrend setzt sie sie ab und betrachtet verzweifelt die Pfütze auf der Untertasse. »Wie oft habe ich zu Frau Hübner gesagt ...«

Es klopft an der Tür, und schon steht Frau Splettstößer wieder im Raum. Ich bin es von ihr gewöhnt, daß sie sich lange vergewissert, ob ihr Eintreten erwünscht ist. Aber diesmal streckt sie nicht vorsichtig den Kopf durch den Türspalt, als könne er weniger stören als ihr Torso. Nein, Frau Splettstößer steht kerzengerade da und strahlt mich an, als hätte ich nicht das Inkognito von Tanja Berger, sondern mindestens das von Gina Lollobridgida gelüftet. »Ich soll Ihnen etwas ausrichten.«

Es würde mich nicht wundern, wenn sie mir eine Einladung von Sybille von Hochgrebe übermittelte, die mit mir bei einer Tasse Tee über die Rolle der berufstätigen Mutter plaudern möchte – derart irreal erscheinen mir diese Minuten in Alexanders Büro. Ich habe ja gleich geahnt, daß dies nicht mein Tag ist. Wenn die Irritationen sich fortsetzen, werde ich später in der Rundfunksendung nichts als Unsinn reden.

»Ihre Mutter hat angerufen. Sie möchten bitte daran denken, den Vollkornreis zu besorgen, den es heute mittag zu essen geben soll.«

Noch nie war mir Alexanders entnervtes Stöhnen peinlich. Geärgert hat es mich zwar oft, aber niemals fühlte ich mich bloßgestellt. Nun jedoch, unter den Augen Lilo Pfeifers, die mich ansieht, als könne sich eine Erfolgsautorin wie Tanja Berger unmöglich mit einer Lappalie wie Vollkornreis befassen, fühle ich mich wie ein I-Männchen, das gern schon zu den Großen gehören möchte. Damals nämlich ließ ich häufig mein Schulbrot auf dem Küchentisch liegen. Und Franziska, die der festen Überzeugung war, daß ein zartes Kind wie ich das Lesen- und Rechnenlernen nur mit zusätzlicher Nahrung überstand, pflegte dann mit der Butterbrotdose am Zaun des Schulhofes zu stehen, wenn es in die Pause ging. »Deine Mutter bringt dir dein Butter!« Dieser Ruf und außerdem Franziska, die mir partout bei dieser Gelegenheit auch noch eine mütterliche Umarmung zukommen lassen wollte, versetzten mich in ähnliche Verlegenheit wie ihr Anruf heute. Und in ähnliche Wut.

»Ich habe doch schon gestern Reis eingekauft«, knurre ich in Frau Splettstößers erwartungsvolles Gesicht. »Sie sollte sich erst mal in der Speisekammer umsehen, ehe sie eine wichtige Besprechung stört.«

Frau Splettstößers gute Laune ist heute durch nichts zu erschüttern. »Soll ich sie anrufen und ihr sagen ...?«

»Das erfährt sie heute mittag noch früh genug.«

»Aber das macht mir doch nichts aus! Ich sage ihr schnell Bescheid, damit sie sich keine Gedanken mehr machen muß. Keine Ursache!« wehrt sie meinen Dank ab, den ich ihr ganz und gar nicht zukommen lassen will. »Das mache ich doch gern!«

»Puh!« macht Alexander ein weiteres Mal, nachdem Frau Splettstößer wieder verschwunden ist. »An deiner Organisation muß sich wirklich eine Menge ändern. Für das Einkaufen von Vollkornreis hat zukünftig weder Nele Hübner noch Tanja Berger Zeit.«

»Dafür werde ich immer Zeit haben«, fauche ich zurück. »Und wenn nicht, wird entweder Nele Hübner ihren Job kündigen oder Tanja Berger.«

Während Lilo Pfeifer vor Schreck beinahe von der Stuhlkante fällt, erlaubt Alexander sich ein unverschämtes Lachen. »Das glaubst du ja selbst nicht!«

Ein Blick auf meine Presseagentin sagt mir, daß ich jetzt nicht die schweren Geschütze auffahren kann, mit denen ich Alexander sonst attackiere. Sie ist derart verängstigt, daß ich sie durch einen handfesten Krach mit meinem Chefredakteur nicht noch weiter einschüchtern darf. Sie scheint der Meinung zu sein, daß sie mit meiner fahrlässigen Entlarvung einen schweren Fehler begangen hat, den sie nur durch ausdauernde Anwesenheit wieder ausbügeln kann.

Ich stürze meinen Kaffee herunter. »Ich habe nicht mehr

viel Zeit, Alexander. Am frühen Nachmittag geht mein Zug nach Hamburg. Du weißt doch, das Live-Interview ...«

Alexander nickt und reicht mir eine Terminliste. »Wir müssen zusammen überlegen, was wichtig für deine Karriere ist und was nicht.«

Am liebsten würde ich ihm die Karriere um die Ohren hauen, aber ich merke, daß ich müde werde. Tanja Berger hat mir eine ganze Menge Kraft abverlangt. Und Lilo Pfeifer, die irgend etwas in meinem Gesicht zu suchen scheint, schwächt mich weiter. Von Alexander, der mich angrinst, als hätte er mich beim Naschen erwischt, ganz zu schweigen. Ich würde jetzt gerne einen ausgedehnten Spaziergang machen. Trotz des Nieselregens da draußen. Ein paar spitze Windböen würde ich mir wünschen, die mich durchpusten sollen. Dann ein bißchen Sonne und vielleicht ein zarter Regenbogen. Anschließend könnte es meinetwegen wie aus Kübeln schütten. Ich hätte ausgiebig nachgedacht und wüßte wahrscheinlich, was ich mit Tanja Berger, Lilo Pfeifer und Alexander machen will.

Während ich mich in die Terminliste vertiefe, erklärt Alexander mir jeden Punkt ausführlich. Er weiß genau, welche Angebote ich annehmen sollte und welche nicht. Ich nikke und hake seine Vorschläge ab. Es wird schon richtig sein. Und wenn ich es mir bis morgen anders überlegt habe, werde ich eben herkommen und alle Haken wieder durchkreuzen! Ich will hier raus. Zurück nach Hause. Mich an den Herd stellen und ein gutes Mittagessen zubereiten. Es zusammen mit meiner Familie essen. Dann meine Bluse bügeln und ohne besondere Eile das Haus verlassen und zum Bahnhof gehen. Während der Zugfahrt ein Nickerchen halten und ausgeruht in Hamburg ankommen.

Ich blicke auf die Uhr, ohne zu sehen, wie spät es ist. »Ich muß los.«

»Ich auch«, nickt Lilo Pfeifer. »Es wird wirklich Zeit für mich.«

Alexander drängt mich nicht zum Bleiben, weil er wohl befürchtet, daß dann auch die Presseagentin sich nicht vom Fleck rühren wird. Demonstrativ – was will er eigentlich demonstrieren? – schließt er mich in die Arme und verabschiedet mich mit einem Kuß auf die Stirn.

Lilo Pfeifer reicht Alexander die Hand und kommt ihm dabei so nah, daß ich den Verdacht habe, sie hält eine Umarmung und einen Kuß für die normale Abschiedszeremonie in diesem Raum. Aber Alexander verabschiedet sie mit aller Förmlichkeit. »Vielen Dank für Ihren Besuch, Frau Pfeifer. Ich hoffe auf weitere angenehme Zusammenarbeit.«

Sie nickt zufrieden und versichert, wie gerne sie *Glamour* auch weiterhin mit Texten beliefern würde. Und daß es außer Tanja Berger natürlich noch andere hoffnungsvolle Autoren gibt, die für die Agentur Pfeifer schreiben.

Alexander zeigt sich von dieser Tatsache überzeugt. Das behauptet er jedenfalls. Während Lilo Pfeifer vor mir den Raum verläßt, greift er mir frech an den Hintern, wofür ich ihn leider nicht maßregeln kann, ohne mich selbst zu kompromittieren. Und dabei fällt mir ein, daß ich immer noch nicht weiß, ob Alexander das Zimmer bestellt hat, in dem ich mich heute abend entweder zur Ruhe oder aber zum außerehelichen Beischlaf legen werde.

Vor Frau Splettstößers Schreibtisch sitzt eine junge Redakteurin. »Ehrlich?« höre ich sie noch sagen, ehe sie verstummt, als sei sie beim Schwatzen ertappt worden.

Schweigend betrachtet sie mich von oben bis unten, während Frau Splettstößer mir erzählt, daß meine Mutter mit großer Freude zur Kenntnis genommen habe, daß der Vollkornreis bereits in unserer Speisekammer auf seine baldige Verwendung warte.

Als ich an Lilo Pfeifers Seite den Gang vor dem großen Redaktionsbüro entlanggehe, höre ich einen jungen Mann rufen: »Hat einer von euch gewußt, daß Tanja Berger und die Hübner ein und dieselbe Person sind?«

»Woher willst du das wissen?« fragt eine Stimme zurück.

»Habe ich gerade von der Splettstößer erfahren. Und die sitzt schließlich an der Quelle.«

Ich spüre, daß Lilo Pfeifer mich beobachtet, während wir die Treppe hinabsteigen. Aber ich werde mit keiner Silbe verraten, was ich denke und fühle. Schon deswegen nicht, weil ich selber gar nicht genau weiß, wie das geistige Rumoren in mir genannt werden könnte.

Ich reiche ihr die Hand. »Es war wirklich schön, daß wir uns kennengelernt haben.«

»Das finde ich auch!« Lilo Pfeifer scheint ihre Agentensicherheit jedoch immer noch nicht wiedergefunden zu haben. »Und ich kann Sie demnächst jederzeit anrufen?«

»Ich weiß nicht so genau, Frau Pfeifer. Mal sehen ... Am besten, Sie warten erst mal auf meinen Anruf. Nächste Woche werde ich mich melden. Der Fortsetzungsroman ist gerade an einer Wende angekommen. Wir müssen den Plot besprechen.«

»Wir ziehen den Imagewechsel weiter durch«, sagt Lilo Pfeifer schnell. »Das habe ich mit Herrn Amelunx besprochen, ehe Sie eintrafen. Sybille von Hochgrebe soll auf jeden Fall eine Karrierefrau bleiben.« Sie lächelt mich freundschaftlich an. »Wer sollte dieses Leben besser beschreiben können als Sie?«

24.

Unverändert nieselt der Regen herab. Der Rückweg zu meinem Wagen wird meiner Bluse und auch meiner Frisur den Rest geben. Egal! Die Reise zu meiner ersten Rundfunk-Live-Sendung werde ich im Regenmantel antreten, und bis dahin ist noch Zeit genug, sämtliche Wasserschäden zu restaurieren. Ich werde wohlfrisiert vor dem Mikrofon sitzen – wenn das auch niemand sehen kann. Wetten?

Hinter meinem Scheibenwischer steckt ein Knöllchen. Und hinter den Scheibenwischern der anderen Wagen auch. »Verdammt!«

Ich verzichte darauf, mich über die Höhe des Verwarngeldes zu informieren und mich noch mehr zu ärgern. Ungelesen stecke ich das Ding in meine Handtasche. Später! Wenn ich bessere Laune habe!

Aber heute ist nicht mein Tag. Die vierspurige Straße, die

mich aus der City heraus in unsere idyllische Vorstadtsiedlung führt, ist frei und zügig zu befahren. Dieser Meinung waren wohl auch die Fahrer der fünf Wagen, die sich – ebenso wie ich – auf Geheiß eines Grünuniformierten artig am Straßenrand aufstellen. Geschwindigkeitskontrolle! Wer kann schon sagen, wie schnell er gefahren ist, wenn er in Gedanken nicht hinter dem Steuer, sondern irgendwo in den luftigen Höhen des grell ausgeleuchteten Medienhimmels herumflatterte? Wer an Zeitschriftenmagazine, Talk-Shows und Rundfunkinterviews denkt, tritt automatisch aufs Gas. Zwischen 60 und 120 km/h ist alles drin. Ich werde dem Beamten glauben müssen, egal, welche Zahl er mir vorhält.

Es sind gottlob nur 65 km/h, aber immer noch fünfzehn zuviel. Schuldbewußt steige ich aus, versichere reumütig, mich bessern zu wollen, und erkläre mich erleichtert mit einem Bußgeld von zwanzig Mark einverstanden.

Anscheinend hat es vor diesem erhöhten Verkehrssünderaufkommen eine Flaute gegeben. Die Polizistin, die jetzt mein Vergehen zu Papier bringt, hat jedenfalls vorher in der *Glamour* gelesen. Sie liegt aufgeschlagen auf dem Beifahrersitz des Polizeiwagens. Das Konterfei Sybille von Hochgrebes leuchtet mir entgegen. Außerdem das ihres Gatten, der ihr galant die Hand küßt, während im Hintergrund das Landhaus zu erkennen ist, in dem Hochgrebes seit Generationen residieren. Die 132. Folge von *Und immer siegt die Liebe!*

»Ihr Name bitte?«

»Tanja Berger.«

Die junge Beamtin starrt mich an, als wolle sie gleich ihren Kollegen darüber verständigen, daß sofort eine Ambulanz zu alarmieren sei, die eine Zwangsjacke im Gepäck hat.

»Oh, Entschuldigung! Es war nur ... weil ich gerade die Zeitschrift sah ...«

Die Beamtin folgt meinem Blick und hat nun Gott sei Dank Verständnis für mich. Wahrscheinlich bin ich nicht die erste, die angesichts soviel staatlicher Autorität in Verwirrung gerät.

»Kennen Sie den Roman?« fragt sie, um sichtbare Nähe zum Volk bemüht.

»Ja. Ganz hübsch, oder?«

»Der letzte Käse!« antwortet die junge Frau.

Wie gesagt, heute ist nicht mein Tag.

Und die unheilvolle Serie setzt sich sogar noch fort. Schon während ich das Haus betrete, spüre ich, daß etwas anders ist.

Franziska sagt halblaut: »Ich glaube, sie kommt.«

Und sie sagt es, als hätte die ganze Familie auf den Weihnachtsmann gewartet und wolle es nun nicht zugeben.

Ein wenig verkrampft betrete ich die Küche. »Da bin ich wieder.«

Verwundert sehe ich in das Gesicht meiner Mutter, das ein einziger Tadel ist, in das meiner Schwiegermutter, deren Blick beunruhigenderweise nicht voller Anerkennung auf mir ruht, und in Philips Augen, die mich ansehen, als fürchte er sich vor mir. Ohne zu wissen, was los ist, bin ich erst einmal froh, daß die Kinder noch nicht zu Hause sind. Hier ist augenscheinlich etwas geschehen, was für die Ohren von Minderjährigen nicht geeignet sein kann.

Ich werde nervös. Der dreifache Vorwurf, der die ganze Küche ausfüllt, nimmt mich in den Schwitzkasten. »Was ist los?«

Immer noch diese stumme Anklage! Schließlich ringt sich meine Mutter ab: »Das weißt du doch selbst am besten.«

»Würde ich dann fragen?«

»Brüll deine Mutter nicht an!« entgegnet Franziska beleidigt. »Im übrigen ... Du weißt doch, wer schreit, hat unrecht.«

»Mach das Kind nicht nervös«, lenkt Margareth ein. »Nele muß doch heute noch ins Radio.«

Philip schweigt immer noch. Was, zum Teufel, ist hier los? »Wenn mich nicht bald jemand aufklärt, fange ich an zu kreischen und höre erst wieder auf, wenn ich Bescheid weiß.«

Erschrocken sieht Franziska nach den Fenstern, die gottlob geschlossen sind. Trotzdem will sie wohl nicht riskieren, daß ein vorübergehender Nachbar Einblicke in unser Familienleben erhält. Als hätte sie mir Mord und Totschlag vorzuwerfen, sagt sie mit Grabesstimme: »Jahrelang hast du uns belogen. Uns alle! Und ich habe mich immer darüber gewundert, daß bei den Hochgrebes so vieles passierte, was sich kurz zuvor bei uns ereignet hatte. Jetzt weiß ich, warum.«

Ich sinke erschüttert auf einen Stuhl. Wie ist es möglich, daß diese Neuigkeit noch vor mir zu Hause angekommen ist?

»Nicht mal in der Redaktion hat jemand Bescheid gewußt«, ergänzt Franziska, als mache das die Sache noch schlimmer.

Frau Splettstößer! Natürlich! Ich hätte es mir denken können, daß sie Franziska nicht nur von dem Verbleib der Pakkung Vollkornreis, sondern auch von der sensationellen Neuigkeit berichtet hat, die für Alexanders Sekretärin sicherlich zu den freudigen Ereignissen der Woche zählt.

»Wie hast du es nur angestellt«, fragt Margareth voller Interesse, »daß niemand eine Ahnung hatte, daß du Tanja Berger bist?«

»Ja, das wüßte ich auch gern.« Es ist das erste Mal, daß Philips Stimme zu vernehmen ist. Mir wäre es jetzt sehr angenehm, wenn seine Bemerkung aggressiv geklungen hätte oder wenigstens ein kleiner Vorwurf in ihr zu erkennen gewesen wäre. Dann hätte ich ebenso heftig reagieren und die ganze Problematik auf die Ebene einer ehelichen Grundsatzdiskussion verlagern können, wo es um die Frage geht, wieviel Anspruch jeder Partner auf eine ungestörte Intimsphäre hat. Aber Philips Gesicht ist nicht ärgerlich, sondern melancholisch. Er sieht mich an, als hätte ich ihm eine schwere Enttäuschung zugefügt.

Jetzt hilft nur noch ein Gegenangriff. »Mensch, Philip, ist dir niemals durch den Kopf gegangen, warum ich es schaffe, mit so wenig Kohle ganz easy den kompletten Haushalt zu schmeißen?«

»Es geht doch hier nicht ums Geld.«

»Nur darum geht es«, antworte ich erregt. »Kohle ist der einzige Grund gewesen, mir ein Pseudonym anzuschaffen und einen Fortsetzungsroman zu schreiben. Nicht der

Wunsch nach wirtschaftlicher Unabhängigkeit, aber ein willkommenes Taschengeld! Auch keine Selbstverwirklichung und keine einzige berufliche Ambition! Einfach nur die Chance, mir ein knallrotes Kleid zu kaufen, ohne wochenlang darauf zu sparen.«

»Das versteht jeder«, sagt Philip, und seine Augen werden noch um eine Spur melancholischer. »Das hättest du doch sagen können.«

Da sitze ich nun, ohne daß mir eine Rechtfertigung einfallen will. Klar, ich hätte es sagen können.

Wieder einmal ist es Margareth, die mir zur Seite steht. »Muß das nicht Neles ganz persönliche Entscheidung bleiben, ob sie uns etwas erzählt oder nicht? Wir haben doch keinen Anspruch darauf. Nicht einmal du«, ergänzt sie an ihren Sohn gerichtet. »Es war ganz allein Neles Sache, niemandem zu verraten, daß sie Tanja Berger ist.«

Philip erhebt sich erregt. »Nele hat natürlich ihre Gründe gehabt. Jemand, der Hausfrauen in aller Öffentlichkeit die wahren Feministinnen nennt, macht sich ja unglaubwürdig, wenn er sich selbst als berufstätige Frau entlarvt.«

»Das ist doch Blödsinn!« ereifert sich Margareth. »Durch einen einzigen Fortsetzungsroman wird eine Frau noch nicht berufstätig. So etwas könnte man glatt ein Hobby nennen. Frau Orschmeier, die die Frauenhilfe leitet, töpfert gern und verkauft auch hin und wieder ein Teil. Ist sie deswegen berufstätig? Außerdem wußte Nele von ihrem aufsehenerregenden Artikel noch gar nichts, als sie beschloß, sich Tanja Berger zu nennen.«

»Die Meinung, die sie publiziert hat«, erwidert Philip, »hat sie häufig genug vertreten. Auch hier in unseren vier Wänden.« Er schlägt sich mit der flachen Hand vor die Stirn. »Und ich Idiot hatte ein schlechtes Gewissen, als ich sie bat, wenigstens hin und wieder für *Glamour* zu arbeiten. Dabei schrieb sie bereits regelmäßig für dieses Blatt.«

»Aber sie macht es wunderbar, das muß man sagen.« Franziska ringt sich zur Loyalität mit ihrer Tochter durch. »Wenn ich bedenke, wie gern ich immer *Und immer siegt die Liebe* lese …«

»Wir werden den Roman mit ganz anderen Augen sehen«, stimmt Margareth unverzüglich zu, »wenn wir ihn in dem Bewußtsein lesen, daß Nele, das gute Kind, jede einzelne Zeile selber zu Papier gebracht hat.« Sie übersieht dabei, daß sie sich bisher standhaft geweigert hat, diesen ›gefühlvollen Quatsch‹ in ihre Lesegewohnheiten aufzunehmen. Aber ich bin sicher, daß sich das von der nächsten Ausgabe der *Glamour* ab ändern wird. »Vielleicht dürfen wir uns demnächst sogar ein bißchen an der Entwicklung der Handlung beteiligen?«

Wenn die beiden wüßten, wie oft sie schon am Handlungsfaden gestrickt haben, ohne es zu wissen!

Franziskas Augen leuchten auf, verdüstern sich jedoch schnell wieder. »Wie bist du nur auf die Idee gekommen, aus Sybille von Hochgrebe eine Frau zu machen, die arbeitet und Geld verdient? Du hast doch gewußt, wie sehr ich dagegen war.«

»Aber die Mehrzahl der Leser wollte es so«, erkläre ich sanft.

»Siehst du!« ruft Margareth. »Das Kind ist eben durch und durch routiniert. Ist es nicht großartig, wie Nele es schafft, immer genau das zu schreiben, was die Leute lesen wollen?«

Franziska scheint geneigt zu sein, sich der Meinung meiner Schwiegermutter anzuschließen. Philip allerdings, der bis dahin schweigend zugesehen hat, wie aus der Verärgerung allmählich Zustimmung wird, verläßt die Küche mit einem heftigen Türenschlagen.

Die beiden Omas zucken zusammen und sehen sich an. Dann richten sich ihre Blicke auf mich. Kein Zweifel, es wird von mir erwartet, daß ich diese Sache wieder ins Lot bringe. Also erhebe ich mich seufzend und folge meinem Mann. Ich finde ihn in seinem Büro, wo er am Fenster steht und hinausstarrt.

Ich stelle mich hinter ihn und lege die Arme um seinen Oberkörper. »Mensch, Philip, du tust beinahe so, als hätte ich mehrfach vorsätzlich die Ehe gebrochen.«

Er zuckt zusammen, und ich frage mich, ob ich von allen

guten Geistern verlassen bin. Heute ist wirklich nicht mein Tag. Wie kann ich ausgerechnet einen derart riskanten Vergleich heranziehen?

Philip wendet sich um und zieht mich fest in seine Arme. »Ach, Nele, inzwischen würde ich nicht einmal diese Möglichkeit mehr ganz ausschließen.«

Ehe ich empört auffahren kann, alarmiert mein Schuldgefühl noch rechtzeitig das Großhirn: Akute Gefahr weiterer Verstrickungen! Am besten so tun, als hätte man nichts gehört! Es werden nur noch zwingend erforderliche Notlügen zugelassen! Alles auf verständnisloses Staunen umschalten!

Also sage ich nichts, was irgendwann gegen mich verwendet werden könnte, sondern teile Philip ausschließlich durch Körpersprache mit, wieviel er mir bedeutet. Wie wichtig er für mich ist und wie gut ich ihn verstehe. Und daß ich heute nicht nach Hamburg fahren kann, bevor wir uns versöhnt haben, begreift er sofort. Schon wenige Minuten später weiß ich – ebenso nonverbal –, daß Philip mir meinen Ausflug in eine andere Identität verziehen hat.

»Wir können später noch darüber reden«, sagt er. »Jetzt mußt du erst mal dafür sorgen, daß dein Kopf frei ist für das Wesentliche. Vergiß nicht, du bist heute noch ein wichtiger Mediengast.«

»Ach, Philip! Ich liebe dich!«

Er küßt mich sanft. »Ich weiß.«

»Am liebsten würde ich jetzt mit dir schlafen.«

Er küßt mich noch einmal. »Ich auch.«

»Aber da ich ein wichtiger Mediengast bin …«

»…wirst du jetzt deinen Koffer packen …«

»…nachdem ich das Mittagessen gekocht habe …«

»…weil du ja immer noch Hausfrau und Mutter bist. Und das bist du, weil du uns liebst.«

»Genau!«

Philip hält mich noch einmal zurück, ehe ich gehen kann. »Ich würde keinen Augenblick an deiner Liebe zweifeln, wenn du dich zu einem Berufswechsel entschließt. Das weißt du doch, ja?«

Klar weiß ich das. Ich bin sogar davon überzeugt, daß er auch dann nicht an meiner Liebe zweifeln würde, wenn er von meiner Affäre mit Alexander wüßte.

Der Abschied fällt diesmal etwas kühler aus, obwohl ich wieder einmal eine Reise ganz allein antreten werde, was eigentlich für jedes Familienmitglied Grund genug sein sollte, sich dem Abschiedsschmerz hinzugeben. Aber die Omas behaupten, man kenne das ja nun bereits, und reichen mir die Hand, als erwarteten sie mich in zwei Stunden zurück. Philip wiederholt sein Angebot, mich mit dem Auto zum Bahnhof zu bringen, nicht mehr, nachdem ich ihm erklärt habe, daß ich genausogut mit dem Bus fahren könne. Und Carolin und Nico sehen mich immer noch an, als hätte man sie nicht darüber aufgeklärt, daß ich Tanja Berger, sondern die Hexe Trulleborn sei. Das Wort ›Lüge‹ ist in den letzten beiden Stunden mindestens ein dutzendmal durch die Küche geschwirrt und an allen vier Wänden mehrmals abgeprallt. Timo ist der einzige, dem es völlig egal ist, ob ich mich Tanja Berger oder Nele Hübner nenne. Somit ist er auch der einzige, der zu erkennen gibt, daß er meine eineinhalbtägige Abwesenheit bedauert.

Ich stehe an der Haltestelle und warte auf den Bus, der mich zum Bahnhof bringen soll, als Inger vorbeifährt. Ich winke ihr zu, aber sie scheint mich nicht zu bemerken. Doch! Im allerletzten Augenblick sehe ich das Erkennen in ihrem Gesicht und weiß, daß das Auto so schnell vorüber ist, daß Inger keine Gelegenheit mehr hatte zurückzuwinken. Erstaunt sehe ich zu, daß sie in die nächste Hofeinfahrt einbiegt, um zu wenden. Das wäre doch wirklich nicht nötig gewesen! Glaubt sie, ich könnte sie für unfreundlich halten, weil sie meinen Gruß nicht erwidert hat? Kopfschüttelnd sehe ich ihr entgegen, bemerke aber schnell, daß Inger etwas auf dem Herzen hat. Ich mache einen Schritt auf ihr Auto zu, während sie sich über den Beifahrersitz beugt, um das Seitenfenster herunterzukurbeln. »Hallo, Tanja!«

Wie um alles in der Welt hat Inger von meinem Pseudonym erfahren? »Haha, sehr witzig!« Es ist wirklich nicht zu fassen, wie schnell eine Neuigkeit die Runde macht, die auf keinen Fall weitergetragen werden soll.

»Nicht die Spur!« entgegnet Inger, und ich entdecke erst jetzt, daß sie nicht die Miene trägt, die ich kenne, wenn sie einen arglosen Mitmenschen veräppeln will. »So witzig finde ich das wirklich nicht.«

Ich hoffe auf die baldige Ankunft des Busses und rette mich in Begriffsstutzigkeit. »Wovon redest du eigentlich?«

»Das weißt du ganz genau!« Inger schaut nervös in den Rückspiegel, denn sie blockiert die komplette Busspur. »Wenn du mir dafür keine einleuchtende Erklärung lieferst, werde ich dich den Rest deines Lebens Tanja nennen. Vor allen Leuten!«

»Der Bus kommt.«

»Also gute Reise! Ich werde am Radio sitzen und dir zuhören. Und morgen komme ich zum Fünfuhrtee. Dann erklärst du mir …«

»Morgen ist dein Aerobic-Nachmittag.«

»Vorbei! Aerobic hat dem Spielnachmittag mit Romanus und Amadeus weichen müssen.«

»Der Bus!«

»Ich bringe die beiden mit, okay?«

»Okay!«

»Und wehe, du kannst mir keine guten Gründe nennen …!«

25.

Es braucht die ganze Zugfahrt und außerdem einen spannenden Krimi, bis die Beklemmung von mir abfällt. Trotzdem sehe ich, als ich den Waschraum des Intercitys aufsuche, im Spiegel nicht nur mein Gesicht, sondern auch Alexanders entgeisterte Miene, Lilo Pfeifers schuldbewußte, Franziskas entrüstete, Margareths irritierte, Philips bekümmerte und Ingers empörte. Sie alle überdecken mein eigenes Spiegelbild und machen es zum Abbild derer, die mich be-

und verurteilen. Ich sehe nicht mehr aus wie Nele Hübner, sondern wie die, die ihre Familie und ihre Freunde belogen hat. Und sosehr ich mich auch anstrenge, es gelingt mir nicht, mich so zu schminken, daß ich wieder wie die Frau aussehe, die etwas ganz und gar Eigenes tut, ohne sich dafür zu rechtfertigen. Die Schminke verläuft im Nu, sooft ich die Puderquaste auch ansetze. Es ist wie verhext. All die Argumente, die ich später in der Rundfunksendung anführen will, haben an Glanz verloren. Da hilft keine Politur. Tanja Berger hat sie so schlecht behandelt, daß sie nun fleckig geworden sind und allen Bemühungen, sie wieder auf Hochglanz zu bringen, widerstehen.

Das Hotel liegt dem Sender direkt gegenüber.

»Herr Amelunx wird erst später eintreffen«, sagt der Portier.

Also doch! Ich merke, daß ich rot werde, obwohl mein Gehörsinn meinem Blutdruck unverzüglich zuflüstert, daß ich damit rechnen mußte, daß nicht der Sender, sondern Alexander dieses Zimmer gebucht hat, und daß außerdem die Zeiten längst vorbei sind, in denen zwei Menschen in einem Doppelzimmer denselben Namen tragen müssen. Aber mein Puls scheint einer altmodischen Gattung anzugehören. Ehe er durch sachliche Argumente überzeugt werden kann, hat er aus mir schon ein kleinlautes Schulmädchen gemacht. Und ich bin sicher, daß auch der Kofferträger es gemerkt hat, der mit einer ausladenden Geste auf das Doppelbett weist.

Mein Kreislauf entschließt sich spontan zu einer weiteren Frequenzsteigerung, aber jetzt zwinge ich mich aus reinem Selbstschutz, nicht mehr verlegen, sondern wütend zu sein. Ein wesentlich angenehmeres Gefühl. Unter anderem deshalb, weil es ein Gegengefühl erzeugt – nämlich den Wunsch nach Rache. Mein Herz schlägt bald wieder normal, nachdem ich den Beschluß gefaßt habe, den Kofferträger ohne ein Trinkgeld zu verabschieden. Dabei hatte ich nicht nur für einen maskulinen Blazer mit entsprechenden Taschen zur unauffälligen Aufbewahrung von Silbergeld gesorgt, sondern darüber hinaus schon im Zug darauf geachtet, die angemessene Zahl an Münzen dort einzulagern. Aber das hat der

Bursche nun davon! Seine Geste war eine Spur zu ausladend und sein Lächeln eine Idee zu anzüglich. Und überhaupt wird er vermutlich von Alexander trotz allem ein großzügiges Trinkgeld kassieren, denn Männer sind ja bekanntlich viel weniger empfindsam als Frauen. In diesem Fall übrigens völlig zu Recht. Schließlich gilt ein Mann, der ein außereheliches Verhältnis unterhält, immer noch als toller Hecht, während einer Frau mit denselben Absichten genauso prompt eine höchst bedenkliche Auffassung von Sitte und Moral unterstellt wird.

Die Zeit drängt. Ich schaffe es nicht mehr, mich umzuziehen. Aber schließlich reicht am heutigen Tage die Schönheit meiner Stimme völlig aus. Und für ihre Pflege habe ich stimmbandschonende Lutschpastillen eingesteckt.

Der Lift trägt mich mitsamt meiner gesteigerten Blutzufuhr nach unten, und als ich vor der Rezeption ankomme, hat auch mein Selbstvertrauen wieder den Boden des Gleichmuts erreicht.

»Wenn Herr Amelunx eintrifft«, sage ich dem Portier so hochmütig wie möglich ins beflissene Gesicht, »teilen Sie ihm bitte mit, daß ich in einer guten Stunde wieder zurück bin.« Und während er nickt, ergänze ich vielsagend: »Soviel Zeit wird mein Live-Interview in Anspruch nehmen.«

Ich stemme mich derart dynamisch in die Drehtür, daß sie mich beinahe ein zweites Mal in die Hotelhalle schwenkt, ehe mir im letzten Augenblick der Absprung aufs Kopfsteinpflaster gelingt. Sicherlich wird der Portier gleich an den Knöpfen des Radios drehen, um herauszufinden, welche bedeutende Persönlichkeit er heimlich der Unmoral bezichtigt hat.

Mein Selbstbewußtsein hat sich derart gut erholt, daß es sich benimmt, als hätte es neben etlichen Gläsern Champagner auch eine Überdosis Aphrodisiakum zu sich genommen. Hocherhobenen Hauptes rausche ich ins Vestibül des Rundfunkhauses, steuere auf den roten Pfeil zu, der zu den Studios weist, und werde erst im letzten Augenblick von einem aufgeregt gestikulierenden Empfangschef gestoppt. Wo um alles in der Welt ich denn hin wolle?

»Magazinsendung *›Lebensnah‹!*« schmettere ich ihm entgegen und wende mich ab, um meinen Weg weiterzugehen.

»Halt!« schreit der Mann. »Sie können doch nicht einfach ...«

»Ich werde erwartet«, weise ich ihn zurecht. »Ein Live-Interview. In einer halben Stunde bin ich auf Sendung.«

»Das mag ja sein.« Der gute Mann betrachtet mich wie ein nützliches, aber lästiges Insekt. »Trotzdem können Sie nicht einfach ...« Er winkt mich mit einer despektierlichen Kopfbewegung an seinen Schreibtisch. »Da müssen wir erst einmal nachsehen, wer Sie sind und ob Sie wirklich erwartet werden. Da könnte ja jeder kommen ... Was meinen Sie, wie viele Unbefugte schon versucht haben, in unseren Sender einzudringen, um das Programm zu stören. Also – Ihr Name?«

Mein Selbstbewußtsein leidet mittlerweile an einem schweren Kater infolge übermäßigen Champagnergenusses und unvorsichtigen Gebrauchs von Stimulantien. Eingeschüchtert stehe ich vor dem Empfangschef des Sendehauses und sehe zu, wie sein Finger über eine Liste fährt, bis er endlich bei einem Namen anhält, der meiner sein könnte. Er ist es! Der Mann in der schmucken Uniform nickt zufrieden, und ich atme auf. Es kommt mir vor, als wollte ich einen inhaftierten Schwerverbrecher besuchen und stünde im Verdacht, eine Feile in seine Zelle zu schmuggeln. Folgsam lege ich meinen Personalausweis vor, den ich rein zufällig bei mir trage, und bestehe nicht auf einer Antwort auf meine Frage: »Und wenn ich ihn nun nicht dabei hätte? Müßte dann das Interview ausfallen?«

Der strenge Rundfunkaufseher beantwortet keine provozierenden Fragen. Er schenkt mir einen Blick, unter dem ich unverzüglich wieder klein und schüchtern werde. Mit feierlicher Geste heftet er mir einen Besucherausweis an den Kragen und ermahnt mich, ihn auf keinen Fall abzulegen. »Andernfalls halten Sie sich widerrechtlich in diesem Hause auf. Und das kann Sie teuer zu stehen kommen.«

Sein ausgestreckter Arm weist auf den roten Pfeil, unter dem ich vor einigen Minuten beinahe unerlaubt das Allerheiligste der Sendeanstalt betreten hätte. Jetzt schreite ich unter ihm hindurch in dem erhabenen Gefühl, es mit dem Einverständnis des Empfangschefs zu tun.

Am Aufzug empfängt mich eine junge Dame, die einen kurzen Blick auf meinen Besucherausweis wirft. »Ich begleite Sie ins Studio«, kündigt sie an und macht Anstalten, schützend den Arm um mich zu legen. »Sie würden allein nicht hinfinden«, ergänzt sie zu meinem Ärger.

Und meine Laune hebt sich um keinen Zentimeter, als ich feststelle, daß sie recht hat. Das Innere des Funkhauses ist ein Labyrinth, in dem ich mich mit tödlicher Sicherheit verlaufen hätte.

Nach einer ausgedehnten Wanderung durch schmale Korridore und enge, fensterlose Verliese, während der wir mindestens siebenmal rechts und ein dutzendmal links abgebogen sind, schiebt mich meine Begleiterin genauso schweigend, wie sie mich hergeführt hat, in ein Gelaß, das ich zunächst für einen Abstellraum für ausrangierte Mischpulte halte. Ehe ich fragen kann, warum man auch mich für ein momentan nicht benötigtes Zubehör hält, erscheint hinter einem riesigen Tonbandgerät ein dicker Mann mit einem überdimensionalen Kopfhörer auf dem kahlen Schädel.

Endlich freut sich jemand über meinen Besuch! »Willkommen in der Technik«, strahlt er mich an. »Just a moment, ich reiche Sie gleich an die Aufnahme weiter.«

Er nickt zu einer Glaswand hinüber, hinter der ich einen Rauschebart ausmachen kann, der mit tellerminengroßen Ohrmuscheln an ein Gesicht gepreßt wird, das nur aus zwei Augen besteht. Nein, jetzt öffnet sich das Bartgestrüpp an der Stelle, wo ich einen Mund vermute! Kein Zweifel, der Rauschebart lacht mir zu. Und nun winkt er sogar fröhlich.

»Das ist Hanno Hatzfeld«, erklärt der Dicke, »der Moderator der Sendung.« Er zwinkert mir zu und lädt mich ein, auf einer Lautsprecherbox Platz zu nehmen. »Ich bin Alois und für die Musik zuständig. Was hören Sie denn am liebsten? Hipp-Hopp? Hardrock? Oldies?« Er wirft mir einen prüfenden Blick zu. »Sie sind die Hausfrau, isn't it? Dann wäre vielleicht Schlagermusik aus den Sechzigern das Richtige? Okay, ist gebongt! Mal sehen, was sich die Feministin wünscht. Ganz schön eng hier, was?«

Ich nicke stumm. Zum drittenmal schon. Ich bin sicher, daß meine Stimme hier keinen Platz mehr findet und schuld daran sein könnte, daß die schalldichte Tür aus ihrem Rahmen gesprengt wird. So registriere ich auch sorgenvoll einen Anflug von Klaustrophobie, als sich die Tür wiederum öffnet und die schweigsame junge Dame so wortkarg wie eh und je eine weitere Person in die tonangebende Besenkammer schiebt.

Ich stehe Cecilia Schultz gegenüber, einer altgedienten Frauenrechtlerin, die vor zwanzig Jahren noch ganz vorn in der Garde der Reformistinnen marschierte. Eigentlich müßte sie arbeitslos geworden sein, aber das schweinslederne Aktenköfferchen, das sie in die Rumpelkammer der Tontechnik trägt, sieht aus, als sei es nicht ohne Inhalt. Cecilia Schultz muß sich in den letzten Jahren auf eine Berufung besonnen haben, die Geld einbringt. Wahrscheinlich hat sie lange genug auf der Schattenseite des Patriarchats gedarbt, ehe sie sich unauffällig wieder in die männerbesetzte Erwerbswelt einordnete. Als wir neben Hanno Hatzfeld auf unseren Einsatz warten, spielt sie nervös mit ihren Brillantringen. Medienarbeit ist sie also auch nicht mehr gewöhnt. Kein Wunder! Es muß Jahre her sein, daß sie das letztemal Gelegenheit hatte, als Femme scandaleuse die Forderung nach weiblicher Selbstbestimmung oder ›Mein Bauch gehört mir!‹ ins Megaphon zu brüllen. Überhaupt scheint sie sich weniger auf Emotionalität als vielmehr auf Fakten berufen zu wollen. Noch vor dem Werbeblock, der das Ende der Autofahrersendung und den Übergang zu den Nachrichten darstellt, fördert sie aus ihrem Aktenkoffer einen beachtlichen Stapel an Merkzetteln, Broschüren, Zeitungsausschnitten, Essays und wissenschaftlichen Abhandlungen zutage, die sie sorgsam vor ihrem Mikrofon aufschichtet.

»Sie wollen Ihre Argumente doch nicht etwa ablesen?« fragt Hanno Hatzfeld sorgenvoll. »Das würde unserer Sendung die Spontaneität nehmen. Außerdem wissen Sie ja gar nicht, was die Hörer fragen werden, und das Blättern in den Papieren würde die Tonqualität beeinträchtigen ...«

Cecilia Schultz winkt ab. »Keine Sorge. Alles nur für den Notfall! Wenn man eine These durch Fakten untermauern will, dann müssen die Daten richtig sein – die Zahlen müssen stimmen, und die Zitate im Wortlaut korrekt sein.«

Hatzfeld betrachtet mißtrauisch Cecilias feministisches Material, und ich sehe ihm an, daß er am liebsten alles zusammenpacken und dem nächsten Papiercontainer einverleiben würde. Für den Moderator einer Gesprächsrunde gibt es nichts Fataleres als das fade Ablesen einer Meinung. Wohlgefällig blickt er auf meine leeren Hände und ahnt wahrscheinlich nicht, wie gern ich jetzt auch einen dicken Stapel Fakten vor mir liegen hätte. Ich fühle mich um meine Chancengleichheit gebracht und spüre, wie mir ein feines Schweißrinnsal den Rücken hinabläuft. Da hilft es wenig, daß Alois durchs Studiomikrofon ankündigt, daß er mir zuliebe Roy Blacks ›Ganz in Weiß‹ aufzulegen gedenkt. Das kann mich nicht trösten – schon deswegen nicht, weil mir Schnulzen dieser Art von Herzen zuwider sind.

Aber Hanno Hatzfeld ist diese Musik willkommen. Mühelos spannt er in seiner Ansage den Bogen vom Tag der Hochzeit einer Frau bis hin zu der Frage, ob sie Mutter werden möchte und wenn ja, ob sie berufstätig bleiben kann und will und wie ihre Kinder dann versorgt werden. »Heute zu Gast im Studio: Nele Hübner, die sich entschieden hat, auf ihren Beruf zu verzichten, um sich selber um ihre Kinder zu kümmern, und Cecilia Schultz, alleinerziehende Mutter, die – nicht nur, weil sie keine andere Wahl hatte – alternative Betreuungsmöglichkeiten für ihren Sohn gefunden hat.«

Cecilia nickt, ohne daran zu denken, daß diese Bestätigung den Hörern an den Radios verborgen bleiben wird. »Natürlich wäre ich in meinem Beruf geblieben«, sagt sie, »auch mit einem Ehemann an meiner Seite. Daß ich den Vater meines Kindes nicht geheiratet habe, hängt mit dieser grundsätzlichen Einstellung sehr eng zusammen. Ich hatte es nicht nötig zu heiraten. Ich brauche keinen Ernährer, mein Sohn braucht keinen Vater.«

Hanno Hatzfeld zieht ein gekränktes Gesicht. »Sie halten den väterlichen Einfluß bei der Erziehung eines Kindes für unbedeutend?«

»Mindestens!« entgegnet Cecilia. »Wenn nicht sogar schädlich. Der beste Vater ist immer noch der, der so rücksichtsvoll ist, Mutter und Kind rechtzeitig zu verlassen. Was habe ich von einem Mann, der aus meiner Doppelbelastung eine Dreifachbelastung macht? Ehemänner haben viele Wünsche und Forderungen – und wie sieht die Gegenleistung aus? Sie bringen Geld nach Hause und schlafen regelmäßig mit ihrer Frau. Dafür verlangen sie dann eine Rundumbetreuung. Viele Männer – und leider auch viele Frauen – haben immer noch nicht gemerkt, daß sich Angebot und Nachfrage in diesem Bereich stark verändert haben. Frauen können heute ihr Geld selbst verdienen, und die Sache mit dem Sex läßt sich auch anders regeln. Warum sollten wir also dem sogenannten Ernährer der Familie weiterhin unsere Dienste anbieten? Das haben wir doch gar nicht mehr nötig!«

Hanno Hatzfelds Miene spricht Bände. »Nele Hübner gehört also zu den Frauen, die ihrem Mann dienen, um sich das Haushaltsgeld und die sexuelle Befriedigung zu sichern?« Er grinst mich aufmunternd an, und ich könnte ihn küssen dafür, daß er sich so deutlich hörbar auf meine Seite schlägt.

»Erstens«, beginne ich langsam, »diene ich meinem Mann nicht, zweitens geht die Öffentlichkeit meine sexuelle Befriedigung überhaupt nichts an.«

»Unter dem Deckmäntelchen solcher Behauptungen«, wirft Cecilia ein, »sind jahrzehntelang eheliche Vergewaltigungen im Schlafzimmer eingeschlossen worden. Weil sie angeblich auch die Öffentlichkeit nichts angingen.«

Hanno Hatzfeld bittet Cecilia Schultz um Sachlichkeit und erinnert sie an den Unterschied zwischen der berechtigten Wahrung der Intimsphäre und der Vertuschung von Straftaten.

Ich bin dankbar, auf Cecilias Einwurf nicht selbst eingehen zu müssen. »Wenn ich überhaupt diene«, fahre ich fort, »dann meinen Kindern. Die ganze Frauenfrage ist im Grunde eine Kinderfrage. Es geht nicht um mich und auch nicht um meinen Mann – es geht um meine Kinder. Mein Interesse an der Berufsarbeit ist durchaus wach, es wird vermutlich auch wachsen im Laufe der Zeit, aber noch gehen mir die Kinder vor.« Lieber Himmel, bin ich froh, daß wenigstens hier niemand etwas von Tanja Berger weiß!

»Wollen Sie allen Ernstes behaupten, die Mutter sei die beste Betreuungsperson?« fragt Cecilia.

»Ja, das will ich«, antworte ich tapfer. »Ich bin davon überzeugt, daß niemand meine Kinder so lieben kann wie ich, daß sie also niemand so gut emotional versorgen kann wie ich. Und niemand kann soviel Zeit für sie aufbringen wie ich. Keine Tagesmutter, keine Kindergärtnerin, keine Übermittagbetreuerin, keine doppelbelastete Mutter. Meine Kinder bekommen nie zu hören: Ich habe keine Zeit für dich.«

»Ein fataler Irrtum«, konstatiert Cecilia. »Weil die Mutter die Kinder zur Welt bringt, geht jedermann davon aus, daß sie auch diejenige ist, die den engsten emotionalen Bezug zu ihnen hat. Unter Mutterschaft wird in unserer Gesellschaft nicht nur der biologische Vorgang von Schwangerschaft und Geburt verstanden, sondern auch die soziale Fürsorge.« Sie blättert hastig in ihren Unterlagen, verkündet, daß noch im 17. Jahrhundert die Begriffe ›Kindheit und kindgerechter Umgang‹ völlig unbekannt waren, und macht Anstalten, uns einen Überblick über die Entwicklung der Mutterrolle und der Erziehungspraktiken der letzten drei Jahrhunderte zu geben.

Hanno Hatzfeld regt jedoch an, die Vergangenheit ruhen zu lassen und sich auf die Gegenwart zu konzentrieren. Ob die Hausfrau Nele Hübner denn eigentlich eine Gegnerin der Emanzipation sei?

Mit verschlägt es sekundenlang die Sprache. Erst, als Cecilia Anstalten macht, statt meiner zu antworten, gelingt es mir zu reagieren. Aufgeregt hasple ich hervor, daß es mir ungeheuerlich vorkommt, aus einer Hausfrau so mir nichts, dir nichts eine Kontrahentin der Gleichberechtigung zu machen. »Die Frauenbewegung war wichtig, keine Frage! Sie hat uns ein großes Maß an Freiheit gegeben, das den Frauengenerationen vor uns fremd war. Wie aber gehen wir mit dieser Freiheit um? Und darf sich überhaupt etwas Freiheit nennen, was uns wiederum die Freiheit der Entscheidung nimmt?«

Ehe Cecilia mich am Weiterreden hindern kann, gestehe ich ihr zu, daß die Feministinnen viele Siege errungen haben, die sie zu Recht feiern und deren Lorbeeren sie auch völlig rechtmäßig in ihren Kranz flechten. »Aber zwei wesentliche Umstände haben sie vergessen: Sie haben das Wohl der Kinder nicht bedacht, und sie haben nicht damit gerechnet, daß es Frauen gibt, die gern in der alten Rolle weiterleben möchten. Die Feministinnen haben sich mitschuldig daran gemacht, daß viele Kinder ohne die nötige Zuwendung aufwachsen.«

Ehe Cecilia mich mit einem Handkantenschlag unter den Studiotisch befördert, ergänze ich noch schnell: »Was ist das für eine Freiheit, in der ich mich nicht für einen bestimmten Beruf entscheiden kann, ohne abqualifiziert zu werden?«

Cecilia Schultz gibt zu, daß an der Befreiung der Frauen noch gearbeitet werden muß. Ihre Bereitwilligkeit läßt ahnen, daß sie die Schuldigen nicht in der Frauenbewegung sucht, sondern ganz woanders. »Die Männer! Sie tragen die Gleichberechtigung der Frauen immer noch nicht mit.«

Ich brauche nur an Louis zu denken, der Inger frohen Herzens die komplette Doppelbelastung aufbürdet, und muß Cecilia recht geben. Da liegt der Hund begraben! Zumindest die reinrassige, seit Generationen aus derselben Hundehütte stammende Überzüchtung. Auch der zähnefletschende Hofhund natürlich, und der Windhund sowieso. »Also hat man wohl die Rechnung ohne den Wirt gemacht?« frage ich Cecilia. »Man hätte nicht die Frauen, sondern erst einmal die Männer emanzipieren müssen.«

Sie kann ihr Erstaunen über unsere unerwartete Übereinstimmung genausowenig verbergen wie Hanno Hatzfeld. Es wird Zeit, daß ich mein Einverständnis schleunigst ins rechte Licht rücke. »Die Gleichberechtigung kann nicht funktionieren, wenn der Frau zwar das Recht auf Berufstätigkeit gewährt wird, es ihr aber genauso unmöglich gemacht wird, die alte Rolle zu verlassen. Und bedauern Sie bitte nicht die Frauen, die unter ihrer Doppel- und Dreifachbelastung leiden. Das Mitleid verdienen in erster Linie die Kinder, denn sie leiden am meisten unter dieser neuen Rollenverteilung. Und sie leiden völlig schuldlos.«

Damit hat Cecilia einen neuen Verantwortlichen gefunden: den Staat! »Ein feistes, vollgefressenes, unbewegliches, ignorantes Subjekt«, schimpft sie und scheut sich nicht, Vater Staat mit einem Mann zu vergleichen, der wie viele Männer selbstgefällig seinen unästhetischen Bauch vor sich herschiebt und sich seines Geschlechtsteils ständig bewußt ist, obwohl er es nicht mehr sehen kann.

Hanno Hatzfeld räuspert sich beleidigt, was Cecilia jedoch nicht einmal zur Kenntnis nimmt.

»Der Staat verhindert das Entstehen von Kinderkrippen«, fährt sie fort. »Er ist schuld daran, daß immer noch nicht jedes Kind einen Kindergartenplatz hat und nicht jede Schule Übermittagbetreuung anbietet.« Der Staat, das seien die Politiker, erklärt Cecilia Schultz, und die meisten Politiker seien nun mal Männer. »Na, und daß die die Frauen wieder in die soziale Abhängigkeit hineinwünschen, das weiß doch jeder! Deswegen wollen sie ja auch nicht zulassen, daß wir leben wie Männer und die gleichen Rechte haben wie Männer.«

»Ein Recht bekommen«, entgegne ich prompt, »heißt noch nicht, es unter allen Umständen nutzen zu müssen. Ich will auch die Möglichkeit haben, wie ein Mann zu leben – um mich dann dafür entscheiden zu können, wie eine Frau zu leben.«

Ich beginne gerade, mich so richtig in Fahrt zu reden, da überdeckt Alois zu meinem Bedauern meine belangvollen Worte mit einer leise eindringenden Werbemelodie, die unmißverständlich auf das Ende des ersten Sende-Segments hinweist. Noch ehe eine glückliche Frauenstimme den Wert eines bestimmten Tampons preist, nennt Hanno Hatzfeld die Telefonnummer des Rundfunksenders und bittet die Zuhörer, möglichst zahlreich anzurufen, um mit den beiden Expertinnen für Frauenfragen zu diskutieren.

Während eine Zahnarztfrau den Zustand ihrer weißen

Zähne erläutert und eine italienische Mama einen ganzen Fußballverein mit einer Spaghettisauce beköstigt, die so schmeckt, als sei sie soeben aus der Toskana importiert worden, verteilt Hanno Hatzfeld abwechselnd Komplimente an Cecilia und mich. So erhält er unsere Motivation und verhindert gleichzeitig, daß wir uns außerplanmäßig in die Haare geraten, ohne daß die Zuhörerschaft in Stadt und Land das Vergnügen hat, daran teilzuhaben.

Der lange Werbeblock und die kurzen Kurznachrichten vergehen wie im Fluge. Die Telefonistin, die sich zu Alois hinter die Glasscheibe gezwängt hat, deutet an, daß sich bereits mehrere Anrufer in der Warteschleife befinden. »Eine Lehrerin, die die These von den verwahrlosten Kindern unterstützt, eine Nur-Hausfrau, die sich mit Selbstmordgedanken trägt, und eine Alleinerziehende.

»Fang mit der Lehrerin an«, beschließt Hanno Hatzfeld. »Die suizidgefährdete Hausfrau vertröste bitte auf ein anderes Mal – aber so, daß sie nicht gleich aus dem Fenster springt –, und die Alleinerziehende, die kannst du ja erst mal in der Warteschleife halten. Mal gucken, wer sich sonst noch meldet.«

Die Lehrerin ist davon überzeugt, daß der Werteverlust in unserer Gesellschaft und die zunehmende Gewaltbereitschaft unter Jugendlichen unter anderem darauf zurückzuführen sind, daß die Keimzelle unseres Zusammenlebens, die Familie, nicht mehr funktioniert. Sie ist der Meinung, daß aus diesem Grunde der Beruf der Nur-Hausfrau staatlich subventioniert werden müßte.

Die nächste Anruferin, die sich selbst den abfälligen Namen ›Emanze‹ gegeben hat, ist der Meinung, daß keine Frau sich mehr für das Hausfrauendasein entscheiden darf. Aus Solidarität allen Frauen gegenüber, die einen Kampf geführt haben, von dessen Sieg auch die Hausfrau profitiert hat! Erbittert vergleicht sie mich und alle Frauen, die so denken wie ich, mit faulen, trägen Geschöpfen, die sich vollgestopft haben und nun so satt sind, daß sie sich nicht mehr bewegen mögen. »Es geht Ihnen einfach zu gut«, behauptet sie. »Sie haben nicht mehr nach der Gleichberechtigung hungern müssen, man hat Sie in sie hineingefüttert. Hätten Sie sie jemals entbehrt, dann wüßten Sie zu schätzen, was Sie Tag für Tag satt macht.«

Während der nächsten Musikeinlage verkündet die Telefonistin, einen zehnjährigen Jungen in der Leitung zu haben.

Hanno Hatzfeld runzelt die Stirn. »Was hat ein solches Bürschchen zu unserem Thema zu sagen?«

Die Telefonistin kichert. »Ein süßer Bengel! Laß ihn ein bißchen reden, die Hörer mögen so etwas.«

Hanno nickt. »Also gut. Eine kleine Denkpause vor den Radios wird guttun. Und ein Zehnjähriger kann ja nichts Falsches sagen. Jedenfalls wird sein Beitrag unverfänglicher sein als der einer selbstmordgefährdeten Hausfrau.«

Hat die Telefonistin es gewußt? Hat sie das Gespräch trotzdem durchgestellt? Oder gerade deswegen? Ist sie eine heimliche Feministin, die mich bloßstellen will? Oder eine Doppelbelastete, die mir verstohlen meine besten Argumente frei Haus liefert?

Meine besten Argumente sind nun einmal meine Kinder! Trotzdem ähnelt mein Gefühl der Überraschung eher eisigem Schrecken als freudiger Erregung, als ich Nicos Stimme erkenne. »Ist etwas geschehen?« keuche ich zum Erstaunen aller anderen ins Telefon, die erst allmählich begreifen, daß mein eigener Sohn diese Gelegenheit genutzt hat, ein paar Worte mit mir zu wechseln.

Ich gebe Hanno Hatzfeld per Handzeichen zu verstehen, daß er nicht damit rechnen kann, von Nico einen Beitrag zum Thema der heutigen Sendung zu hören zu bekommen.

Der gewiefte Moderator hat die Situation schnell im Griff. Ehe ich das Publikum vor den Radiogeräten vollends vergesse, schaltet er sich ein und tönt gutgelaunt ins Mikrofon: »Das ist ja eine nette Überraschung! Natürlich freuen wir uns sehr, sozusagen aus erster Hand zu erfahren, wie glücklich ein Junge ist, der unter der Obhut seiner Mutter aufwächst.«

Am anderen Ende der Leitung herrscht verlegenes Schweigen. Nico fällt es schwer, das Maß seines Glücks zu bestimmen und es überdies an der Tatsache zu messen, daß ich das bin, was für ihn das Selbstverständlichste der Welt ist: immer für ihn da. Wie eine Stichflamme schießt in mir die heiße Angst hoch, Nico könnte das Geheimnis um Tanja Berger verraten. Aber mein Sohn entschließt sich kurzerhand, die Aufforderung des Moderators zu übergehen, und bittet darum, seine Mutter sprechen zu dürfen. »Sie haben ja gesagt, man könnte anrufen.«

»Natürlich, mein Junge!« entgegnet Hanno Hatzfeld jovial. »Sicherlich wird auch unsere Hörer interessieren, was du mit deiner Mutter zu bereden hast.«

»Die Hörer?« fragt Nico unsicher.

Mir wird schlagartig klar, daß er nicht begriffen hat, daß ein Telefonanruf nicht nur an mein Ohr, sondern an das Gehör der halben Landesbürgerschaft dringt. Aufgeregt winke ich Alois zu in der Hoffnung, daß er Nicos Radio-Debüt mit einer leise eindringenden Melodie beendet – aber Alois nimmt einen solchen Wink nur von Hanno Hatzfeld entgegen. Und der denkt gar nicht daran, Nico so mir nichts, dir nichts aus der Sendung zu werfen. Was würden seine Hörer von ihm denken? »Sicherlich vermißt du deine Mama?« säuselt er ins Mikrofon, »und möchtest ihre Stimme hören?«

Nico ist hörbar beleidigt. »Ich will nicht ihre Stimme hören, sondern sie fragen, warum sie den Joghurtpilz in den Keller gelegt hat. Ich krieg' nämlich manchmal Ausschlag, wenn ich etwas esse, was ich nicht kenne. Weil man nicht genau weiß, was drin ist. Und meine Oma mag auch keinen Joghurt aus dem Supermarkt. Nicht einmal den aus dem Bioladen. Außerdem ist ihr Herz nicht in Ordnung, und das kommt vielleicht daher, daß sie keinen selbstgemachten Joghurt mehr bekommt.«

Mir wird ganz flau. Schlimm genug, daß ich meiner Familie den Joghurt vorenthalten habe. Schlimm genug auch, daß ich den Pilz heimlich verschwinden ließ. Und ausgesprochen fatal, daß Nico mir auf die Schliche gekommen ist. Eine Katastrophe jedoch, daß er mich zu allem Überfluß in der Öffentlichkeit bloßstellt. Die Skrupel, unter denen ich leide wie unter einer schweren, plötzlich aufgetretenen Kolik, haben vertrackte Ähnlichkeit mit dem Schuldbewußtsein der berufstätigen Mütter, das sie larmoyant in ihren Bauchläden feilbieten. Und diese Erkenntnis macht meine Beschwerden nicht nur schlimmer, sondern beinahe unerträglich. Fehlte eigentlich nur noch, daß mir Sybille von Hochgrebe vorgehalten würde, und das Maß wäre voll.

Hatzfeld zwinkert mir beruhigend zu. »Deine Mutter hatte sicherlich keine Zeit. Schließlich mußte sie heute zu uns ins Funkhaus kommen.«

Ehe Nico antworten kann, nutzt Cecilia ihre Chance. »Haben Sie nicht gesagt, daß Sie immer Zeit für Ihre Kinder haben?«

»Habe ich auch!« entgegne ich hitzig.

»Hast du nicht«, kommt es aus dem Kopfhörer zurück. »Dieser blöde Artikel, und dann das Fernsehen, und jetzt das Radio, und dann hast du uns auch noch ...«

»Danke für deinen Anruf, Nico!« ruft Hanno Hatzfeld fröhlich.

»...beschwindelt mit dieser Tanja oder Sybille oder wie die heißt.«

»Es war sehr nett, mit dir geplaudert zu haben. Und wir werden deine Mutter nicht länger aufhalten als eben nötig.« Hanno Hatzfeld lacht herzhaft. »Damit du und deine Oma wieder zu ihrem Joghurt kommen.«

Ein schneller Wink zu Alois, und im selben Moment erklärt uns Mick Jagger seine Auffassung von der Liebe.

Während ich damit beschäftigt bin, meine arme Seele von der Auslegeware des Tonstudios wieder aufzuklauben, wohin sie samt Herz und Verstand gerutscht ist und auf penetrante Weise versucht, einen Tränenstrom hinterherzulokken, versucht mich Hanno Hatzfeld mit vielen kleinen Komplimenten über meinen aufgeweckten Sohn wieder aufzumuntern. Cecilia blickt mich nur stumm an, und ich ahne, daß sie darauf wartet, daß Mick Jagger seine Steine weggerollt hat ...

»Die Sehnsucht nach einem ureigenen Leben steckt in jedem Menschen«, beginnt sie dann auch prompt, kaum daß der letzte Ton verschrillt ist. »Wer immer nur für andere da ist, hat bald für sich selbst nichts mehr übrig.«

Sie hat unrecht! An dem, was sie sagt, ist nichts Wahres

dran! Trotzdem gelingt es mir nicht, ihren Standpunkt zu widerlegen. Siegessicher beugt Cecilia sich zum Mikrofon und behauptet, daß eine Familienfrau niemals Zeit für sich selbst haben kann. Und ein Mensch, der keine Zeit in seine eigene Person investiere, der sich also selbst nicht achte und liebe, verlöre Schritt für Schritt auch die Achtung und Liebe der ihm Anvertrauten.

Mein schwacher Protest wird niemanden überzeugen. »Zugegeben, ich habe wenig Zeit für mich ganz allein – aber gemeinsam mit meinen Kindern habe ich eine Menge Zeit.«

Cecilia läuft dem Sieg entgegen. Bedenkenlos spricht sie über die Infantilisierung der Frauen, die sich durch den ständigen Umgang mit kleinen Kindern irgendwann auf dieselbe intellektuelle Ebene begeben, und versucht sogar nachzuweisen, daß die lieben Kleinen nach einem langen Tag in der Kinderkrippe froh sind über den geistigen Reichtum ihrer Mütter, wofür sie gerne auf ihre ständige Anwesenheit verzichten.

Ich folge ihren Ausführungen nur noch mit halbem Ohr. Und es ist mir gleichgültig, daß sie Thesen aufstellt, denen ich halbherzig widerspreche. Ich merke, daß Hanno Hatzfeld mich unterstützen will, um die Ausgewogenheit der Sendung nicht zu gefährden, aber meine Gedanken sind in geschlossener Formation zu meiner Familie zurückmarschiert. Nur eine kleine Nachhut ist in diesem Studio geblieben, die dafür sorgt, daß meine Ohren und Stimmbänder noch ihren normalen Funktionen nachgehen. Ich höre die Worte, die gesagt werden, ohne jedoch ihre Intention zu erkennen, und ich antworte mit Zustimmung oder Ablehnung, ohne beides ausreichend zu präzisieren. Mein Instinkt sitzt daheim in der Küche, versorgt die Kinder, zerstreut die Omas und steht meinem Mann zur Seite. Warum hat Nico angerufen? Ging es ihm wirklich nur um den Joghurt?

Der jungen, frisch verheirateten Anruferin, die die Hausarbeit als stumpfsinniges Hantieren rundheraus ablehnt, setze ich ohne jedes Engagement auseinander, wie abwechslungsreich diese Tätigkeit sein kann und wie angenehm es ist, den Arbeitsrhythmus selbst zu bestimmen.

Hat Nico in Wirklichkeit angerufen, weil er meine Hilfe braucht?

»Ich kann meinem Kind nur das Beste geben, wenn ich – wenigstens eine Zeitlang – ausschließlich Hausfrau und Mutter bin«, halte ich einer Anruferin entgegen, die mich mit schriller Stimme auffordert, nicht den Männern das Wort zu reden, die die Frauen immer noch mit Vorliebe in ihrer Abhängigkeit halten. »Was wäre mir alles entgangen, wenn ich in den ersten Lebensjahren meiner Kinder berufstätig gewesen wäre? Die ersten Krabbelversuche, das erste ›Mama‹, das nicht mir, sondern einer Tagesmutter gegolten hätte. Ich hätte es nicht miterleben dürfen, sondern nur aus zweiter Hand erfahren.«

Die bis jetzt noch kinderlose Anruferin hält meine Antwort für einen Schlag ins Gesicht aller alleinerziehenden Mütter, und ich entschuldige mich brav bei denen, die nicht die vielbejubelte Selbstverwirklichung im Beruf suchen, sondern die Brötchen für sich und ihre Kinder verdienen müssen.

Wann ist diese Sendung endlich zu Ende? Hat Nico angerufen, weil es Oma zwei schlechter geht?

Dem einzigen männlichen Gesprächspartner versuche ich zu erklären, daß es mir wichtig ist, mit meiner eigenen Lebensauffassung und meinem eigenen Erziehungsstil meine Kinder zu prägen und nicht mit dem von Tagesmüttern und Kindergartentanten. Und mir fällt nichts ein, was ich Cecilia entgegensetzen könnte, die der Meinung ist, daß das Weltbild eines Kindes von der Gesellschaft maßgeblich mitbeeinflußt werden muß, weil soziales Verhalten und politisches Denken in der Gemeinschaft entsteht.

Ich will raus aus diesem Studio! Ich will wissen, wie es Margareth geht!

Als Alois endlich die Abschlußmelodie einspielt und Hanno Hatzfeld mit vielen schönen Worten das Engagement der beiden Damen lobt, die sich so selbstlos dem Sender und seinen Zuhörern zur Verfügung gestellt haben, stehe ich schon neben meinem Stuhl und lehne es rundheraus ab, das Team in die Kantine zu begleiten, um dort so lange zu resümieren, bis jeder von der Einzigartigkeit dieses Medienbeitrags überzeugt ist.

Ich schüttle Cecilia, Hanno und Alois die Hand und stehe Minuten später, ohne die Hilfe der schweigsamen Rundfunkmitarbeiterin in Anspruch genommen zu haben, vor dem Schreibtisch des Empfangschefs, der mit bedeutungsvoller Miene meinen Besucherausweis entgegennimmt. Meine Frage nach einem Münzfernsprecher beantwortet er mit einem stummen Kopfnicken und entschließt sich erst nach mehrmaligem Nachfragen zu einem verbalen Hinweis auf das gelbe Häuschen direkt vor dem Eingangsportal.

26.

Am Fuße der Treppe steht Alexander. Er breitet die Arme aus, als erwarte er allen Ernstes, daß ich mich jauchzend in sie hineinwerfe. »Du warst wunderbar! Ich habe im Autoradio die Sendung verfolgt.«

Ich weiß, daß ich nicht wunderbar war. Aber die fromme Lüge tut mir trotzdem gut. Es scheint, daß Alexander mir wirklich verziehen hat. Und außerdem ist es sowieso gleichgültig, ob er ehrlich ist oder etwas beschönigt oder aus einem objektiven Tatbestand eine subjektive Wahrheit macht. Die drei Stufen, die mich aus dem Funkhaus hinausführen, haben mich kilometerweit von der Magazinsendung ›*Lebensnah*‹ entfernt.

Und das Gefühl des Abstandes wächst hin zu einer Einsamkeit, wie sie der Schauspieler erleben mag, der mutterseelenallein auf der Bühne vor einem riesigen Publikum steht. Teil einer dichten Ansammlung und dennoch getrennt gerade von denen, die so nah sind. Ich lasse mich widerstandslos von Alexander umfangen, ohne jedoch mehr zu empfinden als seine Hände auf meinem Körper.

Erst als ein vorübergehender Junge ruft: »Muß Liebe schön sein!«, löse ich mich von ihm. Alexanders Lächeln sagt, daß er meine Distanz nicht wahrgenommen hat. »War es nicht eine tolle Idee von mir, das Hotelzimmer zu buchen?« fragt er. »Es wartet auf uns. Komm, laß uns gehen.« Er grinst schon wieder sein Lausbubenlachen, das ich so gern mag. »Du weißt, es gibt einiges zu bereden. Aber ich glaube, ich werde nicht auf umfangreiche Erklärungen bestehen. Jedenfalls zunächst nicht. Viele Argumente könntest du durch reine Körpersprache vorwegnehmen. Möglicherweise werden dadurch sämtliche Verbalisierungen überflüssig.«

Ich zeige auf das Telefonhäuschen. »Ich will erst zu Hause anrufen.«

Und mit beiden Beinen gleichzeitig lande ich wieder in der Welt, in die ich hineingehöre, als ich sehe, wie Alexander die Augen zum Himmel dreht. »Deine Kinder sind doch keine Babys mehr, die ohne dich ihr Bäuerchen nicht machen können.«

Ich habe mich schon abgewandt. »Es geht nicht um die Kinder, sondern um Margareth. Ich fürchte, daß sich ihr Zustand verschlechtert hat.«

Philips Stimme läßt jedoch nichts ahnen von dramatischen Ereignissen. Er lacht sogar. »Tut mir leid, Nele, keiner von uns hat gemerkt, daß Nico ins Büro gegangen und die Telefonnummer des Senders gewählt hat. Wir alle waren völlig entgeistert, als wir seine Stimme hörten.«

»Warum hat er wirklich angerufen, Philip?«

»Die Sache mit dem Joghurtpilz ... Deswegen kann er dich doch nicht während einer Live-Sendung stören! Ich habe ihm gehörig den Marsch geblasen.«

»War es wirklich der Joghurtpilz? Oder gab es einen anderen Grund?«

»Was meinst du?«

»Geht es Margareth schlechter?«

»Nein, mach dir keine Sorgen. Margareth ist okay. Wieso hast du überhaupt Zeit zu telefonieren? Was ist mit der Diskussion, die sich an die Sendung anschließen sollte? Und das Gespräch mit dem Chefredakteur von *Lebensnah?*«

Ich schlucke. »Ja, die Diskussion beginnt gleich. Aber sie werden warten, bis ich soweit bin.«

»Geh nur, Nele«, sagt Philip, »wir haben hier alles im Griff. Was du heute im Sender machst, ist wichtig für dich. Wenn du morgen nach Hause kommst, wird es noch früh genug sein, mit Margareth zum Arzt zu fahren. Und mit den Omas die Entwicklung Sybille von Hochgrebes zu diskutieren.«

Ich horche ein paar Augenblicke dem vertrauten Schweigen nach. Wie könnte ich Philip erklären, daß ich die Teilnahme an der Diskussion in letzter Minute absage und auf das Gespräch mit dem Chefredakteur von *Lebensnah* gänzlich verzichte? Daß ich vielmehr in zwei Stunden zu Hause ankommen werde? Durch die Scheiben des Telefonhäuschens kann ich sehen, daß Alexander vor einer Litfaßsäule steht und die Konzertangebote der Stadt studiert. Anscheinend gibt er sich Mühe, so unsichtbar wie möglich zu sein und seine Präsenz auf das Unumgängliche zu beschränken.

Ich lausche darauf, wie einer dem anderen die Nacht abjagt.

Philip, der keine Ahnung hat, wie stark die Konkurrenz ist, nimmt als erster den Fuß vom Gas. »Bis morgen also.«

Mit dem drückenden Gefühl, eine Zeche zu prellen, die ich obendrein einem anderen abgeluchst habe, trete ich wieder auf den Platz des Funkhauses hinaus. Alexander steht immer noch vor der Litfaßsäule. Und er starrt noch immer auf denselben Fleck. Wie sich auch seine Haltung nicht verändert hat. Nicht einmal meine Schritte in seinem Rücken holen ihn aus dem Plakat zurück: ›Hundertjahrfeier des Sängerbundes‹. Ich brauche die lange Liste der Namen gar nicht zu lesen, um zu wissen, wer unter denen ist, die das Jubiläum mit ihrem künstlerischen Beitrag zieren.

»Möchtest du lieber in die Bürgerhalle, um das Konzert …?«

»Unsinn!« Alexander dreht sich um und rettet sein Gesicht in meine Halsbeuge. »Laß uns ins Hotel gehen. Ich kann es kaum erwarten.«

Wir hätten uns gegenseitig eine Entscheidung abnehmen können. Es wäre einfach gewesen, das Richtige zu tun. Das Richtige? Ich bin glücklich, daß Alexander sich so entschieden hat. Froh, daß Margareths Gesundheit gut genug ist. Und dankbar, daß meine beste Freundin meinen Mann von einer Sache überzeugt hat, die sie gar nicht meint. Das Richtige? Ja, ein paar Stunden lang das Richtige!

Wir lieben uns ganz anders. Folgen nicht dem Wunsch, unsere Gefühle füreinander auszudrücken und uns gegenseitig Lust zu verschaffen. Nein, es scheint, als liebten wir uns nicht der Liebe wegen, sondern für ein Ziel, das außerhalb dieses Hotelzimmers liegt. Was wir tun, muß sich lohnen. Es muß meine Untreue rechtfertigen können und Alexanders Verzicht. Beide brauchen wir die Gewißheit, daß das, was wir erleben, jedes Opfer wert ist.

Ob auch Alexander spürt, daß diese hitzige Leidenschaft der Kampf unserer Gefühle ums Überleben ist? Er muß es wissen, denn er kämpft wie ein Besessener. Flüstert mir Worte zu, die viel zu mächtig sind. Und sucht fieberhaft das Zentrum meiner Liebe. Auf meiner Haut! Wo sonst? Dabei sollte er doch wissen, wie schnell der Schweiß, der unter dem schnellen Rhythmus unserer Körper entstanden ist, verfliegt und nichts als eine Gänsehaut zurückläßt.

Irgendwann beschließt Alexander, aus dem Kampf ein Spiel zu machen. Lächelnd läßt er sich zurücksinken. »Dafür, daß du vegetarische Kost bevorzugst, bist du aber ganz schön hungrig.« Grinsend streicht er über die spärlichen Locken seines Brustkorbs und klopft selbstgefällig seinen Bauch, dessen Wölbung auch im Liegen nicht zu vertuschen ist. »Ja, ja, die Fleischeslust ...«

Ich werfe mich lachend über ihn und nehme sein Angebot an. Glücklich ist, wer vergißt ... Was wir tun, wird sich lohnen, wenn wir ausschließlich an das denken, was wir tun.

»Ich hätte verdammte Lust«, flüstert Alexander, »etwas ganz Unanständiges zu machen.«

Ich liege neben ihm und habe Mühe, mich von all dem, was mir unanständig genug erscheint, zu erholen. Ich stütze mich auf den Ellbogen und betrachte sein Gesicht, das mir so spitzbübisch vorkommt wie das eines kleinen Jungen. Äpfelklauen, Tante Trudes Gebiß verstecken, Omas Korsett von der Wäscheleine stibitzen oder Senf auf die Türklinke streichen ... »Anal- oder Oralsex, Französisch oder im Kopfstand?«

Alexander lacht laut los. »Am liebsten alles gleichzeitig.«

Wir tun nichts dergleichen. Aber der Gedanke, daß es möglich wäre, ist die Quelle neuer Lust. Ich treibe Alexander immer wieder an, will ihn unbedingt bis zur Erschöpfung führen, damit seine Kraftreserven für eine Diskussion über Tanja Berger und Sybille von Hochgrebe nicht mehr ausreichen. Ich bin es leid, mich verteidigen zu müssen. Wenn ich nur daran denke, welche Debatten mir noch mit Inger und Edith bevorstehen, dann bin ich sie jetzt schon leid, leid, leid! In diesem Rhythmus reite ich auf Alexander. Ich bin es leid, leid, leid. Mein Unterleib stampft auf seinen, leid, leid ... Ich stoße mich von seinem Brustkorb ab, leid, leid ... Als sollte eine Herzmassage ihn ins Leben zurückrufen. Ich bin es leid! Erschöpft lege ich eine Pause ein und stelle fest, daß Alexander passiv daliegt und mich lächelnd beobachtet.

»Kruzitürken! Tanja Berger vögelt ja noch besser als Nele Hübner!«

Das ernüchtert mich jäh. Auch deswegen, weil ich solche Vokabeln nicht mag, die aus der Liebe etwas machen, worüber die einen hinter vorgehaltener Hand kichern und die anderen säuerlich die Miene verziehen. Ich gebe zu, daß die deutsche Sprache arm ist, wenn es um die Benennung dieses Aktes geht. Nachdem generationenlang der unanständige Vorgang nur von Ärzten oder Proletariern beim medizinischen oder vulgären Namen genannt wurde, hat der moderne Wortschatz es nicht geschafft, etwas Salonfähiges heranzubilden, das mehr ausdrückt als verblümte Beschönigung.

Ich lasse mich neben Alexander auf die Matratze sinken. Er spürt, daß er mich verloren hat auf meinem Ritt, und beugt sich über mich, um mich zurückzuholen. Ich mag das Spiel seiner Zunge, trotzdem fällt es mir schwer, mich auf den zentralen Punkt zu konzentrieren, den Alexander ansteuert. Meine Gedanken schweifen ab, suchen sich woanders ein Stimulans. Es erschreckt mich nicht, daß ich an Philip denke. Er gehört so selbstverständlich zu mir, daß er nicht einmal hier fehl am Platze ist. Ich werde so bald wie möglich zurückfahren. Gleich nach dem Frühstück. Vielleicht könnten wir mal wieder ein paar Tage verreisen, Philip und ich. Jetzt, da Krämers Aufträge sicher sind. Es muß ja nicht gleich New York sein. Zwei, drei Tage an der See tun's auch. Und eine Suite brauchen wir auch nicht. Nur viel Zeit, Ruhe, Ungestörtheit, Muße für die Liebe.

»Ach, Roberto!«

Daß ich laut gesprochen habe, wird mir erst klar, als die vier Silben, die ein paar Augenblicke lang unschlüssig in der Luft gestanden haben, plötzlich auf mich herunterfahren. Aus der pfeilharten Zunge wird ein zuckender Schwamm. Alexander hebt seinen Kopf aus meinem Schoß und starrt mich an. »Was hast du gesagt?«

Diese Frage ist von rein rhetorischer Art. Kein Grund also, sie zu beantworten. Ich schließe die Beine und würde am liebsten auch mein Gesicht bedecken. Wo ist das Mauseloch, in das ich schlüpfen kann, um Alexander nie, nie wieder vor die Augen treten zu müssen?

Er hebt sich erst auf die Ellbogen und dann auf die Knie. Wie ein Greis, der ein letztes Mal vor seinem Ableben die Freuden der Sinnenreize genießen wollte und nun froh ist, daß er das Soll seines Lebens erfüllt hat und bis zu seinem Tod keine diesbezüglichen Anstrengungen mehr auf sich nehmen muß. Fieberhaft überlege ich, ob es ein Vorteil sein kann, daß ich nicht Philips, sondern Robertos Namen geflüstert habe. Aber ich erkenne gleich, daß so alles noch viel schlimmer ist. Ich werde Alexander erklären müssen, was es mit Roberto auf sich hat, und er wird zeit seines Lebens darunter leiden, daß eine Frau in seinem Bett an den Penis eines anderen gedacht hat, der vermutlich viel länger, dicker und leistungsfähiger ist. Von dieser Angst sind ja anscheinend alle Männer besessen, und es wird nichts nützen, wenn ich Alexander versichere, daß auch Roberto ein unauffälliges Durchschnittsexemplar ist, das sich nur dadurch von allen anderen abhebt, daß es Philip angehört.

Alexander hockt zu meinen Füßen und starrt mich kopfschüttelnd an. »Da kenne ich dich nun so lange«, sagt er schleppend, »und so gut ... das dachte ich jedenfalls ... Aber du führst ein Doppelleben, ohne daß ich es ahnte! Erst die Sache mit Tanja Berger, und nun ... nun zauberst du noch einen weiteren Liebhaber aus dem Ärmel!«

»Nein, das hast du falsch verstanden, Alexander!«

»Falsch verstanden?« Er springt empört auf und steht nun über mir und schimpft auf mich herab. »All deine Überzeugungen, die ich dir abgekauft habe, sind Mogelpackungen gewesen. Dein Verzicht auf berufliche Erfolge, deine eheliche Treue! Alles Lüge! Als du von den guten alten Werten sprachst, hattest du in Wirklichkeit schon längst gemerkt, daß die Abkehr von ihnen viel amüsanter ist. Aber du warst zu feige, es einzugestehen.«

Wenn ich nicht genau wüßte, daß Alexander jede Gewalttätigkeit ablehnt, hätte ich jetzt Angst, daß er mich ohrfeigen könnte. Mit jedem Satz wird er wütender.

»Heimlich hast du geschrieben, noch dazu erfolgreich! Nicht einen Geliebten hast du, nein, gleich zwei! Oder drei oder vier, wer weiß das schon?« Er macht eine kurze Pause. Wahrscheinlich, um mir Gelegenheit zu geben, ein empörtes Nein auszurufen. Aber warum soll ich mich noch empören?

»Vielleicht schreibst du auch als Ghostwriter für Konsalik? Oder gehst durch den Zeitungsblätterwald mit Dutzenden von Pseudonymen, ohne daß jemand ahnt, daß ein- und dieselbe Person dahintersteckt?« Jetzt wendet er sich ab und schaut aus dem Fenster. »Verdammt, Nele! Die Sache mit Tanja Berger ... okay, die hatte auch ein bißchen Witz. Aber dieser ... dieser Roberto ... nein, das geht zu weit.« Er dreht sich wieder um und betrachtet mich von Kopf bis Fuß, als sähe er mich zum ersten Mal. »Wer ist der Kerl überhaupt?«

Und siehe da, der Herr hat ein Einsehen und öffnet den Notausgang, auf daß ich – wenn auch mit zwei blauen Augen und einem ziemlich ramponierten Ansehen – der Gefahr entrinnen kann. Ich erhebe mich ebenfalls und verschließe meine Miene, als hätte mich der Angriff auf meine Diskretion beleidigt. Mit finsteren Blicken stehen wir voreinander. Alexander muß meinen Augen ablesen, daß mir der Name meines angeblichen Liebhabers nicht einmal durch Folter zu entlocken sein wird.

»Verdammt, Nele!« flüstert Alexander. »Du bedeutest mir viel.«

Das Bewußtsein um unsere Nacktheit flößt mir so etwas wie Melancholie ein. »Du bist mir auch sehr wichtig«, antworte ich sanft. »Trotzdem werde ich jetzt nach Hause fahren.«

»Geht überhaupt noch ein Zug?«

Ich sehe auf die Uhr. »Noch zwei. Einen davon werde ich bekommen.«

Alexander sieht mir traurig zu, wie ich meine Sachen zusammenraffe, in meine Reisetasche stopfe und mich anziehe. Auch während ich ins Badezimmer gehe, um dort alles zusammenzukramen, sagt er kein Wort. Armer Alexander! Er, der Frauenliebling und Frauenheld, hat wirklich ein verdammtes Pech bei den Frauen!

Ich scheue mich, ihn noch einmal zu umarmen. Die rauhe Wolle meines Blazers paßt nicht zu seiner warmen Haut. Und meine Schuhe könnten auf seine nackten Zehen treten. »Vielleicht kommst du noch rechtzeitig in die Bürgerhalle. Sinisa wird nach ihrem Auftritt nicht gleich den Konzertsaal verlassen. Das tut sie doch nie. Oder … oder du kannst in Erfahrung bringen, in welchem Hotel sie abgestiegen ist.«

Alexander nickt und macht keinen Versuch, mich zum Abschied zu küssen. Noch während ich die Tür ins Schloß ziehe, höre ich das Klappern der Kleiderbügel. In wenigen Minuten wird Alexander angezogen sein. Hoffentlich erlebt er mit Sinisa heute nicht noch eine weitere Enttäuschung.

Das Taxi kommt so schnell und fährt so rasant, daß ich den vorletzten Zug noch erwische. Als ich zu Hause den Schlüssel ins Schloß stecke, ist es noch nicht einmal Mitternacht. Im Wohnzimmer brennt noch Licht. Wie schön, daß mich kein finsteres Haus empfängt!

Philip kommt in die Diele gelaufen. »Nele!«

»Ich wollte nicht in Hamburg übernachten, Philip. Ich möchte hier schlafen. Bei dir.«

Philip zieht mich in seine Arme. So stehen wir minutenlang und lassen die Zeit um uns herumplätschern. Vielleicht sind es sogar Stunden, die wir so stehen, oder Tage oder

Wochen. Es ist wunderbar, mein Gesicht in Philips Hemd zu drücken, ohne mir Sorgen über die Spuren zu machen, die meine getönte Tagescreme darauf hinterlassen wird. Wunderbar, mich nicht um Haltung bemühen zu müssen, sondern seelenvergnügt meinen Bauch gegen Philips zu drükken und seine Hände auf jeder Problemzone zu dulden. Wunderbar auch, daß ich mich nicht zu fragen brauche, ob ich ausreichend Eau de Toilette benutzt habe und meine Frisur diese Begrüßung schadlos überstehen wird. Hier, bei Philip, ist das alles nicht so wichtig. Hier bin ich zu Hause. Es ist schön, heimzukommen und so empfangen zu werden.

Als wir uns wieder voneinander lösen, sehe ich Timo am Fuß der Treppe stehen. Vornüber fällt er in meine Arme, als er mich durch den Schleier seiner verschlafenen Augen erkennt. »Bleibst du jetzt hier?«

Ich trage ihn zum Sofa und lasse mich gemeinsam mit ihm darauf nieder. Timos Daumen wandert prompt in den Mund, und während er sich an mich kuschelt, lispelt er am Daumen vorbei: »Für immer?«

»Ja, für immer.«

»Bis ich groß bin?«

Da ich weiß, daß dies dasselbe ist wie ›für immer‹, nicke ich. »Ja, ich bleibe hier. Bis du mich nicht mehr brauchst. Die Leute im Fernsehen und im Radio müssen eben so lange ohne mich auskommen.«

Philip betrachtet uns eine Weile. Dann setzt er sich zu uns und beugt den Kopf so weit zu mir herüber, daß Timo fast zwischen unseren Körpern verschwindet. Ich streichle Timos Wange, Philip krault sein Knie, und Timos Lider beginnen zu flackern. Ein paar Minuten später ist er eingeschlafen, während wir immer noch dasitzen und still die Verbundenheit genießen, die über dem Kopf unseres Kindes zu einem dichten Netz geworden ist. Unsere Hände haben auf Timos Bauch zueinander gefunden. Ich bin dankbar für die wortlose Liebe, die ich in diesem Augenblick empfange. Und ich wundere mich darüber, daß ich sie annehmen kann, ohne mich zu schämen. Die Tatsache, daß ich soeben aus dem Bett eines anderen komme, hat viel weniger mit Philip zu tun, als er selbst glauben könnte, wenn er es wüßte. Alexander – das war eine Versuchung, ein fremdartiger Reiz, ein Abenteuer. Philip – er ist Teil meines Lebens, Teil meiner Gefühle, sogar Teil meiner selbst.

»Ich bringe ihn nach oben«, sagt Philip und hebt Timo behutsam auf seine Arme. Ich gehe voran, öffne die Tür und sehe zu, wie Philip vorsichtig, Stufe für Stufe, seinen Sohn die Treppe hinaufträgt. Timo scheint schwerer geworden zu sein. Und größer. Seine nackten Füße, die mindestens zehn Zentimeter aus seiner Schlafanzughose ragen, streifen die Wände.

Ich setze mich wieder aufs Sofa, um auf Philip zu warten. Es ist still im Haus, mucksmäuschenstill. Die Müdigkeit nutzt die Gunst der Ruhe und legt sich schwer auf meine Lider. Plötzlich spüre ich, wie abgespannt ich bin. Keine wohltuende Mattigkeit, sondern lähmende Erschöpfung. Aber ich werde sie hier schnell überwinden. Mit ist plötzlich wieder klar, wie sehr ich dieses Haus brauche. Und darin Philip, die Kinder und die Omas. Das laute Leben der Fernsehstudios, Rundfunksender und Hotels ist nichts für mich. Erlebnisurlaub im Land der Medien – inklusive einiger Extremsportarten wie Talk-Show-Jumping, Hochseilfeminismus und Seitenspringen! Aber wie nach einem Urlaub, der zu lange gedauert hat, bin ich jetzt heilfroh, daß ich gesund wieder zu Hause angekommen bin. Die Reise hat sich gelohnt, das Preis-Leistungs-Verhältnis hat gestimmt. Aber nun tut es mir kein bißchen leid, daß diese Zeit vorbei ist. Und vorbei ist sie, das steht fest!

Die alte Standuhr im Eßzimmer schlägt zwölf. Mitternacht! In der ersten Etage klappt leise eine Tür. Wo bleibt Philip? Noch einmal höre ich eine Tür gehen. Dann endlich Philips Schritte auf der Treppe.

»Ist Timo noch mal wach geworden?«

Philip schüttelt den Kopf. »Er schläft tief und fest.«

Er setzt sich zu mir und zieht mich in seinen Arm. In seiner Hemdtasche knistert etwas. »Eigentlich wollte ich es dir erst morgen geben«, sagt Philip leise. »Ich konnte ja nicht ahnen, daß du heute noch zurückkommen würdest.«

Ich rücke ein wenig von ihm ab. »Wovon sprichst du?«

Philip sieht auf seine Armbanduhr und lacht. »Mitternacht ist schon vorüber! Dann ist es genau richtig, wenn ich jetzt …« Er betrachtet lächelnd mein fragendes Gesicht. »Ja, weißt du denn nicht, was heute für ein Tag ist?«

Ich mache mir gar nicht die Mühe, mein Gedächtnis zu erforschen. »Nein, keine Ahnung.«

»Denk doch mal nach.«

Ich habe keine Lust nachzudenken und schüttle den Kopf. »Verrat es mir. Spann mich nicht auf die Folter.«

»Heute vor zwanzig Jahren haben wir uns kennengelernt.«

»Der Scheunenball!«

Philip küßt mich unvermittelt. Lange und anhaltend. Als er mich wieder freigibt, steht das Lächeln immer noch in seinem Gesicht. »Vor zwanzig Jahren wurde mir nur ein flüchtiger Kuß auf die Wange gestattet. Dabei wußte ich an diesem Abend schon, daß du die Richtige für mich bist. Du bist es immer noch, Nele.«

Ich würde ihn gerne noch einmal küssen, aber Philip schiebt mich von sich. Gerade so weit, daß er in die Brusttasche seines Hemdes greifen kann. Aus ihm zieht er ein Billett heraus, das er mir feierlich überreicht. »Zwanzig Jahre sind schließlich Grund genug. Und da ich die nächsten Aufträge sicher habe …«

Ein Reisegutschein! Zwei Flugtickets nach Venedig!

»Das Reisedatum mußt du ergänzen. Ich kenne ja deine Termine nicht.«

»Oh, Philip!« Bevor ich darüber nachdenke, küsse ich ihn so lange, bis er ungeduldig wird. Mir wird klar, daß er wissen möchte, wie ich auf seinen Vorschlag reagiere. Obwohl mein Kuß ihm eigentlich genug verraten haben dürfte. Aber Philip will es hören. Anscheinend ist viel mehr Unsicherheit in ihm gewachsen, als ich geahnt habe.

»Glaubst du, daß du Zeit finden wirst? Es muß ja nicht gleich sein. Der Gutschein hat ein ganzes Jahr Gültigkeit.« Prüfend sieht er mich an. Und auch ein bißchen ängstlich. »Natürlich kannst du dann auch einen Reisebericht über Venedig schreiben.«

»Nein, Philip. Venedig wird nur uns gehören. Und nicht *Glamour.*«

»Aber die Seifenoper?«

Ich denke nach. *Und immer siegt die Liebe* gehört schon seit Jahren zu meinem Leben. Meine Seifenoper hat sich in den Familienalltag eingefügt, ohne etwas zu zertrennen. Und Sybille von Hochgrebe ist mir eine gute Freundin geworden. Eine, die sich mir anpaßt, die selten eigene Wünsche gegen meine durchsetzt, nie uneingeladen vor der Tür steht und sich auch sonst sehr pflegeleicht verhält. Warum sollte ich diese Freundschaft aufgeben?

»Ja, solange *Und immer siegt die Liebe* läuft, sollte ich weiterschreiben. Aber ich kann ein paar Folgen vorproduzieren.«

»Und die freiberufliche Tätigkeit für *Glamour?*«

»Ja, ja. Schließlich habe ich mich gerade eingearbeitet. Da wäre es schade, die Arbeit schon wieder aufzugeben.«

Ich werde bestimmt nicht noch einmal in Versuchung geraten, die Welt mit einer skandalösen Meinung aufzuschrekken. Gegen eine Buchrezension, den Bericht über ein Wohltätigkeitskonzert oder die Eröffnung eines neuen Frauenzentrums ist jedoch nicht das geringste einzuwenden.

»Trotzdem … ich will nicht mehr soviel für *Glamour* arbeiten. Nur gelegentlich. Von mir aus können wir gleich nächste Woche fahren. Ja, Philip! Gleich nächste Woche – das wäre gut.«